本教材受西华师范大学2019年规划教材建设经费资助
（项目编号：Ghjc1907）

20世纪西方文学

邱永旭　编著

项目策划：徐　燕
责任编辑：罗永平
责任校对：张伊伊
封面设计：墨创文化
责任印制：王　炜

图书在版编目（CIP）数据

20世纪西方文学 / 邱永旭编著. — 成都：四川大学出版社，2021.3
ISBN 978-7-5690-2353-4

Ⅰ. ①2… Ⅱ. ①邱… Ⅲ. ①文学史－西方国家－20世纪－高等学校－教材 Ⅳ. ①I109.5

中国版本图书馆CIP数据核字（2021）第043508号

书名	20世纪西方文学	
	20 Shiji Xifang Wenxue	
编　著	邱永旭	
出　版	四川大学出版社	
地　址	成都市一环路南一段24号（610065）	
发　行	四川大学出版社	
书　号	ISBN 978-7-5690-2353-4	
印前制作	四川胜翔数码印务设计有限公司	
印　刷	郫县犀浦印刷厂	
成品尺寸	170mm×240mm	
印　张	18.75	
字　数	316千字	
版　次	2021年6月第1版	
印　次	2021年6月第1次印刷	
定　价	58.00元	

版权所有　◆　侵权必究

◆ 读者邮购本书，请与本社发行科联系。
　电话：(028)85408408/(028)85401670/
　(028)86408023　邮政编码：610065
◆ 本社图书如有印装质量问题，请寄回出版社调换。
◆ 网址：http://press.scu.edu.cn

四川大学出版社
微信公众号

目　录

绪　论 ……………………………………………………………（ 1 ）

第一章　20世纪西方现实主义文学 ………………………………（ 4 ）
　　第一节　肖洛霍夫及其《静静的顿河》 …………………………（ 5 ）
　　第二节　劳伦斯及其《查泰莱夫人的情人》 ……………………（ 11 ）
　　第三节　海明威及其《白象似的群山》 …………………………（ 22 ）

第二章　20世纪西方现代主义文学 ………………………………（ 37 ）
　　第一节　非理性哲学背景 …………………………………………（ 37 ）
　　第二节　西方现代主义文学的影响 ………………………………（ 45 ）
　　第三节　西方现代主义文学的特征 ………………………………（ 48 ）
　　第四节　卡夫卡及其《变形记》 …………………………………（ 58 ）
　　第五节　西方象征主义和后期象征主义 …………………………（ 66 ）
　　第六节　艾略特及其《荒原》 ……………………………………（ 74 ）

第三章　20世纪西方存在主义文学 ………………………………（105）
　　第一节　西方存在主义文学的产生、发展和特征 ………………（105）
　　第二节　萨特及其《禁闭》 ………………………………………（108）
　　第三节　加缪及其《局外人》《鼠疫》 …………………………（112）

第四章　20世纪西方后现代主义文学 ……………………………（140）
　　第一节　西方后现代主义文学的起源、发展和特征 ……………（140）

第二节 黑色幽默文学及约瑟夫·海勒的《第二十二条军规》 …………（148）

第三节 魔幻现实主义及马尔克斯的《百年孤独》《霍乱时期的爱情》
……………………………………………………………………（162）

第四节 纳博科夫及其《洛丽塔》 ……………………………………（205）

第五节 卡尔维诺及其《我们的祖先》 ………………………………（228）

第六节 艾柯及其《玫瑰的名字》 ……………………………………（241）

第七节 博尔赫斯及其《小径分岔的花园》 …………………………（251）

第八节 米兰·昆德拉及其《不能承受的生命之轻》 ………………（274）

参考文献 ………………………………………………………………（294）

绪　论

《新编剑桥世界近代史》指出，1898—1948 这 50 年，欧洲发生了革命性的变化和危机。可以说，革命和战争是西方 20 世纪文学形成和发展的独特的历史背景。两次世界大战给整个世界带来了毁灭性的灾难，促使人类不得不从新的角度来思考自己的命运。第一次世界大战是欧洲内战，使欧洲的世界领袖地位遭到破坏，大约有 30 个国家的 6000 多万人参战，直接因战争死亡的超过 1600 万人。第二次世界大战更是一场全球性的灾难。与第一次世界大战相比，它是一场更加疯狂的大屠杀，直接在这场战争中死亡的人数大约是 3500 万人。由于德国法西斯的种族灭绝政策，约有 500 万犹太人被屠杀。当然，它给世界人民，尤其是主要参战国所带来的不仅仅是物质的严重破坏和人员的惨重伤亡，更重要的是人类精神上难以愈合的创伤和无穷的后遗症。托马斯·艾略特（Thomas Eliot）的《荒原》中"并无实体的"意为第一次世界大战使伦敦成了空城。"走在你身边的第三人究竟是谁？"这里的"第三人"即指十月革命。第二次世界大战前日本入侵中国东三省，是对欧洲列强称霸世界的挑战。第二次世界大战后，美、苏两国占绝对优势，传统的欧洲强国处于美、苏两国的控制之下，处处弥漫着战争留下的创伤。

20 世纪西方文学中的"20 世纪"，不仅是一个时间段的概念，而且是一个性质意义上的概念。从社会转型角度来说，20 世纪是工业社会乃至后工业社会的发展阶段。该阶段，科学技术的巨大发展不仅带来了社会结构方面的本质变化，更重要的是带来了传统意义上的作为"宇宙的精华，万物的灵长"的人的主体观念的解体。现代和后现代意义上的人，既是强者，又是弱者；既是主体，又是客体。这导致一种新的人学观念开始出现。也可以说，20世纪的西方文化是对人的认识全面转型时代的文化，20世纪人与物处于对峙状态，20世纪的世界性冲突愈演愈烈。不可否认的是，文化冲突是重要原因之一。

20世纪的西方文学创作中，作家们从对国家、民族意识的张扬开始逐渐转向对人类共同命运的探讨，他们力图思考人类的生存境遇，展示人类的共同命运，自觉或不自觉地要做整个人类的代言人。20世纪的西方文学要认识和回答的，不是哪一个国家独自遇到的问题，也不是哪一个人遇到的问题，客观上说，是整个人类遇到的问题（如人的异化、世界的荒诞等），这些问题跨越了阶级、种族和文化的界限。如艾略特是20世纪初西方文学的代表人物，他的长诗《荒原》就是关注人类普遍性问题的杰作。弗兰兹·卡夫卡（Franz Kafka）的《城堡》也讲述了一个非常简单的道理，即从古至今人类总有自己实现不了的愿望，有似乎就在眼前却得不到的东西，其实就是人类时刻面临的"城堡"，也就是说，"城堡"是每个人都面临的具体的、想得却永远得不到的那个东西的符号。塞缪尔·贝克特（Samuel Beckett）的《等待戈多》中，"戈多"其实就是"戈戈"和"狄狄"的"城堡"。欧内斯特·海明威（Ernest Hemingway）的《老人与海》中，老人桑提亚哥所体现出的人格力量也并不仅仅是古巴人或美国人的写照，更是整个人类精神气概的象征。

笔者自2000年在西华师范大学文学院开设专业选修课"20世纪西方文学研究"以来，深感要让学生有所收获，就不能只对文学史平铺直叙，更不能总是以传统的世界文学课程的模式（即作家生平、作品时代背景、创作过程、基本内容、主题思想、艺术特色等）来讲述这门课程。经过探索，笔者形成了以作品本身为核心，抓住该作品最有价值的问题，进而梳理20世纪西方文学重大成就的课程特色。每部作品大致从以下三方面进行阐释：第一，权威人士的权威文章对该作品作者的评价；第二，结合作品选段，厘清国内外有影响的评论对该作品的分析；第三，融入笔者20多年来教学过程中对作品的理解。所以，本书不是传统意义上的文学史或作品选。

本书原稿中的许多内容以讲义的形式已在西华师范大学使用20年，在此，特别感谢1998级至2017级的同学们，你们提出了很多中肯的意见。它虽然和任何一届学生手中舍不得在校园"跳蚤市场"出售的讲义都不一样，但是都有每一届学生的奉献。经过6次以上的修订,本书吸收了最新研究成果,采用了一些新译本,现在正式出版,成为我们良好的师生互动、教学相长的见证。

第一章
20 世纪西方现实主义文学

现实主义作为一场文学运动或文学流派，发轫于 19 世纪 30 年代的欧洲，到 19 世纪末一直占据着西方文坛的主要位置。它在 20 世纪的失落是不足为奇的，既是历史进化的必然（传统现实主义的美学理想在读者心中积淀了永久魅力，而它的一些创作规则如流水时序、全知全能叙述、戏剧化情节结构等又被厌弃），又是文学本体内部活动的结果（盛极而衰）。严格来说，20 世纪的西方现实主义文学是一种新的现实主义文学，因为它在创作思想和方法上与 19 世纪的现实主义已有较大差异，一般可分为以下两类。

第一类偏重于继承传统。代表作家作品有：德国托马斯·曼（Thomas Mann）的《布登勃洛克一家》，该作品以一个家族四代人的生活和关系为主线，揭示了资本主义必然衰败的命运，被誉为西方的《红楼梦》；德国埃里希·雷马克（Erich Remarque）的《西线无战事》，该作品用白描手法展示了炮火横飞的景象，表现了人在死亡降临时的痛苦；苏联米哈依尔·肖洛霍夫（Mikhail Sholokhov）的《静静的顿河》，该作品包含三重话语，每一种话语都与某种文化精神、文学传统相联系。

第二类在继承传统的基础上，更多地吸收了新的思想、方法和技巧。这类作家以戴维·劳伦斯（David Lawrence）、欧内斯特·海明威（Ernest Hemingway）、斯蒂芬·茨威格（Stefan Zweig）和乔治·奥威尔（George Orwell）为代表。乔治·奥威尔被称为"一代英国人的冷峻良心"，这位终其一生憎恶与鞭笞上层阶级的左翼文人的《动物农场》和《一九八四》已被译成 60 多种文字，销量超过 4000 万册。他以先知般冷峻的笔调勾画出人类阴暗的未来，将悲喜剧融为一体，其动人的真诚、机灵的隽语吸引了无数读者。

第一节　肖洛霍夫及其《静静的顿河》

一、著作权之争

《静静的顿河》于1965年获得诺贝尔文学奖。不过肖洛霍夫（Mikhail Sholokhov，1905—1984）这一荣誉得来确实不易，《静静的顿河》自第一部问世以来，其著作权问题就一直断断续续在国内外闹得沸沸扬扬，争论不断。有人甚至说肖洛霍夫不是该小说的作者，他是从别处"剽窃"来的，而且持"剽窃"论者不乏一些文学界的权威人士。伊凡·朱可夫于2000年1月5日在俄罗斯《共青团真理报》上发表的题为《他往葛利高里和婀克西妮亚的身上注入自己的性格》的文章，给我们提供了不少围绕这场争论的信息，其中指出"不久前找到的著名长篇小说《静静的顿河》的草稿，再一次不容置疑地证明肖洛霍夫即它的作者"。

20世纪90年代，突然爆出消息，《静静的顿河》头两部的手稿并未丢失，还在莫斯科。手稿的保管者打算拿原稿去换钱，所索要的那笔赎金连当时的总统戈尔巴乔夫都感到十分为难，此后很多年这个问题一直悬而未决。只有俄罗斯科学院高尔基世界文学研究所所长不死心，经过多年的查找，终于搜寻到手稿保管者的住址。当谈妥了双方都能接受的价钱之后，他将手稿复制了下来。这些手稿一共855页，大部分是肖洛霍夫的手迹，还有一些是他妻子的手迹，当时肖洛霍夫夫妇还没有打字机。其中，有500多页是草稿，纸上有各种不同的文本和划来划去的句子，说明他创作时在努力找寻最理想的词句。简言之，这是肖洛霍夫创作思想和艺术探索的活生生的见证。这之后高尔基世界文学研究所写信给普京，说明情况。按照普京的委托，俄罗斯科学院终于弄到了这批价值连城的文稿。为什么自己的心爱之作《静静的顿河》从一问世便遭到一些人的非议，而作家在他的后半生一直缄口不谈此事呢？肖洛霍夫的后代接受采访时，说道："战争使米哈伊尔·亚历山德罗维奇变得十分消沉。战后那几年他如同生活在迷雾中，像个盲人，像个聋人，仿佛是在另一个世界里打发自己。后来心情稍有好转，又一心一意搞起了创作,专心致志地过起了日子,尤其是在他写《一个人的遭遇》和《被开垦的处女地》第二部的时候。那是一段好时光,无忧无虑,心情舒畅。可以后病痛就找上门来了。从 60 年代末开始,他的病已经很重,但他一直挺着。医生们都在感叹:'你看,他可是真能忍啊!'他得过两次心肌梗死,又得过糖尿病并发症,最后得的喉癌,这可是要命的病……"①

二、《静静的顿河》多重解读

《静静的顿河》自问世以来,有过多种多样甚至完全相反的解读。这源于作品本身存在着"真理"话语、"人性"话语、"乡土"话语等多重话语,它们影响到小说的人物分类、叙事方式等。这些话语常常相互置换,构成一种对话关系,使作品具有丰富的意义,而且每一种话语都与某种文化精神、文学传统相联系。在 20 世纪,肖洛霍夫是唯一获得价值标准大相径庭的斯大林文学奖和诺贝尔文学奖的作家。不同倾向的读者出于不同的阅读期待,似乎都从肖洛霍夫的作品中读到了他们所需要的东西,其原因就在于肖洛霍夫本来就是多面的。现实造就了多面的肖洛霍夫,多面的肖洛霍夫又决定了其作品的多种声音。话语作为某种知识载体和特定价值指向符号的概念、范畴体系,被认为是与一定的文化精神相联系的。

(一)话语与人物设置的相互依存

从人物设置的角度来看,我们可以根据不同话语的价值取向把作品中的人物分为不同的类型。首先,按照真理话语所服从的历史伦理标准,这部作品的主要人物可以分成两组:柯晒沃依、施托克曼、贾兰沙、彭楚克;格里高力、彼特罗·麦列霍夫、小李斯特尼次基、佛明。前一组人物是布尔什维克,或是拥护苏维埃政权的进步群众;后一组人物则是白卫军官和参加暴动的普通哥萨克。按照真理话语的要求,作品应该表现这两个不同阵营的你死我活的斗争,着力展现前一组人物如何正义在手,仇恨在胸,奋起战胜后一组人物,或如何因势利导、分化瓦解、孤立打击他们。居于作品中心的应该是前一组人物,因为他们体现了革命发展的趋势。然而,实际上恰恰与之相反。在这部作品中,居于中心的是后一组人物,前一组人物除柯晒沃依外,

---

① 粟周熊:《〈静静的顿河〉的著作权问题终成定论》,《外国文学动态》,2000 年第 2 期。

在作品中时隐时现。作品的中心主人公其实是双手沾满了赤卫军战士鲜血的格里高力。其次，按照人性话语，又可以把作品中的人物以是否具有"人性魅力"分成两类：富于人性魅力的，如格里高力、阿克西妮亚；缺乏人性魅力的，如柯晒沃依、波得捷尔柯夫、米佳、佛明。柯晒沃依、波得捷尔柯夫是布尔什维克主义的坚定信奉者，对敌人从来毫不留情。米佳等则是坚定不移地站在反布尔什维克一边，米佳主动要求加入行刑队，双手沾满了革命者的鲜血。从历史叙事角度来看，他们都应该是所属阶级的英雄。然而，这部作品中真正具有"人性魅力"的并不是那些坚定不移的革命者和反革命者，而是左右摇摆不定的格里高力，是美丽、"放荡"、充满生命激情、对生活拥有执着的爱的阿克西妮亚。最后，按照乡土话语，我们又可以把作品人物分成哥萨克与外乡人。哥萨克是个特殊的群体，在革命中，哥萨克与来自俄罗斯的革命者常常形成矛盾，与外乡人的立场往往不一致。外乡人更多的是从阶级利益的角度主导俄罗斯命运，哥萨克则更多地掺和着一些本土主义的考虑。像革命阵营中的波得捷尔柯夫，就有较浓厚的哥萨克地方主义倾向，格里高力的人生选择也常常体现出哥萨克气质的影响。

以上三套话语不仅影响到小说中人物的归类（所谓"立场"），而且小说的叙事也与此相关，历史叙事（"史诗性"叙事）、私人叙事、抒情式叙事，分别对应于三套话语。小说一开头，展现在读者面前的是麦列霍夫家的院子。这是一个哥萨克村庄：鞑靼村。院子在村子的尽头，正对着顿河。这一家人在顿河边的土地上耕种、钓鱼、割草、休养生息，而其中的主旋律又是主人公格里高力的爱情、婚姻。在每家每户的院子里所发生的故事，无论喜怒哀乐，都是非常私人化的。可是，随着战争的到来，这种和谐静谧的生活被打破了。第一次世界大战，不仅改变了俄罗斯历史的进程，也强制性地介入到每一户哥萨克人的场院里。战争改变了他们的生活，他们从此被抛入历史的洪流，或自觉或不自觉、或主动或身不由己地在历史大潮中做出自己的选择。自此，小说引入另一条叙事线索：历史叙事。作为一部史诗性的长篇小说，《静静的顿河》再现了一系列历史性事件，其中的许多事件，如二月革命，临时政府的成立，科尔尼诺夫进军彼得堡而被临时政府关押、释放，哥萨克听从红色波罗的海水兵的劝说后撤出皇宫广场，顿河革命军事委员会的成立，与顿河军政府的谈判，等等，都是真实的历史事件。在这一历史大背景下，小说展示了顿河哥萨克在战争与革命中的命运：他们如何通过血与火的洗礼，走向社会主义，走向"伟大的人类真理"。显然，小说中历史叙事依从于真理话语，而私人叙事则依从于人性魅力的话语。历史中的个人命运，构成了小说中历史叙事与私人叙事的沟通桥梁。作品展示了格里高力身上的人性由萌发到残存，再到泯灭的过程，作品的悲剧性正在于人物强大的个性被毁灭。

在表现顿河两岸绚丽的自然风光的时候，在为哥萨克的命运慨叹的时候，作者又变成了抒情诗人：

低低的顿河天空下的故乡草原呀！一道道的干沟，一带带的红土崖，一望无际的羽茅草，夹杂着斑斑点点、长了草的马蹄印子，一座座的古冢静穆无声，珍藏着哥萨克往日的光荣……顿河草原呀，哥萨克的鲜血浇灌过的草原，我向你深深地鞠躬，像儿子对母亲一样吻你那没有开垦过的土地！

又如小说卷首语《顿河悲歌》：

我们光荣的土地不是用犁来翻耕……
我们的土地用马蹄来翻耕，
光荣的土地上种的是哥萨克的头颅，
静静的顿河到处装点着年轻的寡妇，
我们的父亲，静静的顿河上到处是孤儿，
静静的顿河的滚滚的波涛是爹娘的眼泪。

噢噫，静静的顿河，我们的父亲！
噢噫，静静的顿河，你的流水为什么这样浑？
啊呀，我静静的顿河的流水怎么能不浑！
寒泉从我静静的顿河的河底向外奔流，
银白色的鱼儿把我静静的顿河搅浑。
——哥萨克古歌

（金人译，人民文学出版社，1988年版）

（二）几套话语有时又相互冲突

作者曾宣称要在作品中表现伟大的人类真理，但他以人性话语作为评判人的价值尺度，以乡土话语与真理相抗衡，有时就可能悄悄地进行了话语的置换。真理话语被悬置起来，为另外的话语所取代。小说更动人的，是哥萨克的原生态生活及其生命激情。他们在一种自然生态中生活，从创造生活的劳动到种种最简单、最原始的本能，无不散发着生命冲动的气息。格里高力与阿克西妮亚的爱情，所表现的也是一种基于原始的生命激情、不顾一切要厮守在一起的强烈愿望。阿克西妮亚那"放荡、贪婪、丰满"的嘴唇，那痛饮生活之杯时"如癫似狂"的情感，首先吸引了格里高力。在性爱描写中，肖洛霍夫强调人的自然本性，直接切入人的肉体本能冲动中并避免做出道德评价。小说中有一个情节，1918年哥萨克暴动时，格里高力曾带领一支哥萨克部队驻扎在一个村庄。房东女儿的丈夫跟着红军走了。房东为了讨好哥萨克军官，有意让女儿接近格里高力。这是一个高高的、很漂亮的风流女子，在棚子里的大车上，一夜的癫狂之后，早上她恋恋不舍地贴在格里高力的胳膊上，哆嗦着说："我男人可不像你这样……"对房东女儿来说，评价一个人的标准并不是他的阶级立场、信仰，而是"干床上的事儿"行不行。正是基于此，在她眼里，当红军的丈夫竟大大不如"反对革命"的格里高力。在这里，"性"具有了一种话语意义。这是一种自然、原生态意义上的人性，它像大自然中花儿的绽放，代表着一种"本真"。相反，革命的暴力在剥夺人的生活的同时，也在剥夺人的本性。彭楚克从机枪队被调到顿河革命军事委员会的革命法庭，担任执法队长，每天干着枪毙人的"脏活儿"。这种令人厌恶的活儿弄得他筋疲力尽。有一晚，安娜溜进他房间，彭楚克却十分羞惭地发现自己"身子空了"，"无能为力了"。这一情节，最典型地体现了消灭生命行为对生命活力的扼杀。后来，直到他离开行刑队，其"性"功能才得以恢复。这真是一个意味深长的隐喻。

人们可以因为不同的信仰而相互厮杀，但人性中总有一些共同的东西是不可磨灭的。作品细致地揭示出格里高力的"心灵的运动"，他的追求、希望、矛盾、苦闷、悲伤，使得他的许多行为，哪怕是站在革命对立面的行为也就能够为读者所同情、理解了。格里高力因为内心极度苦闷，发疯一般砍死了四名水兵："我杀死的都是一些什么人呀！"他生平第一次在极大的痛苦中挣扎起来，喊叫着，随着在嘴唇上团团转的唾沫一起，吐出了这些话。"弟兄们，不要饶恕我！……行行好，千万行行好，把我杀了吧……判我……死罪吧！……"格里高力这种疯狂屠杀行为可谓丧心病狂、罪大恶极，但在读者心中激起的不是痛恨，更多的是对他内心极度苦闷的理解与同情。而柯晒沃依为了革命大义灭亲的行为，却未必能获得读者的认同。哥萨克暴动失败后，因为患病无法上前线的柯晒沃依担任了鞑靶村革命军事委员会主席，他娶了格里高力的妹妹杜尼娅为妻。而格里高力从叛军投奔红军，受到怀疑，只好复员回乡。我们来看格里高力与柯晒沃依的一段对话："我是说干脆的。怎么想，就怎么说。你什么时候上维奥申去？""尽可能在最近几天去。""不是尽可能，而是明天就得去。""我步行了差不多有四十俄里，太累了，明天要休息一下，后天我去登记。""命令上是说：要立即登记。你明天就去吧。""不能休息一天吗？我又不会逃走。""谁他妈的知道你的心思呢。我不能为你担保。""你怎么坏成这样啦，米沙！"格里高力惊讶地打量着老朋友那板得紧紧的脸说："你别骂人！我听不惯这一套……"柯晒沃依喘了一口气，提高声音说："你要明白，你这种军官习气该扔掉了！明天你就去，如果你不好好去的话，我就派人押着你去。明白吗？""现在全明白了……"格里高力狠狠地看了看正朝外走的柯晒沃依的背影，和衣躺到了床上。在这里，叙事视点明显聚焦格里高力，情感更倾向格里高力。大义灭亲的柯晒沃依，本应是被歌颂的对象，却使人感觉不近人情。这显然违背了真理话语的历史伦理价值观念。

《静静的顿河》中，人与大自然息息相关。那时而和缓、时而咆哮的顿河，那静默的充满原始生命力的草原，不断地唤起人的生命激情。但是，当人类进行残酷的厮杀时，大自然又以它固有的生命节律构成与这个充满着凶杀与仇恨的动荡的人类世界相抗衡的另一世界。当参加布尔什维克的"杰克"被白军军事法庭处死：

过了半个月，小小的坟堆上长出了车前草和嫩蒿……还有，五月里，野鸭子在供牌旁边打架，在瓦灰色的野蒿里做窝儿，把附近快要成熟的冰草压成一片绿毡：那是野鸭子厮打的战场，争的是母鸭子，争的是生存、爱情和生儿育女的权利。过了不久，就在这供牌附近，在一个小土包脚下，在乱蓬蓬的老蒿底下，一只母鸭子生下九个蓝中带黄的花蛋，母鸭子便卧在这些蛋上，用自己身体的温暖来孵化，用灿烂有光的翅膀保护着。

当人类正在相互毁灭着生命的时候，大自然却焕发着旺盛的生命活力。从某种意义上说，大自然构成了对人的世界的一种反衬。人对人太残忍了，而且在残忍之中还时时要找出崇高的理由。大自然反而朴素、坦荡得多，连生存的竞争也自有其固有的法则。大自然时时在呼唤着人的回归。在格里高力的人生道路的选择中，常常表现出一种倾向，即向土地、向纯朴的往日生活、向充满野性生命力的大自然的回归。他一方面在年年的征战中疯狂冒险，另一方面又总想"远远地离开这个充满了仇恨和敌视的难以理解的世界"。在矛盾重重、不知道路该往何处走时，他总会想起过去，想起那片土地。故乡、童年、往日的生活，成了格里高力在漫漫漂泊征途中的心理依托与归宿。对于格里高力来说，他最大的梦想便是在自己的土地上和平地生活、自由地劳作。

革命、人性、乡土，它们各自暗含了一种价值取向，但相互之间又似乎总是不能两全，这便构成了一种话语的冲突。

第二节 劳伦斯及其《查泰莱夫人的情人》

D. H. 劳伦斯（David Lawrence，1885—1930），20 世纪英国小说家、批评家、诗人、画家。代表作品有《儿子与情人》《虹》《恋爱中的女人》和《查泰莱夫人的情人》等。第一次世界大战期间，劳伦斯因主张和平以及他夫人是德国人，曾被指责为德国间谍，1919 年夫妻俩开始流浪生活，直到劳伦斯过世。他们一起度过了长达十几年的流浪生活，先后到澳大利亚、意大利、斯里兰卡、北非、墨西哥、法国、西西里等国家或地区游历，劳伦斯将这段经历称为"野蛮的朝圣"。

一、劳伦斯小说中的"性"

劳伦斯创作所探讨的主题是人与社会、人与自然、人与人、男人与女人之间的关系，着墨最多的是男人与女人之间的关系。在描写男女两性关系方面，劳伦斯突破禁区，大胆地触及了"性"这个人人都拥有它、需要它却又令世人谈之色变的话题。由于父母的持久冲突，劳伦斯从幼年起即对文明制度、对人性，尤其是对两性关系的扭曲刻骨铭心。他在日后的许多作品中，都刻画了一类精神型的女人，即"大母亲"，与之相对应的则是一类生命力和自然本能被阉割的"心理阳痿"的男人。

劳伦斯的诸多小说中，多次出现大段的性爱场面的描写。他在创作中呼唤以血肉、本能、生命力来对抗使人性异化、功能萎缩、情感枯竭的整个西方文明制度，倡导一种生命哲学或血性哲学，以此与整个传统文明观念体系相对抗，并希望借此拯救人类："我们的伟大的宗教就是对血与肉的信仰，它们比理智更富于智慧……我需要的一切乃是直接与我的血性相呼应，而不理会理智、道德或诸如此类的任何无聊干预……"他吼出了一句响亮的口号——"现在我们需要再一次撒播野性的种子"。

"性"，成为劳伦斯剖析和抨击西方现代文明的独特角度。他曾说："我们文明的最大灾难就是对性的病态和憎恨。"劳伦斯坚信只有通过改造或调整两性之间的关系，性爱才能变得健康而自由，英国或整个人类才能摆脱目前的痼疾。其作品大多揭示人的血肉之躯和生命本能，与压抑、窒息它的理性意识及崇灵观念的斗争，并通过性爱的解放达到对血性和肉体的弘扬。即使在他一生最后的创作阶段，我们仍能在其绝笔之作《启示录》中听到他讴歌"有血有肉地活着的美和惊奇""血肉生命之壮丽"。

《查泰莱夫人的情人》是劳伦斯的最后一部小说。该书几乎成为劳伦斯的代名词，对劳伦斯的声名浮沉有重要影响。作品描写的是第一次世界大战后英国贵族克利福德的妻子康妮与守林人梅勒斯之间充满生命激情的爱情故事。康妮嫁给了英国贵族克利福德·查泰莱为妻，但新婚不久，克利福德却在战争中负伤，腰部以下永久瘫痪。性功能的丧失导致了克利福德感情的枯竭和性格的刁钻自私，这使康妮倍感煎熬与窒息。之后，康妮对庄园新来的守林人梅勒斯一见倾心，经常悄悄地来到守林人的小屋与其幽会，尽情享受原始的、充满激情的、彻底的性生活。不久康妮怀孕了,为了避人耳目,康妮来到威尼斯度假。就在此时,守林人尚未离婚的妻子突然回来,公开了守林人与康妮的私情。这迫使梅勒斯不得不向克利福德辞职,并按他先前和康妮的约定在伦敦相会。肉体的结合再次唤起了他们的百般温情,坚定了他们抛弃旧生活、开始新生活的决心。

《查泰莱夫人的情人》1928年一经问世,便因为书中大量的性描写而遭到欧美各国的查禁。有批评说这部小说是"邪恶的标志""令法国的色情小说相形见绌""是英国文学史上史无前例的最大污点"。在20世纪60年代的英国,该书是否可以全文出版引发了一场震惊全球的出版公案。1960年,英国最著名的企鹅出版公司准备出版劳伦斯全集,将全文收入《查泰莱夫人的情人》一书。消息传出后,伦敦首席检察官立即提出控告,指控该书"宣扬肉欲,赞扬通奸,语言淫秽",从"整体看来,倾向于败坏心智和腐化读者的心灵"。企鹅出版公司不服,于是展开了一场长达6天的法庭辩论,有35位著名的作家、评论家、神学家、心理学家、社会学家、出版商等出庭作证。法庭经过审理后得出结论:书中描述性生活的部分,都被仔细地织入二人的心理关系、背景和由之产生的自然演变之中,但因为它们仍是整个关系中的一部分,因此该书绝对不是耽溺的或纵欲的。这场官司的胜利,结束了《查泰莱夫人的情人》历经磨难的命运。一时此书的各种类型、各种版本纷纷出现,畅销全球。在20世纪80年代,该书在中国曾因先遭查处,后又准予出版,成为一个出版热点。

二、《查泰莱夫人的情人》作品解读

《查泰莱夫人的情人》是以性爱小说而闻名于世的,但作品中的性已不再是单纯生理意义上的性,劳伦斯赋予它严肃而深邃的寓意。劳伦斯认为科学、机械败坏了文明,戕害了人性。他反对理性,赞美性爱,认为性与美是同一个事物,正如火与焰是同一个事物一样。在劳伦斯笔下,性爱是作为人的自然的天性、作为一种生命的原动力而展现的,他认为性本身并不肮脏,只有当对待性的人自己堕落时,性才变得肮脏了。因此,性不等于色情,更有异于淫秽,一定的性的吸引是人类生活中的无价之宝。在《查泰莱夫人的情人》自序中,劳伦斯指出"所谓淫秽,只是人的头脑蔑视和恐惧肉体、仇恨肉体和抵抗肉体时的产物"。他声明自己写作的目的是要使人们对性树立起应有的尊重，对肉体的奇特体验产生应有的敬畏。

劳伦斯以其独特的抒情笔调，将梅勒斯与康妮的性关系描写得那么神圣、自然、纯洁，一切都顺理成章、浑然天成。这正是该书深受读者喜爱、畅销不衰的深层次原因。

延伸阅读

西方关于色情文学的论争

在西方文化学术界，有关色情文学（pornography）问题的论争，可说是由来已久，至今犹存。五十年代至八十年代，由于西方经济高速增长，人们生活水准大幅度提高，再加上先进印刷技术的运用、大规模销售网络的形成等等原因，致使色情文学读物的发行量出现了巨大增长，各种色情文学读物似潮水到处泛滥，成为现代西方大众文化的显著特征。如目前在加拿大最畅销的十种杂志中，就有六种是色情杂志，最典型的两种是《花花公子》（Playboy）和《棚屋》（Penthouse）。这一现象不仅为文化学术界人士所关心，而且为整个社会所关注。色情文学与读者之间的关系如何？对整个社会产生的影响是正面有益的还是负面有害的？其影响是在读者的心理水平上，还是在行为水平上？由此而引发出的另一重要问题就是：色情文学对一般文学作品具有怎样的影响？为此，西方文化学术界从道德、法律、社会民主和个人自由以及文学心理学方面对色情文学问题进行了深入探讨，展开了激烈的论争。

一

劳伦斯曾经给色情文学下过一个定义：色情文学"是对性的侮辱和糟蹋"。被人误认为色情文学作家的劳伦斯，对色情文学的态度似乎颇为严厉，他曾公然宣称：色情文学作品漫无止境地、令人厌倦地反复描写各种性行为，这是不可宽恕的犯罪，理应受到严厉的禁止。同样被人认为是色情文学作家的纳博科夫对色情文学也无好感，他认为：色情文学只是关于"性交的一些陈词滥调，色情文学作者的唯一目的只是刺激读者的性兴奋"。有趣的是，尽管两人的态度如此鲜明，却仍不能解除世人的误解，两人的几部作品，如劳伦斯的《查泰莱夫人的情人》《虹》和纳博科夫的《洛丽塔》

都曾被欧美一些国家官方认为是色情淫秽作品而遭到查禁，不准进口。即使在今天，这几部作品的阅读在有些地方仍受到限制。不过，两人对色情文学的见解，却被人们作为重要的恰当定义而经常引用。

二

西方各国官方，对色情文学读物始终持否定和排斥的态度。除了宗教国家和教会基于宗教方面的理由禁止和限制色情文学之外，西方各国政府过去是，现在仍然是对色情文学热衷于禁止和限制，为此而先后制订了一系列严厉的法律和规定。唐纳德·托马斯的《漫长的焚烧》（1969）和安妮·莱卡·海特的《古今禁书》（1978）两书所列的禁书中，有很大一部分即为色情文学作品。正如书中所言，许多著名作家都因为"色情淫秽"的罪名而被列入政府审查官员的黑名单。由于具体承办人员特别是海关官员往往无能力分辨文学作品的优劣，有些事实上是文学上的精品，也在统一的禁令中被查禁和没收，这类事是屡见不鲜的。《尤利西斯》《洛丽塔》《虹》和《查泰莱夫人的情人》只是本世纪几个最特殊的事例而已。不过，西方各国官方查禁和限制色情文学，各个时代却是出自其不同的理由。

色情文学，最初是在十七世纪的英国出现并引起公众注意的。这些最早出现的色情文学作品，内容主要是对妓院中妓女和嫖客所作的日常生活的描写。当时，英国政府将色情文学、宗教异端和鼓吹政治革命三者是视为一体的，因此认定，色情文学对人们和整个社会有害。当时的统治者认为：反叛者反对政府、反对政治统治，扰乱社会秩序，通常首先采取的是宗教异端的形式，继而是政治革命的形式，最后采取的则是性放纵、性自由的形式。很明显，在官方眼中，色情文学等同于反叛，色情文学的写作、出版和发行其性质相当于反政府行为，因而必须禁止。

十九世纪以后，官方禁止色情文学的理由有所变化，放弃了色情文学等同于政治反叛那样激烈的看法，而开始注重于社会道德方面的理由。当时的官方舆论认为，色情文学造成了、至少是部分造成了社会严肃纯正的道德风气的腐败，由此对建立在道德基础之上的整个社会结构形成威胁。

二十世纪中期以后，西方各国政府禁止色情文学的立场又有所转变，但也更为具体，其具体主要表现在，突出强调色情文学的泛滥和社会上性犯罪之间的因果关系。

三

将色情文学和社会上的性犯罪联系，并不仅仅是官方的观点。

美国一个半官方机构"色情文学研究委员会"六十年代初所作的一项调查表明：色情文学会导致性犯罪这种看法普遍存在于美国公众中，受调查者中的47%男性公民和51%的妇女认为：阅读色情文学会导致人们犯强奸罪。一位女学者分析美国约克郡几年来所发生的儿童性虐待案件时，义正词严地指出，这类犯罪与罪犯们阅读有关性虐待、性受虐狂的色情文学作品之间有着不容否认的关联。还有人从犯罪统计上找根据，证明色情文学导致性犯罪，尤其是那些涉及暴力的性犯罪，如强奸、性凌辱、性变态和许多其他类似的犯罪。

这种将色情文学与性犯罪之间作直接因果相连的看法，虽然为一般公众普遍认可，但却一直受到学术界的质疑。许多学者为此作了多方面的调查研究，在大量资料的基础上，他们提出，色情文学作品到处泛滥因而造成性犯罪增加这样的推论是不能成立的。英、美两国由官方组成的有关色情文学问题的专门研究机构也认为，没有足够的证据能证明，色情文学是引发性犯罪和青少年性犯罪的具有决定性的因素，两者之间没有直接的因果相联。诚然，任何形式的文学作品都会对人产生影响，这种影响只是落实在阅读者看待周围世界的思维方法上。作为一种推论，色情文学作品当然对人也有影响，但即使认定色情文学对人们有着有害的影响，这种有害的影响也只是落实在人们的心理水平上，而不是落实在人们的行为水平上。

四

由此，学术界将矛头转而指向了官方。学者们指出，既然不存在色情文学对社会有危害的确切证据，那么，政府就无理由禁止。在任何民主社会中，公民都有选择自己读物的自由权利，如果要干涉或剥夺这样的权力，必须要有充分的理由。

英国艺术委员会在1969年的一份报告中指出：政府禁止公民自主地选择欣赏哪一种文学艺术作品的行为是错误的，除非是有色情文学会对社会造成危害的不可辩驳的证据。但事实上并不存在这样的证据。有些官方成立的专门调查色情文学的委员会也提出建议，对色情文学艺术出版物的法律控制应该减少或取消。有人更进而否定政府对此设定的各种审查制度，他们认为，官方的审查制度会侵害民主社会中的最根本的原则，任何控制都会限制和剥夺人们的言论自由及其他自由权利。而在民主社会中，任何人都有不受政府控制、自主选择读什么的权利。此外，就严肃的创造性文艺作品而言，审查制度还有一个极其严重的后果，它往往会阻碍真正有创造性的文艺作品和一些严肃的学术著作的自由发行。蔼理斯的《性心理学》、山额尔夫人关于节制生育的书籍，就曾经被认为是色情文学读物而遭到禁止。

五

六七十年代以后，西方社会舆论更趋向一个极端，从对色情文学作品的无害认定，转而发展为肯定和赞扬。这是从两方面进行的。

一方面，是从文学创作的自由角度出发的。持此论者多为文学界人士，他们认为，色情文学的创作、发行自由，不仅应受到保护，而且应该积极欢迎和大力提倡，因为色情文学开拓了文学新的描写领域，为探索人的心灵和生命本质提供了新的途径。小说家斯托姆·詹姆森的意见概括了这一派的观点，他说：色情文学的"忠诚的拥护者将其看作是道德与心智解放的伟大象征，人类精神可以不受阻碍地自由地探索这一充满生命力的肉感性欲经验的领地，这具有极其重要的意义。因为迄今为止，这一领地仍被各种禁忌和虚伪压抑和轻贱"。詹姆森这个观点是有说服力的。至少在英国，作家将性行为作为人类生活的一个正常部分加以描写的自由，直到六十年代才被公众所承认，这是以1960年，经过英国伦敦刑事法庭辩论，陪审团宣布《查泰莱夫人的情人》非色情淫秽书而是具有很高文学价值的作品、可自由发行为标志的。自此之后，英国维多利亚时代刻板拘谨的风气才在一般文学作品中销声匿迹。

另一方面，是直接针对色情文学作品与性犯罪之间是否存在确定的关联所做的社会学方面的研究工作，这一派人士主要是社会学、心理学工作者，他们以自己的实验统计资料为根据，否认色情文学与性犯罪之间存在因果联系。他们一反常态，转而大力赞成色情文学作品的创作和大量发行，所持的理由是：色情文学作品不仅不会造成性犯罪，恰恰相反，色情文学作品还有助于减少性犯罪。正如反对色情文学的人总是寻找统计上的根据如强奸案增多等等，他们也在北欧的丹麦找到了自己所需要的证据。丹麦在1967年废除了禁止色情文学方面的有关法令，1969年又废除了色情绘画方面的禁令，在这之后若干年，丹麦社会上的性犯罪有了明显的减少。与以往将色情文学作品与性犯罪增多相关联的看法正相反，这些社会学、心理学的专家们将丹麦社会性犯罪减少的事实，看作是得益于色情文学作品的广泛传布，据此他们推导出这样的结论：对于那些可能成为性犯罪罪犯的人来说，色情文艺有一种心理治疗的效果，罪犯们那些难以抑制的、对社会可能造成危害的性冲动，通过阅读色情文学作品以及其他色情文艺就能够获得心理上的满足和纾解，因而排除了直接诉诸行为的犯罪。美国一位性心理医生也作如此分析："阅读色情文学作品的人，比那些从来不读的人更少有可能成为性犯罪者。其原因就是，经常阅读色情作品，可以平复和排遣那些会不断积聚起来的性冲动。"因此，在这些人眼中，色情文学的作者和推销者提供的乃是一种有价值的社会服务，这种服务是值得政府奖励和提倡发展的一个特殊项目。色情文学愈多，强奸案愈少，这就是他们的口号。

六

论争至此，反对和支持色情文学的两派，似乎各有自己的理论和依据，论争一时陷于胶着状态。此时，一些更严肃的持中性立场的学者另辟蹊径，从方法论上着手，才使论争有了进一步发展。

这些学者指出，有关色情文学的论争，之所以长期不曾取得实质上的进展，问题主要出在论争双方所使用的方法上。双方声嘶力竭地列举事实和数字，这只能使论争陷于困境。这些学者指出，试图用统计学的方法来证明文学作品的影响和后果，注定是徒劳无功的。文学、文艺作品诚然对人会有影响，但这种影响是不可测度，也无从测度的。我们也许可以认为，一个剧本的上演引起了观众的骚乱；我们也可以将十九世纪西方国家的某些社会改革，与狄更斯的全部小说联系起来；我们或许还可宣称，《圣经》在形成西方文明的过程中起了重要的作用等等。但是，文学与现实生活之间精确清楚的因果联系，我们恐怕永远无法知道。同样道理，如果我们试图确定多少强奸案是由哪些色情作品所诱发或者所避免，那也纯粹是浪费时间。这类统计游戏的荒唐，可由一个实验研究来形象地说明。

美国几位性研究专家，以194位男大学生和183位女大学生作被试，让他们观看两部色情影片，然后测试他们各自"生殖器的生理反应"。测试结果竟完全出乎主持者的意料之外。在观看影片的过程中，有152位男生的生殖器达到了充分勃起，37位男生在三分钟后才达到充分勃起，而8位高大英武的男生六分钟后才完全勃起。女生在观看影片的过程中，1位达到了性高潮，174位没有反应，还有6位可怜的羔羊，则自始至终都不能确定，自己是达到了高潮还是根本没有反应。学者们据此发出诘问：这样的实验统计研究，能说明什么呢？

七

既不能确切证明，色情文学作品使社会上充满性犯罪；同样，也不能确切证明，色情文学作品能使社会摆脱性犯罪。这样，不可避免地也就出现了色情文学在道德上是中性的观点。有人就此提出，色情文学既无益也无害，对此人们所可能采取的唯一理智态度，就是超然和旁观。

这种观点认为，色情文学、色情文艺已成为今天西方大众文化的一部分，正如其他大众文化一样，我们无法遽然断定它的好坏，判断它目前正在以及今后可能对我们的社会文化产生什么样的影响。因此，贸然加以诅咒或赞扬都是不合适的。美国《时代》周刊文学副刊编辑部的一篇文章所持的正是这样的态度："不要再迷恋于这样的幻觉，即色情文学是社会幸福的一种工具，而应代之以这样的看法：色情文学既无益也无害。这才是明智的态度。"

但这种观点，许多人都不愿接受，因为这实质上是一种悲观主义的态度，如果说色情文学既无益也无害，即色情文学对人们没有任何影响，那么实际上也就意味着，一般文学作品在影响人们的心理状况、生活观念方面，也同样是无能为力的。

八

近几年来，依循方法论的路线，西方文化学术界有关色情文学的论争又有了新的进展。一些学者如伊恩·罗宾逊和马苏德·汗改变以往道德评判的标准，转而从文学批评的角度展开对色情文学作品的分析批判。他们提出：我们不应从色情文学产生了什么社会影响的角度去判断，而应从它本身的文学性质上来认识；不应用社会学的语言来分析，而应用文学的语言来评价。以往的论争整个地偏离了轨道，因此长期纠缠不清。其实，色情文学的真正问题不是不道德，而在于它是一种可悲的坏文学。

这一批评像是抓住了要害。在文学界已出现一种颇具讽刺意味的现象，色情文学作家及其拥护者在和道德主义者所进行的无休止的论争中，往往持满不在乎的态度，可有一种批评，却是他们所不能容忍的，那就是：人们指斥色情文学是一种拙劣的坏文学，所贩卖的只是一些可怜的文学和病态的心理学。

要说色情文学是一种拙劣的坏文学，这一点是不难得到证明的。康诺利专门对色情文学作品的语言作了分析，他评价说：色情文学作品中的描写和比喻往往是随心所欲的、前后矛盾的，有时又夸张到令人难以置信的地步，语言贫乏，总离不开如悲鸣、呻吟、迷乱、狂欢、高潮那一套陈词滥调，缺乏探索和说明那些需详细描写的主题的能力，色情文学脱离了人类在运用语言以了解和提高自己的过程中所形成的一切想象的风格和传统。

更有人指出了色情文学另一个普遍存在的问题，那就是将性满足等同于性暴力。在所有色情文学作品中，几乎都能看到涉及暴力的比喻，如"进攻""爆炸""戳刺""打洞""猛撞""挖空枪筒"等等，可以说，色情文学是具侵略性的性暴力文学，是永无止境的性获得文学，是机械性质的性关系文学。事实上，色情文学是在歪曲性和丑化性，将人类性活动变得丑陋、堕落、廉价和肮脏，它是有关性的谎言，它不仅不能增进人们对性关系的理解和把握，相反阻碍了人们对人类性本质的理解。色情文学使性变得廉价，将人的性关系降低到动物的水平甚至更低，色情文学正在毁灭人类从性的复杂关系中所体验到的各种情感和意义。

由此，许多西方学者开始反省，他们意识到，虽然不必为以前的社会学因果论辩护，但还是应该实事求是地承认，色情文学与人们的观念及其行为之间仍可找出重要的关联，尽管这种关联既不是直接的，也不是可以客观测量的。一个社会中有关性的口头语言和书面语言，实际上代表了这个社会对于性的意义的普遍理解，有关性的语言的一切表达，就是生活在这个语言环境中的人们对于性的理解和评价。人们只能够通过日常的语言去理解性，如果一个社会中，有关性的语言都被色情文学的语言所掩盖和取代，那么，人们就只能根据色情文学去理解性了。色情文学的语言粗鲁、丑陋、贫乏且充满暴力，人们对于性的理解也就只能如此丑陋和贫乏了。正如奥威尔在《政治和语言》中所作的论断，政治思想，最主要是政治行为的质量取决于人们日常所使用的政治语言。人类性关系的质量同样取决于人们解释性关系、性行为所使用的语言。

　　毫无疑义,色情文学的盛行将会腐蚀一个社会的性语言,并进而腐蚀人们的性心理以至性行为本身,从而产生消极的社会后果。一位社会哲学家推论说:"如果我们允许色情文学到处泛滥,那么,从最好的方面说,人们在性的方面会变得越来越粗鲁、野蛮、忧虑、冷漠、非个性化、贪图享受;从最坏的方面说,我们社会的精神素质将整个地崩溃瓦解。"这可能有点夸大,但许多人认识到,这些夸大的部分只要有一小部分是真实的,色情文学也就是社会中一个严重的问题。

九

　　那么,究竟应该如何对待色情文学呢?

　　坚持文学批评立场的学者认为:既不要像丹麦人那样,鼓励色情文学的发展,进一步耸动听闻,让这些文字垃圾供应者赚大钱;但也不必对他们起诉,不用去审查他们在写些什么和卖些什么。官方审查制度令人反感,也不起作用,再说政府也无权这么做。最好、最理智的办法就是:承认它的存在,同时毫不留情面地予以批评斥责,这就是我们所能做的最好的事情。很可能,当我们承认色情文学的存在之际,它就会悄悄地溜走。我们应该使色情文学在蔑视中灭亡。

（选自《宇慧文学视界》,此文原载于《天涯》1999年第3期,有改动。原作者为张桂华,主要著作有《怎样讲道理》等。）

第三节　海明威及其《白象似的群山》

一、硬汉海明威

他 14 岁走进拳击场，满脸鲜血，可他不肯倒下；19 岁走上战场，200多块弹头弹片，也没能让他倒下；写作上的无数艰辛，无数的退稿，无数的失败，还是无法打倒他；直到晚年，连续两次飞机失事，他都从大火中站了起来；最后，因为不愿意成为无能的弱者，他举枪自杀。

（一）

欧内斯特·海明威（Ernest Hemingway，1899—1961）出生在世界五大湖之一的密歇根湖南岸，一个叫橡树园的小镇。家里一共有六个孩子，海明威是第二个。母亲很有修养，热爱音乐。父亲是一位杰出的医生，又是个钓鱼和打猎的能手。海明威 3 岁时，父亲给他的生日礼物是一根钓竿；10 岁时，父亲送给他一支一人高的猎枪。父亲的影响使海明威终生充满了对捕鱼和狩猎的热爱。14 岁时，海明威在父亲的支持下报名学习拳击。第一次训练，他的对手是个职业拳击家，海明威被打得满脸鲜血，躺倒在地。可是第二天，海明威裹着纱布还是来了，并且纵身跳上了拳击场。20 个月之后，海明威在一次训练中被击中头部，伤了左眼，这只眼的视力再也没有恢复。

中学毕业以后，海明威不愿意上大学，渴望赴欧参战，但因为视力的缘故未被批准。他离家来到堪萨斯城，在《堪萨斯明星报》做了见习记者。在这里他学到了最初的文字技巧。《堪萨斯明星报》对于文字有 110 条不得违反的规定，"要用短句""用活的语言""用动词，删去形容词""能用一个字表达的不用两个字"，等等。海明威专心致志，很快掌握了新闻写作的技巧，并形成了自己的文字风格。

1918 年 5 月，海明威如愿以偿，加入了美国红十字战地服务队，来到第一次世界大战的意大利战场。7 月初的一天夜里，海明威的头部、胸部、上肢、下肢都被炸成重伤，战友把他送进野战医院。海明威的一个膝盖被打碎了，身上中的炮弹片和机枪弹头多达 230 余块。他一共做了 13 次手术，换上了一块白金做的膝盖骨。有些弹片没有取出来，到死都留在了他体内。他在医院里躺了3个多月，接受了意大利政府颁发的十字军功勋章和勇敢勋章，此时他刚满19岁。战后海明威回到美国，战争除了给他的精神和身体带来痛苦，没有带来任何值得高兴的事。旧的希望破灭了，新的理想又没有建立，前途渺茫，思想空虚。

尽管这样，海明威依旧勤奋写作。1919年，他写了12部短篇作品，寄给报社被全部退回。母亲警告他：要么找一个固定的工作，要么搬出去。海明威从家里搬了出去，因为什么也改变不了他献身文学事业的决心，他只想做最出色的作家。

（二）

1920年的整个冬天，他独自坐在打字机前，一天到晚写作。有一次参加朋友们的聚会，海明威结识了一位叫哈德莉的红发女郎。她比海明威大8岁，成了海明威的第一个妻子。1922年冬天，他赴洛桑参加和平会议时，哈德莉在火车站把他的手提箱弄丢了。手提箱里装着他的全部手稿，1部长篇作品、18部短篇作品和30首诗。这使海明威痛苦万分却又毫无办法，只能重新开始。1923年，海明威的第一部著作《三个故事和十首诗》在法国的一个非正式出版社出版。总共只印了300册，在社会上毫无影响。

作为记者，海明威很受欢迎。而他呕心沥血写成的小说却没有报刊肯用。尤其令他伤心的是，退稿信上总是称他的作品为"速写录""短文"，甚至说是"轶事"，根本就不把他的稿件看成是文学创作。1924年，海明威辞去记者工作，专门从事文学创作。他没有固定的收入，又要养活刚出生的儿子，生活艰难可想而知。

1925年是海明威最穷困潦倒的一年。妻子哈德莉已经带着儿子离开了他。他除了通宵达旦地写作，只能把看斗牛当作娱乐。第二年，海明威与波琳结婚，婚后不久，他的第一部长篇小说《太阳照常升起》问世，立即博得了一片喝彩声，被译成多种文字，成为20年代那一代人的典范之作。这部小说用美国女作家斯泰因的"你们都是迷惘的一代"这句话作为题词，从而产生了一个文学流派——"迷惘的一代"，海明威则成为这个流派的代表。小说描写一群战后流落在巴黎街头的英美青年，他们内心苦闷，既否定了过去，又对将来丧失了信心。这是战后资本主义世界青年思想危机的真实写照。海明威对此感受真切，他就曾在绝望、迷惘中挣扎过。但与那些或者跳楼、服毒自杀，或者终日消沉的青年们不同，他很快便从那种情绪中摆脱了出来，写作、进取，立志有所作为。

《太阳照常升起》发表之后，"迷惘的一代"文学的影响在欧洲许多国家逐渐扩大。1929年，海明威的《永别了，武器》问世。这本书在几个月内就销售了10万册，是海明威20年代的代表作，也是"迷惘的一代"文学的最高成就之一。好莱坞为购买这部小说的摄制权，出了空前的高价8万美元。

进入30年代，国家正处在经济危机之中，海明威却捕鱼、打猎，观看斗牛，生活过得十分愉快。1932年，他发表了关于西班牙斗牛的小说《死在午后》，被称为斗牛题材的经典著作。在《死在午后》中，他提出了著名的"冰山理论"。所谓"冰山理论"，是海明威把创作比作海上漂浮的冰山，用文字表达出来的东西只是海面上的八分之一，而八分之七是在海面以下。海面下面的部分就是作家没有写出的部分，是省略掉的部分，但读者对其可以感受到，仿佛作家已经写出来了。这就要求读者深度参与文本。1933年，他去非洲打猎和旅行，并出版了《非洲的青山》一书。1936年，他又写成了短篇佳作《乞力马扎罗的雪》和《麦康伯短暂的幸福生活》，这是他最成功的短篇小说，均被拍成电影。

1936年7月，西班牙内战爆发。法西斯分子佛朗哥发动武装叛乱，企图推翻共和国。海明威借款4万美元为忠于共和国的部队买救护车。为了还清债务，他作为北美报业联盟的记者到西班牙采访，并拿起武器参加了战斗。西班牙内战以共和军失败而告终，这让海明威十分难受，他写了他一生中唯一的剧本《第五纵队》，歌颂献身于正义事业的人们。

1939年，海明威写成他最优秀的长篇小说《丧钟为谁而鸣》。小说出版后几天，妻子波琳与他离婚。不久，他和女作家玛莎结婚，一起到中国度蜜月。他们作为战地记者采访了中国的抗日战争，写了6篇抗日战争的报道，高度赞扬了中国人民英勇无畏的斗争精神。

海明威始终态度鲜明地反对法西斯分子。日本偷袭珍珠港，在美国对日宣战的当天，海明威就参加了海军。他以自己独特的方式参战，他改装了自己的游艇，配备了电台、机枪和几百磅炸药。他的行动计划是在古巴北部海面搜索德国潜艇，如果发现潜艇就全速前进，撞击敌船，与之同归于尽。他的这项计划不但得到了美国驻古巴的大使布拉顿的批准，而且得到了美国情报参谋部的赞同。海明威指挥船员在海上追踪德国潜艇近两年，但始终没有找到相撞的机会。

1944年6月，海明威随美军在法国诺曼底登陆。他率领一支法国游击队深入敌占区侦察，不断地向作战指挥部提供大量珍贵情报，因此而获得一枚铜质勋章。同年，海明威与玛莎离婚。第二年3月，他与他第四个、也是最后一个妻子玛丽结婚。玛丽是位记者，她陪伴海明威走完了他人生的最后十五年。她的到来，使海明威的生活充满了从未享受过的天伦之乐和人间温暖。

（三）

50年代初，海明威发表了他最优秀的作品《老人与海》。不久，他因此书而获得了普利策奖。

海明威怀念非洲和狩猎生活。1954年1月，他又和妻子去非洲打猎。他们乘坐的小型飞机在尼罗河源头附近不幸坠落，两人都受了伤。另一架飞机上的人看到了坠毁的飞机，人们都以为海明威夫妇遇难了。但55岁的海明威并不在意，他们又换乘飞机飞往乌干达首都。飞机只飞了片刻便一头栽到一个种植园里。几秒钟后飞机爆炸，引起大火。海明威拉着玛丽从飞机的残骸和火焰中爬了出来，玛丽当时几乎不能动弹了。海明威帮助当地农民扑灭了大火，然后陪玛丽去医院。玛丽的伤并不重，只是断了两根肋骨。伤势严重的是海明威自己，他的病历卡上写着长长的一串病名：关节粘连、肾挫伤、肝损伤、脑震荡、二度和三度烧伤、肠道机能紊乱……躺在病床上，海明威看到了用25种文字发表的他的讣告。他身体尚未康复，诺贝尔文学奖的荣誉又降临到他的头上了。他无法亲赴瑞典领奖，只好委托驻斯德哥尔摩的美国大使代他出席庆典，授奖是"因为他精通于叙事艺术，突出地表现在他的近著《老人与海》之中；同时也因为他在当代风格中所发挥的影响"。

荣获诺贝尔奖之后的几年，他没有发表过重要作品。他的健康每况愈下，写作时越来越吃力。他的高血压症、糖尿病、铁质代谢紊乱、皮癌、精神抑郁症等一连串疾病，使他完全丧失了工作能力。1961年7月2日清晨，这位身高6英尺、体重220磅的巨人，把心爱的双筒猎枪放进嘴里，扣动了扳机。

海明威死了，但他塑造的硬汉形象永远活着。他成功地塑造了一个个硬汉形象，并不在于他掌握了一套写硬汉的技巧。他写作的方法简单得不能再简单了：他自己先做个硬汉，然后他写他自己。因此，人们认为海明威的作品大多有他自己的影子，他笔下的人物跟随着他一起成熟、完美。

《海明威短篇小说选》的第一篇《在密执安北部》是他最早出版的作品之一，讲述了这样一个故事：一个当女仆的姑娘爱上了一个铁匠。一次，铁匠在她主人家喝酒，她便在外面等着，怀着纯真的爱恋，只想能看他一眼。铁匠出来了，却把她带到码头上粗暴地占有了她，然后心满意足地睡着了。姑娘被侮辱和伤害了，她会怎么样呢？海明威写道：

她又冷又悲，一切都像是完了。她走回到吉姆躺着的地方，再一次使劲摇了摇他，看他到底醒不醒。她哭着。

"吉姆，"她说，"吉姆。醒醒啊，吉姆。"

吉姆动了动，把身子蜷得更紧了。莉芝把上装脱了下来，俯身过去拿上装给他盖上。她把上装小心谨慎地、干净利落地在他四周披好。然后她穿过码头，走上陡直的沙土路回去睡觉。冷雾由港湾上穿过树林正升起来呐。

这或许是海明威笔下的第一个"硬汉"。她的命运与一般人相同或比一般人更不幸，她的能力也与一般人相同，不会变痛苦为欢乐。所不同的只是对待不幸的态度：她没有悔恨、恐惧、绝望或麻木，只是把不幸承担了下来。承担不幸，是硬汉性格的出发点。

《丧钟为谁而鸣》是海明威中期最成功的作品。主人公罗伯特称得上是个完美的硬汉形象，完成了炸桥任务，可他的腿也断了。敌人就要围攻上来了，他不愿拖累战友的撤退。他无法和他心爱的姑娘去马德里了，无法看到他蒙大拿的家乡了，他年轻的生命就要结束，但他用平静的语调劝玛丽亚离开：

"我们下一次去马德里吧，真的，走吧。"

他的同伴哭着说:"你要我枪杀你吗?要吗?没关系。"

"不用了,"罗伯特说,"走吧,我在这儿很好。"

与那位密执安姑娘相比,罗伯特遇到的是更大的不幸。同样,罗伯特承担了这不幸,即使死,也保持了体面和尊严。

《老人与海》中的老人是海明威所创作的最后的硬汉形象。那位老人遇到了比不幸和死亡更严峻得多的问题——失败。老人拼尽全力,却只拖回了一具鱼骨。怎么办呢?

"一个人并不是生来就要给打败的,"老人回答说,"你尽可以消灭他,可就是打不败他。"

老人因此梦见了狮子。海明威生前一定也梦见过狮子。

二、《白象似的群山》文本分析

埃布罗河河谷的那一边,白色的山冈起伏连绵。这一边,白地一片,没有树木,车站在阳光下两条铁路线中间。紧靠着车站的一边,是一幢笼罩在闷热的阴影中的房屋,一串串竹珠子编成的门帘挂在酒吧间敞开着的门口挡苍蝇。那个美国人和那个跟他一道的姑娘坐在那幢房屋外面阴凉处的一张桌子旁边。【整部小说运用的是纯粹的限制性客观叙事视角。比方说,就像一架机位固定的摄影机,它拍到什么读者就看到什么,没有叙事者主观的评论和解释,叙事者是非全知的,小说是限制性叙事。叙事者知道的几乎与读者一样多。只有"那个美国人"一句突破了纯粹的限制性视角,说明叙事者事先就知道了他的国籍,此外我们对他的身份来历一无所知,因为叙事者没有告诉我们任何别的信息。】天气非常热,巴塞罗那来的快车还有四十分钟才能到站。列车在这个中转站停靠两分钟,然后继续行驶,开往马德里。【这一句是小说中很少运用的说明性的句子,告诉读者美国人和姑娘可能在等车,但是否在等车,叙事者没有直接说明,只是在暗示读者。】

"咱们喝点什么呢?"姑娘问。她已经脱掉帽子,把它放在桌子上。【这句话是姑娘主动说出的。姑娘在文中一直是采取主动姿态的人,而且可能是

比较有情趣和想象力的人。下文中的喝啤酒也是她建议的。】

"天热得很，"男人说。

"咱们喝啤酒吧。"

"Dos cervezas，"男人对着门帘里面说。

"大杯的?"一个女人在门口问。

"对。两大杯。"

那女人端来两大杯啤酒和两只毡杯垫。她把杯垫和啤酒杯一一放在桌子上。看看那男的，又看看那姑娘。姑娘正在眺望远处群山的轮廓。山在阳光下是白色的，而乡野则是灰褐色的干巴巴的一片。【这一段文字是典型的海明威风格。他的小说大都运用人物的视角来观察，尤其是以人物的眼光引出风景描写。这一段中，是姑娘在眺望风景，于是作者就顺理成章地描写起风景来。这一段风景描写也与传统小说有明显区别。马原认为，作为现代派小说家，海明威很清楚巴尔扎克时代的描写手法已经过时了。他知道巴尔扎克喋喋不休地描写伯爵夫人礼服的花边和样式以及历史沿革是多么令读者厌倦，环境和风景描写也同样连篇累牍，很少有人耐心读完。但巴尔扎克细致的环境和风景描写是否必要？这一点海明威就缺乏判断了。他有点拿不准，因为写一个事件的环境对小说有时是相当关键的。那么该怎样描写环境和风景呢？这个时候海明威就相当聪明。马原举了《永别了，武器》开头一段的例子："那年夏天，我们住在村庄上的一幢房子里，望得见隔着河流和平原的那些高山。河床里有圆石子和漂砾，在阳光下又干又白，清蓝明净的河水在河道里流得好快。"马原评论说："他要写一下那个环境，他怕会使他的读者厌倦，就说——在某一个位置'望得见'什么什么，真是一个巧妙的主意。如果他说那里有些什么就犯了强加于人的错误，他说在那个位置上'望得见'什么时就温和得多了。这是一场心理战。我作为读者读到这样的部分时，我想我通常有兴趣知道。作者的委婉使他取得了预想的效果。"马原是小说家，拥有创作体验，因此他更能看出某些学者和评论家看不到的问题。《白象似的群山》这一段就是这样，风景是由人物眼光引出的，读者就与姑娘一起观看，同时也间接洞见了姑娘的内心和姿态，是一种双重的效果。这是一种风景描写技巧上的变化，这种变化往往是不知不觉的。在这个意义上，创作短篇小说尤其是需要技巧的，是必须训练的。】

"它们看上去像一群白象，"她说。【比喻第一次出现。不是属于小说叙事者的，而是属于姑娘的。它揭示了姑娘是有诗化倾向的人物。这个比喻后面一再复现，肯定有提示性作用，它解释了小说人物的情调，近似于主导动机，也是作品冲突的一个焦点。】

"我从来没有见过一头象，"男人把啤酒一饮而尽。

"你是不会见过。"

"我也许见到过的，"男人说。"光凭你说我不会见过，并不说明什么问题。"【男人的反应没什么浪漫的诗意，因此姑娘有些不满，"你是不会见过"，语调里有点怨气，但男人也针锋相对和她抬杠。这里暗示两个人之间有点不愉快的气氛，有某种紧张感。】

姑娘看看珠帘子。"他们在上面画了东西的，"她说。"那上面写的什么？"

"Anis del Toro。是一种饮料。"【这里面也有所谓的"经验省略"，海明威并没有直接交代帘子上画了什么，写了什么，但姑娘和男人的话告诉我们上面写有东西。另外我们还知道上面写的是西班牙文，姑娘并不认识。"Anis del Toro"正是西班牙语，指一种茴香酒。】

"咱们能尝尝吗？"

男人朝着珠帘子喊了一声"喂"。那女人从酒吧间走了出来。

"一共是4雷阿尔。"

"给我们再来两杯 Anis del Toro。"

"掺水吗？"

"你要掺水吗？"

"我不知道，"姑娘说。"掺了水好喝吗？"

"好喝。"

"你们要掺水吗？"女人问。

"好，掺水。"

"这酒甜丝丝的就像甘草，"姑娘说，一边放下酒杯。【此处又是姑娘的比喻。】

"样样东西都是如此。"

"是的，"姑娘说。"样样东西都甜丝丝的像甘草。特别是一个人盼望了好久的那些东西，简直就像艾酒一样。"

"喔，别说了。"

"是你先说起来的，"姑娘说。"我刚才倒觉得挺有趣。我刚才挺开心。"【读到这里已开始进入关键话题，但歧义也就来了。姑娘说这就像甘草甜丝丝的，男人接着说"样样东西都是如此"，把话题引向下面要谈到的做手术一事，所以"样样东西都是如此"这句话是想安慰姑娘一切都会好起来的。但下面的对话开始令人费解："'是的，'姑娘说，'样样东西都甜丝丝的像甘草。特别是一个人盼望了好久的那些东西，简直就像艾酒一样。'"这些话是在赞同男人，但为什么男人不满："喔，别说了。"而姑娘也同样不满："是你先说起来的。"我们读到这里不太容易明白为什么两个人的语气都有些不满，可能是译文没有传达出原文的语境。"样样东西都甜丝丝的像甘草。特别是一个人盼望了好久的那些东西，简直就像艾酒一样"，这两句的原文是这样的："Everything tastes of licorice. Especially all the things you've waited so long for , like absinthe."这里的"艾酒"（absinthe）是一种苦酒，以苦艾为原料，又叫苦艾酒。那么为什么译文中却说是甜丝丝的东西？这不自相矛盾吗？其实，原文语境中姑娘的话有讽刺的意味，意思是"你说每样东西都像甘草是甜的，难道苦艾酒也能说成像甘草"？"like absinthe"应该译成"比如艾酒"，这样就清楚多了。因此，姑娘这段话的准确语义应是："你连苦艾酒也能像甘草一样，尝出甜味来。"这就有了讽刺意味。姑娘其实也在暗指做手术的事情，是想对男人说你是不是连这也要说成是件好事。男人听出了讽刺意思，所以才有点恼羞成怒，让她"别说了"，姑娘则反戈一击："是你先说起来的。"接着读下去，我们就会明白原来两个人即使不说出来，心里其实都在想着同一件事。】

"好吧，咱们就想法开心开心吧。"【结果是男人妥协。】

"行啊。我刚才就在想。我说这些山看上去像一群白象。这比喻难道不妙？"

"妙。"【听起来有点敷衍。】

"我还提出尝尝这种没喝过的饮料。咱们不就做了这么点儿事吗——看看风景，尝尝没喝过的饮料？"

"我想是的。"

姑娘又眺望远处的群山。

"这些山美极了,"她说。"看上去并不真像一群白象。我刚才只是说,透过树木看去,山表面的颜色是白的。"【这里姑娘两次提及白象的比喻,第二次是否定性的,她的感受变了,说山看上去并不真像一群白象。其实这也许并不是一个特别关键的比喻,但说明姑娘一直试图找到开心的办法,尝试摆脱沉闷的心境,并想引起男人注意。但男人显然无法把注意力集中到群山上,他只忧虑一件事。】

"咱们要不要再喝一杯?"

"行。"

热风把珠帘吹得拂到了桌子。

"这啤酒凉丝丝的,味儿挺不错,"男人说。

"味道好极了,"姑娘说。

"那实在是一种非常简便的手术,吉格,"男人说,"甚至算不上一个手术。"【核心事件终于出现了,我们也知道了姑娘的名字。】

姑娘注视着桌腿下的地面。【姑娘第一次沉默。】

"我知道你不会在乎的,吉格。真的没有什么大不了。只要用空气一吸就行了。"【这句话在暗示这是什么样的一次手术。】

姑娘没有作声。

"我陪你去,而且一直待在你身边。他们只要注入空气,然后就一切都正常了。"

"那以后咱们怎么办?"【困扰姑娘的可能是更长久的考虑,与男人只关心眼下堕胎一事形成对比。】

"以后咱们就好了,就像从前那样。"

"你怎么会这么想呢?"

"因为使我们烦心的就只有眼下这一件事儿,使我们一直不开心的就只有这一件事儿。"

姑娘看着珠帘子,伸手抓起两串珠子。

"那你以为咱们今后就可以开开心心地再没有什么烦恼事了。"【从这一段话可以感受到两个人的冲突和分歧到底在哪里。男人烦心的是眼前这件具体的事情,认为使两人不开心的只有这一件事。而姑娘更关心手术以后两个

人是否就能开开心心,再没有什么烦恼。】

"我知道咱们会幸福的。你不必害怕。我认识许多人,都做过这种手术。"

"我也认识许多人做过这种手术,"姑娘说,"手术以后他们都照样过得很开心。"

"好吧,"男人说,"如果你不想做,你不必勉强。如果你不想做的话,我不会勉强你。不过我知道这种手术是很便当的。"

"你真的希望我做吗?"

"我以为这是最妥善的办法。但如果你本人不是真心想做,我也绝不勉强。"【男人不想勉强姑娘,但他觉得做手术是最妥善的办法。我们读到这里至少觉得男人不是一个态度绝对强硬的人,他一再强调"绝不勉强",而且态度上很难说是虚伪的、不真诚的。】

"如果我去做了,你会高兴,事情又会像从前那样,你会爱我——是吗?"

"我现在就爱着你。你也知道我爱你。"

"我知道。但是如果我去做了,那么倘使我说某某东西像一群白象,就又会和和顺顺的,你又会喜欢了?"

"我会非常喜欢的。其实我现在就喜欢听你这么说,只是心思集中不到那上面去。心烦的时候,我会变成什么样子,你是知道的。"【白象的比喻再次出现,证明姑娘极为敏感,她前两次运用这个比喻都没有得到男人的反应,就敏感地觉得男人是不是不喜欢她了。而男人的解释也是合理的,他的心思无法集中到诗化的比喻上,这是一个可以令人接受的理由。昆德拉也说过,"男人说的话都是寻常的安慰的话,在这类情景下唯一可能说的话"。"白象"在英语中指无用而累赘的东西,海明威对"白象似的群山"这一比喻的运用肯定具有某种隐喻。】

"如果我去做手术,你就再不会心烦了?"

"我不会为这事儿烦心的,因为手术非常便当。"

"那我就决定去做。因为我对自己毫不在乎。"

"你这话什么意思?"

"我对自己毫不在乎。"

"不过,我可在乎。"

"啊,是的。但我对自己却毫不在乎。我要去做手术,完了以后就会万事如意了。"【姑娘在意的其实仍是两个人能否找回过去的开心日子,她关心的并不是自己。】

"如果你是这么想的,我可不愿让你去做手术。"

姑娘站起身来,走到车站的尽头。铁路对面,在那一边,埃布罗河两岸是农田和树木。远处,在河的那一边,便是起伏的山峦。一片云影掠过粮田;透过树木,她看到了大河。

"我们本来可以尽情欣赏这一切,"她说,"我们本来可以舒舒服服享受生活中的一切,但一天又一天过去,我们越来越不可能过上舒心的日子了。"

"你说什么?"

"我说我们本来可以舒舒服服享受生活中的一切。"

"我们能够做到这一点的。"

"不,我们不能。"

"我们可以拥有整个世界。"

"不,我们不能。"

"我们可以到处去逛逛。"

"不,我们不能。这世界已经不再是我们的了。"

"是我们的。"

"不,不是。一旦他们把它拿走,你便永远失去它了。"【这是小说中比较费解的一句话。这里"他们"指的是谁?对于姑娘和男人的过去没有了解的局外人是无法知道的,读者显然也无法知道。但是这句话透露出堕胎事件的症结似乎不在两个人内部,还有个"他们"对两个人的生活构成这潜在的影响。】

"但他们还没有把它拿走呵。"

"咱们等着瞧吧。"

"回到阴凉处来吧,"他说,"你不应该有那种想法。"

"我什么想法也没有,"姑娘说,"我只知道事实。"

"我不希望你去做任何你不想做的事——"

"或者对我不利的事,"她说,"我知道。咱们再来杯啤酒好吗?"

"好的。但你必须明白——"

"我明白,"姑娘说,"咱们别再谈了好不好?"

他们在桌边坐下。姑娘望着对面干涸的河谷和群山,男人则看着姑娘和桌子。

"你必须明白,"他说,"如果你不想做手术,我并不硬要你去做。我甘心情愿承受到底,如果这对你很重要的话。"

"难道这对你不重要吗?咱们总可以对付着过下去吧。"

"对我当然也重要。但我什么人都不要,只要你一个。随便什么别的人我都不要。再说,我知道手术是非常便当的。"【也许这里多少透露了两个人冲突的症结。男人说"我什么人都不要,只要你一个",似乎是在表达海誓山盟般的誓言,但其潜台词是仍有别的什么人存在着,这可能构成了对姑娘的真正威胁,而这别的人可能就是上面所说的"他们"——当然,由于我们缺少对事件的前因后果的掌握,这一切仅为猜测。】

"你当然知道它是非常便当的。"

"随你怎么说好了,但我的的确确知道就是这么回事。"

"你现在能为我做点事儿么?"

"我可以为你做任何事情。"

"那就请你,请你,求你,求你,求求你,求求你,千万求求你,不要再讲了,好吗?"【姑娘厌烦了,情绪开始爆发,原文中海明威连续用了七个"please",请求男人"不要再讲了"。】

他没吭声,只是望着车站那边靠墙堆着的旅行包。包上贴着他们曾过夜的所有旅馆的标签。

"但我并不希望你去做手术,"他说,"做不做对我完全一样。"

"你再说我可要尖声叫了。"【这时姑娘激烈的情绪达到了顶点,小说的一种内在的紧张也达到了高潮。接下去如何收场呢?海明威这时不失时机地把开酒吧的女人请了出来。】

那女人端着两杯啤酒撩开珠帘走了出来,把酒放在湿漉漉的杯垫上。"火车五分钟之内到站,"她说。

"她说什么?"姑娘问。

"她说火车五分钟之内到站。"

姑娘对那女人愉快地一笑,表示感谢。

"我还是去把旅行包放到车站那边去吧,"男人说。姑娘对他笑笑。

"行。放好了马上回来,咱们一起把啤酒喝光。"【这里出现了小说叙事者一般很少用到的形容词"愉快",同时写姑娘对男人笑笑。这都是对姑娘心理变化的如实写照。姑娘经过了宣泄,情绪显然好转,其中也许有对男人的某种歉意。】

他拎起两只沉重的旅行包,绕过车站把它们送到另一条路轨处。他顺着铁轨朝火车开来的方向望去,但是看不见火车。他走回来的时候,穿过酒吧间,看见候车的人们都在喝酒。他在柜台上喝了一杯茴香酒,同时打量着周围的人。他们都在宁安毋躁地等候着列车到来。他撩开珠帘子走了出来。她正坐在桌子旁边,对他投来一个微笑。

"你觉得好些了吗?"他问。

"我觉得好极了,"她说。"我又没有什么毛病啰。我觉得好极了。"

(翟象俊译,参见《海明威文集·短篇小说全集》,上海译文出版社,1995年版。)

米兰·昆德拉(Milan Kundera)在解读《白象似的群山》时,认为人们理解这篇小说有一种道德主义倾向,譬如小说的法译本把题目译成《失去的天堂》,这个天堂可能指少女的天真烂漫,也可能指过去幸福美满的好时光。但实际上,《白象似的群山》绝不是一篇道德小说,而是一篇情景化的具有多重可能性的小说。在《被背叛的遗嘱》一书中,昆德拉花了近十页的篇幅讨论《白象似的群山》。他认为,在这部只有五页长的短篇小说中,人们可以由对话想象出无数的故事:男人已婚,强迫他的情人堕胎;男人是单身汉,希望姑娘堕胎,因为他害怕把自己的生活复杂化或预见到一个孩子会给姑娘带来的困难;男人病得很重,害怕留下姑娘单独一人带孩子;孩子是另一个已离开姑娘的男人的,姑娘想和美国男人一起生活,后者向她建议堕胎并完全准备好承担父亲的角色……昆德拉的解读使小说的情节更多样化,人物性格也同样具有多重性,更重要的是人物对话背后的动机是被隐藏着的。海明威省略了一切说明性的提示,即使我们能从他们的对话中感受到对话的节奏和语调，也无法判断他们真正的心理动机。《白象似的群山》中，姑娘关于白象的比喻出现了三次，但从这个比喻也很难生发出确切的判断。我们可以说姑娘是微妙的，有情趣，有诗意，而男人对她的比喻毫无反应，是实在的，没有趣味的。昆德拉则认为，人们也完全可以在她的独特的比喻中看到一种矫揉造作，故作风雅，装模作样，卖弄有诗意的想象力。

那么，我们关于《白象似的群山》的各种判断和猜想，究竟哪一种是正确的呢？昆德拉最后下结论：隐藏在这场简单而寻常的对话后面，没有任何一点是清楚的。任何一个男人都可以说和那个美国男人所说的一样的话，任何一个女人也都可以说和那个姑娘所说的一样的话。一个男人爱一个女人或者不爱她，她撒谎或是诚实，他都可以说同样的话。好像这出对话在这里从世界初创之日起就等着有无数对男女去说，而与他们的个人心理无任何关系。可以说，这是一个具有多重可能性的故事，可以一遍遍补充不同的前因后果，进行不同的阐释。

《白象似的群山》具有多义性，但这种多义性与卡夫卡的《城堡》不同，《城堡》的多重阐释性在于"城堡"本身是一个无法企及的迷宫，《白象似的群山》则是基于省略的艺术。卡夫卡在小说中灌注思想，而海明威在小说中隐匿思想。美国学者菲力浦·扬称海明威的风格是"没有思想的"，需要"停止思想"。贝茨称海明威的语言是那种"公牛般的、出乎本能的、缺少思想的语言"。海明威所注重的是呈示初始的人生境遇，展现原生故事，因此其小说的丰富性来自生活本来固有的复杂性、相对性和诸种可能性。作家的声音在这部小说中隐藏得极深，小说几乎是独立于作家之外的，它更像生活境遇本身在那里直接呈现。海明威的短篇小说为我们提供了理解现代小说的另一种方式，如同昆德拉曾表述的那样，"发现只有小说才能发现的，这是小说存在的唯一理由"。《白象似的群山》启示我们，小说自身的本质界定或许是与人类生存境遇本身相吻合的。小说发现的正是生活的初始境遇，正是大千世界的相对性和丰富性。

第二章
20世纪西方现代主义文学

西方文学中的"现代主义"有两种含义。第一，文学创作中的现代主义精神，表现深沉情感，达到心灵深处的客观真实。第二，作为文学运动和思潮的现代主义文学，即人们通常所说的现代派文学。从语义上来说，现代是与古代、远古相对的时间概念，然而现代主义不是严格意义上的时间概念。我们更为看重其所蕴含的思想观念上的意义，即"现代性"。这种现代性的核心内涵就是反叛传统、标新立异，它使我们明白文学作品可以写"这些"，抑或可以"这样"写。一般认为，现代主义文学运动发端于1890年前后的象征主义，衰落于第二次世界大战前后的存在主义。其主要流派有后期象征主义、未来主义、超现实主义、表现主义、意识流小说、存在主义。1922年是其大丰收的一年：《城堡》《尤利西斯》《荒原》都在这一年出版。

第一节 非理性哲学背景

一、什么是理性和非理性

理性源自柏拉图的"理念"，希腊文中，理念出自动词"看"，本意指可见的东西。柏拉图的理念是引申出来的抽象含义，指本性、本质。本性、本质是一成不变的东西，人类可以通过一定的逻辑把握它们。这种理性哲学体系在西方流行了两千多年，对文学的影响十分巨大，文艺复兴人文主义文学"用理性反对蒙昧"，古典主义文学"用理性控制感情"，启蒙文学"描写理性王国",这些都是高扬理性的。

非理性即反理性、反传统的哲学观点。非理性也并不是彻底否定理性,而是对理性重新进行批判和审视。非理性并不是无理性,而是反对传统的理性中心主义,反对的是"主义",而不是理性,可以理解为理性主义的进步。

二、叔本华的生命意志论

首先,世界是我的表象。客观世界是依赖于人而存在的某种现象,是主观世界的象征,世界的本质就是人的本质。

其次,直觉和悟性才能认识到意志。意志是本能的盲目冲动和生存的欲望,所以称作生命意志。它是人的本质,也是世界的本质。要把握它,不能依靠逻辑。

最后,人生是在痛苦和无聊之间来回摆动的钟摆。不满足就痛苦,满足了就无聊。

三、尼采:上帝死了

尼采在19世纪末宣布"上帝死了",于是他要"重估一切的价值"。传统观念中,上帝被看成是自我意识的代表。尼采认为这是一种异化,从而提出了人类自身存在的价值问题。上帝死了之后的世界,一方面是物质文明的高速膨胀和精神文明的极度空虚。技术控制了人,人失去了自主性,在高速度、高频率中疲于奔命,在竞争中失去了自我,失去了精神家园,面对宇宙大声呼喊:我是谁?我从哪里来?我要到哪里去?或如尼采所言:无故乡者,拥有痛苦。另一方面,人类的生存条件越来越舒适,但是体质每况愈下。人类并不加强自身的发展,反而更进一步去追求生活的舒适,这不仅使人类告别了昔日的健康,而且还严重地污染了人类赖以生存的自然环境。在这样的背景下,尼采认为需要权力意志拯救人类。英国诗人休斯(Ted Hughes)《栖息着的鹰》中的鹰就是一只具有强力意志的鹰。它对生存的残酷性有着清醒的认识,不以美妙的梦幻自欺:

我坐在树的顶端,把眼睛闭上。

一动也不动，在我弯弯的脑袋
和弯弯的脚爪间没有弄虚作假的梦。
也不在睡眠中排演完美的捕杀或吃什么。

高高的树真够方便的！
空气的畅通，太阳的光芒
都对我有利；
地球的脸朝上，任我察看。

我的双脚钉在粗粝的树皮上。
真得用整个造化之力
才能生我这只脚、我的每根羽毛：
如今我的脚控制着天地

或者飞上去，慢悠悠地旋转它——
我高兴时就捕杀，因为一切都属于我。
我躯体里并无奥秘：
我的举止就是把别个的脑袋撕下来——
分配死亡。
因为我飞翔的一条路线是直接
穿过生物的骨骼。
我的权力无须论证：

太阳就在我背后。
我开始以来，什么也不曾改变。
我的眼睛不允许改变。
我打算让世界就这样下去。

（袁可嘉 译）

四、弗洛伊德精神分析学的主要理论

（一）无意识理论

无意识理论是弗洛伊德精神分析学的理论基石。《精神分析引论》开宗明义地宣布，"精神分析的第一个令人不快的命题是：心理过程主要是潜意识的，至于意识的心理过程则仅仅是整个心灵的分离的部分和动作"，对于"潜意识的心理过程的承认，乃是对人类和科学别开生面的新观点的一个决定性的步骤"。[①]

弗洛伊德把人的精神活动分为意识、前意识和无意识（即潜意识）三个层面。意识呈于表面，它是人的有目的的、自觉的心理活动，可以用语言表达，并受社会道德的约束。前意识处于中层，是指那些此刻并不在一个人的意识之中但可以通过集中注意力或在没有干扰的情况下回忆起来的过去的经验。前意识的功能主要是在意识与无意识之间从事警戒，阻止无意识的本能欲望进入意识中。无意识则是一种本能，毫无理性，是"一团混沌"，处于大脑的底层，是一个庞大的领域。个人对这一部分是意识不到的，但它能影响人的行为。弗洛伊德第一次形象地描绘了人的心理结构。他把人的大脑比作大海里的冰山，意识部分就像冰山露在海面之上的那一小部分，前意识相当于处于海平面的那一部分，它随着海水的波动时而露出水面，时而没入水面，无意识则是没入海水中的硕大无比的主体部分。

意识与无意识是相互对立的。意识压抑无意识的本能冲动，使之只能得到伪装的、象征的满足；无意识则是心理活动的基本动力，暗中支配意识。意识是清醒的、理性的，但又是无力的；无意识则是混乱的、盲目的，但又是广阔有力的，是决定人的行为和愿望的内在动力。由此可见，在弗洛伊德的无意识理论体系中，无意识占主导地位，起着支配作用。

（二）本能理论

无意识领域充满着不容于社会的各种本能和欲望，它们构成了一个潜在的驱动力。而本能，就是指由躯体的内部力量决定着人的精神活动的一种先天状态，它是人体内部的一种需要和冲动。

[①] 弗洛伊德：《精神分析引论》，高觉敷译，商务印书馆，2017年版，第8~9页。

在早期理论中，弗洛伊德把本能分为自我本能和性本能。自我本能是指与个体生存相关联的一类本能，如自卫、求食等，其作用是保存个体。性本能是指与性欲和种族繁衍相关联的一类本能，其作用是保存种族。后来，弗洛伊德重新考察了他的本能理论，将自我本能和性本能合称为"生的本能"，另外提出了与其相对的"死的本能"。生的本能是表现个体生命发展和爱欲的一种本能力量，它代表着潜伏在生命中的一种进取性、创造性的活力。死的本能则是以破坏为目的的攻击本能，它的终极目的就是从生命状态回复或倒退到先前的无机物状态。人的攻击本能既投向外界，表现为攻击性、挑衅性，又转向自身，表现为性虐待狂和被虐待狂、自我惩罚、自我毁灭等。例如美国诗人狄金森（Emily Dickinson）的《因为我不能停步等死神》：

因为我不能停步等死神——
他好心地停步等我——
车架仅仅载着他与我——
还有永生与我们同车。

我们缓缓驱车——他不赶忙——
而我呢，由于他的礼让——
我已扔下了我的工作——
也扔下了闲暇的时光——

我们经过校园，儿童们——
课间游戏——个个争先——
我们经过凝神目送的麦田——
也经过了落日身边——

或许是他经过我们身边——
露水降下——阵阵凉意——
因为我的长袍薄如蛛网——

我的披肩薄如蝉翼——

我们在一所屋前驻足——
它看来像是土地微隆——
屋顶全然不引人注目——
而门楣也在土中——

从那时后已过了许多世纪——
但每个世纪似乎都短于
那一天——那天我猜到了
我们的马是朝永恒走去。

(飞白 译)

由生体验死,由死体验生,死生不灭,共在永恒。这不是宗教式的迷狂,而是来自一种本能的冲动,表现了生命与死亡的辩证关系。

(三) 性欲理论

弗洛伊德认为,在人的一切本能中最基本、最核心的就是性本能。通常人们把性本能和生殖本能视为同义语,然而弗洛伊德认为,生殖本能只是性本能的主要表现形式之一,他赋予性本能较广的含义。弗洛伊德还指出,人的一切快感都直接或间接与性欲有关。

在弗洛伊德看来,性本能冲动既是精神病的成因,又是人类一切活动的根本动因。如果说本能是无意识活动的动力源泉,那么性本能则是这个源泉的核心,因此性本能是人的一切本能中最核心的本能。

弗洛伊德认为,生命伊始,人的性功能就产生和发展了,他把人的性欲的发展分为五个不同的发展阶段,在每个阶段,人的身体上都有一个能使性兴奋满足的中心——动情区或情感带。第一阶段是口腔阶段,动情区是嘴,婴儿吸吮乳头是最初的性欲冲动。第二阶段是肛门阶段,动情区是肛门。第三阶段(3~6岁)是阳物崇拜阶段,动情区是生殖器。第四阶段是潜伏阶段(6岁至青春期),这时性欲的发展受到压抑,以停顿和颠倒的形式表现出来,快感的来源转向外部世界,并且常常以对外界的好奇心获得满足和以知识的获得为目的。第五阶段是生殖欲期（青春期至成年期），这时性欲的发展进入实际的生殖阶段。

弗洛伊德认为，在阳物崇拜阶段，男孩受到"阉割情节"的支配，即常常害怕自己的性器官被割除，女孩则表现出对阳物的羡慕。在这个阶段，儿童的性爱对象也转移了，男孩转移的第一个对象是他的母亲，男孩总想独享母亲的爱，进而仇视自己的父亲。这种恋母仇父的倾向，弗洛伊德称之为俄狄浦斯情结。女孩转移的第一个对象则往往是父亲，这时的女孩具有一种恋父仇母的倾向，弗洛伊德称之为艾列克特拉情结。弗洛伊德早年曾对《俄狄浦斯王》《哈姆莱特》《卡拉马佐夫兄弟》做过仔细的分析，哈姆莱特的叔父帮助他杀死了他的父亲，解除了他自幼以来一直患有的一块心病，所以，他在为父复仇上一再延宕。

（四）三重人格理论

弗洛伊德晚年提出了本我、自我和超我三个新概念，用来完善他早期提出的意识、前意识和无意识的理论，从而建立了三重人格理论。

在弗洛伊德看来，本我是最原始的、与生俱来的潜意识部分，由先天的各种本能和欲望组成。本我奉行的是快乐原则，其重要任务是消除由内外刺激所产生的机体兴奋过程，因此个体需要获得能量释放，解除紧张状态。这就意味着，本我是不顾任何理性和伦理道德的约束而纯粹发泄欲望的本能冲动。自我按照现实原则来调节和控制本我的活动，压抑本我的非理性冲动。弗洛伊德认为，自我和本我的关系犹如骑手和马的关系，自我代表着理智和审慎，本我则象征着未驯服的激情，自我的任务是要努力控制本我的非理性活动，同时要让本我的部分能量得到释放，这种释放必须与现实世界相协调。超我是一种理性化的、道德化的自我，其职能是监督、指导自我去管制本我的非理性冲动。

我们可以看到，人的精神生活始终处于冲动力和阻力相互作用的过程中。如果这种相互作用导致心理平衡，人性就处于正常状态；如果导致心理过分倾斜和不稳定，人的精神就会失常，精神病便由此产生。弗洛伊德认为，在这一过程中，自我具有非常重要的作用，它要么压制本能冲动，要么想办法缓解本能冲动的强度或者使本能冲动转移目标。在后一种办法中，弗洛伊德提出了多种自我防御机制，其中最重要的是移置和升华，这两种积极的防御机制可以使人的心理平衡。

所谓移置，是指能量从一个对象改道注入另一个对象的过程，即改变本我冲动的方向，将它转移到另一个替代目标上去。弗洛伊德认为，如果被移置替代的对象是社会生活领域中较高尚的目标，这样的移置就是一种升华。它表现为人的本能冲动被转移到了追求知识、从事慈善事业和文化艺术等方面的活动中。

（五）梦的理论

人类对梦的解释有着漫长的历史，而弗洛伊德是对梦进行系统解释的第一人。关于梦的理论，弗洛伊德在《释梦》一书中做了系统、全面的阐述。其主要观点是：人的许多愿望尤其是本能欲望，由于与社会道德准则不符而被压抑到无意识之中，于是在睡眠中便以各种虚伪的形象偷偷潜入意识之中，因而成梦。换句话说，人的愿望在现实生活中得不到满足，便采取一种迂回的方式表现在梦中，因此梦的本质就是一种（被压抑的，被压制的）愿望的（被伪装起来的）满足。由于梦所表现的被压抑的本能欲望主要是性欲，因此它必须采取伪装的形式，梦的内容分为"显现内容"与"潜在思想"两部分。显现内容是我们所记得的梦中形象或事件，潜在思想则是隐藏在那些形象或事件之下的欲望。

弗洛伊德对人类思想的伟大贡献及合理之处主要表现在以下两个方面：第一，弗洛伊德对无意识的发现和研究无疑是他对人类思想的一个首要的、最重大的贡献。这一贡献改变了完全把人看作理性动物的传统观念，并且拓宽了心理学研究的空间，打开对人类自身本性研究的新思路。第二，弗洛伊德试图通过揭示隐藏在人的意识背后的无意识活动，找到使人类摆脱精神困境的途径，这从一定意义上讲是值得肯定的。他对人的本能、无意识活动、性欲等的研究并不是为了倡导纵欲主义，鼓吹性解放，而是为了找到克服理性与非理性之间冲突的有效途径。关于这一点，法兰克福学派代表人物之一弗洛姆明确指出：他（弗洛伊德）的目标在于用理性来控制非理性的、无意识的欲望，在于使人从自己的无意识力量中解脱出来。

弗洛伊德的心理分析学说，尤其是潜意识理论对现代主义文学的形成具有重要意义，其精神分析学使潜意识成为文学创作的合法领域。20世纪西方的主要作家，都受到了精神分析学的影响。

第二节 西方现代主义文学的影响

一、文学和艺术的相互孕育和启发

一方面,表现主义是先在绘画领域出现,后来才在文学领域取得重大发展的。1901年,在巴黎的一次画展上,一组油画题名表现主义,紧接着人们把塞尚和梵高的画称为表现主义,其含义为画不是再现现实,而是表现精神,往往采用精神分析的方法画肖像画,以夸张和歪曲现实形象的方法表现心灵的真实。这些观点与法国文学相结合后,就形成了表现主义文学揭示人物内心的基本特征。

另一方面,未来主义是从文学领域开始后才发展到绘画领域的。比较两者的宣言,可以看出两者相似的观点:第一,都否定一切传统文化艺术,因为它们已不适应时代和创造的需要;第二,都以表现运动和速度为主要内容。为表现动感,未来主义绘画认为画一匹奔驰的马,就不应该画4条腿,而应该画20条腿。于是,人和动物在未来主义绘画中成了多肢体的东西。《贵妇与狗》中,狗的脚画了好几重,表示狗的走动,并涂了一串脚印以示女主人的走动。

二、传统文学的影响

西方现代主义文学虽然标榜反传统,但与传统文学仍有千丝万缕的联系。它没有完全抛弃人道主义,也继承了浪漫主义对文明的怀疑精神和对艺术想象的高度重视,其部分作品还受到了自然主义描写病态事物和琐碎细节的影响。如《变形记》中人变成虫之后怎样爬行和喜欢吃烂叶子,《荒原》中打字员和小职员两性关系的描写。

三、对20世纪中国文学的影响

我们如果对西方现代主义缺乏了解和认识,就不可能真正理解和把握中国的20世纪文学。

据现有史料，我国最早介绍西方现代主义的文章当属陈独秀1915年发表在《青年杂志》第一卷上的文章《现代欧洲文艺史谭》。该文对西方象征主义文学进行了笼统的介绍。几乎与此同时，在美留学的胡适在诗论和创作上显然受到了英美意象主义的影响，他在《文学改良刍议》一文中提出的"八不主义"与意象主义的纲领相呼应。

五四运动前后，中国对西方现代主义文学的评介集中在象征主义、未来主义、表现主义以及弗洛伊德学说上。鲁迅曾重点译介过俄罗斯象征主义作家安德烈耶夫、布洛克、叶赛宁等的作品。茅盾在1921年1月的《时事新报·学灯》上介绍了象征主义，题为《什么是表象主义？》，同年2月，他又在《小说月报》上发表了题为《我们现在可以提倡表象主义吗？》的文章，主张借鉴外国文学来改进中国文学。1920年5月谢六逸在《小说月报》上发表了《文学上的表象主义是什么？》，1922年12月许秀湖在《民国日报》上发表了《表现主义的见解》。这一时期，报刊上对表现主义作家奥尼尔（Eugene O'Neill）有较多介绍，当时对未来主义评价不高。

西方现代主义文学对中国文学的影响，最初主要体现在象征主义诗歌创作上。这方面最突出的代表是李金发，他的诗歌曾直接受到法国象征主义尤其是魏尔伦（Paul Verlaine）的影响。他的作品中的那种颓废的情绪、对梦幻的追求、句法上的省略和跳跃、章法上的不连贯、结构上的变化多端等，都与法国象征主义诗歌非常接近。鲁迅的创作也受到过西方现代主义文学的影响，但他更多的只是借鉴了其表现手法。

到了20世纪30年代，西方现代主义文学在中国的传播和影响较上一时期有了较大的发展。在理论介绍方面，除了报纸杂志的介绍，还出现了介绍外国文学的专著。在作家作品的翻译介绍方面，有鲁迅、茅盾创办的《译文》，并且从最初注重诗歌的翻译介绍扩展到了对小说、戏剧的全面翻译介绍。

这一时期，现代主义对中国文学的影响也明显扩大了。其一，在诗歌方面，戴望舒是继李金发之后的又一位受象征主义影响的重要诗人。与李金发不同的是，他在创作中能够将现代主义与中国古典诗歌传统结合起来，从而形成自己独特风格的诗歌理论，因此可以说，戴望舒是具有自己风格的中国现代主义诗人。另外，穆木天、卞之琳、艾青、徐志摩等也分别受到过西方现代主义诗歌的影响。其二，在戏剧方面，美国表现主义戏剧家奥尼尔对中国戏剧影响较大。中国戏剧家洪深和曹禺都很推崇奥尼尔并受其影响。洪深是中国研究西方现代戏剧的第一人，也是引进和借鉴奥尼尔的表现主义戏剧艺术的第一人。他的话剧《赵阎王》在情节结构和表现手法上与奥尼尔《琼斯皇帝》有许多相似之处。曹禺的《日出》和《雷雨》也明显地借鉴了表现主义的艺术手法。其三，在小说方面，这时中国也出现了明显借鉴现代主义意识流手法的小说，这就是"新感觉"派小说，其主要代表人物是刘呐鸥、穆时英和施蛰存。

在20世纪40年代，中国处于抗日救亡时期，对现代主义的翻译介绍的势头减弱了，但是西方现代主义文学对中国文学仍有一定影响。如在诗歌方面，以《诗创造》和《中国新诗》两个杂志为中心的西南联大的一群青年诗人，就曾受到现代主义的影响。另外，在桂林、重庆等大后方城市也经常有人撰文评介现代主义文学作品。

此后，西方现代主义文学在中国的翻译介绍逐渐停止。1979年由上海文艺出版社出版的《外国现代派作品选》，标志着中国现代主义文学翻译和研究的新开始。随后，各种有关现代主义文学的选本、专著、评论和译本纷纷出现，形成了中国研究介绍现代主义文学的高潮。在创作方面，中国新时期文学更是深受西方现代主义文学的影响。朦胧诗的出现显然受益于西方的象征主义诗歌，不过诗人们所表达的精神状态和情绪依然是中国人的。他们有失落感，但没有绝望感；他们有不满感，但还不至于成为虚无主义者。这是中国式的现代主义，突出了个人的感受和风格，给长期以来陷于单一模式的中国诗坛带来了一股清新的气息。西方意识流小说的引进，同样对传统的现实主义创作方法产生了冲击。王蒙是最早尝试使用意识流技巧进行创作的，他的《夜的眼》《春之声》《蝴蝶》等作品不同程度地运用了意识流小说的时序颠倒、内心独白、人称更迭、梦幻与现实交织等手法。随后，存在主义文学、荒诞派文学等也对中国新时期小说产生了一定影响，比较典型的有刘索拉的《你别无选择》、张辛欣的《在同一地平线上》、张承志的《北方的河》等。西方现代主义戏剧对中国新时期戏剧的影响也是巨大的，这方面最突出的代表是高行健。他在表现主义和荒诞派戏剧的影响下，大胆开展戏剧实验，创作了一批在中国剧坛引起强烈震动的戏剧，如《绝对信号》

《车站》《野人》等。

总之，西方现代主义文学对中国文学产生了深远持久的影响，并由此生发出具有中国特色的现代主义文学。这样一来，西方现代主义文学已成为中国文学的一部分，而中国现代主义文学也成为世界性的现代主义文学中重要的一部分。这说明，东方文学已经汇入世界文学的大潮之中。

第三节 西方现代主义文学的特征

西方现代主义文学虽然是一个复杂、多变而又充满矛盾和对立的文学流派，但还是有一些基本特征。

一、异化

异化是西方现代主义文学最重要的主题。异化是指事物走向自己本质的反面。哲学的说法是"主体在一定的发展阶段，分裂出它的对立面，变成外在的异己的力量"。人的实践活动及其产物（包括物质财富、精神产物、社会体制）本应是体现人的本质力量的对象，可有时反倒成为主宰人、束缚人的异己力量，人成为自己行动和行动产物的奴隶。异化在西方现代主义文学中具体表现为以下四个方面。

第一，社会对人的异化。人是社会异己力量的玩物，这种异己力量是抽象的、不确定的、非局部的，也没有明确的对象，使人感到它是一种综合融汇。如卡夫卡的《审判》，就诠释了人随时都会遭遇无妄之灾。

第二，人与人关系的异化。个人是极端冷酷和残酷的，以自我为中心，人与人之间无法沟通。"垮掉的一代"认为，到20世纪中叶，人对人的信任已经完全丧失。现实主义小说也揭示了尔虞我诈的人际关系，但一般局限于具体的条件和环境中。现代主义文学则对人性沟通做了彻底的否定。存在主义认为个人的自我意识是宇宙和人生的中心，离开了它，宇宙和人生便没有意义；而意识必须具有对象，别人和你接近，势必要把你作为他的对象，而你又必然要反抗他的这种意图，要求他成为你的意识的对象。因此，人与人之间的关系，从根本上来说只能是矛盾冲突的关系，而不能息息相通。表现主义的一些作品把父子、夫妻、朋友、邻居之间外表亲密而内心疏远的状态描写得触目惊心,如尤奈斯库(Eugene Lonesco)的《秃头歌女》写一对一直同床共寝的夫妻接受朋友的邀请,同乘一辆车到伦敦,到伦敦后同住一间屋,却互不认识,别人经过一番交谈和推理才觉得他们好像是夫妻。夫妻间尚且如此,其他人之间的关系就更可想而知了。美国诗人奥哈拉(Frank O'Hara)的《文学自传》这样表述人与人之间关系的异化:

当我是个孩子
我躲在校园的
角落,自个儿玩
谁也不睬。

我讨厌女娃娃
讨厌比赛,动物
不跟我好,鸟儿
远走高飞。

要是有人找我
我就躲在大树
背后,大叫:我
是个孤儿!

现在,瞧我,成了
一切美的核心!
写着这些诗章!
你想想看!

(赵毅衡 译)

这首诗写个体与公众之间的异化,名为给文学写自传,其实也是诗人的自传。诗人公开宣称自己是自我孤立主义者。作家遁入文学世界,保持自我真实，实现美的幻想，这是个体与社会之间的矛盾在作家身上的体现。

第三，人与自然、现代物质文明、科学技术关系的异化。现代主义文学中，大自然消失了，它不再是一个独立的自在物，而成为人的意识的象征。艾略特把欧洲比作荒原；托马斯称天空是一块尸布，地球是柴炭和灰烬的混合物，风景用自己的线条表明它只是一具巨大的尸体；波德莱尔和王尔德都宣称自然是丑的、恶的，只有人工（艺术）才是美的、善的。

第四，人对于自我的异化。现代心理学认为自我的核心不是理性，而是本能欲望和潜意识，它变化多端，高深莫测。因此，现代主义文学对自我的稳定性、可靠性和意义产生了严重的怀疑。如意大利未来主义诗人帕拉泽斯基（Aldo Palazzeschi）的《我是谁》：

> 我，或许是一名诗人？
> 不，当然不是。
> 我的心灵之笔
> 仅仅描写一个奇怪的字眼——
> "疯狂"。
>
> 我，也许是一名画家？
> 不，也不是。
> 我的心灵的画布
> 仅仅反映一种色彩——
> "忧愁"。
>
> 那么，我是一名音乐家！
> 同样不是。
> 我的心灵的键盘
> 仅仅弹奏一个音符——
> "悲哀"。
>
> 我……究竟是谁？

我把一片放大镜
置于我的心灵前
请世人把它细细地
察看。
我是谁？
——我的心灵驱使的小丑。

（吕同六 译）

这首诗告诉我们，人似乎只有一个自我，一副面孔，但周围的人都从不同的角度以不同的方式审视我们，因而我们又有十万个自我，十万副面孔。这样，人的自我就分裂了。

又如俄国象征派诗人索洛古勃的《命运的作弄》：

由于命运的作弄，
我俩的道路合不了辙，
我是一只悲伤的眼睛，
你是小溪的活泼快乐；

我是凶恶的折磨，
你是田野里清新的朝露，
我俩可真是两个，
走了两条不相干的路。

但等到夜深人静，
当你把心神汇向一处，
你就请闭上眼睛
忘掉那白昼的魔术，

在无比幸福的沉默里，
你会悟到生活的法则：

造物时一切是一,
哪儿产生意识,哪儿就有我。

(飞白 译)

命运安排就是如此,注定了我是一,也是二。一个是悲伤,一个是欢乐;一个是凶恶,一个是美好。但是,我虽有两面,归根结底,我还是"我",只有一个"我"。这个"我"是一个普遍的我、人人的我。

更有甚者,如波德莱尔(Charles Baudelaire)《恶之花·自惩者》的自我亵渎:

我是伤口,同时是匕首!
我是巴掌,同时是面颊!
我是四肢,同时是刑车!
我是死囚,又是刽子手!
我是吸我心的吸血鬼。
——一个被处以永远的笑刑,却连微笑都不能的人,
一个被弃的,重大的犯罪者!

(钱春绮 译)

二、思想知觉化

思想知觉化主要指用知觉来表现思想,把思想还原为知觉,"像你闻到玫瑰香味那样地感知思想"(艾略特),这样思想找到了它的"客观对应物"。它不像浪漫主义描写客观事物那样直抒胸臆,更不像现实主义对客观世界的细致描绘。如叶芝(William Yeats)早期创作的浪漫主义诗歌《茵纳斯弗利岛》,直抒胸臆地道出了要去过隐居生活的愿望。对岛上景色的描写采用的是白描法,没有渲染主观的色彩。又如里尔克的(Rainer Rike)的《豹——在巴黎植物园》,这首诗表达了社会的异化、物质的异化导致了自我的异化。袁可嘉认为,与其说是在描写关在铁笼中的豹子的客观形象,不如说是诗人在表现他所体会的豹子的心情,甚至还可以说是他借豹子的处境

表现自己当时的心情。我们还可以把它看作里尔克对"咏物诗"的新的创作手法，运用客观的忠实描写反映诗人新的艺术原则。再如艾略特的《窗前晨景》，这首诗要表达的是作者作为一个天主教徒对现代城市生活的卑微的不胜轻蔑，但他并未直说，而是完全靠形象来暗示。

三、意识流

"意识流"最早由美国心理学家和实用主义哲学的创始人威廉·詹姆斯提出。他认为人的意识活动不是以各部分互不相关的零散方法进行的，而是以思想流、主观生活之流和意识流的方法进行的。同时，他又认为人的意识中有很大一部分是非理性和无逻辑的，因此人的意识是由理性的、自觉的意识和无逻辑的、非理性的潜意识构成的。他还认为人过去的意识会浮现出来与现在的意识交织在一起，重新组织人的时间感，形成一种在主观感觉中具有直接现实性的时间感。法国哲学家柏格森强调并发展了这种时间感，他强调过去的经验对现在的影响以及两者的有机统一，提出了心理时间的概念。

弗洛伊德发展了詹姆斯关于非理性、无意识的观点，肯定了潜意识的存在，并把它看作生命力和意识活动的基础。他的关于潜意识的观点以及用自由联想医治精神病的方法，从根本上改变了人的观念。从弗洛伊德的学说来看，人是充满自相矛盾的生物，矛盾的根源在于人的欲望与社会的矛盾之中。弗洛伊德关于心理分析的理论体系，促进了意识流方法的形成和发展。

上述理论打破了从理性和逻辑推理、解释世界和人的传统观点，展现了当代世界和人的复杂景象。面对现代社会、现代人的复杂性，一些作家认为过去写实主义的方法不足以表达这种复杂性，需要寻找一种恰当的文学形式，而意识流的方法就是在这样的探索中形成的。意识流方法并不纯粹是技巧和形式方面的问题，而是涉及对人的意识和心理的理解和解释的问题。它是从现代心理学对人的观念中派生出来，为表现这种人的观念服务的。

首先，内心独白作为一种最主要的思维和表现模式，在意识流创作中有着特殊的地位，成了意识流的代名词。意识流所表现的"内心独白"，侧重于真实呈现人物的意识流动状态，它往往不是思维的结果，而是意识本身的过程。从朦胧迷离的梦呓、支离破碎的断想、生命冲动的狂热，到清醒的理智思想，相互渗透，连成整体，体现出不受逻辑思维限制的特征。意识流作品中的内心独白往往不是几句或几段，而是整篇或占绝大部分篇幅。欣赏意识流小说，从某种意义上讲也就是倾听人物絮语不止的内心独白。伍尔夫的《波浪》在长达300多页的篇幅中，以6个人物的内心独白展现各自的人生经历。普鲁斯特的《追忆逝水年华》洋洋15卷，就是以"我"的内心独白为线索串联全书的。

意识流作品中所运用的内心独白常常分为两种：一种是直接内心独白，用第一人称直接展现主人公的意识流动状态及主观感受印象；另一种是间接内心独白，用第三人称的方式来表达，其中既有人物的意识呈现，又有人物的内心分析。即使用第三人称口吻叙述，所表现的仍是作品中人物的内心感受和意识流动，是主人公的内心独白。如奥茨的《过关》中，女主人公莱妮经过海关百般挑剔的检查后，精疲力竭，头脑昏沉，而检查员却又走过来要她打开行李箱。她"一时竟弄不懂他这是什么意思"，立刻产生一种大难临头之感。她突然想起来了：她说不定会被搜身呢。"如果他们需要的话，一个女警察会把她带到某处地方，叫她脱光了衣服"，"就在几天以前，她在食品杂货店里排队，听到前面一个姑娘跟出纳员讲她18岁的妹妹和她的朋友们通过关卡进入美国时被警察抄身、搜查"。想到这一切，"她感到头晕、恶心，她在发抖"。显然，作者运用的虽是第三人称，却深入人物本能的潜意识深处，展示了女知识分子莱妮矜持又恐惧的内心意识波澜。

又如乔伊斯的《尤利西斯》，作者企图在一个崭新的文学流派里做一项严肃的实验。他选择1904年都柏林中下层的几个人物，不仅描述了他们在6月的一天里的所作所为，而且说出了他们当时的想法。乔伊斯企图展示在万花筒一般变化不定的意识的隐蔽下，每个人对其周围事物的观察，以及在阴阳两界隐现的过去记忆和潜意识对他们生活和行为的影响。

再如普鲁斯特《追忆逝水年华》中的时间与"点心"。所谓时间，实际上是指生命的延续。"延续"一词是柏格森哲学的重要术语（所谓生命，就在于记忆和延续）。如果没有记忆，思想中就没有"昔"的概念。而没有"昔"也就没有"今"，"今""昔"两个概念是相对而言的。没有"昔"与"今"的结合，就没有延续的概念，也就没有生命。普鲁斯特还接受了柏格森的"心理时间"概念，表示要在文学领域里具体地运用柏格森的生命哲学和直觉原理，以心理时间代替物质时间，强调情感的回忆与联想，把智力活动局限于对直觉材料的补缀与加工上。他正是依据心理时间来处理《追忆逝水年华》的时空结构的。

"追忆"的具体方式在小说第一句就体现出来了:"在很长一段时间里,我都是早早就躺下了。""追忆"还体现在著名片段"小玛德兰点心"中:

多少年来,除了我临睡前的那些戏剧场景以外,贡布雷对我已经不存在了,但有一天,那是冬季,我回到家的时候,母亲见我冷,建议我破例喝一点茶。我拒绝了,随后不知出于什么原因又改变了主意。母亲让人端上一块叫作小玛德兰的圆鼓鼓的小点心,那模样,仿佛是在带凹槽的圣雅克贝壳里焙制出来的。我对着那阴郁的白天和即将来临的烦恼的明天正愁眉不展,立刻机械地舀了一勺茶,里面有泡着的点心,一起送到唇边。当这口带着点心屑的茶一碰到我的上颚,我便猛然一惊,注意到在我身上发生了奇妙的事情。一种美妙的快感侵袭了我,使我超脱了周围的一切,而我却不知道快感由何而来。它立即使我对人世的沧桑感到淡漠,对人生的挫折泰然处之,将生命的短暂看作过眼云烟,如同爱情,它使我充满一种宝贵的本质;或者说,这种本质不是在我身上,它就是我。我不再感到自己庸庸碌碌,可有可无,生命有限。这种强烈的欢乐是从哪里来的?我感到它和茶及点心的味道有关,然而它却远远超过了味觉,而具有迥然不同的性质。这欢乐从何而来?它意味着什么?到哪里抓住它?

…………

可是,突然间,回忆出现了。这个味道正是那一小块玛德兰点心的味道,在贡布雷,每个礼拜天早上(礼拜天,在作弥撒的钟点以前,我是不出门的),我到莱奥妮姑姑的睡房里向她问好的时候,她总把一小块玛德兰点心在茶或椴花茶中浸一下给我吃。小玛德兰点心,在我没尝到它以前,并没有勾起我任何回忆,也许是因为我后来经常在糕点铺的货架上看到它,却再没有尝过,它的形象便和贡布雷的那些日子分离,而与另一些更近的时光联系起来;也许是因为在如此长久地被记忆力遗忘的往事中,什么也没有残存下来,一切都解体了;形状——包括糕点铺卖的那种外壳纹路严肃而富有虔诚的宗教意味,但内容却富于肉感的小蛤蚌——消失了,或者处于冬眠状态,丧失了使自己进入意识境界的扩张力量。然而,当人亡物丧,昔日的一切荡然无存的时候，只有气味和滋味长久存在，它们比较脆弱，但却更强韧，更无形，更持久，更忠实，好比是灵魂，它们等待人们去回忆，去期待，去盼望，当其他一切都化为废墟时，它们那几乎是无形的小点滴却傲然负载着宏伟的回忆大厦。

（桂裕芳译，参见袁可嘉等选编：《外国现代派作品选》，上海文艺出版社，1987年版。）

其次，关于自由联想。一般联想是以事物间相似的属性为基础，两者之间具有明显的推理关系，从太阳联想到光明和温暖，是因为太阳本身有光有热。自由联想往往不是事物本身固有的，为大家所公认的，而是凭借个人的知觉和幻觉。自由联想中的桥梁是作者暗中铺垫的，需要读者了解内情。如英国诗人燕卜荪（William Empson）的《记本地花木》只有10行：

有一棵树生长在土耳其斯坦，
或者更往东朝着长"天堂树"的地方，
它那坚实冰冷的球果，不受时间的监护，
只为了大好事业才离开它们的母亲，
只在一场林火中才成熟起来；
等着吧，像巴克斯那样诞生，
经过人们长长的一生，那个时间终了的意象。
我知道不死鸟本来也是一种植物。
希米莉渴望她的神明，
就如邱园里这棵树渴望红色的黎明。

（袁可嘉 译）

又如乔伊斯《尤利西斯》中莫莉在床上辗转反侧时的内心活动，也是自由联想，暗中的桥梁就是括号内文字所示："一刻钟以后，在这个早得很的时刻（什么地方的钟声提醒她时间已经很晚了），中国人该起身梳理他们的发辫了（思绪跳到中国，仍与时间的意识相联系）。很快，修女们又该打起早祷的钟声了，不会有人打扰她们的睡眠，除了一两个晚上还做祷告的古怪牧师以外（由中国人起床联想到不受干扰的睡眠）。隔壁那个闹钟，鸡一叫起来就会大闹起来（即使没有丈夫吵醒，闹钟也会叫醒她）。试试看，我还睡不睡得着。一二三四五（她仍然试图用数数法催眠）。他们创造出来的像星星一样的花朵（又注意到墙纸上的花样），尤巴街上的糊墙纸要好看得多（又提到旧居）。他给我的裙子也是那个样儿的，不过我只用过两回（由墙花想到裙花）。"

四、语言形式标新立异

西方现代主义文学作品有时也在标点符号、拼写方法和排列方式等语言形式方面标新立异。如美国诗人肯明斯（E. E. Cummings）的《太阳下山》：

刺痛
  金色的蜂群
在教堂尖塔上
银色的
  歌唱祷词那
巨大的钟声与玫瑰一同震响
那淫荡的肥胖的钟声
    而一阵大
风
正把
那
海
卷进
梦
——中

（袁可嘉 译）

又如法国诗人普列维尔（Jacques Préver）的《公园里》：

一千年一万年
　　也难以
　　诉说尽
这瞬间的永恒
　　你吻了我
　　我吻了你
在冬日朦胧的清晨
清晨在蒙苏利公园
　　公园在巴黎
巴黎是地上一座城
地球是天上一颗星

（高行健 译）

诗人在时间、地点、事件三方面做了交代和归结后，再进一步把吻的瞬间进行了空间上的延展。

第四节　卡夫卡及其《变形记》

在20世纪现代主义文学史上，弗兰兹·卡夫卡（Franz kafka，1883—1924）堪称首屈一指的奠基者。从20世纪30年代开始，卡夫卡的创作就引发西方文坛的关注，逐渐在世界范围内获得巨大声誉，从而形成了持续的"卡夫卡热"。英国诗人奥登（Wystan Auden）曾说："就作家与其所处的时代关系而论，当代能与但丁、莎士比亚和歌德相提并论的第一人是卡夫卡。卡夫卡对我们至关重要，因为他的困境就是现代人的困境。"卡夫卡可以说是最早感受到时代的复杂和痛苦，并揭示人类异化处境和现实的作家，也是最早传达出20世纪人类精神的作家。他是20世纪文学的先知、时代的先知与人类的先知。

一、时代的先知

卡夫卡的创作个性和文学世界与他的成长经历密切相关,从小到大压抑的环境造就了他内敛、封闭、羞怯甚至懦弱的性格,而且内心敏感,容易受到伤害,对外界总是持有一种戒心。他在去世前的一两年曾写过一篇小说《地洞》,小说的奇特的叙事者"我"是一个为自己精心营造了一个地洞的小动物,这个小动物对自己的生存处境充满了隐忧、警惕和恐惧,"即使从墙上掉下的一粒沙子,不弄清它的去向我也不能放心",然而"那种突如其来的意外遭遇从来就没有少过"。这个地洞的处境在某种意义上说也是现代人处境的象征性写照,意味着生存在世,每个人都可能在劫难逃,它的寓意是深刻的。这个小动物在地洞中的生活也可以看成作者一种自我确认的形式,借此,卡夫卡揭示了一种作家生存的特有方式,那就是回到自己内心的生活,回到一种经验的生活和想象的生活。卡夫卡为自己的生活找到了一个最好的方式,就是在地窖一样的处境中沉思冥想地进行写作:

我最理想的生活方式是带着纸笔和一盏灯待在一个宽敞的、闭门杜户的地窖最里面的一间里。饭由人送来,放在离我这间最远的地窖的第一道门后。穿着睡衣,穿过地窖所有的房间去取饭将是我唯一的散步。然后我又回到我的桌旁,深思着细嚼慢咽,紧接着马上又开始写作。那样我将写出什么样的作品啊!我将会从怎样的深处把它挖掘出来啊![①]

这是一种与喧嚣动荡的外界生活构成巨大反差的内在生活,衡量它的尺度不是人的生活经历的广度,而是其内在体验和思索深度。

卡夫卡正是以自己的深刻体验和思索洞察着 20 世纪人类正在塑造的文明,对 20 世纪的制度与人性的双重异化有着先知般的预见力。他写于 1914 年的小说《在流放地》,描述了一名军官以一种非理性的狂热参与制造了一部构造复杂精妙的处决人的机器,并得意扬扬地向一位旅游探险家展示他的行刑工具。一个勤务兵仅仅因为冒犯了上司,就要被他投入这部机器中受

[①]《致菲莉斯》,参见叶庭芳编:《论卡夫卡》,中国社会科学出版社,1988 年版,第 713 页。

死，死前要经受整整 12 小时的酷刑。但是机器在勤务兵身上的表演并不成功，于是读者读到了 20 世纪现代小说中最具反讽意味的一幕：那个制造了这部机器的行刑军官最后竟自己躺在了机器上，轧死了自己。机器的发明者最终与杀人机器浑然一体，成为机器的殉葬品，从而揭示了现代机器文明和现代统治制度给人带来的异化。

二、营造幻象与对可能世界的拟想

文学史家们一般认为，卡夫卡的作品充分体现了一种表现主义的艺术精神和创作技巧，这突出地表现在卡夫卡是个营造幻象的艺术大师。

卡夫卡的文学世界充满了再造现实的幻象。《变形记》中人变成大甲虫的虚拟现实，《地洞》所描绘的洞穴的生存世界，《骑桶者》结尾所写的一个人骑着空空的煤桶"浮升到冰山区域，永远消失"的情景，这些描绘的都是一种幻象世界。正如托马斯·曼所言："他是一个梦幻者，他起草完成的作品都带着梦的性质，它们模仿梦——生活奇妙的影子戏——的不合逻辑、惴惴不安的愚蠢，叫人好笑。"[①] 但是笑过之余，我们会惊叹卡夫卡的幻象世界看似不合逻辑，却并非虚妄，它恰恰揭示了人类生存的更本真的图景，是人的境遇的更深刻反映。

在《猎人格拉胡斯》中，卡夫卡写了这样一段死后再生的猎人格拉胡斯与一位市长的对话：

"难道天国没有您的份儿么？"市长皱着眉头问道。

"我，"猎人回答，"我总是处于通向天国的阶梯上。我在那无限漫长的露天台阶上徘徊，时而在上，时而在下，时而在右，时而在左，一直处于运动之中。我由一个猎人变成了一只蝴蝶。您别笑！"

"我没有笑。"市长辩解说。

"这就好，"猎人说，"我一直在运动着。每当我使出最大的劲来眼看快爬到顶点，天国的大门已向我闪闪发光时，我又在我那破旧的船上苏醒过来，发现自己仍旧在世上某一条荒凉的河流上，发现自己那一次死去压根儿

[①] 克劳斯·瓦根巴赫：《卡夫卡》，孟蔚彦译，中国社会科学出版社，1992 年版，第 182 页。

是一个可笑的错误。"

徘徊在通向天国的阶梯上的格拉胡斯可以视为卡夫卡的化身，卡夫卡正是一个出入于现实世界和幻象世界的小说家，在他的小说中真实与幻象纠缠在一起，是无法分割的统一世界。单纯从现实角度或幻象角度来评价卡夫卡，都没有捕捉住卡夫卡的精髓。他所擅长的是以严格的现实主义手法描写神秘的幻象。纪德（André Gide）就认为卡夫卡的作品有相反相成的两个世界：一是对梦幻世界"自然主义式"的再现（通过精致入微的画面使之可信），二是大胆地向神秘主义的转换。卡夫卡的本领在于他的小说图像在总体上呈现的是一个超现实的世界，一个想象的梦幻世界，一个在现实中并不存在的荒诞世界，一个具有神秘主义色彩的世界。然而，他对细节的描写又是极其现实主义甚至是自然主义的，非常精细入微。他对小说场景的处理也极其生活化，如《在流放地》中，关于杀人的行刑机器以及行刑军官最后给自己执行死刑的构思都具有荒诞色彩，而在具体的叙述过程中，卡夫卡又充分表现出细节描写的逼真性，对行刑机器以及行刑过程的描摹更是淋漓尽致。同时，这种细节描写与传统现实主义的描写具有本质上的区别。在以巴尔扎克为代表的传统现实主义小说中，细节的存在是为了更形象、逼真地再现社会生活，烘托人物形象，凸现典型环境；而在卡夫卡的表现主义小说中，真实细腻的细节最终是为了反衬整体生存处境的荒诞和神秘。最终卡夫卡展示给我们的是一个陌生的世界，这个陌生世界隐喻了现代人对自己生存世界的陌生感，隐喻了现代人"流放"在自己家园中的宿命。《城堡》中的K就是流放的现代人：

尽管如此，在目前的情况下，假使他一定要叫自己继续往前走，至少走到城堡入口那儿，那他的气力还是绰绰有余的。因此，他又走起来了，可是路实在太长。因为他走的这条村子的大街根本通不到城堡的山冈，它只是向着城堡的山冈，接着仿佛是经过匠心设计似的，便巧妙地转到另一个方向去了，虽然并没有离开城堡，可是也一步没有靠近它。每转一个弯，K就指望大路又会靠近城堡，也就因为这个缘故，他才继续向前走着。

此外，卡夫卡特别擅长对一个可能世界的拟想。《在流放地》中行刑军官最后给自己执行死刑就是一种想象中的境况，是未必发生却可能发生的情境。这个情境与变成甲虫的艺术想象一样，都是通过对一种可能发生的现象的拟想来传达的。卡夫卡小说的表现主义的想象力也正体现为处理拟想性的可能世界的能力，往往借助于荒诞、变形、陌生化、抽象化等艺术手段来实现。就像卡夫卡曾经表述过的那样：一次，他和雅赫诺参观一个法国画家的画展，当雅赫诺说到毕加索是一个故意的扭曲者的时候，他说："我不这么认为。他只不过是将尚未进入我们意识中的畸形记录下来。艺术是一面镜子，它有时像一个走得快的钟，走在前面。"卡夫卡正是这样一个走在前面的，既反映时代又超越时代的艺术先知。

三、《变形记》作品解读

（一）卡夫卡的命运

作家及其命运之间的关系是读者需要重点关注的。卡夫卡是奥地利作家，但出生在捷克的布拉格，还是一个说德语的犹太人。德国研究卡夫卡的专家巩特尔·安德尔斯这样评价卡夫卡：

作为犹太人，他在基督徒当中不是自己人。作为不入帮会的犹太人，他在犹太人当中不是自己人。作为操德语的母语者，他在前捷克人当中不是自己人。作为波希米亚人，他不完全属于奥地利人。作为工伤事故保险公司的职员，他不完全属于资产者。作为资产者的儿子，他又不完全属于劳动者。但他也不是公务员，因为他觉得自己是作家。而就作家来说，他也不是，因为他把精力耗费在家庭方面。可"在自己的家庭里，我比陌生的人还要陌生"。[①]

因此，卡夫卡对于自己到底是谁这样一个问题是有疑惑的。他觉得这个世界不太适合他，他像是偶然闯入这样一个冰冷的世界的漂泊者，在这个世界里他是个陌生人。

---

① 叶廷芳：《现代主义之父——卡夫卡评传》，时代文艺出版社，2001年版，第17~18页。

此外,他还是一个神经官能症患者。他有一个非常强悍的父亲,父亲对他非常粗暴,他从童年开始就经常处于紧张、恐惧的状态之中。后人研究,他其实应该是患上了比较严重的神经官能症。所以,他觉得自己跟这个世界格格不入,对这个世界充满了不信任和不安。这种疾病对他来说既是不幸也是幸运,因为敏感的个性对作家非常重要,敏感不安的心灵与细腻娴熟的文笔相遇,就有可能诞生不朽的作品。

(二)悖谬的模式

卡夫卡在日记里曾这样说:"我的本质就是恐惧,而安宁永远都是不真实的。"他看到的世界是陌生的、冰冷的,正是这种独特的视角造就了他特有的美学模式,即所谓的"悖谬的美学模式"。

他笔下的世界与我们习以为常的世界是截然相反的。凡是人们觉得正常、安全的东西,他看来都是反常的、诡异的、恐怖的。凡是人们觉得有保障的事物,他看来都是没有保障的。凡是人们觉得确定无疑的东西,他都会觉得神秘莫测。如果说文学家是人类幻梦的制造者,那么卡夫卡就是所谓的噩梦制造者。他制造的噩梦,并不是写一些吓人的小说来制造恐怖,而是要表达他个人对于这个世界的真实观感。卡夫卡利用文学,将人类的日常生活置于一个极端假想的状态下,然后去推想、去实验,看看人类在这个状态下的真正命运到底是什么样子。最能够集中体现这一点的就是《变形记》。

《变形记》其实就是把一个奇特的现象放在日常生活中,强迫日常生活对这个事情做出反应,以此来观察日常生活的本来面目。卡夫卡选择了一个我们人类认为最可靠、最温暖、最安全的港湾——家庭,制造的奇特现象就是变形。他让一个旅行推销员变成了一个昆虫,来试探整个家庭乃至整个社会的反应。

《变形记》的主人公格里高尔·萨姆沙其实是卡夫卡本人的投射。卡夫卡名为"Kafka",主人公则为"Samsa"。很多中文翻译将"Samsa"译为"萨姆沙",其实是忽略了作品主人公与作家之间的联系。对于原著中"甲虫"一词的翻译,也会影响我们对作品内涵的理解。"甲虫"原文是"Ungeziefer",如果查阅德语词典,就会发现"Ungeziefer"并非我们所理解的"甲虫"的意思,而是寄生虫或者害虫的意思。《变形记》中并没有说主人公到底变成了一个什么样的虫子,很多译者或读者根据上下文分析得出可能是甲虫，但实际上"Ungeziefer"这个词并没有表现出"甲虫"的含义。此外，主人公的名字格里高尔（Gregor）在德语中的原意是"守护者"。格里高尔原来是家里的守护者，可最后却沦落成了一个应该遭到清理的害虫。这样一个名字其实具有反讽效果，如果读者能够了解德语以及德语文化，就会对卡夫卡的小说有更加深刻的理解。

卡夫卡的悖谬模式在小说中的一个体现就是门和窗户的关系。门是我们与外界相联系的一个通道，但在《变形记》中，门被关上了，给主人公带来更多愉悦的是窗户。在没有变形之前，主人公也特别喜欢站在窗口眺望，因为他能够获得一种愉悦感和自由感，而且这个行为在一定程度上打破了他原本的孤寂状态，所以窗户也代表了一种内外的联系。但窗户和门又不一样，窗户是在孤独者和外界之间建立的一个界限，是孤独的生活和对外界的渴望之间的一种平衡，但人并不能真正出去，仍然在屋内。这种状态与我们当代人的孤独感非常相似。

（三）"变形"的意蕴

一些读者认为，资本主义的异化导致了主人公的变形。这种说法有一定的道理，但卡夫卡关注的并不是变形这件事情，而是变形之后的后续发展。变形不过是一种假定的手法，可以把它理解为一切"倒霉"事。譬如在现实生活中，一个人患上了不治之症，失去了劳动能力，成了家人的累赘，在这样一种状态下会发生什么样的故事。在时间和利益面前，人性有时候很脆弱。

卡夫卡通过"变形"这样一种假设，想看看家庭对他的反应到底怎么样，人和世界的本来面目又是什么样的。我们可以仔细分析一下，主人公变形前后主要有两大变化，一是他的身体发生了变化，二是他的语言发生了变化，也就是说他丧失了人类的外形和人类的交流工具。

一般来说，人的本质在于人的灵魂，而不在于人的躯壳。另外，我们常说"行胜于言"，也意味着行动更重要，所以在身体和灵魂的二元对立以及语言和行动的二元对立中，我们几乎都认定灵魂和行动是本原的，而身体和语言是次要的，这是一种基本的传统观念。但是，在西方近代以来发生了根本性的改变，传统信念面临危机，人类意识到传统思维未必正确。《变形记》就告诉人们，其实人的社会本质是人的身体和人的语言，不是其他的东西。身体能够保证你在社会中被别人识别，尤其是脸，语言则保证人在社会中与其他人正常交际。脱离了这两者，人在社会中一定遭遇毁灭。

在变形之后，主人公的语言能力逐渐减弱，起初他还能花很长时间说出一两句话，而渐渐地他的声音就不能被家人识别了。这就表明作为一个社会人，他开始丧失自我身份。他满怀希望地想打开房门，重新进入人类圈子，结果发现办公室主管逃跑了，这标志着他失去了作为人的职业身份。而父母和妹妹的惊慌失措，也说明他的家庭生活开始出现危机。因此，当他父亲一脚把他踹回门里并把门关上时，即意味着他的社会人的身份已经不复存在，他快被社会抛弃了。此时我们就看到了，与语言和外形相比，灵魂和行动显得格外苍白。

在卡夫卡的小说中，主人公基本上都是单身汉的形象。单身汉其实就是现代生活重压下自我存在出现问题，而孤独地生活着的一类人。卡夫卡将其高度理论化，上升到一个更为深刻的内涵。他认为在现代生活中，人类是孤独者的集合，因为"上帝死了"，在没有一个形而上的世界可以给我们提供更为完整意义的状态下，人与人之间的关系必然陷入疏离。虽然过着孤独的生活，但是《变形记》的主人公其实也渴望与外界接触，渴望能与外界建立真诚的交往。他对自己的实际状况并不满意，抱怨自己的工作和生活。他其实一直生活在个人欲望与职业的巨大冲突之中，但为了家人他克制了自己内心的感受。

通过卡夫卡这个极端"实验"，我们发现，人性也好，家庭也好，很多时候你不能让它处于太极端的状态来逼迫它做出反应。日常生活并不一定都是像我们所设想的那样安全、温暖和惬意，其背后很有可能潜藏着大量的危险、冰冷甚至残酷，所以卡夫卡也是在提醒我们，我们习以为常的生活很有可能只是个人的一种幻觉，世界的本来面目也许并非如此。

这是卡夫卡对这个世界的一个基本观感。他用独特的艺术手法描述了他的感受，不断地冲击着我们的思维惯性，启发我们用另外一种眼光去看待世界。由于现代社会所发生的一系列变化，人们失去了"上帝"，找不到形而上的世界，人与人的关系变得越来越难以琢磨，甚至越来越复杂、残酷。

第五节 西方象征主义和后期象征主义

在西方现代主义文学中,出现最早、生存最长、影响最大的派别是象征主义。它起源于19世纪中叶的法国,在20世纪40年代达到极盛。20世纪的象征主义在文学史上被称作后期象征主义,其影响渗透各种文学体裁和流派。同时,象征主义是西方古典文学和现代文学的分水岭。作为两个世纪之交的文学浪潮,象征主义对20世纪西方文学的发展产生了深远的影响。意象派诗歌通常被认为是象征主义在英美的一种发展形态,未来主义、达达主义、超现实主义与象征主义有着非常直接的联系,意识流文学、存在主义文学也受益于象征主义。象征主义扩展了文学表现的新领域,丰富了艺术表现手段,推动了文学的发展,标示着文学发展的新方向。

一、波德莱尔

波德莱尔(Charles Baudelaire,1821—1867)是法国19世纪最著名的现代派诗人,象征派诗歌先驱。《恶之花》(1857)奠定了他作为象征主义诗歌开山祖师的地位,确立了象征主义文学在欧洲的地位,为西方诗歌的创新做了示范。其对"恶"的讴歌使得整个古典美学发生了倾斜,从而使文学创作进入了现代主义时代。在艺术表现上,波德莱尔提出了"对应论",认为外界事物与人的内心世界息息相通,互相感应,山水草木是向人类发出信息的"象征的森林",诗人可以使用有声有色的物象来暗示内心的微妙世界。魏尔伦、兰波、马拉美是早期象征主义的代表作家。

瓦雷里(Paul Valery)在《波德莱尔的地位》一文中说:"在我们的诗人当中,如果有人比波德莱尔更伟大和更有天赋,却绝不会有人比他更重要……波德莱尔最大的光荣,也许在于他孕育了几位很伟大的诗人……魏尔伦和兰波在感情和感觉方面发展了波德莱尔,马拉美则在诗的完美和纯粹方面延续了他。"① 波德莱尔是一位"伟大的传统业已消失,而新的传统尚未形成"的转折时代的诗人,他被称为最后一位古典派,又是第一个现代派。他的头上曾被戴过许多流派的帽子,如颓废派、唯美派、象征派、古典派、浪漫派、巴纳斯派、写实派等,他被许多后起的流派认作祖先。

《恶之花》的出版曾引起了激烈的争议,甚至被提起公诉,法庭最终判罚诗人三百法郎,并勒令其删掉其中的六首"淫诗"。而1949年,法国最高法院重新审理此案,宣判原判无效。《恶之花》的最终版本(1961)打乱了诗的写作年代,按照诗人的精神历程呈现出如下结构:第一部分《忧郁和理想》,从第1首到第85首,诗人以极大的耐心和冷静的残忍描述了他在理想与忧郁之间的挣扎。第二部分《巴黎风貌》,从第86首到第103首,诗人把目光投向外部的物质世界,投向他生活的环境——巴黎,这个"拥挤的城市,充满梦幻的城市"。他打开了一幅充满敌意的资本主义大都会的丑恶画卷,也展示了种种怪异奇特的场面。第三部分《酒》,从第104首到108首,写的是麻醉和幻觉。第四部分《恶之花》,从第109首到第117首,诗人深入人类的罪恶中,去那盛开着恶之花的地方——人类灵魂深处去探险。第五部分《反抗》,从第118首到第120首,诗人曾经希望人世的苦难都是为了赎罪,为了重回上帝的怀抱而付出的代价,然而上帝无动于衷。上帝是不存在,还是死了?诗人终于"向上帝吐出它的诅咒"。他指责上帝是一个暴君,酒足饭饱之余,竟在人们的骂声中酣然入睡。第六部分《死亡》,从第121首到第126首,诗人历尽千辛万苦,最终在死亡中寻求到安慰和解脱。

就题材来说,《恶之花》把社会和人性之恶作为艺术美的对象。但是,诗之所以为诗,取决于语言。波德莱尔从对应论出发,追求一种"富于启发性的巫术",以便运用一种超感觉去认识一种超自然的本质。他所谓的"超自然主义",指的是声、色、味彼此沟通,彼此应和,并非一种超感觉、超自然的现象,而是通感现象。波德莱尔的创新之处在于他把这种现象在诗歌创作中的地位提高到了空前未有的高度,成为他写诗的理论基础。因此,

---

① 保尔·瓦雷里:《文艺杂谈》(第2卷),段映虹译,百花文艺出版社,2002年,第163~183页。

他虽然也使用传统的象征手段,但是象征在他那里除了修辞的意义外,还具有本体的意义,因为世界就是一座"象征的森林"。波德莱尔的十四行诗《对应》被称为"象征主义的宪章",影响极为深远:

大自然是座庙堂,那千万根活柱,
时时吐出朦胧的话音;
人穿越这象征的森林,
它们注视着他,亲密的眼光盈盈。

色、香、音互相呼应,
宛如回荡不息的回声,
混凝成深不可测的浑然一体,
辽阔得犹如夜影,犹如光明。
有一些芳香,如童肤般清新,
柔和似管乐,青翠如绿荫,
——别的却陈腐,浓郁,袭人。

无穷无尽万物,无边无际扩张,
龙涎香,麝香,安息香,乳香,
歌唱着心灵和肉体的狂欢!

(戴望舒 译)

诗人的使命是把上述三方面的对应关系"翻译"出来,特别是要把第三方面那种物我之间的隐秘关系表现出来。依靠幻觉就能"翻译",在幻觉中,主客观的界限消失了,作者进入无边无际的奇妙境界。为了刺激幻觉,他在创作时甚至吸海洛因,吸毒之后的幻景被他称作天堂。他所谓的"人造天堂"是有意识促成的一种梦境,起因于鸦片,起因于大麻,起因于酒,都不重要,重要的是创造一个能够加以引导的梦境。"象征主义首先是梦进入文学",波德莱尔曾指出"梦既分离瓦解,也创造新奇"。虽然梦境不长久,但是诗人通过精神的劳动使痛苦的灵魂摆脱时空的束缚,品尝没有矛盾冲突的大欢乐。艺术的技巧使他将这大欢乐凝固在某种形式之中，实现符号和意义的直接结合以及内心生活、外部世界和语言的三位一体，于是，对波德莱尔来说，"一切都有了寓意"，经由象征语言的点化，"自然的真实转化为诗的超真实"，这是波德莱尔作为象征主义的缔造者的重要标志之一。他的《酒与印度大麻》有这样一段内容：

外界的物体形状扭曲了，变成了另外一种形状，到后来物变成你，你变成物。……你坐着抽烟，却自以为坐在烟斗上，是烟斗抽着你，你变成蓝色的轻烟袅袅……你把自己当成外界的生物。你是迎风呼啸的树，向大自然歌唱草木之曲。你时而自由翱翔，飞向无限扩张的蔚蓝的天空……

二、阿波利奈尔

阿波利奈尔（Guillaume Apollinaire，1880—1918）的作品相当庞杂，他虽以诗歌闻名于世，却是从小说开始文学创作的。其中有两个短篇作品颇具寓意。《阿姆斯特丹的水手》讲一个无辜的水手莫名其妙地陷入了一桩绑架杀人案，只有一只鹦鹉作为此案的见证，时时重复死者的最后一声叹息："我是清白的！"实在是黑色幽默。《被神化了的残疾人》讲一个不幸的人在失去了左手左脚及左眼左耳后，竟也失去了对于时间的概念，却不料在众人眼中成了一个永恒者。这说明人似乎只有摆脱常人的某种负担，才能走向神圣。他的小说故事离奇，富于悬念，以诙谐、戏谑、嘲讽的文笔展示人物的内心世界，于荒谬悖理中折射矛盾而真实的内心世界。阿波利奈尔在剧本《蒂蕾西亚的乳房》前言中首次使用了"超现实主义"这一术语。他的诗歌代表作《醇酒集》，重视诗歌内在的节奏与旋律，开辟了现代诗结构革新的方向。如其中的《米拉波桥》：

塞纳河在米拉波桥下扬波
　　我们的爱情
　　应当追忆么
在痛苦的后面往往来了欢乐

让黑暗降临让钟声吟诵

时光消逝了我没有移动

我们就这样手拉着手脸对着脸

   在我们胳臂的桥梁

  底下永恒的视线

追随着困倦的波澜

让黑暗降临让钟声吟诵

时光消逝了我没有移动

爱情消逝了像一江流逝的春水

   爱情消逝了

  生命多么迂回

希望又是多么雄伟

让黑暗降临让钟声吟诵

时光消逝了我没有移动

过去一天又过去一周

   不论是时间还是爱情

  过去了就不再回头

塞纳河在米拉波桥下奔流

让黑暗降临让钟声吟诵

时光消逝了我没有移动

（闻家驷 译）

  这首诗写于1912年，当时阿波利奈尔关于未来主义的构想实际上已经基本成熟，但是诗中仍包含许多传统的艺术精神。在创作《米拉波桥》时，诗人刚和女友分手。诗歌所体现出的惆怅和苦闷属于传统的爱情主题，展现这一主题的方式也包含了传统的写实、象征和浪漫主义笔调。诗歌所体现的"新因素"则在于诗人一如既往地取消标点符号，还新加入了"反复"的诗歌方式，诗句的排列方式也体现了诗人的别具匠心，呈现"立体"表达趋向。

法国未来主义艺术形式革新的独特性在于其是"立体的"。阿波利奈尔受毕加索立体派绘画的影响，重视诗歌的视觉效果，把建筑艺术融入诗歌，创造了"楼梯诗"，又把绘画艺术融入诗歌，开创了"图画诗"。1913年至1916年，阿波利奈尔写了许多新的诗歌，在他逝世后不久，以《图像集》为名出版。这部诗集标志着现代诗歌在诗体和格律上一次比较彻底的解放。在诗集中，阿波利奈尔基本上抛弃了传统的诗歌形式，别出心裁地用诗句绘成花、表、心、鸟等，在保持诗句基本通顺的情况下，让读者通过各式各样的图案去领会诗中的含义。这些诗歌被称作"图画诗"，不但可以读还可以看，把未来主义、观赏艺术和诗歌合成一体。如《雨》排列成"雨"的形状。诗人在雨天的惆怅情绪通过那些歪歪斜斜排列的语词所造成的倾斜效果一览无余。诗句像上上下下的音调，使得读者从视觉和听觉上感受诗人在面对雨丝进行自我祈祷时的心态：惆怅、怀念、孤寂。又如《心》的诗句排列成"心"形。从图像看，字母被排列成"心"的样子，而同时如果把这颗"心"颠倒，就成了一朵火焰，诗歌的意义和形象完全统一起来。还如《镜子》的诗句排列成心脏和镜子的形状。阿波利奈尔是立体画派的拥护者，是一个根植于绘画的诗人。视觉对他而言不仅是一种技巧，而且是一种美学观和哲学观，阿波利奈尔可以说是现代图画诗的开拓者和集大成者。

总之，阿波利奈尔是一个既有传统特色又有创新精神的文学大家。20世纪几乎所有的文艺运动，从立体主义、达达主义直到超现实主义，都从他的作品中得到了启发。

三、后期象征主义

20世纪兴起的后期象征主义反映了第一次世界大战后西方世界的精神危机，主要作品有俄国勃洛克的长诗《十二个》，法国瓦雷里的《海滨墓园》，奥地利里尔克的《豹》，爱尔兰叶芝的《象征》《基督重临》和《驶向拜占庭》，美国艾略特的《情歌》和《荒原》，等等。如叶芝的《象征》，仅有六行：

> 风雨飘摇的古楼中，
> 盲目的处士敲着钟。
>
> 那无敌的宝刀还是
> 属于那游荡的傻子。
>
> 绣金的锦把宝刀围，
> 美人同傻子一起睡。

（杨宪益 译）

三组意象三重象征。每组意象的情节性构成对现实生活的隐射：最盲目者最安全，最无知者最无敌，最有福者是盲目无知的人。

埃兹拉·庞德（Ezra Pound，1885—1972）是意象派诗歌运动的重要代表人物，美国现代主义诗歌运动的鼻祖，对20世纪现代主义诗歌影响巨大。他和艾略特同为后期象征主义诗歌的领军人物。他从中国古典诗歌、日本俳句中生发出"诗歌意象"的理论，为东西方诗歌的互相借鉴做出了卓越贡献。在伦敦，庞德曾担任叶芝的私人秘书，他敬佩叶芝，以叶芝为师。叶芝也在一定程度上受到了他的影响。1902年庞德确定了"意象派"这一名称，他热心发掘和扶植文坛新人，曾帮助乔伊斯出版《一个青年艺术家的肖像》和《尤利西斯》。他大刀阔斧地删改艾略特的《荒原》，原诗被删去一半，只剩下434行，并向出版社推荐出版。为了表示感激，艾略特在《荒原》扉页上题写了"献给埃兹拉·庞德，更优秀的匠人"。庞德还在巴黎结识并帮助海明威，帮他出版了第一本书。

1925年庞德定居意大利，这一时期他翻译了儒家经典四书。他认为西方人得了思想上的疾病，有必要用《大学》这剂药进行治疗。他认为孟子的伦理学说对人类发展的进程具有永恒的价值。在他以后的作品《诗章》和其他诗作中，直接以中国为题和牵涉中国文字与古文献的作品不胜枚举。

第二次世界大战期间因为公开支持墨索里尼的法西斯主义,攻击犹太人和罗斯福总统,庞德被控有叛国罪,于1945年入狱,后在美国的精神病院度过13年,1958年庞德获释。

庞德的诗作除了著名的《在一个地铁车站》,还有《少女》:

树进入了我的双手,
树液升上我的双臂。
树生长在我的胸中——
往下长,树枝从我身上长出,宛如臂膀。

你是树,
你是青苔,
你是风中紫罗兰。
你是个孩子——这么高——
而在世界看来这全是蠢话。

(飞白 译)

诗人没有简单地把自己与少女进行一体描写,而是以少女为"树",我为"我","树""我"嫁接为一,暗示了我和少女之间的奇妙缘分。

那么,象征主义是不是故弄玄虚呢?我们认为,他们是为了脱离传统而创新才大胆变革的。象征主义部分作者的传统诗歌写得非常出色,如叶芝的《当你老了》,还有艾略特的《给我妻子的献辞》:

这是归你的——那跳跃的欢乐
它使我们醒时的感觉更加敏感
那君临的节奏,它统治我们睡时的安宁
合二为一的呼吸。
爱人们发着彼此气息的躯体
不需要语言就能思考同一的思想
不需要意义就会喃喃着同样的语言。

没有无情的严冬寒风能够冻僵
没有酷热的赤道太阳能够枯死
那是我们的而且只是我们玫瑰园中的玫瑰。

但这篇献词是为了让其他人读的
这是公开地向你说我的私房话。

（裘小龙 译）

第六节　艾略特及其《荒原》

艾略特（Thomas Eliot，1888—1965），后期象征主义最杰出的代表作家，20世纪最重要的诗人和文学批评家之一。尽管不少评论家把他归入后期象征主义，但无论在创作上还是理论上，他都超越了象征主义的范畴。他的诗歌具有集大成的意义，是现代主义诗歌中的典范。其作品《荒原》被公认为现代主义诗歌的一座丰碑。1948年，由于对当代诗歌做出的卓越贡献和所起的先锋作用，艾略特获得诺贝尔文学奖和英王"劳绩勋章"。

艾略特在加入英国国教后，曾声明自己在政治上是保皇党，在宗教上是英国天主教徒，在文学上是古典主义者。他认为要以宗教和教会为政治和文化中心，通过教会来管理国家、传播文化、统治人民，力图用宗教复兴来挽救西方文明，其社会理想是宗教救世。长篇组诗《四个四重奏》是艾略特后期重要作品，其仿照四重奏音乐的结构，分四个部分，用音乐形式表现主题，描写了一个皈依宗教的人在寻找真理过程中的精神历程，认为原罪使人们陷入万劫不复之地，使整个世界成了病房，人们只有低头认罪，受苦受难，才能在赎罪的净火中求得解救。20世纪30年代后，艾略特主要致力于诗体戏剧的创作，代表作《大教堂凶杀案》以1170年英国坎特伯雷大主教为教会殉难的故事为背景，宣传为教义献身。

一、诗歌理论

艾略特是英美新批评的奠基人,他在1917年撰写的《传统与个人才能》一文中就基本上确定了自己的文学批评原则。在文学理论批评方面,他提出了如下见解:把欧洲文学作为一个整体来研究;作家的创作不能脱离传统,但作家的个人才能又可以像催化剂那样促使传统发生变化;作家要努力表现时代精神;作家要寻找客观对应物表现情绪。

他在《圣林》和《论诗与诗人》等文章中提出了关于诗歌创作与评价的理论。一是"非个人化"理论,即"诗歌不是放纵感情,而是逃避感情;诗歌不是表现个性,而是逃避个性"。二是"思想知觉化"理论,即"用知觉来表现思想、把思想还原为知觉"。

二、《阿尔弗瑞德·普鲁弗洛克的情歌》

在这首诗中,艾略特模仿法国象征主义诗人拉弗格(Jules Laforgue)的文体风格,通过一个过于敏感、过分内省、胆子太小、压抑太强的中年男子在前往求爱的途中错综复杂、矛盾变化的心理,反映了20世纪初欧洲资产阶级青年对人生和西方文明的怀疑和幻灭感。庞德在谈到这首诗时曾说"这是一幅失败的图画","或者说其中的人失败了"。

假如我认为,我是回答一个能转回阳世间的人,那么,这火焰就不会再摇闪。但既然,如我听到的果真没有人能活着离开这深渊,我回答你就不必害怕流言。(题词)

那么我们走吧,你我两个人,
正当朝天空慢慢铺展着黄昏
好似病人麻醉在手术桌上;
我们走吧,穿过一些半冷清的街,
那儿休憩的场所正人声喋喋;
有夜夜不宁的下等歇夜旅店
和满地蚌壳的铺锯末的旅店;

街连着街,好像一场讨厌的争论
带有阴险的意图
要把你引向一个重大的问题……
唉,不要问,"那是什么?"
让我们快点走去做客。
在客厅里的女士们来回地走,
谈着画家米开朗基罗。

……

呵,确实地,总会有时间
看黄色的烟沿着街滑行,
在窗玻璃上擦着它的背;
总会有时间,总会有时间
装一副面容去见你去见的脸;
总会有时间去暗杀和创新,
总会有时间让举起问题又丢进你盘里的
双手完成劳作与度过时日;
有的是时间,无论你,无论我,
还有的是时间犹豫一百遍,
或看到一百种幻景再完全改过,
在吃一片烤面包和饮茶以前。

……

因为我已经熟悉了她们,熟悉了她们所有人——
熟悉了那些黄昏,和上下午的情景,
我是用咖啡匙子量走了我的生命;
我知道每当隔壁响起了音乐
话声就逐渐低微而至停歇。
所以我怎么敢开口?

(查良铮 译)

三、《荒原》

（一）一首费解的长诗

《荒原》原诗有 800 多行，后被庞德删减至 434 行，对此艾略特竟然毫无意见，他说"这首诗本来就没有什么构架"，甚至觉得"在写《荒原》时，我甚至不在乎懂不懂得自己在讲些什么"。这首诗最初发表时几乎无人能懂，后来艾略特给诗加了 50 多条注释，但是注释也不好理解。虽然《荒原》难以理解，但读者常常被它迷住。

《荒原》问世后，给人们造成了强烈的刺激和困惑。人们对它最初的争论往往集中在全诗的形式结构和写作方法上，持否定意见者指责它缺乏连续性、条理性，混乱无章，完全不知所云；持保留意见者欣赏它的局部和一些片段，但认为它在整体上仍缺乏有机的统一性；持肯定意见者则认为其形式恰好适合于表达现世混乱的经验，体现了一种"破碎的完整性"。还有人从艾略特在《玄学派诗人》一文中提出的诗的经验"总是在形成新的统一体"出发，认为诗人在《荒原》中尝试的正是"形成新的整体"，不仅将个体融合在一起，而且将不同文化与不同历史时刻融合在一起。如《荒原》第一章"死者葬仪"的一节：

——可是当我们从风信子园走回，天晚了，
你的两臂抱满，你的头发是湿的，
我说不出话来，两眼看不见，我
不生也不死，什么都不知道，
看进光的中心，那一片沉寂。
荒凉而空虚是那大海。

（查良铮 译）

该节最后一句"荒凉而空虚是那大海"引自瓦格纳歌剧《特里斯坦和伊索尔德》第三幕第 24 行，它出现在该节诗的最后是那么协调，仿佛是从这节诗中生长出来的东西，或者说正是它使该节诗"形成（一个）新的整体"。

随着历史发展，这种《荒原》式的将不同经验、场景、典故、引语、片段、对话组合在一起的结构和叙述方式，被越来越多的人认识和接受。美国著名新批评派布鲁克斯和华伦在其合著的《理解诗歌》中就十分赞赏《荒原》这种通过不同经验的并置，在引用、对照和出人意表的转换中不断产生诗歌含义的结构方式，认为读者能"从表面凑合起来的材料得到一种启示感"，"其效果是给人以经验的统一感，各时代的统一感；与此同时，还会感到总的主题是从诗里逐渐产生出来，它不是强加的，而是逐渐呈现的"。①

而在创作上，艾略特在《荒原》中开创的这种诗歌方法对西方现代诗歌也产生了广泛的影响。墨西哥著名诗人帕斯在一次访谈中就这样说：

《荒原》要复杂得多。它被说成是一幅拼贴画，但我倒认为它是拆卸零件的一个汇总。一台通过一部分与另一部分之间以及各个部分与读者之间的旋转与摩擦而发射诗歌含义的奇妙的语言机器。坦率地讲，我喜欢《荒原》胜过（我自己的）《太阳石》。②

和《荒原》的形式结构密切相关的是诗中对其他文本的大量引用和改写，这使它从问世以来，一直遭到"掉书袋""卖弄""学究气"之类的非议，有人曾讥讽它的作者无非是"榨干了昔日世界的果汁"，并把它灌进自己的作品里。但随着历史的发展，更多的读者发现了诗人的用心。比如《荒原》第一章中的"在冬日破晓时的黄雾下，一群人鱼贯地流过伦敦桥，人数是那么多，我没想到死亡毁坏了这许多人"，这后两句实际上是对但丁《地狱》篇第三节中的诗句的引用，而这种引用（或者说"嵌入"）使现代都市社会骤然间与"中世纪的地狱"叠合在一起，或者说使伦敦成为"地狱"的一个现代版。

英国著名批评家瑞恰慈曾从艺术表现的角度肯定了艾略特的这种"引文写作"，"艾略特先生笔下的典故是追求凝练的一个技巧手法。《荒原》在

---

① 参见《英国现代诗选》，查良铮译，湖南人民出版社，1985年版，第83页。
② 参见《帕斯选集（下）》，赵振江等译，作家出版社，2006年版，第407页。

内容上相当于一首史诗。倘若不用这个手法，就需要十二卷的篇幅"①。

但更值得我们留意的是一些深入揭示《荒原》的写作性质及其诗学意义的论述。彼特·阿克罗伊德在《艾略特传》中认为乔伊斯的《尤利西斯》包容了从荷马以来整个欧洲的文学，艾略特亦具有这种语言的历史意识和整合能力，他认为艾略特的策略是"通过再现其他人的声音找到自己的声音"，"《荒原》的主题与意象既是他自己的，又不是他自己的，它们在他引用的与记忆的东西之间连续不断地震颤……"②而这可以说明他诗歌中的"那种奇特的共鸣效果"。的确，艾略特的写作是一种博学的写作，更是一种富有历史感的写作，从中透出了一种高度自觉的文学意识。美国著名诗人康拉德·艾肯在回应人们对《荒原》的指责时指出：

他本人，超过任何其他诗人，更清醒地警觉到他诗性的根源……最终，在《荒原》里，艾略特先生对文学历史性的触觉达到如此超乎寻常的程度，几乎足以构成这首巨作的动机。好像和庞德先生的《诗章》一样，他企图构架一个"文学的文学"——一种诗歌文本，不再被生活本身驱动，而更应被诗歌文本自身驱动；似乎他已经得出结论，二十世纪的诗人的特征不可避免的，或理想化的，应是一种非常复杂和丰富的文学自觉性，能够只出色地以文学历史之舌说话。③

《荒原》在骑士寻找圣杯救治渔王的神话故事的框架下展开叙事。诗歌高度概括了第一次世界大战后的西方生活，揭示了西方文明的堕落、人们的精神危机，将之归咎于人们丧失宗教信仰，呼吁人们皈依宗教以拯救"荒原"。诗歌开头用拉丁文题词浓缩了全诗的主旨，即"不生不死、即生即死、生不如死、死即是生"，主要表现现在西方人这种"西比尔式的"不死不活的荒原状态。

---

① 艾·阿·瑞恰兹：《文学批评原理》，杨自伍译，百花洲文艺出版社，1992年版，第265页。
② 彼得·阿克罗伊德：《艾略特传》，刘长缨、张筱强译，国际文化出版公司，1989年版，第110页。
③ 王家新：《教我灵魂歌唱的大师》，人民文学出版社，2017年版。

（二）文本分析

"是的，我自己亲眼看见古米的西比儿吊在一个笼子里。孩子们在问她，西比儿，你要什么？她回答说，我要死。"

献给庞德，最卓越的匠人。

一　死者葬仪

四月是最残忍的一个月，荒地上
长着丁香，把回忆和欲望
掺合在一起，又让春雨
催促那些迟钝的根芽。
冬天使我们温暖，大地
给助人遗忘的雪覆盖着，又叫
枯干的球根提供少许生命。
夏天来得出人意外，在下阵雨的时候
来到了斯丹卜基西；我们在柱廊下躲避，
等太阳出来又进了霍夫加登，
喝咖啡，闲谈一个小时。
我不是俄国人，我是立陶宛来的，是地道的德国人。
而且我们小时候住在大公那里
我表兄家，他带着我出去滑雪橇，
我很害怕。他说，玛丽，
玛丽，牢牢揪住。我们就往下冲。
在山上，那里你觉得自由。
大半个晚上我看书，冬天我到南方。

什么树根在抓紧，什么树枝在从
这堆乱石头里长出？人子啊，
我说不出，也猜不到，因为你只知道
一堆破碎的偶像，承受这太阳的鞭打
枯死的树没有遮阴。蟋蟀的声音也不使人放心，

礁石间没有流水的声音。只有
这块红石下有影子,
(请走进这块红石下的影子)
我要指点你一件事,它既不像
你早起的影子,在你后面迈步;
也不像傍晚的,站起身来迎着你;
我要给你看恐惧在一把尘土里。

  风吹着很轻快,
  吹送我回家走,
  爱尔兰的小孩,
  你在那里哪里逗留?
"一年前你先给我的是风信子;
他们叫我做风信子的女郎",
——可是等我们回来,晚了,从风信子的园里来,
你的臂膊抱满,你的头发湿漉,我说不出话,
眼睛看不见,我既不是
活的,也未曾死,我什么都不知道,
望着光亮的中心看时,是一片寂静。
荒凉而空虚是那大海。

马丹梭梭屈里士,著名的女相士,
患了重感冒,可仍然是
欧罗巴知名的最有智慧的女人,
带着一套恶毒的纸牌。这里,她说,
是你的一张,那淹死了的腓尼基水手,
(这些珍珠就是他的眼睛,看!)
这是贝洛多纳,岩石的女主人
一个善于应变的女人。
这人带着三根杖,这是"转轮",

这是那独眼商人，这张牌上面
一无所有，是他背在背上的一种东西。
是不准我看见的。我没有找到
"那被绞死的人。"怕水里的死亡。
我看见成群的人，在绕着圈子走。
谢谢你。你看见亲爱的爱奎东太太的时候
就说我自己把天宫图给她带去，
这年头人得小心啊。

并无实体的城，
在冬日破晓时的黄雾下，
一群人鱼贯地流过伦敦桥，人数是那么多，
我没想到死亡毁坏了这许多人。
叹息，短促而稀少，吐了出来，
人人的眼睛都盯住在自己的脚前。
流上山，流下威廉王大街，
直到圣马利吴尔诺斯教堂，那里报时的钟声
敲着最后的第九下，阴沉的一声。
在那里我看见一个熟人，拦住他叫道："斯代真！"
你从前在迈里的船上是和我在一起的！
去年你种在你花园里的尸首，
它发芽了吗？今年会开花吗？
还是忽来严霜捣坏了它的花床？
叫这狗熊星走远吧，它是人们的朋友，
不然它会用它的爪子再把它挖掘出来！
你！虚伪的读者！——我的同类——我的兄弟！

　　本章共76行，给荒原人举行葬仪，荒原人是生犹死，举行葬仪的目的是拯救荒原人的灵魂。本章可分为5节。（1）败落贵族玛丽对往昔浪漫史的回忆。"四月是残酷的月份，不毛之地长出了香花来"暗示了上流社会生活的空虚和西方文明的衰落。(2) 借《圣经》中的典故,描写荒原景象。(3) 描写纯洁爱情的小诗。写了一次失败的爱情经历,"我不死,也不活,什么都不知道","空虚而荒凉是那大海"。(4) 写女相士的困惑。她是能用纸牌算命的预言家,著名的千里眼,但她占卜的结果是"找不到那被绞死的人,害怕水里的死亡",指出"这年头人得小心啊"。(5) 写"并无实体的"伦敦城。"在冬日破晓的黄雾下,一群人鱼贯地流过伦敦城,人数是那么多,我没想到死亡毁坏了这许多人……人人的眼睛都盯住在自己的脚前。"这里展示了当今西方世界的荒芜全貌:人们鼠目寸光,虽死犹生,他们的生存并无实际意义。诗中的我追问"去年你种在你花园里的尸首,它发芽了吗?"一事,暗示了寻求拯救的努力。

重要诗句的不同翻译:

April is the cruellest month, breeding

四月最残忍,从死了的（查良铮译）

四月是最残忍的月份,从死去的土地里（汤永宽译）

Madame Sosostris, famous clairvoyante

索索斯垂丝夫人,著名的相命家（查良铮译）

索梭斯特里斯太太,著名的千里眼（汤永宽译）

One must be so careful these days.

这年头人得万事小心呵。（查良铮译）

现如今你得非常小心。（汤永宽译）

二　对弈

她所坐的椅子,像发亮的宝座
在大理石上发光,有一面镜子,
座上满刻着结足了果子的藤,
还有个黄金的小爱神探出头来
（另外一个把眼睛藏在翅膀背后）
使七枝光烛台的火焰加高一倍,
桌子上还有反射的光彩
缎盒里倾注出的炫目辉煌,

使她珠宝的闪光也升起来迎着；
在开着口的象牙和彩色玻璃制的
小瓶里，暗藏着她那些奇异的合成香料——
膏状，粉状或液体的——使感觉
局促不安，迷惘，被淹没在香味里；受到
窗外新鲜空气的微微吹动，这些香气
在上升时，使点燃了很久的烛焰变得肥满，
又把烟缕掷上镶板的房顶，
使天花板上的图案也模糊不清。
大片海水浸过的木料洒上铜粉
青青黄黄地亮着，四围镶着的五彩石上，
有雕刻着的海豚在愁惨的光中游泳。
那古旧的壁炉架上展现着一幅
犹如开窗所见的田野景物，
那是翡绿眉拉变了形，遭到了野蛮国王的
强暴：但是在那里那头夜莺
她那不容玷辱的声音充塞了整个沙漠，
她还在叫唤着，世界也还在追逐着，
"唧唧"唱给脏耳朵听。
其它那些时间的枯树根
在墙上留下了记认；凝视的人像
探出身来，斜倚着，使紧闭的房间一片静寂。
楼梯上有人在拖着脚步走。
在火光下，刷子下，她的头发
散成了火星似的小点子
亮成词句，然后又转而为野蛮的沉寂。
"今晚上我精神很坏。是的，坏。陪着我。
"跟我说话。为什么总不说话。说啊。
"你在想什么？想什么？什么？
"我从来不知道你在想什么。想。"

我想我们是在老鼠窝里，

在那里死人连自己的尸骨都丢得精光。

"这是什么声音？"

      风在门下面。

"这又是什么声音？风在做什么？"

      没有，没有什么。

"你

"你什么都不知道？什么都没看见？什么都不记得？"

我记得

那些珍珠是他的眼睛。

"你是活的还是死的？你的脑子里竟没有什么？"

      可是

噢噢噢噢这莎士比希亚式的爵士音乐——

它是这样文静

这样聪明

"我现在该做些什么？我该做些什么？

我就照现在这样跑出去，走在街上

披散着头发，就这样。我们明天该做些什么？

我们究竟该做些什么？"

      十点钟供开水。

如果下雨，四点钟来挂不进雨的汽车。

我们也还要下一盘棋，

按住不知安息的眼睛，等着那一下敲门的声音。

丽儿的丈夫退伍的时候，我说——

我毫不含糊，我自己就对她说，

请快些，时间到了

埃尔伯特不久就要回来，你就打扮打扮吧。

他也要知道给你镶牙的钱

是怎么花的。他给的时候我也在。

把牙都拔了吧，丽儿，配一副好的，

他说，实在的，你那样子我真看不得。

我也看不得，我说，替可怜的埃尔伯特想一想，

他在军队里耽了四年，他想痛快痛快，

你不让他痛快，有的是别人，我说。

啊，是吗，她说。就是这么回事，我说。

那我就知道该感谢谁了，她说，向我瞪了一眼。

请快些，时间到了

你不愿意，那就听便吧，我说。

你没有可挑的，人家还能挑挑拣拣呢。

要是埃尔伯特跑掉了，可别怪我没说。

你真不害臊，我说，看上去这么老相。

（她还只三十一。）

没办法，她说，把脸拉得长长的，

是我吃的那药片，为打胎，她说。

（她已经有了五个。小乔治差点送了她的命。）

药店老板说不要紧，可我再也不比以前了。

你真是个傻瓜，我说。

得了，埃尔伯特总是缠着你，结果就是如此，我说，

不要孩子你干吗结婚？

请快些，时间到了

说起来了，那天星期天埃尔伯特在家，他们吃滚烫的烧火腿，

他们叫我去吃饭，叫我乘趁热吃——

请快些，时间到了

请快些，时间到了

明儿见，毕尔。明儿见，璐。明儿见，梅。明儿见。

再见。明儿见，明儿见。

明天见，太太们，明天见，可爱的太太们，

明天见，明天见。

本章共96行，通过引证莎士比亚、维吉尔、弥尔顿和奥维德的作品，将人类昔日的昌盛与今日的颓败加以对照，突出现代人纵情声色、形同僵尸的可悲处境。结尾几行10个"明儿见"借用《哈姆雷特》中奥菲利亚在告别生活时说的一段疯话，映射现代西方女性已彻底堕落，不疯犹疯，虽生犹死。本章可分为两节：第一，写上流社会里一对夫妇的生活场景：两人死缠硬磨、无法沟通。第二，写了伦敦下等酒吧里一对女子的对话：其中一个叫丽儿的背叛在军队服役的未婚夫，与人通奸，已打胎5次，荒唐的生活使她未老先衰，现正为如何向丈夫隐瞒私情而苦恼。这段场景发生在酒馆打烊的时间，隐隐表现出这是死亡前的最后时刻。

重要诗句的不同翻译：

A GAME OF CHESS

一局棋戏（查良铮译）

弈棋（汤永宽译）

O O O O that Shakespeherian Rag—

呵呵呵呵那莎士比希亚小调——（查良铮译）

哦哦哦哦这种莎士比亚式的"拉格"——（汤永宽译）

Hurry up please it's time

快走吧，到时候了（查良铮译）

请快点儿，时间到啦（汤永宽译）

三　火诫

河上树木搭成的帐篷已破坏：树叶留下的最后手指
想抓住什么，又沉落到潮湿的岸边去了。那风
吹过棕黄色的大地，没人听见。仙女们已经走了。
可爱的泰晤士，轻轻地流，等我唱完了歌。
河上不再有空瓶子，夹肉面包的薄纸，
绸手绢，硬的纸皮匣子，香烟头
或其他夏夜的证据。仙女们已经走了。
还有她们的朋友，最后几个城里老板们的后代；

走了,也没有留下地址。
在莱芒湖畔我坐下来饮泣……
可爱的泰晤士,轻轻地流,等我唱完了歌。
可爱的泰晤士,轻轻地流,我说话的声音不会大,也不会多。
可是在我身后的冷风里我听见
白骨碰白骨的声音,匿笑从耳旁传开去。
一只老鼠轻轻穿过草地
在岸上拖着它那粘湿的肚皮
而我却在某个冬夜,在一家煤气厂背后
在死水里垂钓
想到国王我那兄弟的沉舟
又想到在他之前的国王,我父王的死亡。
白身躯赤裸裸地在低湿的地上
白骨被抛在一个矮小而干燥的阁楼上,
只有老鼠脚在那里踢来踢去,年复一年。
但是在我背后我时常听见
喇叭和汽车的声音,将在
春天里,把薛维尼送到博尔特太太那里。
啊月亮照在博尔特太太
和她女儿身上是亮的
她们在苏打水里洗脚
啊这些孩子们的声音,在教堂里唱歌!

吱吱吱
唧唧 唧唧 唧唧
受到这样的强暴。
铁卢

并无实体的城
在冬日正午的黄雾下

尤吉尼地先生，那个士麦那商人
还没光脸，袋里装满了葡萄干
到岸价格，伦敦：见票即付，
用粗俗的法语请我
在凯能街饭店吃午饭
然后在大都会度周末。

在那暮色苍茫的时刻，眼与背脊
从桌边向上抬时，这血肉制成的引擎在等候
像一辆出租汽车那样颤动而等候时，
我，帖瑞西士，虽然瞎了眼，在两次生命中颤动，
年老的男子却有布满皱纹的女性乳房，能在
暮色苍茫的时刻看见晚上一到都朝着
家的方向走去，水手从海上回到家，
打字员到喝茶的时候也回了家，打扫早点的残余，
点燃了她的炉子，拿出罐头食品。
窗外危险地晾着
她快要晒干的内衣，给太阳的残光抚摸着，
沙发上堆着（晚上是她的床）
袜子，拖鞋，小背心和用以束紧身的内衣。
我，帖瑞西士，年老的男子长着绉皱的乳房
看到了这段情节，预言了后来的一切——
我也在等待那盼望着的客人。
他，那长疙瘩的青年到了，
一家小公司的职员，一双色胆包天的眼，
一个下流家伙，蛮有把握，
正像一顶绸帽扣在一个布雷德福的百万富翁头上。
时机现在倒是合式，他猜对了，
饭已经吃完，她厌倦又疲乏，
试着抚摸抚摸她

虽说不受欢迎,也没受到责骂。
脸也红了,决心也下了,他立即进攻;
探险的双手没遇到阻碍;
他的虚荣心并不需要报答,
还欢迎这种漠然的眼神。
(我,帖瑞西士。都早就忍受过了,
就在这张沙发或床上扮演过的;
我,那曾在底比斯的墙下坐过的
又曾在最卑微的死人中走过的。)
最后又送上形同施舍似的一吻,
他摸着去路,发现楼梯上没有灯……

她回头在镜子里照了一下,
没大意识到她那已经走了的情人;
她的头脑让一个半成形的思想经过:
"总算完了事:完了就好。"
美丽的女人堕落的时候,又
在她的房里来回走,独自
她机械地用手抚平了头发,又随手
在留声机上放上一张片子。

"这音乐在水上悄悄从我身旁经过"
经过斯特兰德,直到女王维多利亚街。
啊,城啊城,我有时能听见
在泰晤士下街的一家酒店旁
那悦耳的曼陀铃的哀鸣
还有里面的碗盏声,人语声
是鱼贩子到了中午在休息:那里
殉道堂的墙上还有
难以言传的伊沃宁的华容,白的与金黄的。

长河流汗

流油与焦油

船只漂泊

顺着来浪

红帆

大张

随风而下,在沉重的桅杆上摇摆。

船只冲洗

漂流的巨木

流到格林威治河区

经过群犬岛。

Weialala leia

Wallala leialala

伊利莎白和莱斯特

打着桨

船尾形成

一枚镶金的贝壳

红而金亮

活泼的波涛

使两岸起了细浪

西南风

带到下游

连续的钟声

白色的危塔

Weialala leia

Wallala leialala

电车和堆满灰尘的树。

海勃里生了我。里其蒙和邱

毁了我。在里其蒙我举起双膝
仰卧在独木舟的船底。

"我的脚在摩尔该,我的心
在我的脚下,那件事后
他哭了。他回答'重新做人'。
我不作声。我该怨恨什么呢?"

"在马该沙滩
我能够把
乌有和乌有联结在一起
脏手上的破碎指甲。
我们是伙下等人,从不指望
什么。"
   啊呀看哪
于是我到迦太基来了

烧啊烧啊烧啊烧啊
主啊你把我救拔出来
主啊你救拔

烧啊

  本章共139行。标题"火诫"原是佛劝门徒禁欲,达到涅槃境界的意思,人类要拯救精神荒原,必须借助于佛陀净火的冶炼。本章可分为三节:第一,在泰晤士一片狼藉的背景中,"我"以渔王的形象出现,暗示对拯救的追求。第二,伦敦各个区域的两性关系,一个女打字员和一个公司职员的淫乱过程。此处以古希腊神话中两性人帖瑞西士的视角来写。第三,以东方圣哲谴责"情欲之火"的短句而结束。诗人指出,只有通过宗教,才能点化荒原上执迷不悟的人生;只有弃绝一切尘世的欲念,才能过上一种有意义的圣洁生活。

重要诗句的不同翻译：

THE FIRE SERMON

火的说教（查良铮译）

火诫（汤永宽译）

C. i. f. London: documents at sight

托运伦敦免费，见款即交的提单（查良铮译）

到伦敦运费和保险金免收：凭提单付货（汤永宽译）

I Tiresias, though blind, throbbing between two lives

我，提瑞西士，悸动在雌雄两种生命之间（查良铮译）

我，泰瑞西士，虽然双目失明，跳动在两个性别之间（汤永宽译）

Well now that's done, and I'm glad it's over.

那桩事总算完了，我很高兴。（查良铮译）

唔，现在完事了，谢天谢地，这事儿总算已经过去。（汤永宽译）

四　水里的死亡

腓尼基人弗莱巴斯，死了已两星期，

忘记了水鸥的鸣叫，深海的浪涛

利润与亏损。

海下一潮流

在悄声剔净他的尸骨。在他浮上又沉下时

他经历了他老年和青年的阶段

进入旋涡。

外邦人还是犹太人

啊你转着舵轮朝着风的方向看的，

回顾一下弗莱巴斯，他曾经是和你一样漂亮、高大的。

本章仅10行，写人欲横流带来的死亡。"水"在本诗中具有拯救与毁灭的双重含义。

重要诗句的不同翻译：

DEATH　WATER

水里的死亡（查良铮译）

死于水（汤永宽译）

五　雷霆的话

火把把流汗的面庞照得通红以后

花园里是那寒霜般的沉寂以后

经过了岩石地带的悲痛以后

又是叫喊又是呼号

监狱宫殿和春雷的

回响在远山那边震荡

他当时是活着的现在是死了

我们曾经是活着的现在也快要死了

稍带一点耐心

这里没有水只有岩石

岩石而没有水而有一条沙路

那路在上面山里绕行

是岩石堆成的山没有水

若还有水我们就会停下来喝了

在岩石中间人不能停止或思想

汗是干的脚埋在沙土里

只要岩石中间有水

死了的山满口都是龋齿吐不出一滴水

这里的人既不能站也不能躺也不能坐

山上甚至连静默也不存在

只有枯干的雷没有雨

山上甚至连寂寞也不存在

只有绛红阴沉的脸在冷笑咆哮

在泥干缝裂的房屋的门里出现

　　　　　只要有水

而没有岩石

若是有岩石

也有水

有水

有泉

岩石间有小水潭

若是只有水的响声

不是知了

和枯草同唱

而是水的声音在岩石上

那里有蜂雀类的画眉在松树里歌唱

点滴点滴滴滴滴

可是没有水

谁是那个总是走在你身旁的第三人？

我数的时候，只有你和我在一起

但是我朝前望那白颜色的路的时候

总有另外一个在你身旁走

悄悄地行进，裹着棕黄色的大衣，罩着头

我不知道他是男人还是女人

——但是在你另一边的那一个是谁？

这是什么声音在高高的天上

是慈母悲伤的呢喃声

这些戴头罩的人群是谁

在无边的平原上蜂拥而前，在裂开的土地上蹒跚而行

只给那扁平的水平线包围着

山那边是哪一座城市

在紫色暮色中开裂、重建又爆炸

倾塌着的城楼
耶路撒冷雅典亚力山大
维也纳伦敦
并无实体的

一个女人紧紧拉直着她黑长的头发
在这些弦上弹拨出低声的音乐
长着孩子脸的蝙蝠在紫色的光里
飕飕地飞扑着翅膀
又把头朝下爬下一垛乌黑的墙
倒挂在空气里的是那些城楼
敲着引起回忆的钟,报告时刻
还有声音在空的水池、干的井里唱歌。

在山间那个坏损的洞里
在幽暗的月光下,草儿在倒塌的
坟墓上唱歌,至于教堂
则是有一个空的教堂,仅仅是风的家。
它没有窗子,门是摆动着的,
枯骨伤害不了人。
只有一只公鸡站在屋脊上
咯咯喔喔咯咯喔喔
刷的来了一炷闪电。然后是一阵湿风
带来了雨

恒河的水位下降了,那些疲软的叶子
在等着雨来,而乌黑的浓云
在远处集合,在喜马望山上。
丛林在静默中拱着背蹲伏着。
然后雷霆说了话

DA

Datta：我们给了些什么？

我的朋友，热血震动着我的心

这片刻之间献身的非凡勇气

是一个谨慎的时代永远不能收回的

就凭这一点，也只有这一点，我们是存在了

这是我们的讣告里找不到的

不会在慈祥的蛛网披盖着的回忆里

也不会在瘦瘦的律师拆开的密封下

在我们空空的屋子里

DA

Dayadhvam：我听见那钥匙

在门里转动了一次，只转动了一次

我们想到这把钥匙，各人在自己的监狱里

想着这把钥匙，各人守着一座监狱

只在黄昏时候，世外传来的声音

才使一个已经粉碎了的柯里欧莱纳思一度重生

DA

Damyata：那条船欢快地

作出反应，顺着那使帆用桨老练的手

海是平静的，你的心也会欢快地

作出反应，在受到邀请时，会随着

引导着的双手而跳动

我坐在岸上

垂钓，背后是那片干旱的平原

我应否至少把我的田地收拾好？

伦敦桥塌下来了塌下来了塌下来了

然后，他就隐身在炼他们的火里。

我什么时候才能像燕子——啊，燕子，燕子，

阿基坦的王子在塔楼里受到废黜
这些片段我用来支撑我的断垣残壁
那么我就照办吧。希罗尼母又发疯了。
舍己为人。同情。克制。
平安。平安,平安。

(赵萝蕤译,人民文学出版社,2016年版。)

本章共113行,主要用三个客观对应物描绘荒原景象:第一,引《圣经》典故,耶稣死后,只有山,没有水,只有雷,没有雨,"死了的山满口都是龋齿吐不出一滴水"。荒原的荒凉、干涸是因为无水。而据《圣经》"彼得后书""耶利米书""约翰福音""启示录"中先知所言,上帝及上帝的道乃为活水的源泉,背弃上帝便会井枯、池裂,永远干涸。第二,东欧和俄国革命后,倒悬的城堡里钟声在空的水池、干的井里歌唱。第三,寻找圣杯的武士走后,空的教堂仅仅是风的家。荒原上没有水,人们在恐怖和绝望中仰望头顶的乌黑浓云,等着雨来。叙述者又一次以渔王的形象出现:我坐在岸上垂钓,背后是那片干旱的平原。最后雷霆说了话:舍己为人、同情、克制。诗人对宗教寄予了全部的希望,借用《吠陀经》中规劝人们要施舍、同情、克制才能得到平安的说教,表明基督教是解救荒原的最后希望。

重要诗句的不同翻译:

Drip drop drip drop drop drop drop

淅沥淅沥沥沥沥(查良铮译)

滴答滴答答答答(汤永宽译)

Co co rico co co rico

咯咯叽咯,咯咯叽咯(查良铮译)

咯 咯 里咯 咯 咯 里咯(汤永宽译)

D A

哒(查良铮译)

DA(汤永宽译)

Datta: what have we given?

哒塔:我们给予了什么?(查良铮译)

Datta：我们给予了什么？（汤永宽译）

Dayadhvam：I have heard the key

哒亚德万：我听见钥匙（查良铮译）

Dayadhvam：我听到钥匙（汤永宽译）

Damyata：The boat responded

哒密阿塔：小船欢欣地响应（查良铮译）

Damyata：船儿欢快地（汤永宽译）

Datta. Dayadhvam. Damyata.

Shantih shantih shantih

哒嗒。哒亚德万。哒密呵塔。

善蒂，善蒂，善蒂。（查良铮译）

（此两行汤永宽皆不译）

（三）《荒原》的主线

《荒原》之所以成为荒原，是因为战争，人们失去了信仰，也不再相信有纯洁的爱情。正如女相士说出的预言：情欲泛滥——善于应变的女人；物欲横流——独眼商人；失去宗教信仰——那被绞死的人。

关于《荒原》的思想主线，主要有五种看法：

第一，其现代题材的表面结构下隐含着一个对应的神话结构，它使作品获得了广泛的象征意义。《荒原》的创作曾受到英国文化人类学家弗雷泽的《金枝》和韦斯顿小姐《从仪式到传奇》的启发。诗人从这两部著作中汲取了"死而复生"和"寻找圣杯"两个神话原型，这二者构成了诗歌各章的意象群的象征主义和作品主题的基础。据《金枝》和《从仪式到传奇》讲，传说中有一片干旱的土地被一个失去生殖能力的老渔王统治着。这片土地的命运与它主人的命运紧密联系，除非老渔王的病治愈了，否则这片土地只有遭受诅咒：牲畜不能繁殖，庄稼不能生长，永远只能是一片荒凉。只有当一个骑士佩带利剑到凶险的教堂寻找到圣杯，并在那里对显示给他的各种东西询问意义的时候，这种诅咒才会消失，荒原才能重获生机。《荒原》中，诗人在处理现代的人和事件时，不断在其中插入相应的神话内容，使二者在意义的比附中相互阐释，把纷繁的意象纳入一个章法井然的作品框架中。诗作揭示现代生活的腐败、探索人类出路的主题，始终与"寻找圣杯"和"死而复生"的神话传说紧密结合，从而引出一组组意象，构成一幅幅图景，形成一个个"客观对应物"，为人们理解诗人的意图提供了一条曲折的线索。

第二，个人世界的崩溃和重组。诗中多处表现荒原缺水干旱，却又有多种水体并存。"水"这个意象具有双重象征意义，既是土地肥沃、农业丰收的根本保证，又是由繁殖神崇拜引申而来的、以性欲为代表的人类各种欲望的象征。荒原缺水，要等待水来解救，这时水是"拯救之水""活命之水"；西方社会人欲横流，水太多了，窒息了生命，这时水是"罪恶之水""死亡之水"。希望不可无，否则荒原永无生机；欲望忌太滥，否则同样会溺毙生命。

第三，精神分析学的线索。其一，力比多的饥饿与满足。第二章中贵妇人独白，类似于白日梦，丽儿和同伴们的畅聊类似于宣泄，小职员与打字员的关系类似于投射。其二，生与死两种本能的冲突：题词中的"我要死"；第一章"死者葬仪"多次提到死亡，且第一次提到水里的死亡；第二章丽儿等人渴望性爱，渴求生存，但同时又"请快些，时间到了"，死亡不等人，"明天见"则指明最终走向死亡；第三章中死亡更多，死水垂钓、白骨碰白骨，但是小职员加强了生的本能，生死未见分晓。第四章"水里的死亡"，强调两种本能冲突的最终结局。到了《空心人》，则是"世界就这样终结，不是砰砰响，而是哀鸣声"。

第四，《荒原》可被称为"两性诗"。"艾略特在434行的长诗中，几乎都在抒写令人厌恶的男女之爱"，其主题"最后一切都归结到性上"。这种论断虽有些夸张，但也确实道出了一个事实，即诗歌的主题与两性关系密切相关。《荒原》共五章，集中描写、谈论两性关系问题的就占了两章（对弈、火诫）。而第一章"死者葬仪"、第五章"雷霆的话"也局部出现了对于两性关系问题的谈论和描写。实际上，就连第四章"水里的死亡"也在某种程度上与两性问题有着内在的关联。所以，将《荒原》视为"两性诗"大致还算准确。两性问题是人类的一个基本问题，两性生活是人类生活中一项最为基本的内容。"性"可以使人感觉到生命的美好、灵魂的升华，从而促人奋进，也可以使人感觉到情欲的丑恶、灵性的堕落，以致失望、沮丧。《荒原》对于两性关系的描写处理，更多立足于后者。在艾略特笔下的"荒原"上，两性关系沦为了一种性爱关系，而性爱则变成了色欲与厌恶的结合。男女之间除了仅存的一点肉欲，所谓心灵上的沟通、道义上的忠诚已荡然无存。诗歌第二章名为"对弈"，实则是男女之间性的博弈。诗歌第3章名为"火诫"，描写的则是炙烤人类的情欲之火。两性关系在这里沦为了情欲关系，而欲望似乎已成为婚姻仅存的一点东西。在诗歌的这一部分，荒原上的人们已个个深陷性欲，放荡、堕落而不知悔改，整个荒原似乎成了一个丑恶的淫欲沸腾的世界。这里有背叛：丽儿置婚约于不顾，背着入伍的未婚夫而与人私通；这里有丑恶的色情交易：城市董事们的后裔与"仙女"们结伴游玩后不给她们留下地址，而妓院老鸨太太和她的女儿们则欢天喜地、梳洗打扮以迎接她们的客人斯威尼；这里有肮脏、机械的性行为：小伙子直接求爱，女打字员尽管对他没有爱情却机械地接受，且事后竟没有一丝的羞耻之感；这里有厚颜无耻的同性恋追求：尤金尼先生邀请"我"一同用午餐、度周末；这里有失败的婚姻、失败的爱情：妻子歇斯底里、大吼大叫，丈夫却沉默不语、无动于衷，而经历了两性结合的瞬间之后，丈夫却不死不活，感到凄凉和空虚。

那么，艾略特为什么会对两性关系、两性问题有着如此着迷的兴趣？为什么令大多数人向往、促人奋进的爱情在艾略特的笔下却那么可恐、可憎？这和艾略特自身的婚姻、爱情经历有没有关系？他在这些描述中有没有渗透进自己的思想感情？回答当然是肯定的。理查德·艾尔曼就曾指出，在《荒原》套用的圣杯传说中，渔王的病症在于其性功能的丧失。而在艾略特的情况里，其病症就是他的婚姻。我们相信，艾略特也和平常人一样，对美好的爱情、幸福的婚姻充满向往，但糟糕的经历从根本上改变了他的这种心境。据各种资料，艾略特的第一次婚姻是彻底失败的。妻子维芬性格外向、聪颖好动，但有高度神经过敏的毛病，艾略特则喜好沉思、过于严肃，两个人的性格不合。他们的结合比较草率，再加上艾略特家人的反对，他们很快就陷入了婚姻悲剧。据庞德描述，维芬身体极弱，但她的自尊心很强，不能忍受冷漠，而且她的神经很脆弱，常常歇斯底里。在第二章"对弈"的前半部分，诗歌描写了一对上流社会夫妇的日常生活。妻子心神不宁，焦躁不安。她先是恳求，继而追问，最后大吼大叫。面对妻子的无理和喋喋不休，丈夫除了内心独白，便以沉默处之。很显然，这对夫妻已失去了共同语言，他们之间存在着一种难以沟通的隔膜。这是一种没有语言、情感、思想交流的、死缠硬磨式的婚姻生活,对于这种生活状况,艾略特给了一个"对弈"的雅称。在这段描述中,我们可以看出,妻子和丈夫对这种婚姻生活都有着痛切的感触和不满。妻子发出了"我现在该做些什么?""我们明天该做些什么?"的呼声。而与之相对,丈夫的内心回答却是除了这种程式化的夫妻对弈——死缠硬磨之外,便只有"等着那一下敲门的声音"了。至于这敲门声音是死神还是希望之神,我们是无法确切判断的,也许两者都有吧。在这一部分,对于没有共同语言的夫妻生活,艾略特可以说是写尽了它的可恐、可憎和给人带来的无奈。庞德认为这正是艾略特夫妇日常生活的写照,而据说维芬读罢此段居然拍手叫绝。由此可见,此处所写极有可能就是艾略特夫妇之间一段日常对话的实录,或者至少是部分实录。艾略特与维芬于1915 年结婚,《荒原》发表于1922 年年初。在此期间,维芬的病情开始加重,其性格的神经质趋向也日益明显,这无疑给艾略特带来了巨大的心理压力和烦恼。据北京大学张剑教授考证,在此期间,维芬还与大哲学家罗素之间建立了一种暧昧关系。张剑曾留学英国,熟悉西方"荒学"研究的最新进展,并占有大量一手英文资料,其研究不会无凭无据。倘若果真如此,那么艾略特对于此事不可能不明白,不可能不产生反感的情绪。但是,大量的史料中并没有艾略特对于此事大喊大叫的记载,他采取的是一种缄默和洁身自好的态度。艾略特的嫂子曾经指出:"维芬毁了一个作为男人的艾略特,但是却造就了一个作为诗人的艾略特。"[①] 艾略特在给自己一个朋友的信中也曾承认:婚后六个月的体验使他获得了足以写二十首长诗的素材。艾略特在经历了如此这般以后,不可能不会因此而改变对婚姻、爱情的看法,不可能不会因此而形成自己内心的郁结。作家是一个独立的主体,他可以抒写自我,也可以反映外部世界。艾略特主张创作的非个人化,反对在作品中直接表现自我,在创作中他总是试图以局外人自居,只想表现别人、描写外部世界。但是世界之大、方式之多,作家不可能穷尽。他只能加以选择,而作家的内心郁结、情感在某种程度上正决定了这种选择,决定了选择后对于素材的处理。所以,艾略特的理论实际上很难实现。而他对于两性关系题材的选

---

① Tony Sharpe, *T. S. Eliot Aliterary Life*, Stmartin's Press, 1991, p.78.

择以及两性生活材料的处理，正流露出了他自己对于婚姻的厌恶、对于生活的惧怕，展示出了他深深的性恐惧、性压抑的心理情绪。

第五，从宗教的角度出发，可以发现一条内在的基督教主线，即"罪—遭上帝离弃—地狱—救赎（舍己为人、同情克制）"，其既能从整体上驾驭全诗，又能解决"荒原"缺水而有水的矛盾。

（四）诗体性质与互文性

《荒原》是叙事诗、抒情诗还是写景诗？在这一问题上，学术界大都倾向于强调《荒原》的创新性质，否定将《荒原》置于传统的诗体类别中来辨析归属。"创新"自然是艺术的首要要求，但创新并不一定要拒斥传统。艾略特的批评及诗歌创作遵循的正是这一逻辑。在《荒原》中，艾略特对西方传统吸收和继承的主要表现之一乃是对西方文学"叙事"传统的接受与运用。当然，诗歌的这一整体结构线索因省略而基本上被表层的"蒙太奇"拼贴遮蔽，但《荒原》的"叙事性"这一问题并没有完全为学术界所忽略，诺贝尔文学奖授奖辞就将《荒原》划入叙事诗的行列。

运用互文性写作，制造"异口同声"的艺术效果。《荒原》全诗共引用了35位作家约56部作品的名言佳句，内容贯于古今、超越民族。前人的名章佳语、今人的俚语小调，诗人都信手拈来，混杂运用。诗人借用"他语"的方式来传达、明意，使《荒原》与广阔的社会、文化、历史之间形成了一种广泛的"互文性"关系。这种互文性关系不仅仅为诗歌提供了一种整体性的类比象征结构、叙事结构，更是将诗歌导向一种对"本源性"荒原的揭示和对荒原"本源性"的表达。《圣经·传道书》第一章云："已有的事，后必再有；已行的事，后必再行。日光之下，并无新事。"《荒原》第一章"死者葬仪"中，著名的女相士、千里眼的纸牌也显示出了"转轮"的存在，看到了"一群人绕着圈子行走"。那么，艾略特利用《荒原》的这种广泛的互文性关系，一个重要的方面就是力图以此强调、以此表现荒原的"本源性质"，亦即这种荒原并不是一种时代性、地域性的现象，而是广泛地存在于各个时代、各个民族、各个阶层人们的精神生活当中的。在这种荒原面前，一切时代都是一个时代，一切地域都是一个地域，一切人类个体都是一个个体，所有的差别都消失了。荒原成了一种柏拉图"理式世界"性质的所在，成了一种本源性的人类的宿命、难以逃脱的永恒厄运。艾略特在

《荒原》中大量构筑文本与历史、社会、文化之间的互文性关系，另一个重要意图在于想以此显示《荒原》表达的本源性质，亦即《荒原》文本的普适性。

《荒原》整首诗歌广征博引，其结果就是形成了一种不同的民族、不同的时代、不同的人类个体的"共同言说"。这样，诗歌所反映的就不再是诗人的一己之见，而是具有了广泛的代表性、真理性。所以，《荒原》中对于互文性写作的运用，并非只是为了进行古今对比以表达今不如昔的感慨，而是为了暗示过去的意识或状态还在延伸并广泛分布，以及达到一种"异口同声"的效果，以摆脱"个人化"的困境。

第三章
20世纪西方存在主义文学

本书之所以把西方存在主义文学放在西方现代主义文学和西方后现代主义文学之间，有以下三个原因。第一，存在主义哲学自1927年海德格尔《存在与时间》问世以来，影响了20世纪30年代至80年代的作家作品，比如荒诞派戏剧和黑色幽默小说。第二，从存在主义文学实践来看，作家们的主要影响在第二次世界大战中和第二次世界大战之后。萨特的存在主义哲学代表作《存在与虚无》发表于1943年，《存在主义是一种人道主义》发表于1946年，戏剧《禁闭》则出版于1944年。加缪的《局外人》问世于1942年。加缪和萨特分别获得1957年和1964年的诺贝尔文学奖。第三，加缪和萨特的作品兼具现实主义、现代主义和后现代主义的特征。

第一节 西方存在主义文学的产生、发展和特征

一、西方存在主义文学的产生及发展

存在主义一词的拉丁文 existentia，意为存在、生存、实存。存在主义哲学论述的不是人的现实存在，而是精神存在，把人的心理意识（往往是焦虑、绝望、恐惧等病态）与现实存在对立起来，将人的精神存在当作唯一的真实的存在。哲学研究的目的是探求人存在的根源，分析人的自我与本性，因此存在主义哲学也被称为哲学的人本学或存在主义人学。

丹麦神学家、哲学家克尔凯戈尔奠定了基督教存在主义思想体系，否认物质世界的存在，也否认黑格尔的抽象的精神存在，认为真实存在的东西只

能是存在于人内心的东西，是人的个性。人是世界上唯一的实在，是万物的尺度，人既是个人的主观意识，但又不是感性、思维的意识，而是非理性的意识，是个人的心理体验。当人处于心理体验的意识中时，其最直接、最生动、最深切体验到的是痛苦、热情、需要、情欲、模棱两可、暧昧不清、荒谬、动摇等的存在，它是纯主观性的、最基本的存在。

雅斯贝尔斯继承克尔凯戈尔的基督教存在主义，主张追求上帝，认为哲学应从"存在者"——"人"出发，关心其在危机中的生存问题。海德格尔是20世纪德国最有创见的哲学家，是无神论存在主义的主要代表之一。他在《存在与时间》（1927）中第一次提出了"存在主义"这一称谓，并促使存在主义理论系统化、明确化。对于"人是如何存在"的问题，他指出"存在"的人面对的是"虚无"，孤独无依，永远陷于烦恼和痛苦之中。

无神论存在主义也称萨特的存在主义，或简称为存在主义。萨特是存在主义的倡导者，他把哲学思想应用到文学中，创立了存在主义文学。萨特的长篇小说《恶心》（1938）开创了无神论存在主义文学的先河。《存在与虚无》是存在主义的纲领，戏剧《禁闭》加强了存在主义文学的影响。萨特的《恶心》和加缪的《局外人》颇像姊妹篇，均描绘了一个令人厌恶的荒诞的世界，生活在其中的都是些忧虑的、彷徨无主的"多余人物"。这是早期存在主义文学作品的特征。

萨特的《存在主义是一种人道主义》，是存在主义的一篇重要宣言。萨特战后的作品体现出"新人道主义"精神，如在《恭顺的妓女》（1947）中，作者谴责了种族主义的罪恶行为，对被压迫、被损害的黑人寄予深切的同情。法国作家穆尼耶指出，所谓"新人道主义"就是表达绝望者的希望，这是存在主义文学第二阶段（1945—1950）的特征。

萨特的《死无葬身之地》（1946）、《肮脏的手》（1948），加缪的《正义者》（1949），波伏瓦的《大人先生们》（1954）等作品，都强调了道德与行动、目的与手段、生存自由与生存条件之间的矛盾冲突，表现了人的理想与客观存在的不一致性。这是存在主义文学第三阶段的特征。

从20世纪60年代起，这一文学流派逐渐失去了发展势头，及至70年代，存在主义事实上已经不存在了。

二、西方存在主义文学的特征

在艺术上,西方存在主义文学一般有以下特点:

第一,力图将哲学和文学融为一体。作家采用小说和戏剧两种体裁来陈述哲学观点。为了达到这个目的,作品中往往哲理性多于形象性,主要对主人公的精神状态进行分析式的描写。一切艺术手法都服务于存在主义的哲理主题。

一是"存在先于本质",认为人的"存在"在先,"本质"在后。"首先是人的存在、露面、出场,后来才说明自身。"所谓存在,首先是"自我"存在,是"自我感觉到的存在","我"不存在,则一切都不存在。所谓"存在先于本质",即是"自我"先于本质,也就是说人的"自我"决定自己的本质。

二是自由选择,但永远达不到目的。萨特认为人不能改变自己的过去和出生以及别人给予的环境,但可以给予环境以意义。奴隶没有拥有财富的自由,但有砸碎锁链的自由;奴隶主有财富的自由,但没有砸碎锁链的自由。为何达不到目的呢?因为选择是一个不断否定的过程,人不能停止选择。停止选择就是不选择,既然不选择,还算什么自由选择呢?所以永远达不到目的。

三是"世界是荒谬的,人生是痛苦的",认为在这个"主观性林立"的社会,人与人之间必然是冲突的。人只是这个荒谬、冷酷处境中的一个痛苦的人,世界给人的只能是无尽的苦闷、失望、悲观,人生是痛苦的。穷人如此,富人也如此。"他人就是地狱",这是对现实的看法,源于上一种观点,都在自由选择的自我为达到目的,必然互相陷害。"人人都逃避不了他人的目光,我在他人的目光中成为奴隶,他人在我的目光中也成为奴隶。"萨特的《恶心》用人人都体会过的恶心感来表现抽象的荒诞感。《墙》则揭示了世界的荒谬:想活的人死了,想死的人却获得新生,戏弄他人变成了成全他人。

四是强调行动。规定人的本质和价值要由人的行动来决定,人的行动最重要。面对恶心、荒谬的现实,人不能任凭摆布,要介入和干预生活,改变世界。萨特的哲学也被称为行动哲学。

第二，主张写真实，但往往采用寓意或隐喻的形式。有的作品甚至连题目、题材、人物形象、描写客体等都附上这种色彩，意蕴较深。

第三，叙述基调客观、冷漠，能恰当地表现冷漠、荒谬的世界本质，以及人与自然、人与社会、人与人、人与自我之间的阴冷关系。

第四，采用口语文体，语句简单，戏剧中对话简短，不讲究雕琢性的修饰和华丽的辞藻，常见警句，注重哲理思索的效果。

第五，常用作者叙述和主人公内心独白互相交织的手法，表现出存在主义人物的性格特征与作者的意图是一致的。

第二节　萨特及其《禁闭》

萨特（Jean-Paul Sartre，1905—1980）的外祖父是一位语言学教授，曾夸萨特天资超人："唯一的缺点就是他的智力超过了他的年龄。"1924年到1928年间，萨特在具有现代法兰西思想家摇篮之称的巴黎高等师范学校攻读哲学。1929年，他在全国大中学教师资格考试中获得第一名，并结识了一同应试、获得第二名的西蒙娜·德·波伏娃（Simone de Beauvoir）。此后，萨特在巴黎等地担任过中学哲学教师，同时写作小说和哲学论文。1939年第二次世界大战爆发，萨特应征入伍。1940年6月被德军俘虏，1941年获释后继续教书和写作生涯，迎来创作鼎盛期。1954年萨特访问了苏联，1955年访问了中国。1964年，萨特花了10年的时间精心打造的自传《词语》发表，在西方文坛再次引起轰动。

作为存在主义哲学和文学的代表人物，萨特这样概括自己的一生："我的生活是从书开始的，它无疑也将以书结束。"1964年，他以"谢绝来自官方的一切荣誉"为由，拒绝接受诺贝尔文学奖，捍卫自己作为一个具有独立精神的思想家内心的尊严。萨特是这样阐释他的存在的：

我存在，是我自己在维持我的存在。我的躯体，一旦它开始有了，它就会自行活下去，但是我的思想，是我在维持它、我在展开它。

我存在着，我活着，我思想所以我存在，我存在因为我思想。

一、"境遇剧"理论

萨特曾经提出了"境遇剧"理论,"一个剧本的中心养料……应该是境遇",因为人只有在一种特定的处境中,才能显示他对自身选择的自由。"你把一些人置于这类既普遍又有极端性的处境中,只给他们留下两条路,让他们在选择出路的同时做自我选择。"① 遵循这一原则,他的戏剧大多将他的人物处于情势严峻的危境,迫使他们进行抉择。"一种特定的处境"是存在主义的"人物的处境",它不同于典型环境,既不表现时代特征和历史进程,又不为塑造典型人物服务,只是提供主观感受和自由选择的条件。

从境遇剧内容来看,萨特的戏剧可分为两大类:一类是写实性的哲理剧,如《死无葬身之地》《恭顺的妓女》等,其哲理性寓于对现实生活认识和判断的描绘中;一类是寓意性的哲理剧,如《苍蝇》《禁闭》等,其哲理思想是通过神话或寓意性故事来表现的。两类相比,后者拥有更大的自由与叙事空间,其哲理性更浓、更强。

萨特剧作的否定和超越精神,与人的境遇有着密切联系,这使其社会批判的锋芒提高到哲理的高度。应当指出,批判的、抗争的、否定的精神是欧洲文学的一种传统精神,当然萨特与传统作家的哲学基础不同,他的否定和抗争基于存在主义关于荒谬外界,先存在、后创造的本质以及自由选择等基本理念。在他看来,关键在于个人,在于个人能否升华,能否摆脱旧的存在阶段而进入新的存在阶段。列夫·托尔斯泰宣称"每一个人心里都有一座天国",人无须依靠教会僧侣而直接与上帝相通,进入天堂。萨特把托尔斯泰的话变为:每一个人心里都有一个上帝,这个上帝就是自己。人在孤立无援的世间只有做自己的救世主,上帝是不存在的。

二、《禁闭》

《禁闭》的背景是地狱中一间豪华的封闭密室,三个在世上犯有罪过的鬼魂被关在这座没有刑具,也没有刽子手的房间里。这三个人物都是心灵扭

---

① 杨深:《萨特》,陕西师范大学出版社,2017 年版,第 145 页。

曲、精神变态的，其中，加尔森生前曾经把妻子救出火坑，妻子十分崇拜他，而他却变本加厉地折磨她、虐待她，公然带女人回家留宿，让妻子把饭端到他们的床上，直到下地狱，他对虐待妻子毫无遗憾。他生前是个文人，在战争中临阵逃脱而被枪毙。伊奈司是凶狠的同性恋者，因煤气中毒而死，想尽办法追求埃斯泰乐。埃斯泰乐是色情狂，因财迷心窍和一老人结婚，把和情人的私生女溺死。

"他人就是地狱"，这句台词成为揭示西方社会人与人之间畸形的人际关系的一句名言。三人下地狱后仍不改恶习，各自怀着私欲，想从别人那里得到满足。加尔森向伊奈司求爱，想让伊奈司崇拜他，把他当作英雄；伊奈司不理睬加尔森，千方百计地追求埃斯泰乐；埃斯泰乐对同性恋没有兴趣，挖空心思地勾引加尔森，加尔森则对她的放荡侧目而视。就这样，他们不断地互相折磨着。我们来看第五场的部分台词：

加尔森：开门，开门呀！我宁可受遍毒刑，挨夹棍、撑子、烧化的铅水、夹肉的钳子、勒脖子的绞带以及种种烧、炮、烙、割、刷、磔裂等大刑。哪怕被鞭子抽，挨镪水烧，弄得遍体鳞伤，皮肉寸断，也比忍受这思想上的痛苦，比受这痛苦的阴魂百般戏弄，弄得你不疼不痒、难以名状，强得多呀。（他抓住门把，使劲晃着门。）你们开不开门？（突然间，门自开了，他差一点摔趴下。）啊！

[静场良久。]

……

伊奈司：你呢，埃斯泰乐？（埃斯泰乐不动；伊奈司大笑。）怎么样？谁走？咱们三个人中间谁走？路已经通了，谁不让咱们走呀？哈！真笑死人！咱们谁也离不了谁。

[埃斯泰乐从后面朝她扑过去。]

埃斯泰乐：谁也离不了谁？加尔森，快来帮帮忙。快来。咱们把她拖出去，把她关到门外去；临了，她就明白了。

……

加尔森（扶住伊奈司的双肩）：听我说：人人都有目的，是不是？我一向对金钱、美女不放在心上。我只想做一个男子汉，一个硬汉子。我的赌注全部压在这上面，一个选择了走艰险道路的人，难道会是贪生怕死的吗？一个人的一生，怎么能单凭一件事来断定呢？

伊奈司：为什么不能？你做了三十年的大梦，老以为自己有智有勇；你对自己的千百种缺点短处从来不放在心上，总以为英雄人物怎么干都是允许的。那时候你多不拘小节呀！可是后来，弄得大难临头，人家把你逼得无路可走，你、你就跳上了去墨西哥的火车。

加尔森：我不是做英雄梦。我是自愿选择了走这条道路的。一个人自己愿意做什么人，就是什么人。

……

加尔森：这里老不黑？

伊奈司：永远不黑。

加尔森：你老是能看到我？

伊奈司：永远看得到。

［加尔森放开了埃斯泰乐，在房里走了几步，走近铜像。］

加尔森：铜像（伸手摸）已经到这样的时候了！铜像在这儿摆着，我瞪眼看它，我明白我是在地狱里。我跟你们说过，这一切都是早就安排好的。他们料到我会在众目睽睽之下站到这壁炉跟前来伸手捏住这尊铜像。那一双双眼睛像是要把我吃了……（突然转身）啊！你们不过才两个人哪？我刚才还以为有好多人呢。（笑）原来这就是地狱。我万万没有想到……你们的印象中，地狱里该有硫磺，有熊熊的火堆，有用来烙人的铁条……啊！真是天大的笑话！用不着铁条，地狱，就是别人。

……

［埃斯泰乐从桌子上拿起裁纸刀，扑向伊奈司，连击数刀。］

伊奈司（边招架边笑）：你干什么？干什么？疯了？你明明知道我早已经死了。

埃斯泰乐：死了？

［埃斯泰乐丢下了刀。静场片刻。伊奈司拾起刀，朝自己身上猛击多下。］

伊奈司：已经死了！死了！刀子没用了，毒药没用了，绳索也没用了。早已经完了，你懂不懂？咱们永远在一起了。（伊奈司笑）

埃斯泰乐（大笑）：永远，我的上帝呀，这有多滑稽！永远！

加尔森（望着她俩，亦笑）：永远！

〔他们三人都一屁股坐倒在各自座位上。静场良久。他们已经不笑，只面面相觑。加尔森站起来。〕

加尔森：那就这样下去吧。

（冯泽津、张月楠译，参见《萨特戏剧集》，人民文学出版社，1985年版。）

萨特的一些戏剧用一种假定性的叙事手法为我们展现了一种严峻的、非现实的叙事境遇，这种境遇体现了剧作家对现实的思索，充满着哲理性思辨。如《禁闭》中的地狱绝非阴森恐怖、鬼哭狼嚎的地方，而是一间环境幽静、风格独特的第二帝国时代款式的客厅。这里没有"硫磺、火刑、烤架"，而是放着仅有的三把躺椅、一尊青铜像、一把裁纸刀，除此之外，只剩下永不熄灭、亮如白昼的电灯和时响时哑的电铃。然而就是在这里，剧中人物处处都会感到不是地狱而酷似地狱，不受任何严刑峻法的惩处可又忍受着痛苦的煎熬。萨特将"与他人关系"的哲理性思索融入戏剧的叙事中，提出了"他人就是地狱"的问题。在这部戏剧中，萨特通过戏剧的演绎提出了一个极为独特的见解，即他人的目光问题，在萨特看来，每个人的存在都暴露在他人的目光之下，并威胁着自己的存在。萨特在这部戏剧中将"主体与客体之间的冲突用非常巧妙的技巧表现出来，在这里每一个人不是施虐者就是受虐者。这里没有逃脱的路：地狱中没有眼睑和黑暗去遮蔽别人的凝视"[1]。为什么他人就是地狱呢？因为人们不能够打碎已存的环境，人被环境异化是不可避免的。

第三节　加缪及其《局外人》《鼠疫》

阿尔贝·加缪（Albert Camus，1913—1960），存在主义文学、"荒诞哲学"的代表人物，1957年度诺贝尔文学奖获得者。加缪在他的小说、戏剧、

---

[1] 冉东平：《西方现代戏剧叙事转型研究》，北京大学出版社，2017年版。

随笔和论著中，深刻地揭示出人在异己的世界中的孤独、个人与自身的日益异化，以及罪恶和死亡的不可避免。但是，他在揭示世界的荒诞的同时，并不绝望和颓丧，他主张要在荒诞中奋起反抗，在绝望中坚持真理和正义，他为世人指出了一条基督教和马克思主义以外的自由人道主义道路。他直面惨淡人生的勇气，他"知其不可而为之"的大无畏精神，使他在第二次世界大战之后不仅在法国，而且在欧洲并最终在全世界，成为他那一代人的代言人和下一代人的精神导师。

一、散文随笔集《西西弗神话》

在加缪的荒诞三部曲中，小说《局外人》与剧本《卡利古拉》在表现上形象生动，散文随笔集《西西弗神话》则在加缪整个哲理体系中具有特殊的意义，它是加缪荒诞哲理集中浓缩的体现，是最具权威的代表作。萨特认为，加缪的哲学随笔《西西弗神话》是理解加缪文学作品的一把钥匙。它从荒诞感的萌生到荒诞概念的界定出发，进而论述面对荒诞的态度与化解荒诞的方法，并延伸到文学创作与荒诞的关系，这一系列论述构成了20世纪西方文学中最具规模、最成体系的荒诞哲理。

（一）**荒诞的发现**

写荒诞的目的是想把生活的荒诞性展现给读者，让人们对荒诞有一个清醒的认识。人存活于现实世界之中，是如何感受到荒诞的？这种感受可能随时随地油然而生，也许是在某一个街角，也许是在进行某一种操作，它是对一种持续生存状态的猛然反应，可能是疲惫与厌倦，也可能是失望与惊醒……发现荒诞要依靠意识，如果没有意识的复苏，沉溺于机械、重复的生活，就只会麻木不仁，是难以发现荒诞的。《西西弗神话》中有这样一段文字：

起床，乘电车，工作4小时，吃饭，睡觉；星期一、二、三、四、五、六，依照同样的节奏重复下去。一旦某一天，"为什么"的问题被提出来，一切就从这带点惊奇味道的厌倦开始了。开始是至关重要的，厌倦产生于一种机械麻木生活之后，但是它同时启发了意识的运动。它唤醒意识并且激发起随后的活动。随后的活动就是无意识地重新套上枷锁，或者就是最后的觉醒。

(二) 荒诞的表现

荒诞作为加缪作品的出发点，首先出现在他的散文集《西西弗神话》中。荒诞的本意是不协调，指音乐中的不和谐音。在加缪的作品中，"荒诞"这一术语关系到两个问题：荒诞感和荒诞的概念，荒诞的概念以荒诞感为基础。《西西弗神话》给我们一个荒诞的概念，《局外人》则让我们体会到荒诞感。

荒诞的第一层含义是：人与世界、人与人的生活之间的分离和冲突。打个比方，演员和舞台布景的不协调。无理性的世界与人的内心深处回荡的强烈渴求光明的呼唤的冲突。渴求光明的呼唤有很多表现，如理性、和谐、公平、永恒等，但在现实中，这些东西总是与你无缘：时间流逝导致生命的死亡、物质世界的沉默、客体对主体的敌意，人本身可笑而又无法理解的行动中显示出人与人之间的隔膜。

荒诞的第二层含义是：没有了上帝之后的罪孽，就是上帝死了之后我们怎样生活。加缪的老师曾经指出，加缪的思想大部分来自尼采。人总是渴望对一切都有合情合理的解释，"多问几个为什么"。远古的解释在神话里，中世纪开始是通过基督教，通过上帝，上帝是人与世界之间的纽带。可是现在它死了，人赖以生存的精神支柱垮了，罩在生活表面的、围绕着上帝编织出来的一层帷幕被撕碎了，露出了生活的本来面目，失去宗教信仰而对人生、对世界产生了荒诞感。加缪说：这是最令人心碎的激情。激情其意为清醒的意识。心碎其意为意识到荒诞之后的处境。"一个哪怕能够用歪理去解释的世界，也是一个熟悉的世界；但是在一个突然被剥夺了幻想和光明的世界里，人就感到自己是一个陌生人。他就成为无所依托的流放者，因为他被剥夺了对失去的家乡的记忆，而且丧失了对未来世界的希望。"① 歪理指的就是基督教思想体系，基督教思想体系正是西方传统价值体系的代表。"是我们创造了上帝，上帝并不是创世者……上帝存在，一切取之于它；上帝不存在，一切取决于我们。"《局外人》就是要告诉我们，当人既不信上帝又

---

① 参见阿贝尔·加缪：《西西弗神话》，杜小真译，商务印书馆，2017年版。

不信理性时，人怎样去做人。

（三）对待荒诞的态度

既然荒诞是人存在的一种必然状态，那么就有一个要如何面对荒诞的问题。（"人是这个世界上奇怪的公民：他拒绝现存世界，却又不愿离开它，反而为不能更多地占有它而痛苦。"）实际上，每个人对待荒诞都有一种态度。加缪从他的荒诞哲理的概念出发，将面对荒诞的态度分为三种：

第一种是生理上的自杀（"我看到许多人由于认为生活不值得而结束了自己的生命"）。既然人生始终摆脱不了荒诞的阴影，甚至于生存本身就具有被判了死刑的荒诞性，那么最简单的对待方式就是自己结束自己。人死了，荒诞也就不存在了。但问题是你逃避了，其他人没法逃避，你消除了，其他人没法消除，所以说荒诞始终存在。

第二种是哲学上的自杀。这是精神领域里的一种现象，它不是正视荒诞，而是逃避到并不存在的上帝那里去，以虚幻的天国作为荒诞的乐园，这是自我理性的自残。加缪在此对基督教存在主义进行了批判，认为"他们把挤压自己的东西奉若神明，而在使他们一贫如洗的东西中去寻找希望的理由"。

第三种是反抗。荒诞能推出的三个结果，分别是我的自由、我的激情、我的反抗。其中，我的自由是指一种摆脱除生命自身以外的所有一切事物的自由体验，这是一种对周围一切事物毫无责任的感觉。

我的激情是指对现在与种种现在之延续的不断的意识，最大限度地意识到自己的生命。对现在说"是"，对未来说"不"！重要的不是生活得最好，而是生活得最久；要穷尽现在，重要的是生活在现在，而不是生活在别处，所以加缪歌颂身体的伟大：创造、行动、爱抚。加缪这种看重"现在"的观念，从根源上讲，来自阿尔及利亚的平民社会，延续了古希腊文明的特征：看重现实，热爱生命，崇拜肉体，人们赤裸地在海滩上晒太阳，在大海里畅游，"置身于阳光与苦难之间"。对未来说"不"，其意是人如果为了寻找生活的意义，为了某种目的或为某种偏见而生活，那就会给自己树立起生活的栅栏。"我看到有些人荒唐地为着那些所谓赋予他们生活意义的理想或幻想而丢掉了性命。所谓活着的理由，也就是死的极佳理由"，加缪在《反与正》里嘲讽一位妇女，她每天以造访自己精心挖掘的墓穴为乐，这就是加缪所说的为未来生活的人。

我的反抗,这个反抗又叫"肯定",是比激情更进一步的行动。在加缪的作品中,发现荒诞只是一个出发点,更重要的是对荒诞采取反抗的态度。如果仅仅停留在意识到荒诞这一阶段,人就会陷入一种忧郁和软弱的境地,反抗则带来行动。"举起巨石,藐视诸神",诸神给西西弗的判罚是其逃脱不了的宿命,逃脱不了,那就反抗,诸神也就没有办法了。这实际上是一种既悲怆又崇高的格调,与命运交响曲异曲同工。对世界和命运的观察是残酷的,对自然、对人生却充满了热爱,为了这份热爱,就必须历尽苦难。关于"我的反抗",加缪在随笔《反抗者》中有更加明确的表述,简单地说就是"我反抗故我在"。这一命题是套用笛卡儿的"我思故我在",两者都成为描述人之存在的经典命题。加缪把反抗作为人存在的标志与条件。那么,什么是反抗者呢?就是说"不"的人,对荒诞说"不",绝不是放弃,而是指超越个人、聚集众人的力量,为一定的价值标准而奋斗,是一种集体性的反抗。

加缪的散文随笔集《西西弗神话》第十二篇,亦名为《西西弗神话》,该篇对荒诞与反抗做了极好的阐释:

诸神处罚西西弗不停地把一块巨石推上山顶,而石头由于自身的重量又滚下山去。诸神认为再也没有比进行这种无效无望的劳动更为严厉的惩罚了。

荷马说,西西弗是最终要死的人中最聪明最谨慎的人。但另有传说说他从事强盗生涯。我看不出其中有什么矛盾。各种说法的分歧在于是否要赋予这地狱中的无效劳动者的行为动机以价值。人们首先是以某种轻率的态度把他与诸神放在一起进行谴责,并历数他们的隐私。阿索玻斯的女儿埃癸娜被朱庇特劫走。父亲对女儿的失踪大为震惊并且怪罪于西西弗,深知内情的西西弗对阿索玻斯说,他可以告诉他女儿的消息,但必须以给柯兰特城堡供水为条件,他宁愿得到水的圣浴,而不是天火雷电。他因此被罚下地狱,荷马告诉我们西西弗曾经扼住过死神的喉咙。普洛托忍受不了地狱王国的荒凉寂寞,他催促战神把死神从其战胜者手中解放了出来。

还有人说,西西弗在临死前冒失地想检验他妻子对他的爱情。他命令她把他的尸体扔在广场中央，不举行任何仪式。于是西西弗重堕地狱。他在地狱里对那恣意践踏人类之爱的行径十分愤慨。他获得普洛托的允诺重返人间以惩罚他的妻子。但当他又一次看到这大地的面貌，重新领略流水、阳光的抚爱，重新触摸那火热的石头、宽阔的大海的时候，他就再也不愿回到阴森的地狱中去了。冥王的诏令、气愤和警告都无济于事。他又在地球上生活了多年，面对起伏的山峦，奔腾的大海和大地的微笑，他又生活了多年。诸神于是进行干涉。墨丘利跑来揪住这冒犯者的领子，把他从欢乐的生活中拉了出来，强行把他重新投入地狱，在那里，为惩罚他而设的巨石已准备就绪。

我们已经明白：西西弗是个荒谬的英雄。他之所以是荒谬的英雄，还因为他的激情和他所经受的磨难。他藐视神明，仇恨死亡，对生活充满激情，这必然使他受到难以用言语尽述的非人折磨：他以自己的整个身心致力于一种没有效果的事业，而这是为了对大地的无限热爱所必须付出的代价。人们并没有谈到西西弗在地狱里的情况。创造这些神话是为了让人的想象使西西弗的形象栩栩如生。在西西弗身上，我们只能看到这样一幅图画：一个紧张的身体千百次地重复一个动作：搬动巨石，滚动它并把它推至山顶；我们看到的是一张痛苦扭曲的脸，看到的是紧贴在巨石上的面颊，那落满泥土、抖动的肩膀，沾满泥土的双脚，完全僵直的胳膊，以及那坚实的满是泥土的人的双手。经过被渺渺空间和永恒的时间限制着的努力之后，目的就达到了。西西弗于是看到巨石在几秒钟内又向着下面的世界滚下，而他则必须把这巨石重新推向山顶。他于是又向山下走去。

正是因为这种回复、停歇，我对西西弗产生了兴趣。这一张饱经磨难近似石头般坚硬的面孔已经化成了石头！我看到这个人以沉重而均匀的脚步走向那无尽的苦难。这个时刻就像一次呼吸那样短促，它的到来与西西弗的不幸一样是确定无疑的，这个时刻就是意识的时刻。在每一个这样的时刻中，他离开山顶并且逐渐地深入到诸神的巢穴中去，他超出了他自己的命运。他比他搬动的巨石还要坚硬。

如果说，这个神话是悲剧的，那是因为它的主人公是有意识的。若他行的每一步都依靠成功的希望所支持，那他的痛苦实际上又在哪里呢？今天的工人终生都在劳动，终日完成的是同样的工作，这样的命运并非不比西西弗的命运荒谬。但是，这种命运只有在工人变得有意识的偶然时刻才是悲剧性的。西西弗，这诸神中的无产者，这进行无效劳役而又进行反叛的无产者，他完全清楚自己所处的悲惨境地：在他下山时，他想到的正是这悲惨的境地。造成西西弗痛苦的清醒意识同时也就造就了他的胜利。不存在不通过蔑视而自我超越的命运。

如果西西弗下山推石在某些天里是痛苦地进行着的，那么这个工作也可以在欢乐中进行。这并不是言过其实。我还想象西西弗又回头走向他的巨石，痛苦又重新开始。当对大地的想象过于依附于回忆，当对幸福的憧憬过于急切，那痛苦就在人的心灵深处升起：这就是巨石的胜利，这就是巨石本身。巨大的悲痛是难以承担的重负。这就是我们的客西马尼之夜。但是，雄辩的真理一旦被认识就会衰竭。因此，俄狄浦斯不知不觉首先屈从命运。而一旦他明白了一切，他的悲剧就开始了。与此同时，两眼失明而又丧失希望的俄狄浦斯认识到，他与世界之间的唯一联系就是一个年轻姑娘鲜润的手。他于是毫无顾忌地发出这样震撼人心的卢音："尽管我历尽艰难困苦，但我年逾不惑，我的灵魂深邃伟大，因而我认为我是幸福的。"索福克勒斯的俄狄浦斯与陀思妥耶夫斯基的基里洛夫都提出了荒谬胜利的法则。先贤的智慧与现代英雄主义汇合了。

人们要发现荒谬，就不能不想到要写某种有关幸福的教材。"哎，什么！就凭这些如此狭窄的道路？……"但是，世界只有一个。幸福与荒谬是同一大地的两个产儿。若说幸福一定是从荒谬的发现中产生的，那可能是错误的。因为荒谬的感情还很可能产生于幸福。"我认为我是幸福的"，俄狄浦斯说，而这种说法是神圣的。它回响在人的疯狂而又有限的世界之中。它告诫人们一切都还没有也从没有被穷尽过。它把一个上帝从世界中驱逐出去，这个上帝是怀着不满足的心理以及对无效痛苦的偏好而进入人间的。它还把命运改造成为一件应该在人们之中得到安排的人的事情。

西西弗无声的全部快乐就在于此。他的命运是属于他的。他的岩石是他的事情。同样，当荒谬的人深思他的痛苦时，他就使一切偶像哑然失声。在这突然重回沉默的世界中，大地升起千万个美妙细小的声音。无意识的、秘密的召唤，一切面貌提出的要求，这些都是胜利必不可少的对立面和应付的代价。不存在无阴影的太阳，而且必须认识黑夜。荒谬的人说"是"，但他的努力永不停息。如果有一种个人的命运，就不会有更高的命运，或至少可以说，只有一种被人看作是宿命的和应受到蔑视的命运。此外，荒谬的人知道，他是自己生活的主人。在这微妙的时刻，人回归到自己的生活之中，西西弗回身走向巨石，静观这一系列没有关联而又变成他自己命运的行动，他的命运是他自己创造的，是在他的记忆的注视下聚合而又马上会被他的死亡固定的命运。因此，盲人从一开始就坚信一切人的东西都源于人道主义，就像盲人渴望看见而又知道黑夜是无穷尽的一样，西西弗永远行进。而巨石仍在滚动着。

我把西西弗留在山脚下！我们总是看到他身上的重负。而西西弗告诉我们，最高的虔诚是否认诸神并且搬掉石头。他也认为自己是幸福的。这个从此没有主宰的世界对他来讲既不是荒漠，也不是沃土。这块巨石上的每一颗粒，这黑黝黝的高山上的每一颗矿砂唯有对西西弗才形成一个世界。他爬上山顶所要进行的斗争本身就足以使一个人心里感到充实。应该认为，西西弗是幸福的。

（杜小真译，商务印书馆，2017 年版。）

二、《局外人》

郭宏安认为"荒诞的人"就是"局外人"，它的表现形式是"局内"与"局外"的对立，以及"局内"与"局外"的相互转换。这种对立与交错不定构成了人类生存状态的荒诞。加缪称"局外人描写的是人裸露在荒诞面前"，但对他而言，人生的意义才是最紧迫的问题，因而他所关注的不是"人是什么"而是"人的命运是什么"，他思想的出发点不是形而上的"存在"而是现实的生存。所以总体上，加缪对存在的荒诞没有做过多的"形而上"之思，而是直接从可感生命的诸多意识出发，对世界与生存进行理解，用活生生的人物形象揭示人的生存的悖论与荒谬，烘染出世界无意义的荒诞。

（一）莫尔索外表冷漠与内心渴求的冲突

每个人都生活在自己的世界里，由此构成局内，但同时，他的一举一动会被别人看到，由此构成局外。局内与局外有时是相对的：人们用自己的标准把符合者视作自己人、局内人，把不符合者则视作局外人、异类。在这种一内一外的冲突、错位和误解中,荒诞自然诞生。《局外人》的主人公莫尔索是一个看起来十分冷漠的人,他麻木不仁,对什么都无动于衷,与他所生活的世界格格不入,甚至反其道而行之。小说的开头是:"今天,妈妈死了。也许是昨天,我不知道。"当这句话平静地从主人公嘴里说出来,既没有伤心落泪,更没有痛不欲生,我们便发现了他与常人的不同。母亲去世,作为儿子的他理所应当是个局内人,但他在收到母亲去世的电报时没有哭,在母亲下葬时也没有哭。当被问及母亲多大年纪时,他答道"还好",因为他也"不知道她究竟多少岁"。当门房问他想不想打开棺材再看看母亲时,他的回答是"不想"。不仅如此,他还在母亲的灵堂里打瞌睡、抽烟、喝咖啡。送葬时,他竟感到疲惫不堪,盼望着这一切早点结束。他甚至在母亲下葬的第二天就去海滨游泳,看喜剧片,和女友玛丽行男欢女爱之事,就连玛丽都"吓得倒退了一步"。他的言行举止透露着一个"局外人"的冷漠,我们无法把他与一个刚刚经历了丧母之痛的人联系在一起。

　　由此,我们是否可以认定他不爱他的母亲呢?实际上,莫尔索并非冷血动物,从内心来讲,他是爱母亲的。在谈到母亲时,他用的词不是成人化的"母亲",而是儿童化的"妈妈",这样亲昵的口吻不经意间流露出他对母亲的真挚情感。接到养老院告知母亲去世的电报后,他马上赶去,"真想立刻见到妈妈"。他把母亲送到养老院,是为了让她"更快活些"。母亲去世他没有哭,是因为"妈妈已经离死亡那么近了,该是感到了解脱"。在监狱里,预审官问他爱不爱妈妈,他说:"爱,像大家一样。"他还告诉律师"毫无疑问,我很爱妈妈","我能够肯定地说的,就是我更希望妈妈不死"。临刑前,他又想起了母亲,他准备在接受"世界的温情的冷漠中"去同母亲相会——"我也一样,我也感到为来世做好了准备"。不难看出,虽然莫尔索表面冷漠,但他的内心深处蕴藏着对母亲深挚的情感,只是他没有像常人那样表达而已。对于在安葬母亲的第二天同女友约会,他认为没什么,因为他需要,"我有一种天性,就是肉体上的需要常常使我的感情混乱",再说反正"人总是有点什么过错"的。对于在母亲下葬那天的表现,他解释说自己很爱母亲,但这不说明任何问题,"安葬妈妈的那天,我很疲倦,也很困,我根本没体会到那天的事的意义"。可见,莫尔索是一个真实而坦诚的人。他爱母亲,但表现形式异于常人,因为他拒绝矫饰自己的感情,不愿意言过其实，他觉得装出内心并不存在的忧愁是虚伪的行为。

莫尔索"内在之我"与"外表之我"的矛盾之处正是使我们感兴趣，也惊讶的地方。作为儿子，对于母亲的离世，他的内心是痛苦的，这很正常，不足为奇。但是，只有内心的痛苦是远远不够的，还得把这种痛苦表现出来，要故意做出来给别人看，让别人知道你的内心是痛苦的。换言之，不但"内在的你"应该是局内人，"外表的你"也应该是局内人。如果你是孝子，在母亲的葬礼上就应该声泪俱下，悲痛欲绝；在母亲的灵堂里就应当正襟危坐，面容哀戚，也就是说，你要做得像一个孝子，否则就会被视为"不正常"。而像与不像、正常与反常的标准，来自社会约定俗成的观念和伦理模式，是一定的文化心理结构或动作图式的反映。人只有按常规出牌，才不会被大家感到"陌生"，不被社会排斥。莫尔索在母亲去世后的表现的确"不像"孝子，他外表的冷漠有悖常理，所以为社会所不容，由"局内人"变成了"局外人"。加缪从人们司空见惯的常态中挖掘出了莫尔索的"反常"，从莫尔索内在之我与外表之我的局内与局外的冲突中，揭示出"人脱离了自己，脱离了所谓的'人性'"所产生的荒诞感。

（二）个人处境与社会秩序的分离

由于法与情的矛盾，时常无法避免冤假错案，时常无法判明被告人的心理、情感和苦乐。这是加缪荒诞意象图式的一个新的案例：司法衙门冷漠的程式造成的个人处境与社会秩序的局内与局外。人，具体的人，作为社会的一分子，是渺小的，微不足道的，他无法抗拒社会，抗拒代表社会的司法衙门，这不但导致了人的生存荒诞，而且造就了人间的悲剧。人的合理要求和世界非理性之间的矛盾、人类的呼唤和世界的无理的沉默之间是对立的。

莫尔索是这部小说的主角，所有的情节都是以他为中心展开的。母亲去世，参加葬礼的是他；为朋友杀人的是他；受审判并被处死的也是他。从个人的处境而言，莫尔索应该是局内人。但是当犯了杀人罪之后，他便被置于社会秩序之外，无法主宰自己的命运，成了"局外人"，而那些能够判他死罪的人就成了"局内人"。莫尔索被捕入狱，是因为误杀了一个阿拉伯人。体现公平与正义的法庭本应根据他的犯罪事实和杀人动机量刑定罪，但在审判中，以检察官为代表的法庭辩论的主要问题不是案件本身，而是他在母亲下葬那天"表现得麻木不仁"，是他"不想看妈妈，没哭过一次，下葬后就走了，没有在她的坟前默哀，不知道妈妈的年龄""抽烟、睡觉，还喝了咖啡""在他母亲死去的第二天就去游泳，就开始搞不正当的关系，就去看滑稽影片开怀大笑"等他杀人之前的行为。用莫尔索的话说，大家"谈我比谈我的罪行还要多"。那么到底"他被控埋了母亲还是被控杀了人?"检察官的答案是"我控告这个人怀着一颗杀人犯的心埋葬了一位母亲"，因为在他看来"一个在精神上杀死母亲的人，和一个杀死父亲的人，都以同样的罪名自绝于人类社会"，并且"此人从没有对他这桩可憎的罪行流露出过一丝沉痛的感情"。由此，我们知道莫尔索实际上是因为在母亲的葬礼上没哭而被判处死刑的，法庭把一个在精神上杀死母亲的人，和一个亲手杀死父亲的人以同样的罪名定了罪。虽然莫尔索杀人是偶然的，且没有故意杀人的动机，但是，作为代表国家和法律的检察官和陪审团用司法冷漠的逻辑，推理出莫尔索杀人的必然性，即一个"在精神上杀死母亲"且道德败坏、贪图享乐的人必定是一个坏人，而一个坏人杀人是正常的、合情合理的；反证也是成立的：莫尔索杀了人，那么他肯定是个坏人，一个好人谁会去杀人？一个坏人做了坏事是必然的。有了这种"必然性"，这一固定的"图式"，莫尔索杀人也就在情理之中了。陪审团判处他"一个杀了人的坏人"死刑，既合法又合情，简直就是"替天行道"。在这个"图式"中，莫尔索的"坏行为"具有了某种必然性意义，也就是说，按照这种逻辑，无论怎样推理都改变不了他"坏"的本质和他是"坏人"这一事实，他的"坏行为"成了不以他的意志为转移的客观必然。这一"必然性"把莫尔索从他自身的行为中剥离出去，使他成为自身行为的"局外人"。难怪他弄不明白法庭到底怎么了，为什么"平常人身上的优点到了罪犯身上，怎么就能变成沉重的罪名"。法庭也正是依据这一"必然性"，把莫尔索道德层面的问题混同于犯罪动机和犯罪事实，把人性中或许存在的伦理道德上的缺陷论证当作确凿的杀人倾向和杀人罪证。这种不以事实为依据的主观臆断造成的结果就只有荒诞了。加缪在谈到《局外人》时说："在我们的社会里，一个人在母亲的葬礼上没有哭，他就会有被判死刑的危险。"面对如此境遇，莫尔索根本无法接受"这种咄咄逼人的确凿性"。因为他知道"在以这种确凿性为根据的判决和这一判决自宣布之时起所开始的不可动摇的进程之间，存在着一种可笑的不对称"，巨大的荒诞感正是产生于"这种可笑的不对称"。

当莫尔索发现他所面对的法庭根本没什么道理可讲时，他反倒变得更加理性了，他的内心便处于局外人的状态。他在心里说"看一场官司，我觉得有趣，我有生以来还从没有机会看过呢"。他觉得"即便是坐在被告席上，听见大家谈论自己也总是很有意思的"。他像个旁观者似的心不在焉甚至关心庭外的事情，并且"只想赶紧让他们结束，我好回到牢房里去睡觉"。在莫尔索调侃和冷嘲的背后，透露着他对法庭的蔑视。

在整个庭审过程中，莫尔索始终被置于司法审判的局外。作为本案的被告，莫尔索无疑是个局内人，本应有为自己申诉和辩护的权利，他也极力想这么做。在法庭上，他"不时地真想打断他们，对他们说：'可说来说去，究竟谁是被告？被告也是很重要的。我有话要说呀'"，并一再声称"无论如何罪犯毕竟还是我"。但法庭并没有给他这个机会，他的辩护律师非但没有为本案做出合理的辩护，反而在法庭辩护时不让他发言，对他说"别说话，这样对您更有利"。这样一来，莫尔索的话语权被剥夺了，没有为自己辩护的机会，他被排斥在了司法审判之外，成了局外人，而预审官、检察官、律师这些审判他的人却成了真正的局内人，因为他们代表的是法律、权利、国家意志和社会秩序。在他们看来，莫尔索杀人入狱之后，审判他，给他定罪成了他们应该和必须做的事，这是他们的责任和权力，他们必须是"局内人"，因为只有他们才是这场诉讼案和莫尔索命运的主宰者。对此，莫尔索非常清楚，他真切地感受到自己仿佛是个"多余的人，是个擅自闯入的家伙"，"他们好像在处理这宗案子时把我撇在一边。一切都在没有我的干预下进行着。我的命运被决定，而根本不征求我的意见"，感觉他们是在"排斥我，把我化为乌有……我已经和这个法庭距离很远了"。莫尔索与法庭的距离岂止是远了，而是完全被隔在了法庭之外。就这样，法庭把莫尔索从现存社会中剥离了出去，使他成了局外人，加缪由此揭示了"人与社会的分离"所导致的人类生存的荒诞。

那么，法庭为什么要置他于死地？莫尔索原本罪不至死，他本可以像大多数人那样为自己的杀人行为找到理由，求得法庭的从轻处罚，但他没有这样做。当预审官要以"他在母亲的葬礼上没哭"作为起诉的"一条重要的根据"时，律师提醒他，问他是否可以说那一天他是控制住了天生的感情，他断然说："不能，因为这是假话"。他拒绝撒谎，不愿意像其他人那样按照"常规"行事，而是恪守自己的行为准则，但他因此失去了他所应该扮演的"孝子"的角色，失去了在外人眼中成为局内人的依据。正是莫尔索拒绝为自己的情感戴上种种面具的行为影响到了这个社会所谓的道德和秩序，于是他必须受到惩罚。可见，莫尔索死于他的"真实"，正因为如此，加缪称他为一个无任何英雄行为而自愿为真理而死的人。

（三）人的主观感受的自在与客观世界的抛弃之间的断裂

作为社会的一员，或者说作为承担着不同社会角色的个人，谁也不可能只依照自己的主观感受行事而不顾客观现实。因为每个人都是由他在社会中扮演的角色来体现的，他已然为他在现实中充当的角色所规定，所以就必须时刻牢记自己的角色，扮演好自己的角色，以确保自己的举止行为遵循事物的普遍特性，否则就会使人产生陌生感和隔膜感，最终只能远远地站在局外。个人的主观感受和客观的生活现实之间的背离，往往会造成人在主观感受与客观世界的局内与局外之间徘徊，惶恐错乱，不可终日。不同的社会位置要求其人必须符合这个位置上的一系列规范，这就是客观现实。只有当他的行为符合这一系列规范，他才是一个"局内人"，否则就会被视作一个"局外人"。莫尔索是一个按照自己的意愿生活着的率真而单纯的人。他从不作假，不用说谎来开脱自己借以维系与他人的关系，他不愿意以此种方式来"简化生活"。但是，在社会这个非理性的空间里，人越是在自造的局内强化自己的主观感受，张扬自己的个性，社会就越会隔离他、抛弃他，把他抛出局外，由此造成的荒诞感就越强烈，结局也就越悲惨。

在"所有的人都信仰上帝，甚至那些背弃上帝的人都信仰上帝"的社会中，当预审官让莫尔索在上帝面前悔过，问他是否信仰上帝的时候，他断然回答"不"，甚至在死亡即将来临的时候，他依然拒绝回到上帝的怀抱。在他看来，"他的任何确信无疑，都抵不上一根女人的头发"，而他自己却对一切都有把握，对他的生命和那即将到来的死亡有把握，至少他"抓住了这个真理"。他知道"出路是没有的"，活着是不值得的，"怎么死，什么时候死，这都无关紧要"，所以他坦然地接受了死亡。这就是莫尔索，一个是什么就说什么的人。

对待爱情和友情，莫尔索亦然。玛丽想知道他是否爱她，他说"如果一定要说的话，我大概是不爱"。玛丽问他愿不愿意跟她结婚，他说"怎么样都行","如果她想,我们可以结婚"。在他看来,人们常常挂在嘴边的"爱"并不能说明什么,甚至"毫无意义"。当邻居莱蒙提出要和他做朋友时,他的回答是"做不做他的朋友,怎么都行"。当莱蒙为了羞辱自己的情妇要莫尔索帮他写一封信时,他不但照办了,而且"尽力让莱蒙满意",原因是他"没有理由不让他满意"。后来,他还按莱蒙的意思去警察局为他"作证",最后还莫名其妙地枪杀了朋友的仇人。莫尔索的口头禅是"我都一样""我怎么都行"。莫尔索的言行是他主观感受的真实流露,他只听凭自己内心的驱使,按照自己的意愿行事,然而当发现自己身处一个无理的社会,却又无法摆脱社会的束缚,更无力改变社会时,他终于对一切都无所谓了。于是,他用冷漠把自己包裹起来,徘徊于生活的各种规范之外,与周围的人和社会疏离开来,承受着"人与人、人与生活的分离"的荒诞。莫尔索的"无所谓"看似不可理喻,却恰恰是他对荒诞世界的一种理性态度,是对荒诞的不认同,是对荒诞的承受和反抗。

主观感受与客观现实的矛盾也折磨着作家本人,使他能够更深刻地感受和理解主观感受与客观现实的局内与局外所造成的人生痛苦与荒诞。加缪童年很贫穷,地中海灿烂的阳光与贫穷造成的苦难成为他一生思想和创作的经典形象与荒诞底色。受古希腊文化影响至深的加缪,所追求的是一种维持人与世界之间互为里外、静穆与激情、荒谬与反抗、美与丑之间互相平衡的模式。在《西西弗神话》中,加缪说"失去了希望,这并不就是绝望。地上的火焰抵得上天上的芬芳"。他认为反抗虽然不能消除荒诞,却使生命具有了存在的价值。在他的小说中,阳光和大海、星空一样,象征着生活的希望和人们追求精神自由的激情。

在《局外人》中,阳光一方面是生命和美的象征,是人与世界和谐的象征;另一方面,它又代表着一旦超过了某种限度、打破了这种和谐之后人所产生的焦灼感。莫尔索想追求人与世界的和谐与平衡,这是他心中的理想境界,但他深知这是不可能的,因为活着就是使荒诞活着。他虽然认识到世界的荒诞,但并没有因此失去对生活的热爱,加缪说"他远不是没有感情的人,他的内心深处充满激情,那种追求绝对和真理的深情在激励着他",因为他知道"自从荒诞被承认以来,它就是一种激情,最令人心碎的激情"。莫尔索杀人,是因为灼热太阳的刺激,即他心中对理性的呼唤和荒诞的现实之间的矛盾冲突使他产生了强烈的焦灼感。在海滩上,"太阳酷热无比",到处"是一片火爆的阳光",如火般的焦灼使他无法忍受,他"决意要战胜太阳,战胜它所引起的这种不可理喻的醉意",于是,他终于反抗了,他扣动了扳机,打破了海滩上的寂静。被捕后,他依然在"没有希望中坚持",没有放弃对生活的向往。审讯结束走出法院时,他仍感觉"又闻到了夏日傍晚的气息,看到了夏日傍晚的色彩";在昏暗的囚室里,他仿佛从疲倦的深渊里听到了他所"热爱的城市的种种熟悉的声音";在法庭上,一个卖冰的小贩吹响的喇叭声又唤起了他对"生活的回忆"和他"最可怜、最难以忘怀的欢乐"。临刑前,莫尔索发现满天星斗照在他的脸上,感慨道:"面对着充满信息和星斗的夜,我第一次向这个世界的动人的冷漠敞开了心扉。我觉得我过去曾经是幸福的,我现在仍然是幸福的。为了把一切都做得完美,为了使我感到不那么孤独,我还希望处决我的那一天有很多人来观看,希望他们对我报之以仇恨的喊叫声。"在这里,我们看到莫尔索在做"真正的努力",在"尽可能地坚持",我们体会到了莫尔索的激情,那份"令人心碎的激情"。

　　加缪说:"幸福和荒诞是同一块土地上的两个儿子。"是的,莫尔索是幸福的,因为他没有屈服于社会的约定俗成和清规戒律。面对生存的困境,他以自己特有的方式担负起了个人的命运,对自己的存在负责。这种反抗使荒诞带给他的痛苦转变成了幸福,换言之,他的幸福存在于他直面和承受荒诞命运的过程中。但是,个人的主观感受和幻想终究是无法攻破坚硬的社会外壳的,于是他也就成了一个疏离于社会之外的"局外人",等待他的自然就只有荒诞的结局了。

(四) 人与生活的关系就是一种由局内与局外"隔"裂而成的板玻璃

　　人与生活的关系究竟如何?是水乳交融,还是雾里看花?这就是小说《局外人》给读者提出的问题。其实,加缪已经给出了答案:人与生活的关系,就是一种由局内与局外"隔"裂而成的"玻璃板"。也就是说"玻璃板"此面的局内与彼面的局外,使人生处于一种似隔非隔的两难之中,成为似人非人的荒诞的集合体,即奇人、怪人、多余人、畸形人,等等,这是荒诞的终极形式和最后的归宿。人,一辈子都不得不在这个荒诞的意象图式里挣扎。

莫尔索荒诞的人生经历，不由得让我们联想到加缪在《西西弗神话》中的一段话："一个人在玻璃板后面打电话，人们听不见他说话，但看得见他的无意义的手势：于是就想他为什么活着。这种面对人本身的非人性所感到的不适，这种面对着我们自己的形象的无法估量的堕落，这种如当代一位作者所说的'恶心'也是荒诞。"是的，莫尔索对我们来说是"陌生的，他身上总是有某些我们抓不住的不可制服的东西"，有某种"不可把握的荒诞感"。透过"玻璃板"，我们只能看见莫尔索的手势，却听不见也听不懂他的话，我们只能看到他的表情，却无法洞察他的内心。他被一张无形的玻璃板阻隔在了生活之外。他爱母亲，却因为在母亲的葬礼上没哭而被判处死刑；他爱生活，却被以维护社会秩序自居的法庭剥夺了活的权利；他想活得真实，却因为摘掉面具的做法惊动了这个社会，而被剥夺了对故乡的回忆和对乐土的希望，被迫面对"这种人和生活的分离，演员和布景的分离"，成为社会的局外人。通过莫尔索，我们能够感受到的就是世界的这种厚度和这种陌生感——荒诞。萨特在《〈局外人〉释》一文中谈到加缪的创作手法时说："在他所谈及的人物和读者之间，他插入一层玻璃隔板。有什么东西比玻璃隔板后面的人更荒诞呢？似乎，这层玻璃板任凭所有东西通过，它只挡住了一样东西——人的手势的意义。"莫尔索置身于现存规范之外，对自我的从容的把握是一种本真情感的流露，但是透过玻璃板，他的这种真情的流露也就被误认为离经叛道了。

在《局外人》中，把莫尔索与生活隔断的那张无形的玻璃板的真正所指，就是一种靠社会约定俗成建立起来的伦理法则和道德秩序，一种思维定式，一道价值鸿沟。莫尔索以自己的方式试图跨越这道鸿沟的努力，正是对荒诞的反抗。他的反抗是想使正义在这个没有正义的世界上成为可能，体现的是人的尊严，有一种静穆的伟大。虽然他不是《鼠疫》中里厄医生那样积极的反抗者，但他是一个对荒诞世界有理性认识的悲壮的反抗者，或许他的反抗显得有些消极，但我们依然能从中体会到正义和道德的力量。他以"无所谓"的生活态度嘲弄了人类社会亦如西西弗嘲弄了诸神，他坦然地走向死亡亦如西西弗走向诸神的惩罚，他是西西弗式的反抗荒诞的英雄。

加缪的全部作品不仅仅是对生活的真实见证，更是对生活的高度凝练。小说《局外人》通过对主人公莫尔索一系列怪诞言行的描写，揭示了人与人、人与社会的隔离，勾画出世界的荒诞图景，映射出社会对人性的扭曲，提炼出了现代社会所造成的人类生存的荒诞意象图式及其建构方式，并以此引发人们对社会弊端和荒诞生存状态的观察与思考，唤起人们对社会小人物生存状况的同情，引导人们打破空间的局限和心灵的距离，直面人生，肩负起自己的责任，义无反顾地生活，走向阳光，追寻人生的意义。

三、《鼠疫》

加缪的《鼠疫》写成于1947年，在他的创作中算是一部特殊之作。鼠疫发生在非洲北部的奥兰，这座城市被封闭了，外面的人可以进来，但里面的人不能出去。鼠疫发展的高峰期，每天死亡上百人，郊外的焚尸炉整天烧得通红。疫期从这年的四月延长到次年一月，在炎夏时期进入高峰，到了九月和十月，奥兰已成了一座与世隔绝的孤城。这部作品中，作者以精炼的笔调描写了疫期进展中人们心理的变化发展过程。从刚开始仍置身事外、享受独立个体的权利到置身于"鼠疫的境界"，大众命运合而为一，作者创造了一个类似于法西斯盛行下的融合的集体形象。接着很自然的，是人们如何对待鼠疫的问题。作者以人们积极的行动对这个问题做出了肯定的回答，以塔鲁为首成立了卫生防疫组织，医生们就地取材，研制着新的血清，以找到对付鼠疫的有效武器。主人公里厄的态度与行动则更为明确，他每天工作二十小时，即便带着士兵一家一家地砸门也要把犯了病的人送到医院进行隔离。追求个人幸福的朗贝尔终于放弃了出城的企图，加入里厄、塔鲁一伙的工作中。在生活方式与感情上都表现出缺乏人情色彩的刻板的奥东先生，在儿子死后也对早先不以为然的防疫工作表现出了兴趣，因为这可以使他想起他的小儿子。这样，在超人力的鼠疫所构成的荒谬中，出现了一股以维护人的正当幸福和权利为目的的反抗力量，个人的幸福和与鼠疫有关的那些抽象观念之间的阴沉险恶的斗争在新的局面下展开，构成本城在这一冗长时期中的整个活动，里厄则自始至终参与了这场斗争。可以说，《鼠疫》与《局外人》一样，也是一部象征性小说。作者通过"为复现空虚而发明颜色"，为阐明他进一步的人生观而塑造了鼠疫的世界。他继承了法国哲理小说的传统，在这部小说中充分利用了寓意象征的意义。

为了更好地理解这部作品，我们有必要追溯一下这部作品产生的社会背景与时代状况，它是作者在1942年第二次世界大战期间酝酿的，当时作者正在法国南部山区疗养，法西斯侵略军占领了法国北方，并向南方进军，而盟军突然在阿尔及利亚登陆，加缪一时间与家人音讯隔绝，倍感焦虑、孤单和寂寞，此时他深深体验到在法西斯强权下的生活，犹如人们在鼠疫流行时所过的生活，不仅要忍受生离死别的痛苦，而且时刻面临着死亡的威胁。所以，在小说开篇，作者引用了丹尼尔·笛福的一句话来确定全篇的象征意义和寓意作用，即"用另一种囚禁生活来描绘某一种囚禁生活，用虚构的故事来陈述真事，两者都可取"。更为关键的是，作者不仅用鼠疫象征了法西斯横行时的生活，而且从自己的人生哲学观点出发，寓意了那种本质而普遍的人类命运的感受——整个人类处境的荒谬性。因此，这部作品有三重意义：表层的，字面意义上的；象征的，时代意义上的；寓意的，绝对意义上的。其中，第三重显然是根本的，是作者刻意表达的。作者主要借助前两重意义来象征或指明人类处境的荒谬，提出怎么办的问题，阐明他荒谬人生观中另一个重要的概念：反抗或斗争。如果说《局外人》主要描写了一个执意生活在荒谬感受中的人的生活，那么《鼠疫》则主要表现了人在基本现实是非理性的、荒谬的，时刻面临死亡威胁的情况下，所应采取的态度和行动；如果说《局外人》否定了人类基本价值规范的意义，那么《鼠疫》则肯定了这些规范的合理性。

（一）里厄：反抗的人生

里厄行动的基础是什么？这正是本书的关键所在，全书的深刻之处就在于里厄的行动所传递出的思想，作者对里厄人生观的展示采取了既隐晦又正面的描写，它是通过里厄与塔鲁的一次长谈来完成的。在谈话中，由于塔鲁的直接发问，里厄便向塔鲁表明了他人生观的基本点和形成的缘由。里厄是一个医生，这种职业的困难之处在于"得经常看着人死去"，他等于时刻生活在死亡的处境中，这是一种不给人希望的，最终是失败的，但仍然得支撑下去、干下去的荒谬处境。里厄将之形容为"黑夜"，说他要做的就是"试图在黑暗中看得清楚些"。他不相信天主，所以他得为自己寻找一条可以支撑下去或者说可以有意义地生活下去的人生道路，他要认清现实的根本情况，找到自己行为的准则和方向。面对死亡，他说他开始时并不习惯，对自然规律抱有厌恶的情绪，但是慢慢地，他"变得比较谦逊了"，理由是他

"总不习惯于看人死去"。此外,他"就一无所知了"。这里"谦逊"正是认识的转折点,这种由"不习惯于看人死去"而来的谦逊,其实就是他认清了现实事实的结果,而转变了先前与自然的冲突。既然活着是必须的,既然死亡令人厌恶,那么就必须老老实实地、毫不虚妄地活着,不必抱怨什么,存在即合理,关键的不是用自己的理想去规范自然,而是在自然的规范下寻求自我的正确位置和态度。对于作为医生的里厄,他所找到的就是帮助病人摆脱痛苦,战胜死亡,他说"眼看摆着的是病人,应该治愈他们""我尽我所能保护他们,再没有别的了"。这就是里厄所持的职业态度,也是他全部人生观的基本点,其核心就是:站在受害者一边,帮助受害者与客观事物做斗争。这里的客观事物既指自然的荒谬力量,又指人类的荒谬力量。与客观事物做斗争,里厄认为至少在这一点上他是走在真理的道路上的。这是他确信的,也是他蕴藏于内心的与莫尔索一样执着的深刻的激情。这是加缪式的激情,朴素、真实得如同生活本身一样。正是这一行动而来的结果,使他感到"仅有的一点骄傲"。这骄傲是针对客观的强大的非人性力量的,所以"唯有一点"。

然而,里厄人生观形成的真正缘由是什么?是否就是因为他的职业,不,作者让塔鲁最后再向里厄发问:"这一切是谁教您的,医生?"他得到的回答是:贫困。这样,加缪让这部以反抗为主题的作品中积极、正面的主人公与其他作品中那些消极、破坏性的主人公(如莫尔索)产生某一激情的缘由等同起来,深刻地反映了蕴积于这位出身卑微、贫寒的作家心中那永远无法磨灭的过去的阴影。加缪的父亲是酿酒厂的地窖工人,在第一次世界大战中牺牲,母亲有耳疾且说话困难,以洗衣、打扫卫生为业,这个背景可谓卑微之极。然而,加缪极爱他的母亲,在《鼠疫》这部作品中对里厄医生的母亲形象的塑造,无疑是对自己母亲的深挚的爱和赞美。事实上,与母亲有关的童年里贫困的一切正是加缪感受力的源泉,他把这个源泉同样赋予了他的众多主人公。在1953年的《手记》中,加缪写道:

我所要阐明的是:即使不是出于浪漫主义,人也还是可以对过去的贫困感到眷恋的。经历几年的贫困生活,就可以培养出完整的感受能力。在这种情况之下,一个儿子对于他母亲所怀抱的奇妙感觉,就成为所有感受能力的源泉。

(二) 帕纳卢神甫：鼠疫的降临是天主对生活在尘世罪恶中的惩罚

宗教是西方伦理价值观念的传统基石，是西方人精神生活中最有力的支柱，因而它理所当然地首先受到了冲击，作者将它与里厄人生观的对立作为主要冲突，在其中充分展示了里厄观点的力量。宗教人生观的核心是惩罚与得救，帕纳卢神甫正是这种传统观念的忠实信奉者和体现者。他认为这次鼠疫的降临是天主对生活在尘世罪恶中的人们的惩罚，这次灾祸是人们罪有应得的，惩罚的目的是让人们认清自己的罪孽并自觉赎罪，以便走上通往圣洁的道路，得到天主的拯救，死后升往天国。所以，他提出了他的行动方案，说他唯一的希望就是"这个城市的人不要管这些日子的景象多么可怖，垂死者的悲号声多么凄惨，都向上天发出虔诚教徒的心声，倾诉爱慕之情，其余的事，上天自会做出安排"。

对于帕纳卢神甫这种对待人生苦难的超现实的态度，里厄自然是不赞成的。首先，他不相信天主的存在。他说，假如他相信天主是万能的，那么他将不再去看病，让天主去管好了，但是世界上没有一个人会相信有天主，也没有一个人会死心塌地委身于这样一种天主。既然天主是不存在的，那么其他一切，所谓的安慰与得救的希望也就不存在了，所以里厄说："既然自然规律最终是死亡，天主也许宁愿人们不去相信他，宁可让人们尽力与死亡做斗争而不必睁眼望着听不到天主声音的青天。"

其次，他不接受集体惩罚的说法，因而也否定了人是有罪的。他说："我在医院里生活的时间太久了，实在难以接受集体惩罚的说法。"因为眼见着人们受尽折磨，即使是因罪恶而来的处罚，那也是残忍的，况且一个个清清白白降生于世的肉体哪来那么多罪恶须得忍受这么多的不幸。所以，在目睹那个小男孩死去时痛苦挣扎的情形后，里厄医生因内心的激动与愤怒而对帕纳卢说："我至死也不会去爱使孩子们惨遭折磨的上帝这个创造物。"

最后，他认为通过鼠疫提高认识是次要的，与苦难做斗争才是主要的。他不认同帕纳卢神甫对待苦难的态度，如果这样，就把灾难与不幸当成了一件好事，当成了可以接受和忍受的东西，他对此是不能赞成的，这也与他的职业精神不符。他说："眼前摆着的是病人，应该治愈他们的病，过后再让他们去思考问题,我自己也要思考,但是当前最要紧的是把他们治愈。"与不合理和灾难做一种切切实实的斗争是他人生态度的核心,任何其他与解除实际的病痛无关的一切都是次要的或虚妄的,所以在他看来,鼠疫"也许可以使有些人的思想得到提高,然而看着它给我们带来的苦难,只有疯子、盲人或懦夫才会向鼠疫屈膝"。在里厄的荒谬人生观与帕纳卢的宗教人生观的斗争中,帕纳卢的人生观遭到了否定。在目睹那个小孩死亡时的痛苦挣扎后,帕纳卢的信念发生了动摇,在又一次布道上他大胆地提出了"要么全信,要么全不信"的说法,面对人生真真切切的苦难,他不可能再坚定不移地相信天主的存在与全部宗教教义,而作为一个以此信仰为生的人,又不可能全盘否定,这样他的心不再安宁,信念不再坚定。在这疑虑、惘然之中,他感染了鼠疫,被死神夺去了生命。帕纳卢的死象征了里厄人生观的胜利,象征作者对宗教人生观的否定。在苦难中,除了人的自救,再没有别的出路。加缪是断然否认基督教关于原罪的说教的,在《西西弗神话》中说道:

人们告诉他这是他的骄傲之罪,但他不了解罪的概念;也许地狱在等着他,但他想象不出那陌生的未来环境的模样儿;他正失落不朽的生命,但他认为那是杞人忧天。人们企图使他认罪,他觉得自己是无辜的。坦白地说,这是他全部的感觉——他那无可救药的无辜。

既然失去了天国的安慰与希望,那么加缪"关怀的就是这样一点:他要发觉可不可以'没有兴味地'生活"。

到底可不可以"没有兴味地"生活呢?里厄和他的伙伴们做出了肯定的回答。他们断然否定了"还是以屈膝为佳"的悲观论调,做出的"结论总是他们所看清楚的东西:必须做这样或那样的斗争而不该屈膝投降。整个问题是设法使尽可能多的人不死,尽可能多的人不致永远诀别。对此只有一个办法:与鼠疫作战,这个真理并不值得大书特书,它只不过是理所当然而已"。所以,作者说他不愿过分夸大那些卫生防疫组织的重要性,他们不过是表现出了人在绝境中应该有的做法,不过是做了一个最简单的证明:二加二是否等于四,也就是说证明了他们是否已被卷入鼠疫,以及应不应该同鼠疫做斗争。这种证明不过是表明:"由于抗疫已成为某几个人的任务,它的实质也就摆在大家的面前,就是说,这是大家的事。"在这里,作者歌颂了集体主义的协作精神,一反以往作品主人公孤独的反抗,是"赋予集体激情以形式的第一次尝试"。但这是加缪在法西斯盛行这种特殊处境中的特殊感受,从他之后的作品我们可以感到,作者又退回到了孤独之中,并对人的努力提出了怀疑。

正是基于这种理所当然必须斗争的观念,里厄不接受帕纳卢神甫的称赞,帕纳卢说他"是为了人类的得救而工作",而他认为自己的做法不过是为了人的健康。基于这种观念,他也不接受朗贝尔搞英雄主义的说法,他回答朗贝尔:"这一切不是为了搞英雄主义,而是实事求是。这种想法可能令人发笑,但是同鼠疫做斗争的唯一办法就是实事求是。"还是基于这个观点,里厄更欣赏小公务员格朗的表现,而不喜欢那些外界通过电波和报纸大量涌来的表示同情和赞扬的评论。

(三)格朗:不加犹豫地用"我干"来回答一切

作者认为格朗比里厄或塔鲁更具代表性,他并不是出于什么内在的激情和对某种真理的把握才加入抗疫斗争中的,而是"怀着那特有的善良愿望不加犹豫地用'我干'来回答一切",并认为这是分内之事,他说:"有鼠疫嘛,应该自卫,这是明摆着的。"至于外界评论,他知道那些关怀不是装出来的,但是并不能分担他们所看不见的痛苦,而且那些表示关心时用的"只是人们试图表达人与人休戚相关的套语,而这种语言就不能适用于例如格朗每日所贡献的小小的力量,也不能说明在鼠疫的环境中格朗的表现"。所以,每当高谈阔论开始时,里厄就感到"格朗与讲话者漠不相干的鸿沟越来越深""爱在一起或死在一起,舍此别无他途,他们太远了"。

其实,对格朗的肯定,也就是对谦逊、踏实的朴素生活态度的肯定,这正是格朗这个人物的象征意义,格朗寓意了平常生活的本质。作者在生活中见到的就是质朴性和平凡性,他说:"没有比一场灾难更缺乏戏剧性的东西了,而且大的灾祸,由于时间拖得很久,往往是非常单调的。"所以,他只想让自己谦虚、朴实,描写这些切切实实的普通人的所作所为。正是这种平实的描述,作者认为"将赋予这篇故事以特点,这个特点就是用真实的感情进行叙述,而真实的感情既不是赤裸裸的邪恶,也不是像戏剧里矫揉造作的慷慨激昂"。确实,这正是加缪所有文学作品的风格,他力图返璞归真,将一切写得平实、自然、不夸张,使一切叙述都保持自己的形象。这种对于质朴性的追求在实现作者的思想方面有着重要的意义。

然而,客观事物的力量是强大的,并且大部分情况不可更改,所以里厄对自己行为的效果与具体价值是不可知的,他说:"我并不知道会有什么结果,也不知道在这些事情过去后将来会怎样。"由此,他也不知道自己这样做到底是要对付谁,他对塔鲁说:"我完全不知道(对付谁),塔鲁,我可以发誓,我完全不知道。"因为确实没有哪一个是真正的、具体可见的敌人,自然是非理性的,而人类更受着一股非个人可以支配的力量的驱使。所以,他对自己的斗争对象是绝望的,结果自然也是绝望的,他知道"胜利总不过是暂时的罢了",而最终结果"是一串没完没了的失败"。寻求做一个圣人的塔鲁输了,死去了,而里厄活了下来,但他又赢得了什么呢?

他懂得了鼠疫,懂得了友情,但现在鼠疫和友情对他来说已成了回忆中的事了,他现在也懂得了柔情,但总有一天,柔情也将成为一种回忆,是的,他只不过是赢得了这些东西。一个人能在鼠疫和生活的赌博中所赢得的全部东西,就是知识和记忆。

不过,要是只懂得些东西,回忆些东西,但却得不到所希望的东西,这样活着就叫作"赢了"的话,那么这种日子是多么不好过啊!

但就是再不好过,他也要过下去,荒谬强大不给人希望,但里厄明白"这不是停止斗争的理由"。既然生命是可贵的,既然死亡是必然的,那么还有什么比"没有兴味地"活下去更能显示出一个人的勇气呢!

所以,如果要问什么是知识,那么里厄的回答就是:一种生活的热情,一种死亡的形象,这就叫知识。一个懂得了死亡的人,也就赢得了生活的热情与自由,也就明白了斗争的意义。作者以热情的笔调写道:

在这些堆积如山的尸体中间,在一阵阵救护车的铃声中,在这些所谓命运发出的警告声中,在这种一潭死水似的恐怖气氛以及人们内心的强烈反抗中,有一阵巨大的呐喊声在空中回荡不息,在提醒着这些丧魂落魄的人们,告诉他们应该去寻找他们真正的故乡。对他们所有的人来说，真正的故乡是在这座窒息的城市的墙外，在山冈上这些散发着馥郁香气的荆棘丛里，在大海上，在那些自由的地方，在爱情之中。

（四）塔鲁：寻求心灵的安宁，寻求做一个圣人

塔鲁的经历颇为奇特，他出生在一个大法官家庭，深得父亲的宠爱。在他十七岁那年，他列席了一次审判仪式，见到一个被死亡的恐怖吓得发抖的人正被法庭宣判死刑，便陡然感到某种强烈震撼心灵的东西：人类的荒谬与非理性。这件事使他同时觉悟到这种像鼠疫般的不合理其实在每个人身上都存在着，"大家都有点传染上了鼠疫"，"即使是那些比别人更善良的人今天也不由自主地去杀人，或者听任别人杀人"。"在这个世界上，我们的一举一动都可能导致一些人的死亡。"从此他失去了内心的安宁，离家出走了，判决自己永远流放，并明白自从他放弃做一个"合理的杀人者"起，他就对社会失去了意义，"现在将由他人来创造历史"。他在"流放"中，觉得自己唯一要做的事情就是恢复安宁，按他的另一个说法就是寻找圣人之道。他说"我感兴趣的是怎样才能成为一个圣人"，当然，他从明白社会的荒谬时起，就已经不信宗教了，所以他遇到的唯一具体问题就是："一个人不信上帝，是否照样可以成为圣人？"他决定从两个方面做起，第一，使自己成为一个"非鼠疫患者"。他力图凭自己坚强的意志做一个健康、正直、纯洁的人，但是他又对里厄说，在这个今天人人都有点传染上鼠疫的时候，要想不当鼠疫患者是很累人的，所以"有些不愿再当鼠疫患者的人觉得精疲力竭，对他们来说，除了死亡之外，再也没有东西能使他们摆脱这种疲乏"。第二，站在受害者一边，使自己尽力成为"无罪的杀人者"。他认为在这世界上只存在祸害和受害者，他要"尽可能地拒绝站在祸害一边"，如果他无意也变成了祸害，那么至少他是不甘心的，"我力图使自己成为一个无罪的杀人者"。所以，在鼠疫期间，他首先倡导成立了卫生防疫队，积极投入抗疫活动，成为里厄大夫的得力助手。那么，他是否已经找到一条通往安宁的道路呢？当里厄问他时，他断然回答："有的，那就是同情心。"他说："我决定在任何情况下都站在受害者一边，……在受害者当中，我至少能设法知道怎样才能达到第三种人的境界，就是说，获得安宁。"

塔鲁最终是否获得了安宁了呢？作者的回答是否定的。他死了，临死前对里厄说道："我输了。"作者通过塔鲁的死否定了在这个充满荒谬与非理性的世界上除了斗争还存在另外一条获得安宁的道路，只有斗争才能使人安宁与踏实。所以，作者说："塔鲁好像已经求得了他曾经说过的那种难觅的安宁，但他只是通过死亡才得到了它，而那时这种安宁已经对他毫无用处。"

（五）科塔尔：缺少真知与仁爱的黑暗人生

科塔尔以前杀过人，法律要追究他，所以他始终生活在一种孤独与恐惧的境况中，按加缪的理论，就是荒谬与流放的状态中。他平时表现得很不开朗，沉默寡言，一直只待在自己的屋子里，外出时行踪诡秘，还试图自杀过。原因是他不愿意被带走，被判刑，他"一想到因此要被带走，与家庭隔离，与习惯断绝……就觉得不能忍受"。但是，鼠疫一来，所有的法律事务停止了，这使他感到极大自由，仿佛把他从流放状态释放了回来，他开始出入公开场合，十分高兴地混迹于人群之中，人也变得慷慨大方、友好善良，过着一种"他一直梦寐以求而又无法得到的放荡不羁的享乐生活"。对他来说，鼠疫不仅为他解除了孤独和恐惧，而且把大家都送进了他以前体验过的那种孤独、恐惧和被遗弃的境况中，所以，他不仅拒绝参加抗疫，而且十分赞赏鼠疫的到来，他说"现在它没有理由停止蔓延，一切都将被它搞得乱七八糟"，并称"使人们聚在一起的唯一途径，仍然是把鼠疫带到他们中间去"。因此塔鲁说："鼠疫使这个不甘孤寂的人成了它的同谋者。"但是塔鲁也认为，科塔尔的这种态度并没有多少恶意，因为"他同别人一样，受到鼠疫的威胁，但好就好在他是和大家共患难的"。但是鼠疫毕竟是会结束的，这样一来，就等于又把科塔尔推回了以前那种恐惧和孤独中去，而"他唯一担心的事，就是怕把他跟别人隔开"，他宁可与大家一起被围困，也不愿意做单身囚徒，就是这种害怕孤独、恐惧的心理使他产生仇恨的心理，并因此疯狂起来，终至开枪杀人。

对科塔尔，作者也是否定的，他是作者认为唯一不能代表他讲话的人，因为他具有一颗愚昧无知的心，一颗孤独的心。他别的罪行都可以理解，可以原谅，但唯有这个罪行是里厄不能原谅的，即"他从心底里赞成导致孩子和成人死亡的东西"。就是因为这一点，里厄把他视为真正的罪犯，"想到一个犯罪的人比想起一个死去的人可能更不好受",正是人的愚昧无知,导致了人的犯罪。

在这部作品中,作者实际上塑造了三种人,他借塔鲁之口对这三种人进行了分类,第一种人是"合理的杀人凶手",即"自认为什么都知道,于是乎就认为有权杀人"的人,指包括他父亲在内的一类人,这种人缺乏"真知、灼见",缺乏"真正的善良和崇高的仁爱",科塔尔代表这第一种人;第二种人是"无罪的杀人者",这种人醒悟到人生的荒谬与社会的种种非理性行为后,自觉地开始寻求一条洁身自好的通往圣人和安宁的道路,塔鲁就是这第二种人的代表;第三种人是"真正的医生"。塔鲁说:"当然,应该还有第三种人,那就是真正的医生,但事实上,人们遇到的真正医生很少,而且可能很难遇到。"里厄正代表了这"很难遇到"的第三种人。这是作者唯一肯定的人,前两种人不是疯了就是死了,只有里厄、代表爱情和个人幸福的朗贝尔、代表谦逊与切实精神的格朗活了下来。这一生死的寓意表明了只有通过谦逊的态度与切实的精神,通过坚定不移的反抗,才能为人类带来爱情和幸福的时刻,所以作者最后说:"当恐怖之神带着它的无情屠刀再度出现之时,那些既当不了圣人,又不甘心慑服于灾难的淫威,把个人的痛苦置之度外,一心只想当医生的人,又一定会做些什么。"

(六)疫情期间照亮人们心灵的作品

《鼠疫》在 2003 年非典和 2019 年新冠肺炎疫情时期被称为照亮人们心灵的作品,与《霍乱时期的爱情》一起成为读者最多的两部小说。经过 10 个月的反抗,在这场鼠疫结束的时候,人们锣鼓喧天地庆祝解除封锁的时候,加缪说:灾难对我们来说,只不过是一种生活罢了。我们把非典都快忘光了,很快也会忘记新冠。但是,加缪认为"鼠疫杆菌不会灭亡也不会永远消失,它可以沉睡几十年,也许有一天,鼠疫又要制造人类的苦难"。加缪像卡夫卡一样,具有虚拟未来的才华,请对照非典和新冠肺炎疫情时期的新闻报道,来阅读《鼠疫》片段:

"现在的问题,"老卡斯特尔不客气地说,"是要考虑那是不是鼠疫。"

有两三个医生叫了一声,其余的人似乎犹豫不决,至于省长,他惊得微微一颤,下意识地转身朝门那边看看,仿佛想核实房门是否真的阻止了这个骇人听闻的消息传到走廊上。里沙尔则表示，依他之见，不应当向恐慌让步，因为现在能够确认的，只是并发腹股沟肿大的高烧症，而无论在科学抑或生活上，任何假设都是危险的。老卡斯特尔一直在平静地咬着自己上唇发黄的小胡须，这时抬起他明亮的眼睛看看里厄，然后把他和善的目光转向与会者，提醒他们注意，说，他很清楚，那就是鼠疫，但，当然，要公开承认是鼠疫，就必定要采取毫不留情的措施。他明明知道，实际上，正是这点让他的同行们退缩，因此，为了让他们安心，他心甘情愿接受不是鼠疫的说法。省长激动起来，他宣称，无论如何，这样推理不是个好办法。

⋯⋯⋯⋯⋯

在日死亡人数重新达到三十来人那天，省长递给贝尔纳·里厄一份官方拍来的急电，里厄边看边说："他们害怕了。"电报上写着："宣布进入鼠疫状态。关闭城市。"

从那一刻起，可以说鼠疫已成了我们大家的事。在此之前，尽管那一桩桩怪事使众人惊异和担忧，我们同胞中的每一位都还在各自的岗位上继续从事力所能及的工作，而且这种情况无疑会延续下去。然而，城市一关闭，大家才发现，包括笔者在内，谁和谁都一样，都得设法对付新情况。

⋯⋯⋯⋯⋯

他们为此而不快，而气愤，但这些情绪是不可能对抗鼠疫的，比如，他们最先的反应是责怪当局，报纸响应了百姓的批评（"已经考虑的措施是否可以松动？"），面对这些意见，省长的答复相当出人意料。在此之前，各家报纸和情报资料局都没有得到过有关疫情的官方统计数字，但现在省长却日复一日地向情报资料局通报统计数字，并请他们发布周报。

⋯⋯⋯⋯⋯

但无论如何，不满情绪在不断增长却是事实，当局也害怕发生最坏的情况，因而认真考虑了采取何种措施应付在重灾威胁之下的百姓可能揭竿而起的事态。

⋯⋯⋯⋯⋯

"那是通过官方途径征召的，而且还缺乏信心。他们缺少的是想象力。他们从来就跟不上灾情发展的规模，他们设想的药品勉强可以治疗鼻炎，如果让他们这样干下去，他们得完蛋，我们也会跟着完蛋。"

……………

过分重视高尚行为，结果反而会变成对罪恶间接而有力的褒扬，因为那样做会让人猜想，高尚行为如此可贵，只因它寥若晨星，所以狠心和冷漠才是人类行动更经常的动力。而这种想法正是笔者不能苟同的。人世间的罪恶几乎总是由愚昧造成，人如果缺乏教育，好心也可能同恶意一样造成损害。好人比恶人多，而实际上那并非问题症结之所在。人有无知和更无知的区别，这就叫道德或不道德，最令人厌恶的不道德是愚昧无知，无知的人认为自己无所不知，因而自认有权杀人。

（刘方译，参见《局外人·鼠疫》，四川文艺出版社，2017年版。）

小说的结局体现了典型的存在主义作品的特点，是这样写的：

不过他明白这篇纪实写的不可能是决定性的胜利。它只不过是一篇证词，叙述当时人们曾不得不做了些什么，而且在今后，当恐怖之神带着它的无情的屠刀再度出现之时，那些既当不了圣人，又不甘心慑服于灾难的淫威、把个人的痛苦置之度外、一心只想当医生的人，又一定会做些什么。

也许有朝一日，人们又遭厄运，或者再来上一次教训，瘟神会再度发动它的鼠群，驱使它们选中其一座幸福的城市作为它们的葬身之地。

这里阐释了世界的荒谬和人们不能争取到幸福的明天的存在主义思想。令人深思的是，《鼠疫》这样一部主题极为严肃，缺乏个人化生活内容、毫无文学佐料的作品，在20世纪竟成为畅销书，广为流传，其发行量达500万册。它在法国小说中，与《局外人》皆居首位。

第四章
20 世纪西方后现代主义文学

第一节 西方后现代主义文学的起源、发展和特征

一、西方后现代主义文学的起源和发展

后现代主义作为一种世界性的文化思潮,已经越来越引起各国学者的关注。后现代主义的起源、定义、基本特征以及在哲学、美学、艺术方面的影响,众说纷纭,大约从 20 世纪 60 年代开始,一些敏锐的批评家发现在欧美文学中出现了一些与前一时期现代主义文学面貌迥异的新流派、新形式和新风格。70 年代美国文学批评家哈桑等人试图用"后现代主义"来概括这种新的潮流。这一概念一经提出,就在欧美思想界迅速引发了一场声势浩大的世界性大师级之间的"后现代主义论争",论争的范围远远超出文学领域,涉及哲学、宗教、政治、历史、艺术等各种人文和社会学科。

有关现代主义与后现代主义各自的论争,主要集中在后现代主义起源的时间及其分期、后现代主义究竟是对现代主义的反动还是继续、现代主义与后现代主义的文化精神等问题上。总结理论界的种种说法,一般可认为后现代主义正式出现于 20 世纪 50 年代末 60 年代初,在 70 年代和 80 年代震撼思想界。到 90 年代初,后现代主义开始表现出狂躁以后的疲惫,声势大减,渐渐分化沉寂。而时至今日,后现代主义仍是一个开放的、未完成的文学流派和思潮,仍没有停止其创作和影响。

有研究者这样描述后现代主义的文化逻辑:体现在哲学上,是"元话

语"的失效和中心性、同一性的消失；体现在美学上，则是传统美学趣味和深度的消失，走上没有深度、没有历史感的平面，从而导致"表征紊乱"；体现在文艺上，表现为精神维度的消逝，本能成为一切，人的消亡使冷漠的纯客观的写作成为后现代的标志；体现在宗教上，是关注焦虑、绝望、自杀等话题，以走向"新宗教"来挽救信仰危机。可以说，后现代主义文化逻辑的复杂性直接显示出这个时代的复杂性。

一般认为，所谓的后现代主义文学，通常是指第二次世界大战后出现在西方的一种主要的文学流派、文艺思潮和文学现象，它是西方社会进入后工业化时代的产物。后现代主义文学兴起的直接原因是第二次世界大战以及战后西方动荡不安的社会生活，对一贯遵从的道德标准和价值观念的根本性怀疑，使人们的精神越来越困惑。"我们有一个富裕的社会，我们也有着混乱的价值观念，我们的美国再也不是早期的美国。""全体居民变得冷漠、被动，分裂成原子"，"人成为消费者，他自身就像他所享用、摄取、汲取的产品、娱乐和价值观念一样被成批地生产出来"。间接原因是所谓的"信息时代"。在信息时代，知识不再是力量，信息就是效益，效益才是目的。由于事物的瞬息万变，人们认识到事物的存在不由永恒的本质决定，而是由它们各自的样式以及它们之间的相互关系所决定的。信息时代还带来大规模的机械复制和数码复制，从此不再有真实和原作，一切都可能是虚假的。作为文化载体的录像、录音、书籍、光盘、软盘的无穷复制，使人们丧失了个性、风格。原稿原件不复存在，整个世界漂浮在表面上，没有了真实感，到处都是互文性和超文本，我们悲哀地发现自己生活在一个虚假的世界中。

文学界一般认为具有后现代主义特征的创作起码在20世纪40年代的阿根廷小说家博尔赫斯的小说中就有所表现，到了60年代形成了后现代主义的高峰期，意大利作家卡尔维诺为突出代表，此时已经移居到欧洲的俄罗斯裔美国小说家纳博科夫也被视作后现代主义的代表人物。在美国，则产生了巴塞尔姆、品钦、冯尼格特、巴斯及海勒等一批后现代主义作家，在拉美地区，则有富恩特斯、马尔克斯等，此外，法国新小说派代表作家罗伯-格里耶和杜拉斯，意大利作家艾柯，捷克作家昆德拉等，都是后现代主义文学中具有代表意义的作家。

当后现代主义在西方迅速发展时，随着我国的改革开放，西方后现代主义裹挟在强大的西方文化思潮中涌入我国。1980年12月,董鼎山在《读书》杂志上发表了介绍后现代主义的文章《所谓"后现代派"小说》,准确地说,这篇文章只能算是对约翰·巴思的著名论文的择述。同年,约翰·巴思的《补充文学——后现代派小说》、马丁·埃斯林的《荒诞派之荒诞性》、阿兴·罗德威的《展望后现代主义》等著名的后现代主义理论文本也被分别翻译发表在《外国文学报道》(1980年第3期)、《外国戏剧》(1980年第1期)和《外国文艺》(1981年第6期)杂志上。1982年袁可嘉撰写了全面介绍后现代主义的论文《关于"后现代主义"思潮》,他认为,后现代主义"是一个有关全局的问题","值得我们做调查研究工作"。所以,20世纪80年代前期可以被视为东方后现代主义的准备和酝酿时期。这一时期的主要工作是译介西方后现代主义的文学文本和理论文本,还没有产生东方自己的后现代主义文本,也没有后现代主义理论。并且,西方后现代主义也没有引起东方学者足够的重视和兴趣,反倒总是将后现代主义文本和理论当成现代主义。

1985年前后是东方后现代主义逐步形成和确立的时期,主要有两个标志:一是东方后现代主义文学文本的大量涌现。一批大多受过高等教育的新潮作家如马原、余华、格非、孙甘露、洪峰、苏童、扎西达娃、莫言等在文坛崭露头角,马原的《冈底斯的诱惑》发表于1985年,1987年中国各大文学杂志都发表了大量后现代主义文学文本,这是东方后现代主义文本大丰收的时期。这些作家对西方后现代主义的某些文本非常迷恋,他们在经过了西方后现代主义文化的洗礼后开始了自己的创作。他们对创作的理解,他们的创作方式、创作态度令读者耳目一新,甚至无法理解。二是1985年9月至12月,美国著名批评理论家詹姆逊应邀在北京大学开设有关当代西方文化理论的专题课。1986年年初他的讲稿被译成中文出版,书名是詹姆逊亲自拟定的,即《后现代主义与文化理论》。詹姆逊的讲座听者云集,其讲稿出版后更是被广为传读,多方引用,于是,后现代主义在中国才真正形成了它的理论氛围。

20世纪80年代末90年代初是东方后现代主义文学发展的鼎盛期。一方面,后现代主义文学无论是创作还是理论,这时都有一种地毯式轰炸的势头,全国主要文学期刊无不把后现代主义作品放在极其重要的位置上;另一方面，一大批理论家在大力译介西方后现代主义文本的同时，也开始了自己的后现代主义批评。一批中青年学者围绕后现代主义话语，活跃在各种报刊上，并在许多相关的学术会议上扛起了后现代主义的大旗。谈"后现代"一时成了时尚，什么人什么学科都带上"后"字：后哲学、后历史、后工业社会、后结构、后新时期、后先锋、后古典、后诗……甚至连一向颇以追求高雅为宗旨的《读书》杂志也大谈起"后学术"来了。90年代初王宁译的《走向后现代主义》（1991）、王岳川主编的《后现代主义文化与美学》（1992）、陈晓明的《无边的挑战——中国先锋文学的后现代性》（1993）相继问世，无疑是"东方后现代文学"走向深入和成熟的标志。

20世纪90年代中期是"东方后现代文学"开始分化并走向沉寂的时期。从文学创作方面看，突出表现为所谓的后现代主义作家开始分化。今天，除了极少数作家还保持着那股为探索而探索、为游戏而游戏的热情和精神，大多数作家已开始注意作品的商品价值和经济效益。"东方后现代主义文学"创作的另一倾向是开始向传统回归，如红极一时的"新写实主义"便是向现实主义或自然主义的回归。

与文学创作相比，东方后现代主义批评与理论的情形似乎要好一些。一大批中青年学者的理论批评和研究越来越冷静、越来越深刻。有的致力于西方后现代主义的研究和译介，有的则致力于对中国当代后现代文本的分析与批评，而如何做到既能对西方后现代主义有较为深刻和全面的理解，又能在批判的基础上建构出自己的理论，还有待努力。

二、西方后现代主义文学的基本特征

后现代主义文学的基本特征可以概括为以下三个方面。

（一）不确定性的创作原则

后现代作家的新一代之父巴塞尔姆申明：我的"歌中之歌"是不确定性原则，这种不确定性主要体现在以下三个方面。

1. 主题

现实主义强调的是突出主题，现代主义反对现实主义的主题，但并不反对主题本身。而在后现代主义那里，主题根本就不存在，因为意义不存在、中心不存在、本质不存在，"一切都四散了"。一切都在同一个平面上，没有主题，也没有副题，甚至连"题"都没有。所以，后现代主义注重创作的随意性、即兴性和拼凑性，看重读者对作品的参与和创造。

主题的不确定与理性、信仰、生活准则的危机和失落密不可分。"垮掉的一代"就是从肉体到精神的全面垮掉。当时"整个国家的人民都以各自的方式暂时失去了知觉：在教堂里，在电影院里，在酒吧间里，在书本里……整个世界都在努力寻找它的麻醉剂……瘾君子的哲学家、娼妓和诗人、艺术家和窃贼、情人们、梦想家们、玩忽职守者，以及美国各式各样的无家可归的人们……不管他们是一步一步祈祷地爬上摇摇欲坠的塔顶，向某个天堂的幻影前进，还是一点一滴地，从一场无聊的电影到一针海洛因，赢得任何一条逃避途径——全世界都陷进了圈套"。"垮掉的一代"深受存在主义的影响，但是夸大了存在主义软弱、绝望的一面，而抛弃了存在主义重在行动与选择的积极因素。"垮掉的一代"在"垮掉"之后，毫无顾忌地在作品中袒露自己最隐私、最深刻的感性，他们认为这是自发创作，随意地、即兴地表现自我。"垮掉的一代"的代表作家凯鲁亚克的《在路上》根据作者亲身经历写成，表现了"垮掉"分子"在路上"的精神状态：纵横交错、飘忽不定。凯鲁亚克认为，生活就是一条永无尽头的大路，虽然人们走走停停，但永远都是在路上。为了更好地表达这种观念，他将一长卷白纸装入打字机，把他的流浪生活和同伙的谈话记录下来，三周之内匆匆完成了这部20多万字的小说。

2. 形象

现实主义笔下，人物即人；现代主义笔下，人物即人格；后现代主义笔下，人即人影，人物即影像。后现代主义宣告主体死亡和作者死亡，作品里的人物也自然死亡。

小说人物乃虚构的存在者，不再是有血有肉、有固定本体的人物。这固定本体是一套稳定的社会和心理品性——一个姓名，一种处境，一种职业，一个条件，等等。新小说中的生灵将变得多变、虚幻、无名、不可名、诡诈、不可预测，但这并不意味着他们是木偶。相反，他们的存在事实上将更加真实、更加复杂，更加忠实于生活，因为他们并非仅仅貌如其所是；他们是其真所是：文字存在者。

有人把这种人物形象特征概括为"无理无本无我无绘无喻"。形象的不确定还体现在主人公已经从现代主义的"非英雄"走向了"反英雄"。巴塞尔姆的短篇《辛伯达》有两个主人公：有丰富的航海经验的水手和80年代的美国教师"我"。"我"生活贫困，衣着寒酸，被白天上课的学生看不起，但是诗一般的语言还是打动了学生——"要像辛伯达一样！迎着风浪前进！……我告诉你们，与大海融为一体吧！"学生却说："外面什么也没有。""我"说："你们完全错了，那里有华尔兹、剑杖和耀眼炫目的漂积海草。"这里说的华尔兹，是指小说前面提到的水手辛伯达在他第八次航海失利后向传来华尔兹音乐的树林走去。在此，读者难以分清讲话的人是水手辛伯达还是大学教师"我"，或者他们原本就是同一个人。这种或此或彼的人物形象使任何试图捕捉准确意义的企图都完全落空了，剩下的只能是后现代主义的"怎样都行"，你把它理解成什么，它就是什么。

3. 情节

后现代主义反对故事情节的逻辑性、连贯性和封闭性，认为传统文学所表达的是作家一厢情愿的想象，并非建立在现实生活的基础上。后现代主义把现实时间、历史时间和未来时间随意颠倒，把现在、过去和将来随意置换，将现实空间不断地分割、切断，使作品的情节呈现出多种或无限的可能性。

（二）多元性的创作方法

不确定性的创作原则导致多元化的创作方法，是多视角看问题的产物。这一特征是与世界格局中的政治多极化、经济多元化、生活方式和审美趣味多样化相呼应的。创作方法上的多元性特征主要体现在后现代主义与现实主义、后现代主义与现代主义、后现代主义与通俗文学的融会贯通之中。

1. 后现代主义与现实主义

两者的精神虽然相去甚远，但在表现手法上有一些相似之处，魔幻现实主义就是两者的神奇结合。其总体精神和创作方法具有明显的后现代主义特征，但是从来没有远离过现实主义，所以说，魔幻现实主义首先是对现实的一种态度。马尔克斯内心深处的信念是：优秀的小说应该是现实的艺术再现。

2. 后现代主义与现代主义

在大部分的分歧点上,两者都只存在自觉程度上的差异。所有的后现代主义作家都受到过现代主义作家的影响,许多现代主义作家又常常在作品中表现出某种后现代主义色彩。乔伊斯是现代主义的代表作家,但是近年来又被认为是后现代主义的开拓者。《芬尼根的守灵夜》常常被视为后现代主义的开始,因为它体现了"以自我为中心的现代主义"向"以语言为中心的后现代主义"的过渡。这部作品对语言和文本的实验超出了合理的界限。他创造了"梦语",旨在通过语言创造出一个不同于现实的世界,而不是试图通过某种奇特的语言反映什么,这一类作家还有卡夫卡、福克纳、贝克特等。《第二十二条军规》在总体精神上更多属于后现代主义,而在艺术手法上更多属于现代主义。

3. 后现代主义与通俗文学

精英文化和大众文化的合流是后现代主义的一个特征。现代主义的大师对通俗文学大都抱有冷漠的态度,但是后现代主义的许多作家亲近通俗文学,借鉴通俗文学的形式、母题和技巧,创作了很多重要作品。博尔赫斯《小径分岔的花园》《死亡与罗盘》、格里耶《橡皮》、纳博科夫《微暗的火》、品钦《拍卖第49批》、艾柯《玫瑰的名字》都模仿了侦探小说的样式;冯尼格特《五号屠宰场》、卡尔维诺《宇宙奇趣》、品钦《万有引力之虹》都大量利用了科幻小说的母题和技巧。出现这一特征的原因是第二次世界大战后大众文化在西方整体性的兴起,后现代主义作家发现不能像现代主义那样孤芳自赏,而要搭别人的车演自己的戏。这种融合也反映了在一个变动的时代里,人们力图在理性、秩序和非理性、激情之间寻求平衡的内心欲望。

(三)**语言实验和话语游戏**

现代主义遵循以自我为中心的创作原则,将认识精神世界作为主要表现对象,通常将人的意识、潜意识作为文学作品的重要题材加以描绘,刻意揭示人物的内在真实,进而反映出社会真貌。后现代主义倡导以语言为中心的创作方法,试图通过语言自治的方式使作品成为一个独立的"自身指涉"和完全自足的语言体系,用语言来创造一个新的世界。正如贝克特1932年所说"所有一切归结起来是个词语问题","一切都是词语,仅此而已"。在此基础上，后现代主义首先发难的对象是"现实"的虚假性，即现实只不过是语言虚构的假象。

元小说（反小说）就是对小说这一形式和叙述本身进行反思、解构和颠覆，在形式和语言上导致了传统小说的解体，宣告了传统叙事的无效和虚假。它认为传统小说虚构出一个故事去"反映"虚假的现实，把读者引入双重虚假之中。后现代主义小说家要去揭穿这种欺骗，把现实的虚假和虚构的虚假同时展现在读者面前，促使他们思考。元小说就是"关于小说的小说""小说何以成为小说的小说"。它自我揭示、自我戏仿，把自我操作的痕迹有意暴露出来："小说的真相就是：事实即幻象；虚构的故事是世界的原型。"所以，所谓的现实只存在于用来描绘它的语言中，意义仅存在于小说的创作和解读的过程中。

既然文本与外部世界的关系受到质疑，那么文本与文本之间的关系则凸现出来。这种关系被后结构主义称为"互文性"，"每个文本都是作为一个引文的镶嵌建构起来的，每一个文本都是对另一个文本的吸收和转化"。其含义是每一个文本都是其他无数文本的回声，在这个由无数文本织成的巨大网络中，各个文本之间既相互引发、相互派生，又相互指涉、相互呼应，构成了个别文本存在的基础和前提。甚至有人认为：没有文本，只有文本之间的关系。博尔赫斯的《巴别图书馆》即是一例。互文性导致了后现代主义出现许多策略，最主要的是拼贴和戏仿。戏仿，希腊文原意是"模仿的歌者"。后现代主义之前的戏仿是建构性的，如戏仿史诗的写作，目的是使自己的作品更容易得到接受。后现代主义的戏仿是"解构性"或"断裂性"的，是"带着一种批判的反讽距离的模仿"。巴塞尔姆的邪恶童话《白雪公主后传》是对经典童话的戏仿；福尔斯《法国中尉的女人》戏仿维多利亚时代小说的风格；艾柯《玫瑰的名字》不仅戏仿侦探小说的样式，而且戏仿人物和场景。对于戏仿，有两种不同的评价。其一，戏仿是"平面而无深度的表征"，是在无可依赖之余只好旧事重提，把历史大杂烩七拼八凑地炮制成今天的文化产品；其二，戏仿是"完美的后现代形式"，因为既能感受到作者的虚构性，又会涉及真实历史事件。《卡珊德拉》戏仿了《伊利亚特》，但海伦从来没有到过特洛伊，王子带回的只是幻象，双方的目的是争夺霸权。这种改写否定了男权中心，也是对美苏军备竞赛的影射。

后现代主义文学叙述方式的游戏性，使读者能够从阅读文本中获得极大的愉悦。后现代主义文本是一种"语言构造物"，是一个网状结构，读者可以从任何地方开始阅读，也可以从任何地方停止阅读。读者无须去探求或推敲隐藏在文本之后的内容，他只要关注自己每时每刻的体验和感觉就行。1968年英国小说家B. S. 约翰逊别出心裁地发表了一部装在盒子内、封皮可以移动的散装活页小说，将后现代主义的这种游戏精神发挥到了极致。读者可以随心所欲地将全书松散的27章内容重新排列，任意组合，可以从任何一章开始阅读，开始自己的游戏。

第二节 黑色幽默文学及约瑟夫·海勒的《第二十二条军规》

一、黑色幽默文学

黑色幽默文学是20世纪60年代兴起于美国的一个文学流派，起初被称为荒诞小说、病态幽默、黑色喜剧、绝望的喜剧等。但是，这些作家既没有结社集会，也没有发表过宣言，来阐述他们共同的文学主张。

首先，黑色幽默文学的基础不是乐观，也不是愤怒和轻蔑，而是悲观和极端绝望。冯尼格特（Kurt Vonnegut）曾说"最大的笑声是建筑在最大的失望和最大的恐惧之上的"。表面上的笑声是为了暂时的麻痹，必须用笑来对付伤害了你的事情，使你不至于发疯。讽刺锋芒指向丑恶，黑色幽默文学嘲弄善良，嘲弄受难者，嘲弄自己。如果是描写一位遍体鳞伤的战士在战争中生还，海明威的文字会令人产生同情，但在黑色幽默文学中只有滑稽可笑："可怕的疤痕是具有美感的锦缎和浮雕，面颊上的洞口像额外的嘴巴，这位伤员再也不能对着情人的耳朵讲什么悄悄话了。"《第二十二条军规》常常拿伤兵和尸体开玩笑。冯尼格特则说"一条狗的死亡，一个小说人物的死亡，同香槟酒中的一个泡沫的消亡都一样。"某人患癌症活活痛死，可以称赞他临终前不痛了；夏威夷岛上的每一寸土地属于40个人所有，人们为了充分行使各自的财产权，在每个地方都插上"不准入内"的牌子，为了耕种自己的土地，每个人不得不乘联邦政府提供的大气球，才能降落到自己的土地上而不致侵犯他人的财产。黑色幽默又被称为大难临头时的幽默。"黑色"在英语中有阴沉、暗淡无望的意思，黑色幽默源于一则美国民间笑话，是"把痛苦与欢乐、异想天开的事实与平静得不相称的反映、残忍与柔情并列在一起的喜剧"，孤独的个人无法改变生存的现状，更无法掌握自己的命运，但又不甘于束手就擒，于是只能在无可奈何之中采取"玩世不恭"的态度。

其次，黑色幽默文学没有诗意的抒情性，它给人一种无精打采的感觉，与其说是喜剧，不如说是悲剧。黑色幽默文学通过对照、夸张构成荒诞。《第二十二条军规》里的食堂管理员为了发财，竟然同敌人订立合同，动用自己的飞机轰炸自己的机场，整个机场被炸成了一片火海，唯独不炸跑道和食堂，因为轰炸完毕后飞机还要降落，且有功人员还可以到食堂吃一顿热快餐。在此，炸与不炸就构成对照。

再次，黑色幽默文学中的人物是明智的狂人、清醒的疯子，是反英雄意义上的英雄。黑色幽默文学中的人物要么愤世嫉俗，要么贪生怕死，要么干脆就是疯子。海勒《出了毛病》的主人公是一家大公司的高级职员，物质收入越来越高，对周围神经质的敏感也越来越强烈，总感到什么地方"出了毛病"。他怕关着的门，担心里面有针对他的阴谋在酝酿，可又怕打开门看到里面的罪恶；他的女儿也出了毛病，情绪低落，盼望父母中风、出车祸，或者离婚；他的儿子老是忧心忡忡，害怕被父母处理掉。后来，儿子被汽车撞伤，他把儿子搂在怀里，不料用力过度，把儿子搂死在怀里了。

最后，黑色幽默文学有荒谬的情节和散乱的结构。黑色幽默文学不通过传统意义上的中心线索或核心人物来构思作品，有的人物会反复出现，但前后事件没有必然联系，有的人物则昙花一现；情节之间缺乏逻辑关系，常常只是一个个荒诞的行为和思想的片段组合；叙述、回忆、幻想常常难以区别。冯尼格特说："让人给混乱以秩序，我则给秩序以混乱。"《第二十二条军规》的故事情节并非首尾相接，有意颠倒和重复的地方很多，好像是由许多散文随意组合而成的。作者说，这本书可以任意抽掉一百页，对全书内容也不会有什么影响。尤索林的第44次飞行是作品结构的关键，此前的属于过去的行动，往事通过他下意识的回忆交代出来，心理时间代替了物理时间；从第44次飞行开始现在的行动：装病住院、要求停飞，最后逃亡瑞典。

尽管这条线索多次被往事的回忆干扰，然而这种干扰更突出了他内心的恐惧。这也表现了事实与虚构混淆不清的叙事结构，才不至于流于表面化。

二、《白雪公主后传》

美国作家巴塞尔姆（Donald Barthelme，1931—1989）的《白雪公主后传》乍看上去似乎保留了格林的《白雪公主和七个小矮人》的基本故事情节，但实际上无论其故事情节还是思想内容都与之相去甚远。《白雪公主后传》充满了对传统童话故事的调侃和反叛，是后现代主义文学作品的典型代表。

《白雪公主和七个小矮人》的故事情节和叙事模式是真诚、善良、美丽——与假、恶、丑的艰苦斗争（恶毒的后母）——意想不到的甜美结局。这是很多童话故事的通用模式，这种叙事模式自然是为了说教，即只有真诚、善良才能使人变得美丽，只有经过艰苦的斗争磨炼后才能最终得到幸福，同时告诉我们"善有善报，恶有恶报"的真理。这种道德说教的模式是传统文化用相对稳定的文学模式来把握和构建社会基本道德的一种有效途径。

但是，这种传统童话故事的道德说教模式在《白雪公主后传》里被解构，被拆得七零八碎，像一部精密的机器被拆散后永远也不可能复原。巴塞尔姆用松散的、马赛克般的拼贴法重写了这则童话，尽管他保留了童话中的白雪公主和七个小矮人的基本情节，但是人物完全变了形，故事情节也乱七八糟，很难形成一个逻辑整体。

《白雪公主后传》中，白雪公主受过高等教育，也受到当代女权主义思潮的影响，有一种朦胧的冲动，希望改变现状，实现自我价值，但又无所作为，只是空等着梦想中的"王子"的到来。她与七个矮人同住，组合成一个现代"家庭"，日复一日地过着一成不变的生活，为他们做家务，成了家庭主妇。她郁郁寡欢，却无法从平庸中得到解脱。她盼望故事有一个圆满的结尾，而代表"拯救者"的王子却久盼不来。

七个矮人是作者根据莱斯大学七名男生的性格特点塑造的，因此他们的原型都是现代人，都对现实不满，他们喜欢白雪公主，但谁也无法满足她的感情需求。他们既没有改变现状的能力，又没有表达自己感情的有效方法，唯一的行动是买一条红色的浴巾和浴帘，试图通过这一行为博得白雪公主的欢心，改变"家庭"现状和他们之间的人际关系。

（一）粗俗的年轻妇女

她是个高挑的黑发美人，身上长着许多美人痣：乳房上方有一颗，肚子上方有一颗，膝盖上方有一颗，脚踝上方有一颗，臀部上方有一颗，脖子背上有一颗。这些痣都长在左侧，你朝上看再朝下看，基本排成一列。她头发乌黑如乌檀，肌肤雪白似白雪。

…………

白雪公主在想些什么？没有人知道。今天她走进厨房来要一杯水。亨利给了她一杯水。"你不想问我要这杯水干什么吗？"她问。"我想你是要喝水。"亨利说。"不对，亨利，"白雪公主说，"我口不渴。你没在留意，亨利。你不够警觉。""你要这杯水干什么用，白雪公主？""要让百花齐放，"白雪公主说。说着她拿着这杯水走出了房间。凯文走了进来。"白雪公主在客厅里对我笑了，"凯文说。"闭嘴，凯文。闭嘴，告诉我这是什么意思：百花齐放。""我不知道是什么意思，亨利，"凯文说。"是中国人的话，这点我知道。"白雪公主在想些什么？没人知道。她现在爱穿宽大笨重没有体型的人民志愿军蓝棉袄，而不再穿她从前穿的那种极漂亮的"征服西方"式紧身裤子。从前的裤子令我们赞慕不已。

那个格林童话里的白雪公主消失了，取而代之的是一个另类的、粗俗的年轻妇女形象。这段对话的内容游离了情节中心，由此生发出很多新的内容及意义。从白雪公主走进厨房要一杯水，提到"百花齐放"，而"百花齐放"又让人联想到中国文艺界的方针和政策，似乎又可以让人联想到中国人民志愿军的蓝棉袄。从"蓝棉袄"，读者可以嗅到朝鲜战场的硝烟之味，也可以感受到第二次世界大战之后的世界紧张局势等。由此可见，这段内容是一种意象破碎的文本，它反映了第二次世界大战后人们身上所普遍存在的那种扭曲的精神状态。

（二）把善的社会价值观异化

亨利提着装着西装的塑料袋走回家去。他刚才在冲洗大楼。但他身上有东西在骚动，腹股沟中有东西在突起。他仍然提着桶，拿着绳子。但腹股沟的突起异常庞大。"现在有必要去向她求爱,得到她,穿上这套干净的西装,把指甲一个个剪好,喝点能杀死我口中成百万细菌的东西,说些讨好的话,要机智,要活泼,要精神抖擞,要纠缠不休,还付给她一千美元,所有这一切都是为了安抚腹股沟的这个突起。看来代价不菲。"亨利让他的意念游移到他的腹股沟上。然后他让他的意念游移到她的腹股沟上。女孩子也有腹股沟吗?突起依然存在。"奥利金疗法。那个选择依然存在。至少,那扇门还没有被关上。"

这个片段被称作"亨利的情欲"。亨利是七个"陪伴"白雪公主的男性中的一个。这一段是对他思想行为的描写,与格林《白雪公主和七个小矮人》中的小矮人形成了鲜明的对照。《白雪公主和七个小矮人》中的矮人勤劳、勇敢、善良、聪慧,而《白雪公主后传》中的亨利却是一个无赖和好色之徒。

在宗教信仰衰退的后现代社会,人们变得如此空虚、无聊和颓废,把空虚的精神寄托在颓废的生活上。亨利的情欲让我们很容易想到艾略特《荒原》中的人们在失去宗教信仰之后所表现出来的一派精神荒原的颓废景象。这说明,后现代社会在给人们带来可见的财富和可感的快乐的同时,也加速了他们的道德和精神走向毁灭。小矮人的原型都是现代美国青年,是一群感到与社会格格不入、对现实不满的,但除了满腹牢骚和怪话之外又无所作为的人。这些美国青年正是丧失了宗教信仰之后,社会价值观被扭曲的迷途羔羊。

(三)艺术创作是生产,艺术欣赏是消费(工业化)

这是后现代主义的核心观点之一。文学作品的作者不再是高雅艺术的思想者,他们不再被认为是严肃、高贵的社会价值的捍卫者,而是变成了生产车间的个体老板,只是为了更多地获取产品的剩余价值。他们抛弃了传统的文本模式和写作技巧,他们要对传统的文艺思想进行革命,用新的摄影、电影技术手段从形式上显示出后现代主义的艺术特色,于是便产生了巴塞尔姆的《白雪公主后传》。这部小说就带有明显的艺术生产痕迹。

白雪公主的心理:她期待的是什么?"我的王子总有一天会出现。"白雪公主这话的意思是,在某人前来使之"完整"之前,她个人的生活是不完整的。也就是说,她个人的生活处在"无人相伴"状态(尽管从某种意义上说她有七个男人"伴"着:比尔、凯文、克兰、赫伯特、亨利、爱德华和丹尼)。但在这个特定时刻,"无人相伴"的感觉要比"有人相伴"来得更加强烈、更加真实。这种不完整性成了能够压倒意识提供的所有其他信息的心头之痛。我不赞成那些认为是历史之必然的理论,这种理论把她的行为归结为由个人之外的某些"力量"所主宰。在这一例子上,这种说法没什么道理。白雪公主生活中神秘力量的介入:白雪公主知道一根发声的骨头。这块响骨给她讲了各种各样的故事,使她心神不定,头脑混乱:什么一头熊变成了国王的儿子,什么一条溪流底下藏着无数的财宝,什么水晶匣里有一顶小帽戴上就能隐身。不能继续这样了。这块骨头的行为是不可接受的。必须说服这块骨头把自己限制在自然科学手段所能证实的事件和结果的范畴之内。该由谁去劝说这块骨头。

(虞建华译,上海译文出版社,2005年版。)

　　这段让人感到莫名其妙的文本就是一篇独立的章节,它的特点是为读者提供了断断续续、似乎不太连贯的电影镜头,以突出白雪公主当时那种心猿意马的意想状态,如英俊王子的镜头,响骨在讲故事的镜头,英俊王子变成黑熊的镜头,溪流底下藏着无数财宝的镜头,等等。

　　这些荒谬、怪谲、镜头般的意象在其他后现代主义文学作品里也经常出现,如冯尼格特的小说《时震》。在这部小说里,冯尼格特把每个人、每样东西都从2001年2月13日突然一下子弹回到1991年2月17日,然后让读者不得不一分钟一分钟、一小时一小时、一年一年艰苦地向2001年走去,就好像人在梦中寻找过去丢失的记忆一样,到头来却发现那只不过是残缺的生活片段罢了,实际上可能根本什么都没有发生过。这种梦境般的虚拟存在体现出了后现代主义文学作品的另类精神:虚无、茫然和无奈。①

---

① 参见曹山柯:《从〈白雪公主后传〉看见现代文学作品中的道德嬗变》,载于聂珍钊、邹建军主编:《文学伦理学批评:文学研究方法新探讨》,华中师范大学出版社,2006年版。

三、《第二十二条军规》

（一）"要跑——跑成了"

1961 年，约瑟夫·海勒（Joseph Heller，1923—1999）发表了长篇小说《第二十二条军规》。在这部古怪的小说中，第二次世界大战变成了一名美国空军轰炸机手为了反抗企图害死他的庞大阴谋而进行的惊慌失措的战斗。约瑟夫·海勒修改了关于第二次世界大战的政治和历史议程，把问题转化到个人生存的层面：那个微不足道的名叫尤索林的战士，他最尖锐、最迫切的感受就是：他将死去，这个世界上的一切安排都是为了实现这个阴险目的。对此，他必须猛烈地进行反击。尤索林并非这样想的第一人，他是现代主义军团中的一员，在这个军团中，每个人都意识到正被一种无名的、疯狂的、邪恶的、不可抗拒的巨大力量控制着，这种力量无所不及，使世界变得危机四伏、阴暗险恶。在这样的世界上，"个人"成为毫无意义的支离破碎的幻象。

我们在 20 世纪的世界文学中到处可以看到尤索林式的身影，在卡夫卡的"城堡"里和"法庭"上，在博尔赫斯的"迷宫"中，在加缪的"局外"，甚至在中国现代文学的开山之作《狂人日记》中，我们也马上能够辨析出他的声音："今天，赵家的狗看了我一眼……这种惊恐的声音饱含着对世界之本质的极度不信任。"在这些人的背后，20 世纪冷酷地展开，那是两次世界大战，是奥斯维辛集中营和"古拉格群岛"，是冷战，是跨国资本将人彻底变为消费者和被消费者，使"理性""主体""自由"等现代历史赖以启动的概念越来越像是纯属虚构……

《第二十二条军规》有一种内在的简单，整部小说实际上只有一个动作，即出奔或者逃离。小说的第一句是"这可是实实在在的一见钟情"，紧接着，第二句为"初次相见，尤索林就狂热地恋上了随军牧师"。牧师之职是拯救，当然我们很快就看到，牧师自己在这个疯狂的世界上也是手足无措，小说的方向由此确定，尤索林当然得靠自己，他将不屈不挠地进行自我拯救，他决心逃离。也就是说，这部小说在第一页和最后一页之间是漫长的等待、徒劳的挣扎和纷至沓来的失败，决定性的念头在第一页就有了，但在小说的最后一句中才得以实现。可以想见，填补这漫长的虚空需要多少废话，这个过程积累和消磨了多少怒气，整部《第二十二条军规》就像是一场怒气冲天的嘈杂争辩，尤索林和他的战友们极力想知道那个扣押、囚禁、控制着他们的东西是谁，它的逻辑是什么以及为什么。

对这类东西，从卡夫卡开始的无数作家都力图给它定一个名字，而约瑟夫·海勒的命名最为成功：第二十二条军规。这个词从此成为理性的混乱和疯狂，以及没有来源但专横地钳制众生的权力意志的代名词，通过翻译，它甚至在汉语中也生出了微弱的根须。虽然这个东西并非约瑟夫·海勒发现的，但他为其制作的标签是鲜明有力的，具有美国式的简单和坚决。约瑟夫·海勒还有一种美国式的旺盛精力，当卡夫卡面对这个庞大之物不可自拔地沉思、茫然，将情感、记忆和身体相互割裂开来以平衡惊恐和焦虑时，尤索林却像个大闹天宫的猴子，他要行动、要选择、要坚持他的权利。即使走不动了，他还有一张嘴，他要喋喋不休、手舞足蹈地说，鉴于无从确定哪一个才是他的敌人，他便以语言的暴力去冒犯每个人，但同时，鉴于每个人都是"第二十二条军规"所给定的秩序的共谋者和在场者，冒犯每个人也就是打击了他的敌人。

（二）《第二十二条军规》选段分析

尤索林的 44 次飞行是把握小说结构的关键。此前是属于过去的行动，通过主人公下意识的回忆交代给读者。小说从完成第 44 次飞行任务开始写起，他现在装病住院、装疯要求停飞。

尤索林打定主意要在医院里度过余下的岁月。为了消磨时间，尤索林胡乱写了不少信。病房里规定军官病员得去检查所有士兵病员的来往信件，尤索林便对所检查的信件随意涂改，玩够了他想象出来的种种文字游戏。

尤索林打定主意要留在医院，不再上前线打仗，自此以后，他便去信告知所有熟人，说自己住进了医院，不过从未提及个中缘由。有一天，他心生妙计，写信给每一个熟人，告知他要执行一项相当危险的飞行任务。"他们在征募志愿人员。任务很危险，但总得有人去干。等我一完成任务回来，就给你去信。"但是从那以后，他再也没有给谁写过一封信。

依照规定，病房里的每个军官病员都得检查所有士兵病员的信件，士兵病员只能待在自己的病房里。检查信件实在枯燥得很。得知士兵的生活只不过比军官略多些许趣味而已，尤索林很觉失望。第一天下来，他便兴味索然了。于是,他就别出心裁地发明了种种把戏,给这乏味单调的差事添些色彩。有一天,他宣布要"处决"信里所有的修饰语,这一来,凡经他审查过的每一封信里的副词和形容词便统统消失了。第二天,他又向冠词开战。第三天,他的创意达到了更高点,把信里的一切全给删了,只留下冠词。他觉得玩这种游戏引起了更多力学上的线性内张力,差不多能使每一封信的要旨更为普遍化。没隔多久,他又涂掉了落款部分,正文则一字不动。有一次,他删去了整整一封信的内容,只保留了上款"亲爱的玛丽",并在信笺下方写上:"我苦苦地思念着你。美国随军牧师Ａ·Ｔ·塔普曼。"Ａ·Ｔ·塔普曼是飞行大队随军牧师的姓名。

当他再也想不出什么点子在这些信上面搞鬼时,他便开始攻击信封上的姓名和地址,随手漫不经心地一挥,就抹去了所有的住宅和街道名称,好比让一座座大都市消失,仿佛他是上帝一般。第二十二条军规规定,审查官必须在自己检查过的每一封信上署上自己的姓名。大多数信尤索林看都没看过。凡是没看过的信,他就签上自己的姓名;要是看过了的,他则写上"华盛顿·欧文"。后来这名字写烦了,他便改用"欧文·华盛顿"。审查信件一事引起了严重反响,在某些养尊处优的高层将领中间激起了一阵焦虑情绪。

....

医院里有一位得克萨斯人,他看上去像彩色电影里的人物,而且富于爱国精神。他总惹得人心烦意乱,浑身不自在,心生厌恶,所以大家全都躲着他,除了那个全身素裹的士兵以外,因为他根本没办法动弹,全身上下都裹着石膏和纱布,双腿双臂已全无用处。他是趁黑夜没人注意时被偷偷抬进病房的。直到第二天早晨醒来,大伙儿才发现病房里多了他这么个人,他的外观实在古怪得很:双腿双臂全都被垂直地吊了起来,并且用铅砣悬空固定,只见黑沉沉的铅砣稳稳地挂在他的上方。他的左右胳膊肘内侧绷带上各缝入了一条装有拉链的口子,纯净的液体从一只明净的瓶里由此流进他的体内。在他腹股沟处的石膏上安了一节固定的锌管,再接上一根细长的橡皮软管,将肾排泄物点滴不漏地排入地板上一只干净的封口瓶内。等到地板上的瓶子满了,从胳膊肘内侧往体内输液体的瓶子空了,这两只瓶子就会立刻被调换,液体便重新流入他的体内。这个让白石膏白纱布缠满身的士兵,浑身上下唯有一处是他们看得到的,那就是嘴巴上那个皮开肉绽的黑洞。

他认为,有财产的人物——也就是体面人士,同没有财产的人——流浪汉、妓女、无神论者、下等人等相比,理应得到较多的选票。这个成天龇牙咧嘴傻笑的爱国者,不消十天就把病房所有病人都赶回他们各自原来的岗位上去了——剩下的一人,也因感冒而转成了肺炎。

黑色幽默的笔法在"两个瓶子互换"这一经典细节上得到充分体现。冷漠、无动于衷甚至滑稽轻松的叙述笔调,非常详细的描述,产生了一种效果:越详细,越真实,荒诞的气息就越浓烈,越令人喘不过气来。这明显受到了存在主义文学和新小说派的影响。

这笑话实在是骇人听闻。丹尼卡医生没有笑。直到后来,尤索林执行一次飞行任务返回,又一次恳请丹尼卡医生准许他停飞——自然,他去见丹尼卡医生,实在是不抱任何希望的,这时,丹尼卡医生才窃笑了一下,但没一会儿,他便沉思起自己的种种棘手事来。其中就有与一级准尉怀特·哈尔福特之间的纠葛。那天整整一个上午,一级准尉怀特·哈尔福特一直向他挑战,要跟他角力,决一雌雄。此外,还有尤索林,这家伙竟当即拿定主意,要装疯卖傻。

"你是在浪费时间,"丹尼卡医生不得不跟他这么说。

"难道你就不能让一个疯子停飞?"

"哦,当然可以。再说,我必须那么做。有一条军规明文规定,我必须禁止任何一个疯子执行飞行任务。"

"那你为什么不让我停飞?我真是疯了。不信,你去问克莱文杰。"

"克莱文杰?克莱文杰在哪儿?你把克莱文杰找来,我来问他。"

"那你去问问其他什么人。他们会告诉你,我究竟疯到了什么程度。"

"他们一个个都是疯子。"

"那你干吗不让他们停飞?"

"他们干吗不来找我提这个要求?""因为他们都是疯子,原因就在这里。"

"他们当然都是疯子,"丹尼卡医生回答道。

"我刚跟你说过,他们一个个都是疯子,是不是?你总不至于让疯子来判定,你究竟是不是疯子,对不?"

尤索林极严肃地看着他,想用另一种方式试试。"奥尔是不是疯子?"

"他当然是疯子,"丹尼卡医生说。"你能让他停飞吗?"

"当然可以。不过,先得由他自己来向我提这个要求。规定中有这一条。"

"那他干吗不来找你?"

"因为他是疯子,"丹尼卡医生说,"他好多次死里逃生,可还是一个劲地上天执行作战任务,他要不是疯子,那才怪呢。当然,我可以让奥尔停飞。但,他首先得自己来找我提这个要求。"

"难道他只要跟你提出要求,就可以停飞?"

"没错。让他来找我。"

"这样你就能让他停飞?"尤索林问。"不能。这样我就不能让他停飞。"

"你是说这其中有个圈套?"

"那当然,"丹尼卡医生答道,"这就是第二十二条军规。凡是想逃脱作战任务的人,绝对不会是真正的疯子。"

这其中只有一个圈套,那便是第二十二条军规。军规规定,凡在面对迫在眉睫的、实实在在的危险时,对自身的安危所表现出的关切,是大脑的理性活动过程。奥尔是疯了,可以获准停止飞行。他必须做的事,就是提出要求,然而,一旦他提出要求,他便不再是疯子,必须继续执行飞行任务。如果奥尔继续执行飞行任务,他便是疯子,但假如他就此停止飞行,那说明他神志完全正常,然而,要是他神志正常,那么他就必须去执行飞行任务。假如他执行飞行任务,他便是疯子,所以就不必去飞行;但如果他不想去飞行,那么他就不是疯子,于是便不得不去。第二十二条军规这一条款,实在是再简洁不过,尤索林深受感动,于是,很肃然地吹了声口哨。

"这第二十二条军规,实在是个了不起的圈套,"他说。

"绝妙无比。"丹尼卡医生表示赞同。

尤索林很清楚,第二十二条军规用的是螺旋式的诡辩。其中各个组成部分,配合得相当完美。这种配合极是简洁精确——优雅得体却又令人惊异,与优秀的现代艺术相仿。但有时,尤索林又没什么把握,究竟自己是否通晓这第二十二条军规,就像他从来没有真正理解优秀的现代艺术一样,也如同他从来就不怎么相信奥尔在阿普尔比的眼睛里见到苍蝇一般。他听了奥尔说的话,竟信了阿普尔比的眼睛里有苍蝇。

"噢,他的眼睛里的确有苍蝇,"一次,尤索林和阿普尔比在军官俱乐部打架之后,奥尔深信不疑地对尤索林说,"或许连他自己还不知道。"

"第二十二条军规"是一个自相矛盾的圈套,隐喻了某种悖论般的荒谬处境。在这里,战争的荒谬只是世界荒谬的一种极端形式。而且,这种荒谬感并不是作者在战争中的原初体验,用他的话说,即产生于战后的危机体验。"第二十二条军规"的荒谬性,象征了后现代社会一种谁也看不见却无处不在、谁也无法挣脱的控制。

当然,这里有骗人的东西。
"你是说第二十二条军规吗?"尤索林问。
"当然啰,"科恩中校在漫不经心地摆了摆手,稍带傲慢地点了点头,把神气活现的大个儿宪兵赶走之后,愉快地回答。像往常一样,他在最能表现得玩世不恭的时候,总是流露出最轻松愉快的神情。他凝视着尤索林,两眼在无边的方形眼镜后面闪烁着狡诈而得意的光芒。"说到头,我们不能仅仅因为你拒绝执行更多的飞行任务就把你遣送回国,而让其他的人留在这儿,对吗?这对他们来说是很不公平的。"

"你说的很对!"卡斯卡特上校突然开口说,他像一只气喘吁吁的公牛似的粗野地来回踅着,一面愤怒得噘着嘴喘气。"我倒想把他的手脚捆绑起来,每次执行任务都把他扔在机舱里。这就是我的意见。"

科恩中校示意叫卡斯卡特上校不要说话,然后微笑着对尤索林说道:"你要知道,你确实叫卡斯卡特上校十分为难。"他轻率而愉快得说,仿佛这件事一点也没有使他不高兴。"弟兄们不开心,士气在低落下去,这都是你的过错。"

"这是你们的过错,"尤索林争辩说,"因为你们不断增加执行任务的次数。"

"不,这是你的过错,因为你拒绝执行飞行任务,"科恩中校反驳,"以往弟兄们全都十分乐意去执行我们所规定的飞行任务,因为他们想除此以外别无他去。现在,你给了他们希望,他们不开心了。因此,这都应归罪于你。"

"他难道不知道现在是在打仗吗?"卡斯卡特上校很不高兴地问,他一眼也不看尤索林,继续来回踱步。

"我断定他是知道的,"科恩中校回答,"这也许就是他拒绝执行飞行任务的缘故。"

"难道这对他没有什么不同吗?"

"你知道现在是打仗,就不会这么坚决地拒绝参加作战了,是吗?"科恩中校模仿着卡斯卡特上校的口吻,严肃而挖苦地问。

"那可不会,长官,"尤索林回答说,几乎也要对科恩中校笑起来了。

"我也担心是这样,"科恩中校意味深长地叹了口气说,一面把两只手的手指舒适地扣在一起,搁在他那光滑、宽阔、发亮而微带褐色的秃顶上。"凭良心讲,我们确实没有亏待过你,你说是吗?我们给你吃得饱饱的,按时给你发饷。我们给了你一枚勋章,还让你当上了上尉。"

"我真不该提升他当上尉的,"卡斯卡特上校十分怨恨地喊道,"他那次去弗拉拉执行任务把事情搞得乱七八糟,而且在目标上空还兜了两圈,我当时就应该把他交给军事法庭的。"

"我叫你不要提升他,"科恩中校说,"可你就是不听我的话。"

"没有,你没有这么说。相反,是你叫我提升他的,不是吗?"

"我叫你不要提升他,可你就是不肯听。"

"我当时听你的就好了。"

"你从来也没有听过我的话,"科恩中校很感兴趣地坚持说,"就因为这样,咱们才落到了这个地步。"

"好吧,唉!不要再啰嗦了,成吗?"卡斯卡特上校把两手深深地插进口袋,没精打采地转过身去。"你别一个劲儿指责我,干嘛不动点脑筋考虑考虑咱们现在该拿他怎么办?"

"看来咱们只好把他送回国去。"科恩中校从卡斯卡特上校这边转过身来对着尤索林,扬扬得意地格格笑了起来。"尤索林,对你来说战争已经结束了。我们准备送你回国。你知道,你实在不该受到这样的待遇,可这正是我愿意送你回国的原因之一。目前，既然我们没有什么别的可以冒险来处置你的办法，我们就决定送你回国去。这笔小交易我们已经计划好了。"

"什么样的交易？"尤索林猜疑不信地反问。

科恩中校把头往后一仰，哈哈大笑起来。"嘿，是一笔非常卑鄙的交易，这可一点不含糊。实在令人恶心啊！不过你就会很快就接受这笔交易的。"

（南文、赵守垠、王德明译，主万校，上海译文出版社，1981年版。）

《第二十二条军规》永远与另一个词"黑色幽默"联系在一起。1965年，美国作家弗里曼将约瑟夫·海勒等十二人的小说片段编为《黑色幽默》一书，从此，这个词作为20世纪60年代小说精神的重要标志而广为人知，《第二十二条军规》则成为"黑色幽默"的正典。当"幽默"成为"黑色"时，真正发生的事情绝不仅仅是从黑暗中看到幽默或以幽默对待黑暗，绝没有那么温良恭俭让，绝不是什么含泪的微笑。黑色幽默是一种颠覆性的语言暴力，是以残酷应对残酷、以不讲理应对不讲理，是光脚的不怕穿鞋的，是将世上的一切事物从给定的秩序中释放出来，打碎一切等级和界限，在事物和事物之间强行建立突兀、荒谬、不合理、不自然的联系。它要打破世界的光滑外壳，暴露出它的疯狂和混乱——这完全符合尤索林们的利益，在混乱中他们才有出奔和逃离的希望。

而约瑟夫·海勒证明，他作为小说家的主要才能就是制造这种语言的混乱，他是胡搅蛮缠、东拉西扯的大师，是诡辩、悖论、强词夺理的大师，他在《第二十二条军规》中全力以赴地证明了一件事，就是在那个非理性的世界上，一个人只有靠他以语言制造混乱的能力才能确认他的存在。

时至今日，黑色幽默已是文学史上的陈迹，而黑色幽默式的话语方式也已广布于西方和中国的大众文化之中，成为后现代秩序的一部分，我们甚至能在周星驰的电影里听到尤索林式的诡辩。但是，读《第二十二条军规》依然令人激动，我们能够强烈地感觉到在那疯狂饶舌的话语奇观中贯彻着的巨大焦虑和英雄气概。尤索林是最后的后现代主义英雄之一，在后现代主义人物谱系中，他是极少数真正决心行动并最终行动的人。当然，如果我们认为英雄应该无所畏惧，那么尤索林确实怕死。

第三节 魔幻现实主义及马尔克斯的《百年孤独》《霍乱时期的爱情》

一、魔幻现实主义

魔幻现实主义在20世纪六七十年代的繁荣,被称作"拉美文学的爆炸"。它的产生有三个原因。第一,拉美意识的觉醒。拉美许多国家在20世纪以前一直是西方国家的殖民地,在反抗殖民统治的民族解放斗争中,独立、民主、自由成为拉美人民奋斗的目标。第二,复杂的文化结构。黑人、白人以及混血人的宗教、习俗、观念交叉渗透。第三,移植与寻根的成功结合。它既开掘现实,又反思历史;既对本土传统文化寻本探源,又对西欧现代派广泛吸收。

魔幻现实主义的基本特征是变现实为幻想而不失其真。现实包括社会现实和历史现实,作家们都怀着强烈的责任感和使命感从事创作,着力于表现现实的严峻和残酷,从根本上讲,魔幻现实主义是一种现实主义。但是,作家们又不拘泥于传统现实主义的反映论,而是变现实为魔幻。魔幻色彩包括梦幻、神话、荒诞等,是一个真假难辨的艺术世界。与此同时,魔幻又能在现实中找到对应点,不失其真。拉美作家所理解的现实与我们所理解的现实是不同的:忽视细节的真实,细节真实是指想象与历史真实的统一。"Magic"一词在西方语言中有魔术的、神奇的、机巧的、突变的、不可思议的、出乎意料的等含义,但没有幻想的、幻觉的意思。它被译成魔幻容易使人误解为荒诞不经或者幻想,忽视作品里的东西的真实性。魔幻现实主义一词最早出现于1925年,出自德国的一部画论,后经西班牙转载于1948年进入拉美,指的是"对现实的神秘看法,对生活的诗意猜测"。我们可以从以下两方面来理解:

第一,现实中的神奇。古巴作家卡彭铁尔曾在一次演讲中说,1943年他偶然来到海地,在那里看到了一个魔幻世界的奇迹。整个地方处在富有生气的原始状态。一切都如同天造地设,像超现实主义精心虚构的一般。于是,在他心中产生了一种概念并且扎下了根,这就是所说的神奇现实。它是生动的、原始的,整个拉美无所不在。在这里,奇妙的现象是天天可见的、永远可见的。卡彭铁尔《这个世界的王国》以黑人的意识再现了海地黑人的几次起义和独裁者统治海地的情景,并且指出魔幻现实主义的立足点是拉美的现实,要用神奇的手法表现拉美的现实。马尔克斯在《再议文学与现实》中说"在这个世界的交叉路口,形成了一种无边无际的自由感,一种无法无天的现实","我们谈到河流时,欧洲读者最多会想到2790公里的多瑙河,他很难想到5500公里的亚马逊河的情景,有的地方的河面比波罗的海还要辽阔,20世纪初的一个探险家在上游见过一条沸水河,鸡蛋放进去5分钟就熟,一个地方不能说话,不然会引起倾盆大雨;我常几小时地看着一个坛子里蹦蹦跳跳的豆子出神","我甚至认为得奖不仅仅是因为文学形式,主要是非同寻常的现实。70年代的一位合法总统,官邸一片火海,他一人蹲在战壕里和一支军队战斗后死去,在这段时间,国内发生了5次战争17次政变。无数的孕妇被带到阿根廷的监狱分娩,直到今天,这些孩子的身份仍然不清,被领养被送人","在拉美,一夜之间强盗变成了国王,逃犯变成了将军,妓女变成了总督"。

超现实主义的神奇是下意识的神奇,毫无逻辑的事物的巧合,像变戏法似的把一些毫不相干的东西捏合在一起,可以称为制造神奇,如"雨伞和缝纫机同时出现在解剖台上"。魔幻现实主义深受超现实主义文艺观的影响,"神奇的事物是美的"。卡彭铁尔说:"拉丁美洲的生活,从根本上讲,就是不连贯,异乎寻常的怪诞。在拉丁美洲,一切都显得不合常规:崇山峻岭绵延无际,群峰叠嶂杳无人烟,瀑布千仞凌虚而下,荒原广漠无边无沿。密林深处虚实莫测,繁华城市建在飓风常常袭击的内地,古代的和现代的、过去的和未来的交织在一起,现代化的科学技术和封建残余结合在一起,史前状态和乌托邦共生共存。在现代化的城市里,高耸入云的摩天大楼与印第安人原始集市为邻,一边是电气化,一边是巫师叫卖护身符。"[①]

魔幻现实主义则是将迷离幻觉与惊心现实融为一体,在更为本质的程度

[①] 转引自陈光孚:《魔幻现实主义》,花城出版社,1986年版,第22~23页。

上抨击拉美的污秽与落后。危地马拉作家阿斯图里亚斯的《总统先生》刻画了一个无道的独裁者总统形象:"只要人们一提起他的名字,连街上的石子都会恐惧得发抖。"这部小说以危地马拉的军事独裁血腥统治为背景,进行艺术加工和升华,从而广泛地反映了整个拉丁美洲是一座暗无天日的黑暗地狱。警官松连特上校由于随意行凶杀人,被打死了。残暴而又阴险的总统,想嫁祸于他的敌人卡纳莱斯将军和阿维尔硕士,于是立即杀害了阿维尔,由于卡纳莱斯是个军人,一时难以下手,总统便命令自己的亲信米格尔假装好意,悄悄告诉将军说总统打算干掉他,劝他赶快逃走。逃跑本身就是犯了大罪,总统就可以杀他了。但将军逃跑后起义了,将军的女儿卡米拉在父亲逃走后家里被查抄,亲友都不理她,她忧急过度,害了重病。米格尔爱她、同情她,决定和她结婚。阴险狡诈的总统故意在报上发表这两个人结婚的消息。将军从报上看到女儿和敌人结婚的消息后,竟气死了。总统因亲信米格尔与将军的女儿结婚,对他怀恨在心,后来派米格尔到美国出差,途中秘密逮捕了他,还让他听到卡米拉做了总统情人的假消息,使他身心受尽折磨。实际上,卡米拉在到处奔波寻找自己的丈夫,在贫穷、愁苦、焦急中得了肺病,最后她只好带着孩子到乡村度过余生。

鲁尔弗的《佩德罗·巴拉莫》为魔幻现实主义竖起了第一面大旗。大庄园主唐卢卡斯生性凶残,被他的雇工杀死了。他的儿子佩德罗·巴拉莫追求美丽的姑娘苏萨娜没有成功,及至长大后,也成了暴虐、凶狠的庄园主。他手里地产不多,野心很大,仇恨一切人。他善于经营,同时又十分奸猾,不择手段地掠夺坑骗,横行乡里,鱼肉百姓,渐渐地把科马拉村的土地全部据为己有。他千方百计地抵赖债务、侵吞土地、谋财害命,做尽了伤天害理的坏事。当他做牲口买卖赔本欠债后,为了免债,他同债权人、女庄园主多萝莱丝结婚,将她的财产抓到手里,又逼得她远走他乡,最后含恨而死。他派人吊死了地主阿尔特莱特,为的是夺取他的全部财产。周围的人对他敢怒不敢言,他到处奸污妇女,私生子多得连自己也数不清。1910 年革命爆发,他舍财资助,派三百人参加起义军,篡夺了领导权,把革命军队变成了土匪军队。他的儿子米盖尔依仗父亲的权势,同他一样飞扬跋扈,成天在外强奸妇女,杀害人命,村里半数的姑娘被他蹂躏。直至有一天晚上他出去找女人,坠马摔死。佩德罗·巴拉莫直到晚年才把自己心爱的女人苏萨娜弄到了手。苏萨娜曾被亲生父亲强奸，佩德罗设法杀死了她父亲，与她结了婚。但是她变成了疯子，不久就死去了。长久以来，科马拉村的居民们恨透了他，盼望他倒霉，他们把苏萨娜的丧期当成了欢天喜地的节日。佩德罗带着疯狂的复仇心理，一怒之下让村庄荒芜，逼迫百姓们远走他乡谋生。一天，他的一个私生子、赶驴人阿文迪奥来请求他援助，他也不愿帮忙，阿文迪奥喝醉酒后砍死了佩德罗。从此，科马拉村也在饥馑中"死"去了。后来，佩德罗的一个儿子普雷西亚多从远方回来寻找从未见过面的父亲，由异母兄弟的阴魂带到了科马拉村。普雷西亚多本希望看到母亲回忆中的美丽的故乡，看到精心耕种的绿野和村中快乐的人们。然而，他看到的却是一个"死亡"的，充满了私语、回声、阴影和痛苦的亡灵的村庄。他从满村的幽灵那里了解了村中发生的一切，以及有关佩德罗·巴拉莫的种种传说，在这人间阴世的环境里，他觉得很可怖，最后自己也死在了这里。最终，这块地方成了鬼的世界，到处鬼魂游荡，时空颠倒，不受任何束缚。

马尔克斯1975年发表的《家长的没落》（又译《族长的没落》）的主人公尼卡诺尔是对拉美许多独裁者的艺术概括。尼卡诺尔把国家的一切主权都卖给了外国人，对内则谎称瘟疫流行，实行戒严，任意处置对他不满的"病人"。大屠杀反而引发瘟疫，吓得外国占领军慌忙撤退，撤退时把房子拆成零件带走了，甚至把大海也切成块带走了，只留下了光秃秃的石头。尼卡诺尔走投无路，趴在地上死去了。大家都不敢相信他确实已死，即使秃鹰已经在吃他的肉了，因为他曾经假死过一回，用替身作掩护，当人们为此欢庆时，他突然复活，下令逮捕那些兴高采烈的人，并处以极刑。他的妻儿被狗咬，他便下令在全国大开杀戒。对哗变的军队实行大屠杀，尸横遍野。"他的政务公事极为简单，不过就是把这边的门卸下来安到那边去，然后再卸下来安在原处；让钟楼在2点时敲12下，以便使生命显得更长一些。"马尔克斯在《番石榴飘香》中说："独裁是拉美文学有史以来一个永恒的主题，还会继续下去。这很容易理解，因为独裁者是拉美特有的人物。"

卡夫卡的神奇是一种对人类异化的方式，是故意的歪曲。魔幻现实主义的神奇虽不完全是客观存在的真实事物，却是信仰上的真实事物，是用原始神话来表现现实生活。在印第安人的传说里，生与死本来就是一对相互补充的循环。他们这样讴歌生死：吾辈死去，却会死而复生，生命倘得延续，吾辈当不胜欣喜。《百年孤独》中的俏姑娘升天,她早已知道死期,给村里人死去的亲人带口信,村里人也像平常事一样对待,她最后坐在床单的一角缓缓飘到空中。阿斯图里亚斯说:"一个印第安人或混血儿,居住在偏僻的山村,叙述他如何看见一朵彩云或一块巨石变成一个人或一个巨人,或者彩云变成石块。这些,外村人听了觉得可笑,不会相信。然而一旦生活在他们中间,你就会意识到这些故事的分量。"

第二,文学是叙说真情的谎言。马尔克斯说:"小说是用密码写就的现实,是对世界的揣度。"换句话说,小说要通过魔幻境界折射现实。魔幻现实主义的作品是拉美人几千年生存经验的积淀,是对他们受苦受难的补偿,表现了他们的情感。马尔克斯认为,"与其说马贡多是世界上的某个地方,还不如说是某种精神状态"。阿斯图里亚斯《总统先生》中的乞丐昏迷中听到的鸟语道出了印第安人和混血人种看待生活的观念:"我是极乐鸟的苹果和玫瑰。我就是生活。我的身体一半是谎言,一半是真话。我给大家一双眼睛,一只是玻璃的,一只是真的。用玻璃眼睛看到的只是梦魇,用真眼看到的才是真实。我是生活,我是极乐鸟的苹果和玫瑰。我是一切真实事物的谎言,一切虚构的真实。"[①] 真假在一体,梦魇和现实在一体。

二、《百年孤独》

(一)《百年孤独》的叙事

《百年孤独》是马尔克斯对童年生活情绪记忆的追叙。在他的情绪记忆中,童年时代对世界和人类的认识是神话式、幻想式的,世界就像吉卜赛人手中玩的魔术,是不可思议的。而作者所做的工作,与其说是他创造了一个魔幻世界,还不如说是一个成年人仅仅把童年时代所经历过的不可思议的事情通过卓越的叙事技巧表现出来而已,为他童年时代所经历、所遭受的全部体验寻找一个完美无缺的文学归宿,"我的童年是在一个景况悲惨的大家庭度过的。我有一个妹妹,她整天啃泥巴,一个外祖母,酷爱占卜算命;还有许许多多彼此名字相同的亲戚,他们从来也搞不清什么是真正的幸福,为什么患了痴呆症会感到莫大的痛苦"。

[①] 转引自李德恩:《拉美文学流派与文化》,上海外语教育出版社,2010年版,第219页。

1. 三个叙事系统

《百年孤独》的叙事视点明显是以霍塞·阿卡迪奥·布恩地亚家族为中心而展开的，然后推及整个马贡多镇。这一叙事视点涵盖了三个叙事系统：阿卡迪奥系统、奥雷良诺系统和整个庞大家族的女性系统。叙事起点是从霍塞·阿卡迪奥·布恩地亚和乌苏拉两人表兄妹之间的近亲结婚开始的，因此，这个家族的延续从一开始就打上了"原罪"的印迹。他们从一开始就担心会生出蝴蝎或长猪尾巴的孩子，这种先天性的预感为家族的衰败和马贡多镇的毁灭埋下了宿命的种子，注定了布恩地亚家族在这世上要遭受无数打击和数不清的灾难，也为家族后代乱伦或多或少提供了遗传基因。霍塞·阿卡迪奥·布恩地亚和乌苏拉结婚后生有两男一女，长子霍塞·阿卡迪奥，次子奥雷良诺，女儿阿玛兰塔。

阿卡迪奥系统的人物基本上把精力耗在与情人、妓女的鬼混中，把家庭财产大把大把地耗费在她们身上。最后一个阿卡迪奥是一个神学院学生，是这个古老家族的希望，后来从罗马回到马贡多，但他并未摆脱这个从祖宗那里继承下来的遗传基因，在马贡多沉溺于女色而不能自拔。当还是个少年的时候，他就欲与比他大几十岁的阿玛兰塔乱伦，遭到拒绝。他捣毁了象征这个家族财产根基的房屋，挖出奥雷良诺战争时期充作军费开支的三袋金币，却莫名其妙地死于与他周旋的四个青年手下，被溺死于水中，死之前还念念不忘阿玛兰塔。这个叙事系统人物的典型意义在于，他们都是放纵自己情欲的原始自然人，他们为了感官快乐而敢于践踏神圣的理性和道德规范，最终只能由别人来安排自己的死亡。

奥雷良诺系统相比于阿卡迪奥系统的人物来说，他们是较有理智、勇于探求知识的男人。他们继承了霍塞·阿卡迪奥·布恩地亚身上勇于追求智慧的特质，对金鱼、炼金术等感兴趣，所有的奥雷良诺都勇敢、坚强、有毅力，但所有的奥雷良诺也十分孤独。奥雷良诺上校是这个家族中经历最复杂、最富传奇色彩的男人，他为了自由和平等才参加自由党的起义，却是一个独裁者。《百年孤独》中，一个被判死刑的人对奥雷良诺上校说："我担心的是，你这么痛恨军人，这么起劲地跟他们打仗，又这么一心一意地想效仿他们，到头来你自己会变得跟他们一模一样。照这样下去，你会变成我国历史上最暴虐最残恶的独裁者。"到最后，奥雷良诺上校自己也不知道为何而战，晚年他厌倦了战争，厌倦了纷繁的尘世生活，永远回到了父辈从事过的实验中去，回到了属于自己的那一小片天空里，孤独而死。最后一个奥雷良诺是吉卜赛人墨尔基阿德斯那神秘的羊皮手稿的破译者，也是唯一因为爱情才结婚的男人，但最后才明白自己的妻子其实是他的姑母。妻子生下了象征整个家族和整个马贡多镇灭亡的猪尾巴孩子后，大出血而死。他为了弄清家族的命运，一头扎进对羊皮手稿的破译中。他是家族中最后一个孤独者，在孤独中译出了预言："家族中的第一个人将被绑在树上，家庭中的最后一个人将被蚂蚁吃掉。"随后是一阵飓风卷走了马贡多，结束了整个家族百年孤独的历史。对于这两个叙事系统，作者赋予了一条非常容易掌握的规律：阿卡迪奥们总是使这个家族延续香火，奥雷良诺们则相反。只有一个例外，即何塞·阿卡迪奥第二和奥雷良诺第二这一对孪生兄弟，也许是因为他们长得完全一样，从小就混淆了。

小说第二章对布恩地亚杀死邻居和离开故土进行了描述：

16世纪，乌苏拉的曾祖母被海盗围攻家乡的当当的警钟声和隆隆的炮击声吓坏了，由于神经紧张，竟一屁股坐在生了火的炉子上。因此，曾祖母受了严重的灼伤，再也无法过夫妻生活。她只能用半个屁股坐着，而且只能坐在软垫子上，步态显然也是不雅观的；所以，她就不愿意在旁人面前走路了。她认为自己身上有一股焦糊味儿，也就拒绝跟任何人交往。她经常在院子里过夜，一直待到天亮，不敢走进卧室去睡觉：因为她老是梦见英国人带着恶狗爬进窗子，用烧红的铁器无耻地刑讯她。她给丈夫生了两个儿子；她的丈夫是西班牙的商人，把自己的一半钱财都用来医治妻子，希望尽量减轻她的痛苦。最后，他盘掉自己的店铺，带着一家人远远地离开海滨，到了印第安人的一个村庄，村庄是在山脚下，他在那儿为妻子盖了一座没有窗子的住房，免得她梦中的海盗钻进屋子。

在这荒僻的村子里，早就有个西班牙人的后裔，叫作布恩地亚，他是栽种烟草的；乌苏拉的曾祖父和他一起经营这桩有利可图的事业，短时间内两人都建立了很好的家业。多少年过去了，西班牙后裔的曾孙儿和乌苏拉结了婚。每当丈夫的荒唐行为使乌苏拉生气的时候，她就一下子跳过世事纷繁的三百年，咒骂海盗围攻的日子。不过，她这么做，只是为了减轻心中的痛苦,实际上,把她跟他终生连接在一起的,是比爱情更牢固的关系:共同的良心谴责。乌苏拉和丈夫是表兄妹。他俩是在古老的村子里一块儿长大的,由于祖祖辈辈的垦殖,这个村庄已经成了全省最好的一个。尽管他俩之间的婚姻是他俩刚刚出世就能预见的,然而两个年轻人表示结婚愿望的时候,双方的家长都反对。几百年来,两族的人是杂配的,他们生怕这两个健全的后代可能丢脸地生出一只蜥蜴。这样可怕的事已经发生过一次……19 岁的布恩地亚无忧无虑地用一句话结束了争论:"我可不在乎生出猪崽子,只要他们会说话就行。"于是他俩在花炮声中举行了婚礼,铜管乐队一连闹腾了三个昼夜。在这以后,年轻夫妇本来可以幸福地生活,可是乌苏拉的母亲却对未来的后代作出不大吉利的预言,借以吓唬自己的女儿,甚至怂恿女儿拒绝按照章法跟他结合。她知道丈夫是个力大、刚强的人,担心他在她睡着时强迫她,所以,她在上床前,都穿上母亲拿厚帆布给她缝成的一条衬裤:衬裤是用交叉的皮带系住的,前面用一个大铁扣扣紧。夫妇俩就这样过了若干年,白天,他照料自己的斗鸡,她就和母亲一块儿在刺绣架上绣花。夜晚,年轻夫妇却陷入了烦恼而激烈的斗争,这种斗争逐渐代替了爱情的安慰。只是,机灵的邻人立即觉得情况不妙,而且村中传说,乌苏拉出嫁一年以后依然是个处女,因为丈夫有点儿毛病。布恩地亚是最后听到这个谣言的。

"乌苏拉,你听人家在说什么啦,"他向妻子平静地说。

"让他们去嚼舌头吧,"她回答,"咱们知道那不是真的。"

他们的生活又这样过了半年,直到那个倒霉的星期天,布恩地亚的公鸡战胜了邻居的公鸡。输了的邻居一见鸡血就气得发疯,故意离开布恩地亚远一点儿,想让斗鸡棚里的人都能听到他的话。

"恭喜你呀!"他叫道。"也许你的这只公鸡能够帮你老婆的忙。咱们瞧吧!"

布恩地亚不动声色地从地上拎起自己的公鸡。"我马上就来,"他对大家说,然后转向邻居:

"你回去拿武器吧,我准备杀死你。"

过了十分钟,他就拿着一只粗大的标枪回来了,这标枪还是他祖父的。斗鸡棚门口拥聚了几乎半个村子的人,邻居正在那儿等候。他还来不及自卫,布恩地亚的标枪就击中了他的咽喉;标枪是猛力掷出的,非常准确;由于这种无可指责的准确，布恩地亚的曾祖父从前曾消灭了全区所有的豹子。夜晚在斗鸡棚里，亲友们守在死者棺材旁边的时候，布恩地亚走进自己的卧室，看见妻子正在穿她的贞节裤。他拿标枪对准她，命令道："脱掉！"乌苏拉并不怀疑丈夫的决心。"出了事，你负责，"她警告说。布恩地亚把标枪插入泥地。

"你生下蜥蜴，咱们就养蜥蜴，"他说，"可是村里再也不会有人由于你的过错而被杀死了。"

这是一个美妙的六月的夜晚，月光皎洁，凉爽宜人。他俩通宵未睡，在床上折腾，根本没去理会穿过卧室的轻风，风儿带来了邻居亲人的哭声。

人们把这桩事情说成是光荣的决斗，可是夫妇俩却感到了良心的谴责。有一天夜里，乌苏拉还没睡觉，出去喝水，在院子里的大土罐旁边看见了邻居。他脸色死白、十分悲伤，试图用一块麻屑堵住喉部正在流血的伤口。看见死人，乌苏拉感到的不是恐惧，而是怜悯。她回到卧室里，把这件怪事告诉了丈夫，可是丈夫并不重视她的话。"死人是不会走出坟墓的，"他说，"这不过是咱们受到良心的责备。"过了两夜，乌苏拉在浴室里遇见邻居——他正在用麻屑擦洗脖子上的凝血。另一个夜晚，她发现他在雨下徘徊。布恩地亚讨厌妻子的幻象，就带着标枪到院子里去。死人照旧悲伤地立在那儿。

"滚开！"布恩地亚向他吆喝。"你回来多少次，我就要打死你多少次。"

邻居没有离开，而布恩地亚却不敢拿标枪向他掷去。从那时起，他就无法安稳地睡觉了。他老是痛苦地想起死人穿过雨丝望着他的无限凄凉的眼神，想起死人眼里流露的对活人的深切怀念，想起邻居四处张望、寻找水来浸湿一块麻屑的不安神情。"大概，他很痛苦，"布恩地亚向妻子说。"看来，他很孤独。"乌苏拉那么怜悯死人，下一次遇见时，她发现他盯着炉灶上的铁锅，以为他在寻找什么，于是就在整个房子里到处都给他摆了一罐罐的水。那一夜，布恩地亚看见死人在他自己的卧室里洗伤口，于是就屈服了。

"好吧，邻居，"他说，"我们尽量离开这个村子远一些，决不再回来了。现在，你就安心走吧。"

就这样，他们打算翻过山岭到海边去。布恩地亚的几个朋友，像他一样年轻，也想去冒险，离开自己的家，带着妻室儿女去寻找土地……渺茫的土地。在离开村子之前，布恩地亚把标枪埋在院子里，接二连三砍掉了自己所有斗鸡的脑袋，希望以这样的牺牲给邻居一些安慰。乌苏拉带走的只是一口放着嫁妆的箱子、一点儿家庭用具，以及藏放父亲遗产——金币——的一只盒子。谁也没有预先想好一定的路线。他们决定朝着与家乡相反的方向前进，以免遇见任何熟人，从而无影无踪地消失。这是一次荒唐可笑的旅行。过了一年零两个月，乌苏拉虽然用猴肉和蛇汤毁坏了自己的肚子，却终于生下了一个儿子，婴儿身体各部位完全没有牲畜的症状。因她脚肿，脚上的静脉胀得像囊似的，整整一半的路程，她都不得不躺在两个男人抬着的担架上面。孩子们比父母更容易忍受艰难困苦，他们大部分时间都鲜蹦活跳，尽管样儿可怜——两眼深陷，肚子瘪瘪的。有一天早晨，在几乎两年的流浪以后，他们成了第一批看见山岭西坡的人。从云雾遮蔽的山岭上，他们望见了一片河流纵横的辽阔地带——一直延伸到天边的巨大沼泽。可是他们始终没有到达海边。在沼泽地里流浪了几个月，路上没有遇见一个人，有一天夜晚，他们就在一条多石的河岸上扎营，这里的河水很像凝固的液体玻璃。多年以后，在第二次国内战争时期，奥雷良诺打算循着这条路线突然占领故乡，可是六天以后他才明白，他的打算纯粹是发疯。然而那天晚上，在河边扎营以后，他父亲的旅伴们虽然很像遇到船舶失事的人，但是旅途上他们的人数增多了，大伙儿都准备活到老（这一点他们做到了）。夜里，布恩地亚做了个梦，营地上仿佛矗立起一座热闹的城市，房屋的墙壁都用晶莹夺目的透明材料砌成。他打听这是什么城市，听到的回答是一个陌生的、毫无意义的名字，可是这个名字在梦里却异常响亮动听：马贡多。翌日，他就告诉自己的人，他们绝对找不到海了。他叫大伙儿砍倒树木，在河边最凉快的地方开辟一块空地，在空地上建起了一座村庄。

看了冰块以后，布恩地亚想在火热的马贡多用冰块盖房子，又想使锅底渣滓复原成金子。大儿子已经长大成人，布家来了个帮家务、会占卜的愉快女人皮拉，这个浪女人用纸牌勾引阿卡迪奥，两人私通。哥哥与女人的关系，引起了弟弟奥雷良诺的好奇。乌苏拉这时生下阿玛兰塔，没有发现长猪尾巴。阿卡迪奥得知皮拉怀了他的孩子，便同一个吉卜赛女郎跟着杂技团远走高飞了。乌苏拉为找失踪的大儿子，也失踪了，五个月后，她带回来一群人，扩大了马贡多。

第三个叙事系统的女性们，应包括原本属于这个家族血统的和通过婚姻形式而进入这个家族的。如果说前两个叙事系统中，一个喜爱冲动，一个勇于追求，那么，女性系统则是这个家族最坚强的卫士。男人们不是长年在外征讨，就是沉溺于不可捉摸的幻想，她们则极端务实，坚强地维护家族秩序。男人们使世界趋于无序，女人们则使世界有序，是这个世界坚强的支撑者。马尔克斯对乌苏拉是经过精心设计的，让她活了一百多岁，让她经历了马贡多镇的建立、发展、兴盛与衰变时期。她一生几乎总是致力于对家族大厦的修修补补，即使在无可奈何中也力图恢复昔日布恩迪亚家族在马贡多镇的繁荣和显赫，但面对不可挽回的残局，她已无回天之力，因此叹息：从前时间过得是如此缓慢，现今时光好像转瞬即逝，再也不好把握，表现了她对昔日繁盛生活一去不复返的深刻悲观意识。这个叙事系统的最后一位女性是阿玛兰塔，她是整个家族文化层次最高的女性，曾去布鲁塞尔留学多年，由于无法克服根深蒂固的家族血缘性，最后又回到阔别多年的马贡多。但这时马贡多镇又好像回到了蛮荒时期，街上长满青草，昔日的繁盛已被萧条替代，最后她的丈夫不能忍受无奈的苦闷回国去了，而面对爱情的召唤，她竟与自己的外甥结婚。既然昔日的显赫已不复存在，不如在爱情中寄托幸福。"这时，一对与世隔绝的情人，正驾着一叶扁舟，逆时代潮流而行。这是一个将使他们生命终止的时代，一个将置他们于死地的不可抗拒的时代，这个时代正在竭尽全力地把这一对情人引到使他们灭绝的沙漠里去。"这一叙事系统的人物都是一些真正富有理智、冷静、忍辱负重的角色，是世界真正的支撑者，她们从未向生活低过头，但她们像前两个叙事系统的人物一样无法改变家族命运。她们尽管是家族中最重要的角色，然而在历史的长河中也不过是几粒尘埃。

2. 循环叙事

第一，叙事时间上的循环。对于小说的开头，作者曾做过长时间的反复思考，最后选择了这样的开头："多年以后，奥雷良诺上校站在行刑队面前，准会想起父亲带他去参观冰块的那个遥远的下午。"这句话包含现在、过去、未来三个时间层面，作者站在"现在"给读者讲故事，但从一开始就预指未来，而小说中的角色又回想的是比现在更早些时候发生的事情。小说中多次使用这类叙事方式，如："几个月后，面对行刑队，阿卡迪奥定会重新回忆起课堂里这茫然失措的脚步声和伴着长椅的磕磕绊绊的相碰声，记起在屋里一团漆黑中最后触到一个丰腴的肉体和感受到由另一颗心脏搏动而产生的颤动。"

第二，从结构上看，小说本身是一个封闭停止的圆圈。小说共 20 章，前 10 章与后 10 章各为一个圆圈，但又重合，都以吉卜赛人来马贡多献艺作为开始。第 1 章，磁铁使第一代如痴如醉；第 11 章，吉卜赛人驾驶着火车开进马贡多，使人们大惊失色，而菲南达婚后拒绝与奥雷良诺同房，又使人想起前 10 章中乌苏拉的所作所为：家族中潜伏着近亲结婚生的孩子要长猪尾巴的恐惧，一个先例是乌苏拉的姑母和布恩地亚的一个叔父结婚，他们的儿子从出生到长大，身上都带着一条软骨尾巴，一辈子都穿宽大的肥腿裤，40 岁时割掉尾巴，流血过多而死。有一次，布恩地亚在斗鸡时赢了邻居，邻居嘲笑布恩地亚不能和老婆生孩子，布恩地亚盛怒之下用标枪捅穿了邻居的喉咙，从此家中开始闹鬼，布恩地亚只好决定搬家。前 10 章和后 10 章各描述了三代人，第 1 章第 1 句话是上校对昔日的回忆，第 11 章第 1 句话则是奥雷良诺第二对儿子的回忆。

3. 魔幻与现实融合在一起的中介是魔幻人物和魔幻时间

诺贝尔文学奖授奖词指出，《百年孤独》"汇集了最不可思议的神话和最纯粹的现实"，而作者把魔幻与现实融合在一起的中介就是魔幻人物和魔幻时间。

《百年孤独》中，魔幻是压倒现实的，但我们只要细细分辨，仍能找出现实稀薄的影子，而且现实生活在时间上呈线型结构，始终与马贡多镇的建立、发展、兴盛、衰败和毁灭同步。马贡多镇最初芳草连绵，荒无人烟，建立城镇后，有了邮局、电报局，随后有了汽车、火车，在它的鼎盛时期开办了香蕉公司，甚至差一点马贡多镇还有了飞机，科学技术的进步深深地给马贡多镇烙上了现代色彩。同时，自由党和保守党之间的内战，香蕉公司工人的大罢工最后又陷入失败、惨遭屠杀，这些都是真实的事情。这些现实的层面，使得这部小说区别于一般的神魔小说和荒诞小说。因此我们可以说，作者在叙述马贡多镇的世事变迁时是写实的，但一涉及布恩地亚家族，叙事就笼罩在一种魔幻效果之中。布恩地亚家族的每一代人几乎都有不可思议的事情发生，霍塞·阿卡迪奥·布恩地亚晚年长期在大树下日晒雨淋，与大树做伴；乌苏拉时不时能洞见死去丈夫的身影，与丈夫谈心并伏在他膝盖上哭泣；奥雷良诺上校拥有能使金属移动咔嗒作响的特异功能；雷贝卡童年靠啃泥巴和撮墙土为生；阿玛兰塔能准确预见自己死亡的日期；俏姑娘雷麦苔丝能坐着飞毯上天；霍塞·阿卡迪奥养的牧畜具有奇异的繁殖能力；阿玛兰塔和奥雷良诺在最后预感到了家族的结局……作者几乎把自己看到的、听到的和经历过的所有神奇事情和特异功能都附给了布恩地亚家族的每一代人，再由这个家族的每一代人向外延展，然后蔓延到现实中去，这样就给整个马贡多镇造成了一种魔幻、神秘的气氛和情境，最终，魔幻效果压倒了现实效果，读者感受到的是魔幻的马贡多，而现实的马贡多只能是依稀的影子了。

这部小说中，叙事时间呈线型结构，而且永恒地向未来延伸，不以任何人的意志为转移，这亦是现实时间，不可改变，呈逻辑结构。但同时，马尔克斯在《百年孤独》中创造了魔幻时间。与现实时间相对应，它是马贡多人的群体心理时间，是反复循环的，既有与现实时间相一致共同指向未来的时候，又有在现实时间向前飞逝而心理时间停止不动，在某一时刻悬置起来的时候，而且现实时间与马贡多人的魔幻时间有时会产生某种冲突，冲突的结果当然是现实时间无一例外地战胜了魔幻时间。马贡多镇建立之初，由于与四周环境的绝对隔绝，外面世界的时间纪年对马贡多人来说几乎等同于零，他们只知道这个镇上还没有死过一个人，每天"日出而作，日落而息，凿井而饮，耕田而食"，因此，他们对时间的概念为每天日出日落的循环时间概念。然而，吉卜赛人的到来打破了小镇的宁静，同时打破了他们所固守的魔幻时间概念，外在现实时间的传入与马贡多人内在的心理时间发生了冲突，这时马贡多镇才被纳入世界历时时间的线性轨道，这标志着马贡多人时间观念的进步。外来者雷贝卡传染上失眠症危及整个马贡多，使马贡多回到了魔幻时间中，时间在马贡多又停止不动了。为了同遗忘做斗争，霍塞·阿卡迪奥·布恩地亚着手制造那架永远也造不出的记忆机，好与外在的现实时间同步。直到吉卜赛人墨尔基阿德斯带来特效药治好失眠症后，马贡多人才又重新回到正常的时间轨道中。而且，这个家族的一些人一生都在与现实时间观念相抗衡，乌苏拉就是这样。当马贡多的宁静被吉卜赛人打破以后，她就一直怀念以前无人打扰的原始生活，面对现实时间的无情延展，以及家族和村镇的日益混乱和衰败，她抱怨这是"时间的一个过失"，而"过去上帝安排时间并不像土耳人量一码细布时那样耍花招，所以那时的情况和现在不一样"。布恩地亚感叹时间这架"机器"已经坏了。阿玛兰塔从青年时代起就固守内心的孤独，拒绝婚姻，甘于把自己投放到魔幻时间中去，她晚年一针一线、日日夜夜给自己缝制寿衣。奥雷良诺干预政治失败后，晚年同样从线性时间回到了非逻辑的魔幻时间中，专门从事制作小金鱼。马贡多人的线性时间与魔幻心理时间的冲突说明：一个保守封闭还没有从精神上、心理上成熟的民族，当面临外来的像洪水一样漫延过来的物质和精神文化成果时，由于他们先天的不足，从一开始就注定了该民族的悲惨命运，而当这悲剧命运还未到达时，该民族则表现出最普泛的怀旧情绪，并永远地退回到自己还未被外界占领的内心中去，靠回忆和幻想打发日子。布恩地亚家族的每一代人晚年都沉湎于回忆和幻想，就是这种心理的真实反映。它标志着马贡多镇面对线性时间之流又退回到原始的先前固有的生活方式中去了。

叙事的特点在小说第一章就奠定了基础：

许多年之后，面对行刑队，奥雷良诺·布恩地亚上校将会回想起，他父亲带他去见识冰块的那个遥远的下午。那时的马贡多是一个有二十户人家的村落，用泥巴和芦苇盖的房屋就排列在一条河边。清澈的河水急急地流过，河心那些光滑、洁白的巨石，宛若史前动物流下的巨大的蛋。这块天地如次之新，许多东西尚未命名，提起它们时还须用手指指点点。每年到了三月光景，有一家衣衫褴褛的吉卜赛人家到村子附近来搭帐篷。他们吹笛击鼓，吵吵嚷嚷地向人们介绍最新的发明创造。最初他们带来了磁铁。一个胖乎乎的、留着拉碴胡子、长着一双雀爪般的手的吉卜赛人，自称墨尔基阿德斯，他把那玩意儿说成是马其顿的炼金术士们创造的第八奇迹，并当众做了一次惊人的表演。他拽着两块铁锭挨家串户地走着，大伙儿惊异地看到铁锅、铁盆、铁钳、小铁炉纷纷从原地落下，木版圆铁钉和螺钉没命地挣脱出来而嘎嘎作响，甚至那遗失很久的东西，居然也从人们寻找多遍的地方钻了出来，成群结队地跟在那两块魔铁石后面滚。"任何东西都有生命，"墨尔基阿德斯声音嘶哑地喊道，"一切在于如何唤起它们的灵性。"布恩地亚是一位想象力极其丰富的人物。他的想象常常超越大自然的智慧,甚至比奇迹和魔术走得更远。他想,这毫无用处的发明倒可以用来开采地底下的黄金。墨尔基阿德斯是个老实人,他早就有言在先:"这玩意儿淘金子可不行。"可是,布恩地亚那时信不过吉卜赛人的诚实,他用一头骡子和一群山羊把那两块磁铁换了过来。他妻子乌苏拉饲养这些家畜,原是想用来振兴每况愈下的家业的,但她劝阻不了他。她丈夫回答说:"不用多久,咱们家的金子就会多得用来铺地的。"一连数月,他执意要证明自己的设想是正确的。他拽着两块磁铁,大声念着墨尔基阿德斯的咒语,一块一块地查遍了整个地区,连河底也没有放过。他唯一发掘出来的东西,是一副十五世纪的盔甲。盔甲的各部分已被氧化物锈住。敲起来里面空洞有声,活像一只装满石头的大葫芦。布恩地亚和他的远征队的四名壮士拆开盔甲,发现里面有一副石化了的骷髅,脖子上挂着一个小铜盒,盒内有一缕女人的头发。

翌年三月,吉卜赛人又来了。他们这次带来了一架望远镜和一具放大镜,有鼓面那么大。他们公开展出,说这是阿姆斯特丹的犹太人的最新发明。他们让一位吉卜赛女子坐在村子一头,把望远镜架在帐篷门口。人们只要花五个里亚尔,然后把脑袋凑到望远镜后面,就可以看到那吉卜赛女郎,仿佛伸手可及。"科学把距离缩短了,"墨尔基阿德斯吹嘘说,"要不了多久,人们不用离开家门,就能看到世界上任何地方发生的事情。"一个炎热的中午,吉卜赛人又用那块巨型放大镜做了一次惊人的表演:他在街心放了一堆干草,借助阳光的聚焦把草堆点燃了。布恩地亚虽然对磁铁实验的失败尚难以自慰,但这时,却又想出一个点子:利用这项发明制造作战武器。墨尔基阿德斯又一次劝阻他,但最后还是收下了两块磁铁和三块殖民地时期的金币,把放大镜换给了他。乌苏拉伤心地哭了。那三块金币是她父亲劳累一生积攒下来的一盒金币的一部分,她一直把钱盒埋在床下,想等个良机作本钱用。布恩地亚根本没有劝慰她。他以科学家的献身精神,甚至不惜冒生命的危险,一心扑到武器试验上去了。为了证实放大镜在敌军身上的威力,他竟亲自置身于太阳光的焦点之下,结果多处灼伤,经久方愈。他妻子被这危险的发明吓坏了。但是,他却不顾妻子的反对,差一点又把房子烧掉。他终日躲在自己的房间里,埋头计算着他的新式武器的战略威力。最后还编出了一本条理清晰得惊人、具有无可辩驳的说服力的教科书。他在书中附上了不少实验例证和好几幅图解，派一位信使翻山越岭，在无边的沼泽地里迷过路，后来又跨越了许多奔腾的江河，在猛兽的袭击、绝望和疫病的折磨下险些丧生，最后才找到了驿站，跟骑骡的信使接上了头。虽然当时要去首都几乎是不可能的事，但布恩地亚保证，一旦政府下令，他将去尝试一下，以便把他的发明向军事首脑作实地表演，并要亲自为他们操演复杂的阳光战战术。他等候回音达数年之久，末了，等得不耐烦了，便当着墨尔基阿德斯的面哀叹试验失败。于是，吉卜赛人表示了他那令人信服的诚实品格：退回金币，换回放大镜，另外又送给布恩地亚几幅葡萄牙地图和几架航海仪器，还亲笔书写了一份简明提要，让他学会使用观象仪、罗盘和六分仪。布恩地亚在长达数月的雨季中闭门不出，躲在住宅后面的一间屋子里，免得别人打搅他的试验。他完全抛开家务，整夜整夜地观测星辰的移动。为了获得测定正午的正确方法，他差一点中了暑。当他能熟练地操作仪器时，他对空间有了认识。这使他足不出户就能泛舟神秘之海，漫游荒漠之地，还能跟显贵要人交往。正是在那时，他养成了自言自语的习惯，独自在家中晃悠，对谁也不理睬。与此同时，乌苏拉和孩子们却在菜园里胼手胝足地管理着香蕉、海芋、丝兰、山药、南瓜和茄子。不久，也没有任何预兆，他突然中断所迷恋的工作，变得神志颠倒起来。连续几天他像着了魔似的，低声咕叨着一连串惊人的猜测，连他自己也不敢相信自己的想法。直到十二月的某个星期三午餐的时候，他才一下子卸脱了那折磨他的包袱。孩子们也许终生难忘父亲那天坐在饭桌上首时那副威严神态。长期的熬夜和过度的思索搞垮了他的身体，他发着高烧，抖抖索索地向他们透露了自己的发现：

"地球是圆的，像一个橘子一样。"

乌苏拉再也忍不住了。"你要发神经病，就一个人去发，"她吼叫着，"别拿你那吉卜赛式的怪想法往孩子们脑袋里灌！"布恩地亚听后无动于衷。他妻子一气之下把他的观象仪摔在地上打得粉碎，可是他没有被妻子的狂怒吓退，重新造了一架。他还把村里的男人都召集到自己的房间里，用谁也听不懂的理论向他们论证：只要一直朝东方航行，最后就能返回出发地点。全村的人都认为布恩地亚已经精神失常。这时墨尔基阿德斯来了，这才把事情搞清楚。他当众夸赞布恩地亚的才智，说他仅凭天文估算便创造了一种理论。虽然这种理论在马贡多至今尚无人知晓，但已经为实践所证明。为了表示钦佩,他赠给布恩地亚一份礼品:一间炼金试验室。这对村子的未来产生了决定性的影响。

那时节,墨尔基阿德斯以令人吃惊的速度衰老了。他头几回到村里来的时候,看起来和布恩地亚年龄相仿。他对布恩地亚说,死神到处追逐他,嗅着他的行踪,但还未给他最后一击。他是一个逃亡者,躲避着一切危害人类的灾祸病害。这个自称掌握了"百年预言"密码的怪人,是个愁容满面、郁郁寡欢的人,长着一双仿佛能看透一切的亚洲人的眼睛。他戴着一顶又大又黑、活像乌鸦展开的翅膀似的帽子,穿着一件好像穿过几个世纪、已经发绿的天鹅绒背心。虽然他有无穷的智慧和神秘的外表,却有着凡人的品性和俗子的素质,这使他陷在日常生活的琐碎问题之中。他苦于年老多病,忍受着不屑一提的经济拮据。很久以前他就失去了笑容,因为坏血病夺走了他满口牙齿。在他披露个人隐私的那个闷热的中午,布恩地亚确信,这是两人之间的伟大友谊的开端。孩子们对他的神奇故事惊讶不已。当时只有五岁的奥雷良诺一辈子都会记得那天下午看到的这个吉卜赛人的模样。吉卜赛人面朝着闪耀着金属光芒的窗户坐着,用他风琴般深沉的嗓音启示着人们脑海中最愚昧的角落。天气炎热,他两鬓流着油汗。奥雷良诺的哥哥阿卡迪奥后来把吉卜赛人的美妙形象作为传世的回忆,讲述给后辈们听。乌苏拉则相反,她对那位客人没有什么好印象,因为她走进房间的时候,正巧墨尔基阿德斯失手摔破了一只瓶子。

…………

布恩地亚见炼金术配方很简单,就被迷住了。他一连几个星期都在讨好乌苏拉,要她答应把金币挖出来。他对她说,能把黄金成倍增加,就像可以把水银分成几份一样。乌苏拉和往常一样,拗不过丈夫,又让了步。于是,布恩地亚把三十枚金币投进了烧锅,跟铜屑、雄黄、硫磺、铅等一起融化。然后,他把融化物全部倾入蓖麻油锅里放在烈火上煮,熬成一种黏稠、刺鼻的糊状物。这东西不像美妙的黄金,倒像是劣质的糖浆。在危险的、弄得焦头烂额的蒸馏过程中,又添进了七种星球金属冶炼,后来又放在水银和石矾中加工,再投入猪油(因为没有萝卜油)中煮熬,最后,乌苏拉的这笔珍贵的祖产变成了一团粘在锅底里挖不下来的锅巴。

当吉卜赛人再次来到这里时,乌苏拉早已部署好,让全村人反对他们。

但是，人们的好奇心胜过了恐惧，因为这次吉卜赛人操起各种乐器，大吹大擂地走遍了全村，喧闹之声震耳欲聋。人们花钱看到了长着一副崭新锃亮的牙齿的墨尔基阿德斯。当他把镶在牙床上完整无损的牙齿摘下来向人们展示时，惊愕又变成了恐惧。吉卜赛人只让大家看了一眼——一瞬间，他又恢复了以往那副老态龙钟的样子，随即又装了上去，并且用失而复得的青春活力朝大家微笑。此刻，连布恩地亚也感到，墨尔基阿德斯的知识渊博到了无法理解的地步了。但是，当吉卜赛人私下告诉他假牙的原理时，他又感到由衷的兴奋。他觉得这玩意儿既简单又奇妙，于是一夜之间对炼金术失去了兴趣。他的情绪又变坏了，从此不再正常进食，整天在屋子里转悠。"世界上正在发生令人难以置信的事情，"他对乌苏拉说，"就在那边，在河对岸，就有各式各样的机器，可我们还在过着毛驴似的生活。"那些从马贡多一建村就认识布恩地亚的人，对于他在墨尔基阿德斯的影响下所起的变化感到惊讶。

当初，布恩地亚是个年轻族长，他指挥播种，指导畜牧，奉劝育子。为了全族的兴旺，他跟大家同心协力，还参加体力劳动。因为从建村起他家的房子就是全村首屈一指的，所以后来其他人家都仿照他家的式样进行整修。他家有一间宽敞而明亮的大厅，饭厅坐落在一个平台上，周围是鲜艳的花朵。有两间卧室和一个院子，院子里载了一棵大栗树。还有一个管理得很好的菜园和一间畜栏，畜栏中羊、猪、和鸡和睦相处。家中和村里唯一禁养的动物是斗鸡。

墨尔基阿德斯留下了神秘的羊皮纸手稿。妻子勤劳能干，丈夫则不像过去那样能干了，像着了魔一般，要探险。但荒原、丛林、沼泽之外是大海，马贡多是孤独的。大儿子阿卡迪奥14岁，是来马贡多半路上出生的，小儿子是到马贡多后出生的第一人，在母亲肚子里就会哭，三岁时能预言汤锅会掉下来。布恩地亚教儿子搞炼金实验，带他们去找他的朋友吉卜赛老人，但墨尔基阿德斯已经在新加坡沙滩上死于热病。在孩子们的一再要求下，布恩地亚带他们走到吉卜赛人帐篷中央。那里有一个浑身长毛、剃光了头的巨人，他鼻子上穿着一个铜环，脚踝上拴着一条沉重的铁链，正守护着一只海盗箱。巨人一打开箱子，里面就冒出一股寒气。箱里只有一块巨大的透明物体，中间有无数枚小针，落日的余晖照射在小针上，撞成许多五彩缤纷的星

星。布恩地亚看懵了,但他知道孩子们在等待他马上作出解释,于是他大胆地嘟哝了一声:

"这是世界上最大的钻石。"

"不,"吉卜赛人纠正说,"这是冰。"

布恩地亚没有听懂,他把手朝冰块伸去,但巨人把他的手推开了。"摸一下还得付五个里亚尔。"他说。布恩地亚付了钱,把手放到冰上待了几分钟。接触这个神秘的东西,使他心里觉得既害怕又高兴。他不知该说什么才好,于是,又付了十个里亚尔,让孩子们也体验一下这神妙的感觉。阿卡迪奥不肯去摸。奥雷良诺却与乃兄相反,他往前跨了一步,把手放在冰上,可马上又缩了回来。"在煮开着呢!"他吓得喊叫起来。可是,布恩地亚没有理他。他被这个无可置疑的奇迹陶醉了,这时竟忘掉了他那些荒唐事业的失败,忘掉了被人丢弃而落入乌贼腹内的墨尔基阿德斯的遗体。他又付了五个里亚尔,就像把手放在《圣经》上为人作证那样,把手放在冰块上说道:

"这是我们时代的伟大发明。"

(二)诠释"孤独"的三个维度

从古至今,"孤独"一直是频繁出现在各类文学作品之中的一个主题。作为宇宙之中的独立个体,人类生而孤独。正因为这一情感状态与生俱来的属性,"孤独"成为一个不可回避的带有宿命意味的永恒命题,也成就了许多作者对其穷尽一生上下求索而不得的诘问。《百年孤独》之所以成为无可辩驳的经典作品,源于对"孤独"这一状态与众不同乃至超越当时甚至后世的诠释手法。

1. 时间中体现的孤独

《百年孤独》中,活了百年以上的乌苏拉曾对时光怀有这样的感叹:"时间并没有像她刚承认的那样过去,而是在原地转圈。"这句话是乌苏拉在同霍塞·阿卡迪奥聊天过程中,目睹了家族多年前曾上演过的一切在物换星移之后又再度粉墨登场,有如轮回的情形之时所抒发的,对难以摆脱的时间死循环的感悟、对自身及背后整个家族命运的咏叹。而这样一种对于时间的感悟与理解,更是恰如其分地借由乌苏拉之口点破了马尔克斯在作品中赋予时间的独特功能与意义。在马尔克斯笔下,时间这个"怪兽"以"圆圈状"循环往复、生生不息,并在这样一种永远鲜活、永远充斥着源源不断的力量的轮回中,周而复始地生产着它独有的"时间性孤独"。

对于这一观点,我们可以结合文本内容加以体会。这种借由时间加以诠释的孤独首先在《百年孤独》这个庞大故事的叙事核心——马贡多这个小镇的发展轨迹之中有了鲜明的体现。从一片荒烟蔓草、与世隔绝的孤立土地到充斥着男女老少、各色村民和游客的热闹村庄,种种转折之后又经历了由小镇至城市的变迁,目睹过繁荣昌盛,亦被帝国主义压迫。但最终,这辉煌、璀璨的一切都被一场飓风不留情面地吹得无影无踪,一切复归于尘土,仿佛从未存在过。这样一个繁盛过后化归沉寂的过程,一如曾经高朋满座的高楼顷刻间分崩离析,繁华过眼,刹那坍塌。《百年孤独》中,时间的轮回犹如遮天蔽日的上帝之手,均匀地碾压过了在这片土地上存在过的一切事物,无论是人抑或村庄,都不曾幸免于这样的一份"碾压"与"洗礼"。变幻更迭的世事万物之中,亘古不变的依旧是"孤独"。马尔克斯将这样一种大环境之中无从避免的、宿命一般的"孤独"同种种时间意象融于一体,而这些溶解于时间中的"孤独"亦借由《百年孤独》中对时间、岁月的刻画,得到了最完美的呈现。这种蕴于时间中的"时间性孤独"在小说的中间部分,叙述奥雷良诺上校面对军队与战争的场景时亦有出现:

> 他总能见到那些少年用和他一模一样的眼睛望着他,用和他一模一样的声音同他说话,向他致意时的警惕神色和他回应时的神色一般无二,并且都自称是他的儿子……他厌倦了战事无常,身陷这场永无休止的战争的恶性循环中总在原地打转。

正如乌苏拉所说,时间如转圈圈一般"循环往复",犹如最严酷的刑罚,穿透了小说之中的漫长岁月,把它无情而沉重的、无从挣脱的永恒镣铐不由分说地铐在每个身陷其中而不自知,或是自知却不知如何自救的人身上。无休无止的战争时间、无限重复的家庭时间、无穷无尽的闲暇时间和望不到尽头的痛苦时间,种种时间的套索通过各个不同的维度,将它们别无二致的力度均等地施加于被困缚的个体上,迫使个体开始挣扎、反思,开始如奥雷良诺上校一样体悟到任何行为的意义都因时间的无限性而被一点一滴地消磨殆尽。然而无论是他们无意识的思考抑或是他们有意识的挣脱，都无法带他们逃出这个既定的时间诅咒，亦无法将他们从与时间相生相成的永恒孤独之中拯救出来。他们只能随着无穷无尽的时间，周而复始、年年月月，持续地旋转着、辗转着，以这种恒定而孤独的姿态长生不老，在无知无觉、重复的时间中等待着岁月的审判。

2. 空间中体现的孤独

马尔克斯对于"孤独"这个主题始终有着相当深刻的痴迷，而"孤独"这一命题也因而自始至终、显而易见地贯穿于马尔克斯的整个创作生涯中，并密不透风、严严实实地覆盖住了他的每一部作品。《百年孤独》是其中之一，从一定程度上来说也是具有里程碑性质的一部。相较于其他作品，这部小说于马尔克斯个人而言也承载着极大的、与众不同的纪念意义。它不但是他自身的童年记忆在文字层面的回顾与投射，更是深重而丰富的拉美民族发展、历史变迁的文化载体。我们首先来看《百年孤独》中当奥雷良诺上校回到家中时的场景描写：

壁上石灰墙皮剥落，角落里肮脏蛛网絮结，秋海棠落灰蒙尘，房梁上白蚁蛀痕纵横，门后青苔累累，然而乡愁的精巧陷阱徒然虚设，这一切都没能勾起他的忆旧伤怀。

这是当上校外出许久，终于再踏入家门时看到的场景。时间推移，世事变迁，当他离开之时还完好无损、富丽堂皇的家，如今却是一副破败模样，这"破败"在马尔克斯笔下未曾直白地点明，破坏之中触及人物心灵的"孤独"与"虚无"也未曾在这段文字里和盘托出，马尔克斯只是选择了刻画空间和空间中的事物，通过石灰剥蚀、角落里的蛛网、有泥的海棠花等细致而破败的场景细节的精确描写，来体现一种极度的衰落和凄凉。这种显著而鲜明的"凄凉"与"衰落"同段落最后上校表现出的事不关己、毫不痛心相映衬，并在这样一种强烈的对比之下，让这种孤独的意味更深了几分。在这一段中，作者意欲表现的并不是一种着眼于环境破落感慨世事无常之后的个人的孤独，而是借由空间的呈现与塑造，于无声中蕴含并折射了一种更为本质的、冷漠的孤独。在这样的描写中，空间自身充斥了孤独性与凄凉感，而身在空间之中却表现得毫不关心、并不伤怀，全然不为这种故乡的孤独所触动的奥雷良诺上校，孑然一身立于破败景象中。"没有听到酒店的钟声""不知道喇叭什么时候停下来的"以及"只有一只癞蛤蟆的鸣叫"这三处对于人物周边空间的观察和书写，将人物内心抽象的"孤独"完完全全地寄托于具象的景物之中，进一步渲染了这样一种藏于空间和细节之中的"空间性孤独"。类似的呈现方式被马尔克斯运用得极为娴熟凝练，我们仍然结合文本选段来看：

他梦见自己从床上起来，打开房门，走进另一间一模一样的房间，里面有同样铸铁床头的床，同样的藤椅和后墙上同样的救难圣母像。从这一间又进入另一间一模一样的，如此循环，无穷无尽。

这一选段中，仍然是刻画了一个单一的、孤立空间中的孤独人物，笔锋所及之处仍然无一直白地点明了"孤独"二字，而我们却仍能在这样的"如此循环，无穷无尽"之中品味到一种深刻而永恒的孤独感。人物在这个空间之中一遍遍回溯，一次次辗转，然而最终也逃不过峰回路转后回到最初起点的宿命。空间在这样一个过程之中重复着自身，亦迫使着人物重复，并驱动他们在这样一种无意义的重复之中，不得不如叩问般地直面自己的灵魂深处，同这重复的、轮回的空间一式一样的无限空虚下去。不断循环的空间本身的姿态便是虚空、孤寂的，而辗转其中的人物更是带着他作为孤立个体充斥着孤单与寂寞的精神属性，同空间和谐地融为一体。人物也便由此在这个寂寞的空间构成的河流之上，乘着一叶扁舟，驶向望不见尽头的彼岸。彼岸是否会有救赎与解答？我们不知道，人物自身不知道，马尔克斯本人或许也不知道，然而这个答案本身就是无意义的。这样一个过程的轮回与空间的塑造，最本质的目的便是揭露这样一种"空间性孤独"的存在，却并非意欲为这种孤独寻找一个出口。除了这样一种引人入胜的"空间性孤独"，在《百年孤独》中仍有另一种表现得更为立体、更为鲜活，也最能彰显作者驾驭这一母题功力的孤独，不声不响地蛰伏于他的文字中。

3. 人物行为中体现的孤独

如果说时间与空间都是间接、含蓄地"生产孤独"，那么，人物行为则是直接通过对孤独这一精神状态的生产者——人物本身的塑造与其行为方式的描述来呈现并创造孤独的。由人物行为表现孤独的这种方式，相较于时间、空间而言，距离所表现的人物更亲近，同"孤独"这一精神状态的联系也更为密切。正因如此，这种方式对于孤独的呈现也是最精彩、最令人折服的。那么，马尔克斯具体是如何通过人物行为来表现"孤独"的呢？小说中奥雷良诺上校和阿玛兰塔两个人物的行为最有代表性。奥雷良诺上校可以说是对"孤独"这一主题表现得最淋漓尽致的人物。早年的他驰骋战场，流落于世界的每一个角落，并在一种冷漠、疏离的漂泊之中漫不经心地消耗着他人生中冗长而乏味的光阴。他不曾对任何事物拥有切肤之痛，亦未曾拥有切肤之爱，正如前文我们剖析"空间性孤独"时所看到的那样，他仿佛终其一生都是一个即便面对面目全非的破败故乡都依旧能够"毫不痛心"的人，自外于一切可能使他动情的悲欢离合，亦在这样的"自外"之中死不悔改地渐行渐远。然而晚年的他在马尔克斯笔下却变成了一个有趣得多的人物，这便不得不让我们一起回顾一下《百年孤独》中那段脍炙人口的"小金鱼"的故事了：

> 他待在作坊里足不出户，小金鱼生意是联结他与外界的唯一纽带……用小金鱼换来金币，随即把金币变成小金鱼，如此反复……不变的坐姿令他脊柱变形，精确到毫米的工艺使他视力受损，但不容丝毫分心的专注让他获得了心灵的平静。

这是《百年孤独》中最为形象、最为后世所称道的一段人物行为的刻画，更是借由人物行为的重复性描摹"孤独"最为贴切深刻的一部分。从"让他获得了心灵的平静"这一句来看，我们不难发现，他人眼中看到的这样一种恶性循环，实质上却是如奥雷良诺上校一般身处"循环"之中的人们借以维持自己的灵魂"良性"运转的唯一平台。他们的安全感、信赖感，对自我的回归与认知，都由这种循环而生，并在这循环之中同循环中的孤独相互依存，更在这样的孤独里源源不断地汲取着由孤独而生、独一无二的灵魂的平静与寄托。于奥雷良诺上校而言，这样一种自我摧残般的、无谓的重复，恰恰是尘埃落定之后的他渐趋衰老的生命之中舍此无二的一剂良药，亦是一种扭曲的救赎。他从这种救赎之中寻找着消磨生命、回归自我并归属安宁的途径，也在这个过程中反复练习着同自身和解，更同孤独和谐相处。可以说，奥雷良诺上校炼制小金鱼的这样一个行为，为我们呈现出了一种让人欲哭无泪而孤独者自身却甘之若饴的孤独。

《百年孤独》中另一个行为痕迹里蕴藏着鲜明的孤独意味的人物，便是阿玛兰塔。如果说这部小说中还有哪一个人是同特立独行、离经叛道的奥雷良诺上校相似的，必然非阿玛兰塔莫属。除了对抗孤独的姿态上潜在的相仿，她与晚年的奥雷良诺上校甚至共享了一种惊人相似的、重复的行径。奥雷良诺源源不断地炼制小金鱼，阿玛兰塔则周而复始地缝制寿衣：

她折下扣子又缝上，让等待变得不那么漫长。……干活时的专注令她得以保持必要的镇静来接受失败。也就在那时，她理解了奥雷良诺·布恩地亚上校制成小金鱼随即又销毁的举动。世界不过是身外之物，她的内心不再为任何苦痛而波动。

将阿玛兰塔与奥雷良诺上校加以对比，上校是在一日复一日炼制小金鱼的重复之中寻找着无助自我的天然回归与漂泊灵魂的终极归宿，阿玛兰塔则像是在这种相似的重复之中源源不断地自我麻痹、自我催眠，使她自己能够因专注而忘却了当初拼命逃离孤独的初衷，并在折磨之中企图找寻到一条自我宽恕与忏悔的道路。作为一个终其一生都裹挟着一个残破而阴冷的童年的人，阿玛兰塔耗费了自己很大一部分的生命同她所羡慕的、与她拥有几乎截然不同命运的丽贝卡相互纠缠乃至模仿，并在这样的纠缠之中不自觉地将丽贝卡作为自己赖以生存的动力。然而亦是这种无意识的对于他人的追寻，对于自我的泯灭与压抑，在漫长的人生之中封锁了阿玛兰塔的灵魂，令她成了一个失心一般漫无目的地消耗着生命亦自我消耗着而不自知的可怜人。

马尔克斯曾认为："布恩地亚家族成员的失败，是因为缺乏爱。"阿玛兰塔大概便是小说中对这句话的最好诠释。她因为恐惧自己"配不上爱"，而将世界赐予她的温情一次又一次不留情面地推远，只为了守住她永恒的、享受孤独的自由，而当她终于放弃对孤独的偏执和对爱与宁静的畏惧，坦诚地直面自己对爱的缺失时，属于她的宽恕与安宁终于穿过厚重而破碎的时光，在她缝制着寿衣的日日夜夜不声不响地来临。由此，她终究持守住了孤独，亦终于能同奥雷良诺上校一样，安享这种岁月的恩赐一般珍稀的孤独。

如果说除了奥雷良诺上校与阿玛兰塔，《百年孤独》中的大多数人都在同无垠的岁月做着无谓的抵抗与挣扎，并在这种徒劳的对抗之中同"孤独"相互依存着（如乌苏拉），那么特内拉则是另外一个较为不同的存在。他人都在对抗时间、消磨时间，特内拉却可以说是穷尽了她漫长生命的后半段时光来像奥雷良诺上校一般同时间和解。小说中的特内拉是一个超脱于时间的女人，精于占卜与预知未来。然而她却在将近一百五十岁极尽衰老的最后一段漫漫岁月里，出人意料地摒弃了所有她所熟知的之于年岁的运算以及之于时运的占卜，从此她的心上再画不下时间的痕迹，哪怕她的眼睛深处许久以前早已呈现出了未来的剪影，她亦不再抗争或者抵御什么，而是行云流水地任由生命延展在一切已知的寻常之中。这样一种与时间进行的妥协，实质上却因妥协的徒劳与无谓而构成了一种更深层次上的孤独。客观上的时间维度在她生命之中由此丧失了实实在在的价值，她的未来被自己亲手平静而残忍地刷洗成一张白净而单调的纸，自此以后任由岁月兵荒马乱地同她擦身而过，任凭身边的世界在跌宕起伏之中又经历了怎样的离合辗转，时间的车辙再也无法在她的这张纸上留下一星半点的痕迹。可以说，在主动地默认了时间的无限性并接纳了这"无限性"对自己的生命进行吞噬之际，特内拉亦同时相对地因这样一种扭曲的"主动"，这种对已揭示的未来不由分说的接纳，让自己成了面对岁月时最为"被动"的那一类人，成了在时间面前赤手空拳的失败者，并因这样一种她本人或许都并未意识到的"失败"，而陷入了无从逃离的永恒孤寂之中。

"孤独"在小说最后一章达到了巅峰：

于是，奥雷良诺·布恩地亚和阿玛兰塔·乌苏拉在第一夜的爱情之后，开始利用加斯东外出的难得机会相聚，但这些相聚总是笼罩着危险的气氛，几乎总是被加斯东要突然归来的消息所打断。他们只好竭力克制自己的冲动。他俩只是单独在一起时，才置身于长期受到压抑的狂热的爱情中。这是一种失去理智、戕害身体的情欲，这种情欲使他们始终处于兴奋的状态，甚至使得坟墓里的菲兰达惊得发抖。每天下午两点，在午餐桌旁，每天半夜两点，在储藏室里，都可听到阿玛兰塔·乌苏拉的号叫声和声嘶力竭的歌声。"我觉得最可惜的是咱们白白失去了那么多的好时光，"她对奥雷良诺·布恩地亚笑着说。她瞧见蚂蚁正在把花园劫掠一空，正在用屋子里的梁柱解除它们初次感到的饥饿；她还瞧见它们像迸发的熔岩似的重新在长廊里川流不息，然而被情欲弄得麻木不仁的阿玛兰塔·乌苏拉，直到蚂蚁出现在她的卧室里，她才动手去消灭它们。此时，奥雷良诺·布恩地亚也搁下羊皮纸手稿，不离开房子一步，只是偶尔给博学的加泰隆尼亚人写回信。一对情人失去了现实感和时间观念，搞乱了每天习惯的生活节奏。为了避免在宽衣解带上浪费不必要的时间，他们关上门窗，就像俏姑娘雷麦黛丝一直向往的那副走路模样，在屋里走来走去，赤裸裸地躺在院子的水塘里。有一次在浴室的池子里亲热时，差一点被水淹死。他们在短时期内给房子造成的损害比蚂蚁还大：弄坏了客厅里的家具，撑破了那张坚韧地经受了奥雷良诺上校行军中一些风流韵事的吊床，最后甚至拆散了床垫，把里面的芯子掏出来放在地板上，以便在棉絮团上相亲相爱。虽说奥雷良诺·布恩地亚作为一个情人，在疯狂的爱情上并不逊于暂时离开的加斯东，但在极乐世界中造成家中一片惨状的却是阿玛兰塔·乌苏拉和她特别轻率的创造才能以及难以满足的情欲。她在爱情上倾注了不可遏止的一切精力，就像当年她的高祖母勤奋地制作糖动物一样。阿玛兰塔·乌苏拉望着自己的发明，常常快活得唱起歌来，笑得忘乎所以，奥雷良诺·布恩地亚却变得越来越若有所思、沉默寡言，因为他的爱是一种自我陶醉的、使一切化为乌有的爱。不过，他俩都掌握了爱情上的高度技巧，在他们炽热的激情耗尽之后，他们在疲倦中都得到了能够得到的一切。

…………

一个星期日，傍晚六点，阿玛兰塔·乌苏拉感到一阵临产的剧病。笑容可掬的助产婆领着几个由于饥饿而出来干活的小女孩，把阿玛兰塔·乌苏拉抬到餐桌上，然后叉开双腿，骑在她的肚子上，不断用野蛮的动作折磨产妇，直到一个健壮小男孩的哭声代替了产妇的叫喊声。阿玛兰塔·乌苏拉噙着泪水的眼睛看见了一个真正的布恩地亚，就像那些名叫霍塞·阿卡迪奥的人一样，婴儿明澈的眼睛又酷似那些名叫奥雷良诺的人；这孩子命中注定将要重新为这个家族奠定基础，将要驱除这个家族固有的致命缺陷和孤独性格,因为他是百年里诞生的所有的布恩地亚当中唯一由于爱情而受胎的婴儿。

"他是一个真正吃人的野兽,"阿玛兰塔·乌苏拉说,"咱们就管他叫罗德里格吧。"

"不,"她的丈夫不同意。"咱们还是管他叫奥雷良诺,他将赢得三十二次战争的胜利。"

在给婴儿剪掉脐带之后,助产婆开始用一块布擦拭他小身体上一层蓝莹莹的胎毛,奥雷良诺·布恩地亚为他掌着灯。他们把婴儿肚子朝下地翻过身来时,忽然发现他长着一个别人没有的东西;他们俯身一看,竟然是一条猪尾巴!

奥雷良诺·布恩地亚和阿玛兰塔·乌苏拉并没有惊慌失措,他俩不知道布恩地亚家族中是否有过类似的现象,也早已忘记乌苏拉曾发出过的可怕的警告了,而助产婆的一番话使他们完全放了心。她说,等到小孩脱去乳牙以后,也许可以割掉这条无用的尾巴。然后,他们就再也没有时间去考虑这件事了,因为阿玛兰塔·乌苏拉开始大出血,血如泉涌,怎么也止不住。助产婆在产妇的出血口上撒了一些蜘蛛网和灰末,但这就像用手指按住喷泉口一样毫无用处。起先,阿玛兰塔·乌苏拉还竭力保持镇静,她拉着惊恐万状的奥雷良诺·布恩地亚的手,求他不要难过——因为像她这么一个人,是心甘情愿地来到这个世界,也是心甘情愿离开这个世界的。她望着助产婆的忙劲,不由得发出爽朗的笑声。但是奥雷良诺·布恩地亚渐渐丧失了希望,因为她的脸色暗淡下来,好像亮光正从她脸上移开,最后,她陷入了沉睡状态。星期一黎明,人们领来一个女人,这女人开始在她床边大声念止血的祷词,据说这种祷词对人和牲畜同样灵验,可是阿玛兰塔·乌苏拉殷红的鲜血,对于任何同爱情无关的妙方都毫无知觉。晚上,在充满绝望的二十四小时之后,他们眼看着阿玛兰塔·乌苏拉死去了,像泉水一般喷涌的鲜血已经流尽。她的侧影变得轮廓分明,脸上仿佛回光返照,已不见痛苦的神色,嘴角边似乎还挂着一丝微笑。

直到此刻,奥雷良诺·布恩地亚才感到自己多么热爱自己的朋友们,多么需要他们,为了在这一瞬间能和他们相处一起,他是愿意付出任何代价的。他把婴儿安放在阿玛兰塔·乌苏拉生前准备的摇篮里,又用被子蒙住死者的脸，然后就独自在空旷的小镇上踯躅，寻找通往昔日的小径，他先是敲那家药房的门。他已经好久没来这儿了，发现药房所在地变成了木器作坊，给他开门的是一个老太婆，手里提着一盏灯。她深表同情地原谅他敲错了门，但执拗地肯定说，这儿不是药房，从来不曾有过药房，她有生以来从没见过一个名叫梅尔塞德斯的、脖子纤细、睡眼惺忪的女人。当他把额头靠在博学的加泰隆尼亚人昔日的书店门上时，禁不住啜泣起来，他懊悔自己当初不愿摆脱爱情的迷惑，没能及时为博学的加泰隆尼亚人的逝世哀悼，如今只能献上一串串悔恨的眼泪。他又挥动拳头猛击"金童"的水泥围墙，不住地呼唤着皮拉·苔列娜。此时，他根本没有注意到天上掠过一长列闪闪发光的橙黄色小圆盘，而他过去曾在院子里怀着儿童的天真，不知多少次观看过这种小圆盘。在荒芜的妓院区里，在最后一个完好无损的沙龙里，几个拉手风琴的正在演奏弗兰西斯科人的秘密继承者——一个主教的侄女——拉法埃尔·埃斯卡洛娜的歌曲。沙龙主人的一只手枯萎了，仿佛被烧过了，原来有一次他竟敢举手揍他的母亲。他邀奥雷良诺·布恩地亚共饮一瓶酒，奥雷良诺·布恩地亚也请他喝了一瓶。沙龙主人向他讲了讲他那只手遭到的不幸，奥雷良诺·布恩地亚也向沙龙主人谈了谈他心灵的创伤，他的心也枯萎了，仿佛也被烧过了，因为他竟敢爱上了自己的姑姑。临了，他们两人都簌簌地掉下了眼泪，奥雷良诺·布恩地亚感到自己的痛苦刹那间消失了。但他独自一人沐浴在马贡多历史上最后的晨曦中，站在广场中央的时候，禁不住张开手臂，像要唤醒整个世界似的，发自内心地高喊道：

"所有的朋友原来全是些狗崽子！"

最后，尼格罗曼塔把他从一汪泪水和一堆呕出的东西中拖了出来。她把他带到自己的房间里，把他身上擦干净，又让他喝了一碗热汤。想到自己的关心能够安慰他，尼格罗曼塔便一笔勾销了他至今还没偿还她的多日情场之账，故意提起自己最忧愁、最痛苦的心事，免得奥雷良诺·布恩地亚独自一人哭泣。翌日拂晓，在短暂地沉睡了一觉之后，奥雷良诺·布恩地亚醒了过来，他首先感到的是可怕的头痛，然后睁开眼睛，想起了自己的孩子。

谁知婴儿已不在摇篮里了。刹那间，一阵喜悦涌上奥雷良诺·布恩地亚的心头——他想，也许阿玛兰塔从死亡中复活过来，把儿子领去照顾了。可是，她依然躺在被子下面，僵硬得像一大块石头。奥雷良诺·布恩地亚还依稀地记得，他回到家里时，卧室的门是开着的。他穿过早晨散发着牛至草香味的长廊，走进餐厅，只见分娩以后，那只大锅，那条血迹斑斑的垫被，那块装灰用的瓦片，那块铺在桌子上的尿布，那条放在尿布中央、绕在一起的婴儿脐带，还有旁边的那些剪刀和带子，全都没有拿走。奥雷良诺·布恩地亚心想，也许是助产婆昨夜回来把婴儿抱走了。这个推测给了他集中思想所需的片刻喘息的机会，他在一把摇椅上躺下，在这把摇椅里，雷贝卡学过刺绣，阿玛兰塔曾跟格林列尔多·马克斯上校下过棋，阿玛兰塔曾给婴儿缝过衣服；就在这一刹那间——在他恍然大悟的刹那间——他终于明白自己的心再也承受不了往日那么多的重负。他自己的和别人的往事像致命的长矛刺痛了他的心。他诧异地望见放肆的蜘蛛网盘在枯死的玫瑰花丛上，望见到处都长满了顽固的莠草，望见二月里明朗的晨空一片宁静。就在这时，他看到了自己的儿子——一块皱巴巴的咬烂了的皮肤，从四面八方聚集而来的一群蚂蚁正把这块皮肤沿着花园的石铺小径，往自己的洞穴尽力拖去。奥雷良诺·布恩地亚一下子呆住了，但不是由于惊讶和恐惧，而是因为在这个奇异的一瞬间，他感觉到了最终破译墨尔基阿德斯密码的奥秘。他看到过羊皮纸手稿的卷首上有那么一句题词，跟这个家族的兴衰完全相符：

"家族中的第一个人将被绑在树上，家族中的最后一个人将被蚂蚁吃掉。"

在自己的一生中，奥雷良诺·布恩地亚的行为从来不像这天早晨如此理智：他忘记了死去的亲人，忘记了对死者的悲痛，重新把菲兰达的那些木十字架钉在所有的门窗上，不让人世间的任何一种诱惑扰乱他。奥雷良诺·布恩地亚已经知道，墨尔基阿德斯的羊皮纸手稿也指明了他的命运；在远古的植物、冒气的水塘以及光闪闪的昆虫（这些昆虫消灭了菲兰达房间里人的足迹）中间，他找到了这些依然完整无损的羊皮纸手稿；他无法克制自己迫不及待的心情，还没把它们拿到光亮的地方，就伫立在那儿嘀嘀咕咕地破译起来——他没有碰到任何困难，仿佛这些手稿是用西班牙文写的，仿佛他是在晌午令人目眩的阳光下阅读的。这是布恩地亚的一部家族史，在这部家族史中，墨尔基阿德斯对这个家族里的事件提前一百年作了预言，并且陈述了一切最平常的细节。墨尔基阿德斯先用他本族的文字——梵文——记下这个家族的历史，然后把这些梵文译成密码诗，诗的偶数行列用的是奥古斯都皇帝的私人密码，奇数行列用的是古斯巴达的军用密码。至于墨尔基阿德斯采取的最后一个防范措施，奥雷良诺·布恩地亚早在自己迷恋阿玛兰塔的时候就已经开始思索了，那就是老头儿并没有按照人们一般采用的时间顺序来排列事件，而是把整整一个世纪里每一天的事情集中在一起，让它们同时存在于一瞬之间。奥雷良诺·布恩地亚对这个发现入了迷，一口气地读完了改成乐谱的"教皇通谕"——这些通谕是墨尔基阿德斯从前打算念给阿卡迪奥听的，实际上是预言阿卡迪奥将被处死；接着，奥雷良诺·布恩地亚发现了世上最美的一个女人诞生的预言，她的躯体和灵魂都将升天；然后，奥雷良诺·布恩地亚还查明了一对孪生兄弟的诞生，他们是在自己的父亲死后出世的，他们未能破译羊皮纸手稿，不仅是由于他们缺乏能力和韧劲，也是因为他们的尝试为时过早。读到这儿，奥雷良诺·布恩地亚急于想知道自己的出身，不由得把羊皮纸手稿翻过去几页。刹那间吹来一阵微风，在这刚刚开始的微风中，夹杂着往日的声响——老天竺葵发出的沙沙声和顽固的怀旧病之前失望的叹息声。奥雷良诺·布恩地亚没有觉察到这阵微风，因为此刻他正好在他那好色的祖父身上发现了自己出身的初步迹象，这个祖父曾经轻率地闯到海市蜃楼的一片沙漠中去找一个不会使他幸福的美女，查明自己的祖父以后，奥雷良诺·布恩地亚继续顺着本族血统的神秘小径寻去，突然碰上了小蝎子和黄蝴蝶在半明不暗的浴室里刹那间交配的情景，就在这间浴室里，一个女人开头是一种抗拒心情，后来向一个工人屈服了，满足了他的情欲。奥雷良诺·布恩地亚全神贯注地探究，没有发觉第二阵风——强烈的飓风已经刮来，飓风把门窗从铰链上吹落下来；掀掉了东面长廊的屋顶，甚至撼动了房子的地基。此刻，奥雷良诺·布恩地亚发现阿玛兰塔·乌苏拉并不是他的姐姐，而是他的姑姑，而且发现弗兰西斯·德拉克爵士围攻列奥阿察，只是为了搅乱这里的家族血统关系，直到这里的家族生出神话中的怪物，这个怪物注定要使这个家族彻底毁灭。此时，《圣经》所说的那种飓风变成了猛烈的龙卷风，扬起了尘土和垃圾，团团围住了马贡多。为了避免把时间花在他所熟悉的事情上，奥雷良诺·布恩地亚赶紧把羊皮纸手稿翻过十一页，开始破译和他本人有关的几首诗，就像望着一面会讲话的镜子似的，他预见到了自己的命运，他又跳过了几页羊皮纸手稿，竭力想往前弄清楚自己的死亡日期和死亡情况。可是还没有译到最后一行，他就明白自己已经不能跨出房间一步了，因为按照羊皮纸手稿的预言，就在奥雷良诺·布恩地亚译完羊皮纸手稿的最后瞬间，马贡多这个镜子似的（或者蜃景似的）城镇，将被飓风从地面上一扫而光，将从人们的记忆中彻底抹掉，羊皮纸手稿所记载的一切将永远不会重现，遭受百年孤独的家族，注定不会在大地上第二次出现了。

（高长荣译，北京十月文艺出版社，1984年版。此译本由俄语、英语转译而来，为了阅读方便，译文中人物名字改为黄锦炎译本。）

三、《霍乱时期的爱情》

《霍乱时期的爱情》总共六章。每一章开头首先是以某位主人公为第一视角展开叙事的。比如第一章以乌尔比诺医生的视角来写，一出场就是苦杏仁的味道，引出这一章的第一视角乌尔比诺医生，如何通过气味目睹了一位友人的自杀现场。之后第一章里面大量的插叙，描述的都是乌尔比诺医生的日常生活，以及他与妻子费尔明娜琐碎的婚姻生活，直至回到第一章一开始的现在进行时，乌尔比诺医生因为爬到杧果树上去捉自家的宠物鹦鹉而摔死。第一章末尾处，在医生的葬礼上，男主人公佛罗伦蒂诺·阿里萨出场，因此第二章视角自然而然地转换到阿里萨身上。以此类推，我们会发现，第二章开始时，是第二位男主人公阿里萨的视角，倒叙他年轻时是怎么在送电报的时候对大宅子里的姑娘费尔明娜一见钟情，从此陷入万劫不复的恋爱深渊。他想尽办法通过写信的方式来打动费尔明娜的芳心，但这段感情在第二章中间时，受到了费尔明娜父亲的野蛮阻拦。到了第二章结束的时候，已经长大的费尔明娜在回到家乡后，忽然产生了一种对爱情与婚姻的新的自觉，于是拒绝了阿里萨。第三章从时间顺序上来看，是承接了第二章。第三章前半部分的内容又回到乌尔比诺的视角，开始写他是如何看上未来妻子的人选费尔明娜，并历经波折最终被费尔明娜接受的。第三章后半部分的内容，则像电影中的平行蒙太奇，也就是在乌尔比诺追求到费尔明娜的同一时间里，阿里萨在不同的空间中正经历着内心由于失恋而带来的无比挣扎。但与此同时，阿里萨意外发现可以借助于放纵肉欲、游走在不同的情人中间，来释放对费尔明娜执着的爱与等待的煎熬。第四章继续平行蒙太奇式的描写，前半部分是阿里萨的视角,他一边继续过着隐秘而放荡的生活,一边在暗暗地往上爬,希望有朝一日可以在地位和财富上配得上自己的女神。第四章后半部分描述费尔明娜和医生表面风光,内里却一地鸡毛的婚姻生活。这期间,随着时间的流逝,小说中也表现了阿里萨母亲的衰老和疯癫,以及阿里萨所经历的情人的死亡。从这里开始,小说已经从前面部分探讨爱情、婚姻,上升到了探讨衰老、死亡。第五章开始转为女主人公费尔明娜的视角,讲述乌尔比诺医生人到中年出轨的事情,但最终夫妻两人都为了这个维系了大半生的婚姻而妥协了。而另一边,平行的时空里,阿里萨在不断上升的事业中继续游戏人生,终于继承了叔叔的航运公司,也继续等待着自己的女神,不知老之将至,直至他忽然戏剧性地听说乌尔比诺医生死了。第六章从时间上来看,才是直接承续第一章的,也就是现在进行时。这一章写的是阿里萨在等待了半个多世纪后,如何重新让费尔明娜了解他、爱上他的。这是一个关于老年人回首一生,如何看待自己的青春、过往、爱情、婚姻,以及如何面对衰老和死亡等哲学意义上的命题。作者也最终完成了整部作品关于爱情这一主题,及其升华——关于到底什么是真正的爱情,其本身就是无解的,或者说是流动的、变化中的。如果把握了小说的叙事结构,那么之后无论是对这部作品进行精细分析,还是与其他作品做横向或纵向的比较研究,都会游刃有余。

(一) 正式授权的《霍乱时期的爱情》的中国首发式

2012年8月27日首次正式授权的《霍乱时期的爱情》中国首发式在中国社会科学院举行。据出版方介绍,《霍乱时期的爱情》中译本是根据马尔克斯指定版本翻译的,不仅是国内首次正式授权,而且是第一次全译本出版。凭借《百年孤独》于1982年获得诺贝尔文学奖之后,马尔克斯的创作热情依然高涨,1985年创作的长篇小说《霍乱时期的爱情》横空出世,该书西班牙语版的首印量是《百年孤独》初版的150倍。

余华指出,对所有作家来说最难写的就是爱情,当然你可以写一个很受欢迎的爱情故事,但问题是它不一定是好的爱情故事。"马尔克斯曾说他想把这两个人年轻和年老的爱情和拉美的动荡放在一起,但是后来他发现一本书只能解决一个问题,历史是历史,爱情是爱情。但是当我读完以后发现,拉美的动荡、拉美的风土人情仍然在里面,也只有他这样的作家才能写出这样的爱情。"余华坦言,这部作品的叙述功力比《百年孤独》还要难,因为《百年孤独》写的都是非常吸引人眼球的事情,《霍乱时期的爱情》则都是细微之处出来的,这种叙述是一点一点的,像推土机一样过来,最后发现你被它压死了都没有听到声响。只有作家才知道这种作品的叙述是多么需要功力,马尔克斯在这本书里也充分体现出来了。他认为,我们每个读者跟马尔克斯相隔那么远,却都能在这本书中那些属于我们个人的,甚至从中能够读到自己的隐私,这是读者最大的收获。

该书译者杨玲则认为,《百年孤独》和《霍乱时期的爱情》合起来才能算是真正的马尔克斯。马尔克斯在写《百年孤独》的时候就像高高在上的上帝一样俯瞰人类的社会,他用神来之笔的小说描述的是社会和人类的历史。而《霍乱时期的爱情》更像一首情诗,让马尔克斯又回到人性层面,让人感觉更多的是人的七情六欲,而且是人之间的非常真挚的爱。她表示,在翻译这本书时她的基本原则就是"直译"。

因为我觉得如果过多运用汉语本身的成语或者俗语等汉语语量的话,就会使原文中很多鲜活的细节失去它本身的色彩,甚至会被消解。我想带给读者一点点陌生感,马尔克斯之所以成功、之所以伟大,就是他在很多非常平常的事物中让读者感受到陌生感,这种陌生感也是我尽量保留的。这也是中国读者读外国文学的一种乐趣。

陈众议认为马尔克斯研究过福楼拜的《情感教育》,而真正研究比较透的是司汤达的《论爱情》。如果有对人对《霍乱时期的爱情》中阿里萨遇到的 622 个女人进行分类,基本上可以与司汤达《论爱情》中的形成对比。马尔克斯写阿里萨前后有了 622 个女人,这当然是夸张的,但是他都写到了,这其中囊括了各种各样的爱情,寡妇、他人的妻子、失恋的秘书,还有留着辫子的女学生,总计有 622 位"长期联系者",还不算"无数短暂的寻花问柳"。

范晔说这本书跟《百年孤独》很不一样,这也是作者有意为之的,他实际上想把这本书写成 19 世纪的小说。他在获诺贝尔文学奖之后想求新求变,不想再写第二个《百年孤独》,还有就是马尔克斯非常喜欢阅读一些爱情杂志、通俗小说，他非常迷这个东西。而且我们发现一个很有趣的现象，在马尔克斯的作品中，主人翁都非常爱读书，像《霍乱时期的爱情》中的医生也好，每年都读书，男主人公阿里萨也很爱读书，女主人公费尔明娜到她晚年的时候，有一个细节讲她听广播，全是感伤小说、爱情小说。我们甚至可以把《霍乱时期的爱情》当作关于阅读的小说，它是另一版本的《包法利夫人》。这本书中，阿里萨的爱情观完全是被阅读影响的，完全是浪漫主义塑造的爱情观，包括写情书的方式，他的脑子里面充满名言警句。凡是看《百年孤独》看不下去的读者都可以来看这部小说，它里面没有人名的重复，而且确实非常好看。《霍乱时期的爱情》中有一个场景：一名歹徒在深夜用手枪拦住了一名行路人，在打死他之前，给了他一个机会，根据他的回答来决定他的生死。歹徒的问题是："你是喜欢民主党，还是共和党？"行路人意识到，他活命的机会只有50%（实际上远远没有50%），如果说错了，只有死路一条。当读到这里的时候，我也不禁有些头皮发麻，我想我要是那个行路人的话，大概会用抛硬币的方法来决定。因为很显然，我无法了解歹徒的政治倾向，只能任意选择一下，听天由命了。而小说最后的结果出人意料，行路人想了一下，回答道："两个我都不喜欢。"歹徒却满意地笑了："你答对了，我饶了你。"

该书译者杨玲对译本也进行了一些说明：首先原文里面有很多名目翻译，比如动物名字、服饰名字，包括交通工具，轮船、汽车、马车等的翻译，都比较费时间，有的时候为了两个字就要查一两个小时。有一些东西除了查百科，还要查它的拉丁文名字、英文名字，甚至还要靠搜索图片，比如作者写的是一种鸟，叫石横，要先查拉丁文，还要再查西文、英文，搜索之后才敢确定，这样的例子比较多。当然还有马克尔斯的宗教和文化背景，如果没有搞清楚的话可能会漏掉很多重要信息，比如说里面几个重要情节都是在宗教节日中发生的，印象比较深刻的是男主人公阿里萨的第一个情人，叫拿撒勒的寡妇，拿撒勒实际上是圣经中的一个地名，在今天的以色列，它是耶稣年轻时候生活的地方。像这种如果没有把"拿撒勒"翻译出来，就会把巨大的讽刺意味漏掉了。还有一个例子很有意思，阿里萨另外一个情人当时想和他亲热，阿里萨说道："现在不行，因为我有一种奇怪的感觉，我觉得有人看着我们。"这个女的当时笑了，她说这个借口连约纳的老婆都不会相信。这个约纳的老婆是谁呢?又要好好地查一番。这个约纳的老婆是出自圣经旧约里一个故事的主人公,上帝曾经安排一条大鱼,这个大鱼吞掉了约纳,让他三天三夜不能回家,结果三天以后他回到家,并且跟他老婆说了这三天没有回来是因为被大鱼吞掉了。马尔克斯为什么写这个?是因为他说虚构文学实际上是约纳发明的。像这种细节不单要把人名翻译对,而且还要做注释,这样的话读者才能明白里面很多的隐藏含义。

(二)"我一直都写到对爱情的恐惧"

关于这本书,1986年马尔克斯在接受阿根廷《新闻记者报》记者采访时,有比较详细的创作谈。

问:《霍乱时期的爱情》是你获得诺贝尔文学奖后的第一部小说,获奖一事对你有什么影响?

答:第一个影响是我不得不中断我写作中的小说。得知获奖的消息时,我已经开始写这本书了。当时我曾不切实际地想,举行颁奖仪式和接受访者采访后,我便可以继续这部小说的写作了。很快我就意识到这是做不到的。我被迫陷入了无法解脱的社交活动,不得不无休止地在公众面前亮相。于是,我决定把已经开始写的小说暂停一年,以全副精力投入作为一个诺贝尔奖获得者的活动。就个人来说,得奖这件事对我没有什么重大影响,没有产生任何压力,也没有改变我的写作风格。只是当我重新执笔写那个已开始写的小说时,我发现自己并不喜欢已经写好的那一部分,这样,我便把书稿全部推翻,重新开始。

问:那你改写了些什么呢?

答:我把小说的时间向前推进了50年。作品中的人物在20年代或30年代已是上年纪的人了,这样环境的描写得从上一个世纪的80年代开始,因为这是一部贯穿人物漫长一生的情史,是一生中不同年龄时期的人对爱情的思考,而不是像某些地方人们所指的那种老人爱情。为此,我不得不对上个世纪末的历史做一番研究,但没有打算搞得像历史学家们要求的那样严格和精确,因为我不喜欢卷入与历史学家的争论中去,他们掌握所有的史料,并且分秒不差地编写历史。不过我在描写殖民地时期的时代气氛上,比如那时的生活方式、劳动形式、人们的饮食和风俗习惯等是一丝不苟的。

问:书中描写的城市是现实中哥伦比亚的哪个城市?

答：这是想象出来的一个地方，它具有哥伦比亚加勒比海地区三个城市的因素，这就是：卡塔赫纳、圣玛尔达和巴兰基利亚。这三个城市相距很近。比之于本国其余地区，哥伦比亚加勒比海地带与委内瑞拉加勒比海地带及其他加勒比海地带更为相似。这一地区那个时代的风俗习惯要比它的地理环境和历史状况更使我感兴趣。

问：你这本书是怎样写成的？

答：我认识几个人，年纪都不小了，他们对本世纪初的那些事情记得很清楚。我琢磨，本世纪初的风俗习惯与上世纪末最后20年的风俗习惯没有多大不同。那个时期，时光的流逝所产生的变化并不那么快。特别值得一提的是我与父母亲进行过交谈。老父亲是去年12月去世的，活了84岁。有很长一段时间，每天下午我都去看他们，同他们长时间地闲聊，但没有告诉他们那是为了写小说。书中所写的某一段时期的情史，实际上就是他们两个人的爱情。那一段时期之后，就变成另一段历史了。我一直说，所有的人物、所有的故事，都是某种"组合"。你从这些人身上取几块，从那些人身上取几块，这样你便会搞出一个与众不同的木偶来。正如我对你说过的那样，我从没有告诉过我父母亲为什么每天下午去他们的住所打听他们的爱情史。每次他们都很高兴地给我讲述他们的过去。有这样一件奇事：一天，我给我父亲打电话，想问他件事。他曾当过报务员（小说里的主角也是报务员），我想知道，过去他们发电报的那一套极其复杂的方式叫作什么。那时的电报是这样发的，比如第一站要向第六站发电报，首先得与第二站联系，第二站再与第三站联系，就这样依次往下发，由一个城镇传到另一个城镇。我问我父亲，这种联系方法叫什么，或者说那时叫什么？因为要再现那个时期幸福与不幸的气氛，熟悉那个时代的语言是至关紧要的因素。我父亲告诉我，那叫作"联站"。"联"这个动词挺好听，也挺确切。他去世后，哥伦比亚一位记者根据追忆，发表了一篇对他的访问记。在这次采访中，有人曾问我父亲是否从未想过写点什么。我父亲回答说，曾想好准备写一部可能很有兴趣的爱情故事，但是由于有一天我打电话问了他把几个电报站的信号沟通起来的技术叫什么，并且当时他刚好知道我已动笔写书，于是便决定搁置他打算写的那部小说。当然，这是他去世后我才知道的，因为在他生前我们从未谈及这些事。

问：爱情有什么改变？

答：至少在加勒比海地区，爱情过去一直是受压制的。没有现在的那些自由。如今，我的儿子们有他们的未婚妻，带她们去旅行，跟她们睡觉，如果不结婚也没有关系。他们恋爱的目的并不一定是结婚。在《一件事先张扬的凶杀案》里，把对爱情的压制可怕地戏剧化了，只是由于怀疑一个男人使一个处女失去贞节就把他杀害了，这种事在今天看起来是绝对愚蠢的。当有人对新的一代青年人说，这篇小说是以事实为根据写成的时候，他们会感到大惑不解。有时我问自己，对那种偷偷摸摸的事，他们是否跟我们一样感到激动……所有我喜欢的女人都使我产生同样的感觉。只要看到她、认识她，即使她不漂亮，而只是由于某种缘故打动我的心，她都会使我很害怕。①

（三）"对戴王冠的仙女来说，这里可不是什么好地方"

《霍乱时期的爱情》里有这样一个细节：在长久的离别后，热恋中的阿里萨突然在街上看见了恋人费尔明娜，他神魂飘荡地盯着她那穿行于市场中的惊鸿般的身影，气喘吁吁地尾随而行。当费尔明娜不经意地走进被视为"品行端庄的姑娘的禁区"的市场一角时，他跟上前去，说了一句简单却至关重要的话：

对戴王冠的仙女来说，这里可不是什么好地方。

刹那间，长达数年的思恋和梦想一下子在姑娘心中化为泡影；在给阿里萨的寥寥数语的绝交信中，费尔明娜冷酷地写道："我们之间的事，无非是幻想而已。"也是这刹那间，酿成了阿里萨长达 50 多年的爱之苦旅。那么，在这句简单平常的话里，究竟有一种什么样的非同寻常的力量，致使已拟做阿里萨妻子的费尔明娜断然与之分手？在此后半个多世纪里一直等待着她的阿里萨不值得她爱吗？她错了吗？

对这些问题的解答可能是相互矛盾的。作为爱的对象，阿里萨在年轻时给她的激动、战栗、痴迷、陶醉，在风烛残年时给她的抚慰、平静及某种重

---

① 这段采访内容综合整理自《外国文艺》，2013 年第 1 期。

要的启示，都是其丈夫乌尔比诺医生毕其一生都难以比拟的。然而，无论是抛弃阿里萨的50余年间，还是他们后来再次相爱，费尔明娜都没有真正表示过后悔之意。那句简单平常的话对她就是这样至关重要，致使她必须与之分手。对这种现象，罗兰·巴特曾有过论述，他在《恋人絮语》中写道："在对方完美光洁的脸上，我忽然发现了一个疵点，尽管它也许微不足道（一个姿势、一个词儿、一样小玩意儿或是一件衣服），可某种异样的感觉却刹那间在我从未意识到的某个角落冒出来，旋即将我爱慕的对象投入一个平庸的世界。"平庸和神奇如此迅疾地交替出现在同一对象身上，这向我们提示了什么呢？当然提示了爱情的主观性和幻想性。

当费尔明娜后来嫁给当地上流社会最出众的年轻人时，阿里萨明白，再次获得费尔明娜的障碍是其丈夫乌尔比诺医生，而只有死亡才能排除这一障碍。可死亡之于他的情敌和之于他自己的可能性是同等的。唯一的出路便是带有赌博性质的战胜时间和随时可能到来的死亡，活过乌尔比诺医生。与此同时，另一种死亡的威胁更为可怕，那便是在漫长岁月的流逝中不知不觉的激情之缺失、爱意之沦丧和心灵之死寂。可以说，在失去费尔明娜的50多年里，在痴心等待梦想实现的半个世纪里，阿里萨就是这样在双重意义上与死亡做着殊死的搏斗。他不自量力，以一己的灵魂和意志，以这灵魂和意志中深沉的爱情，顽强地抗拒着双重的死亡。50多年后阿里萨终于活过了乌尔比诺医生时，他与费尔明娜有过两句对话——当时，费尔明娜感叹地说："世上的一切都变了。"阿里萨却以不容置疑的口吻作答："可我没变。"对阿里萨而言，"变"意味着"逝去"，进而意味着死，可阿里萨没有逝去，没有死，他一如既往地活在当年，活在激情与青春之中。他再次追求费尔明娜时依然使用着50多年前的方式，甚至在对方一封激怒地诅咒他的回信中也能寻觅到某种机遇的潜在动机。从半个世纪前延续至今，那古老的爱情被他保存得那般鲜嫩如初，谁能否定这衰老之躯中的十足韧性和痴迷激动不是当年樱桃树下的那个小伙子呢？

正如小说中所写，在50多年的等待生涯里，"他毋须为了备忘而每天在牢房的墙上划一个道道计算日子，因为每一天都会发生点事儿使他勾起对她的回忆"。50余年，在阿里萨那里已被转换得恍如昨日的傍晚。可等他得以再次接近费尔明娜时，那等待的瞬间又漫长如年。在那次因探望费尔明娜而摔了一跤后,医生曾命令他卧床 60 天,于是他抗议道:"别对我这样,大夫,我的两个月就像你的十年一样呀!"难怪小说结尾处,当船长吃惊地问阿里萨这艘仅载他和费尔明娜两人的豪华游轮究竟航行到何时时,阿里萨说出了"早在五十三年七个月零十一个日日夜夜之前就准备好的答案"——"永生永世!"

当那一对老朽的情人"赤裸裸地躺在一只轮船的黑咕隆咚的舱房里"时,当这对"世纪情人"并排躺在轮船的舱房里时,费尔明娜就已经开始了作为女人的例行"盘查",虽然是在不经意间,她还是说起没有听说过阿里萨有女人,阿里萨却毫不犹豫地回答:"那是因为我在为你保留着童身。"正如小说写到的,费尔明娜并不相信阿里萨的鬼话,但"她喜欢他说这话的勇气",因为这种鬼话已经"不因其内容而有价值,而是由于其令人眩目的威力"。

延伸阅读

张伟劼读《霍乱时期的爱情》:乌尔比诺医生抗疫记

张文宏医生在一次访谈中提到,他会在差旅途中读一些和自己专业相关的文学作品,比如加西亚·马尔克斯的《霍乱时期的爱情》。我很有兴趣了解一下,张大夫是怎么看待书中提到的霍乱疫情的应对举措的。在小说的最后,男主人公和船长合谋出了一个鬼点子,以轮船故障为由让所有乘客下船,然后在船上升起黄旗——按当地惯例,这个信号的意思是该船发生了瘟疫,处于自我隔离状态,这样一来,我们的男女主人公就能不受打搅地在他们的爱之船上享受战胜了时间和空间的纯美浓情了。我估计张大夫是不会认可这种为了满足小资爱情而伪造疫情的做法的,因为这样做可能会造成不必要的恐慌。张大夫可能会对小说的另一个人物更感兴趣——女主人公的丈夫胡维纳尔·乌尔比诺医生。

乌尔比诺医生是小说中第一个出场的人物。他生得伟大,死得虽不算光荣,还是享受了伟人式的厚葬,不仅有哥伦比亚共和国总统发来唁电,城中百姓也纷纷上街为他送葬。他最为人称道的贡献,就是青年时代在法国完成学业,回到他出生成长的那座加勒比海滨古城后,"运用全新的有力手段,制止了本省最后一次霍乱的流行"。小说有专门的一个章节详述他这项丰功伟绩。

如果我们把乌尔比诺医生抗击霍乱疫情的经历当成一个独立的故事，从结构上说，这算是一个为父复仇记。父亲为邪恶势力所害，儿子在悲愤中苦练武功——当然也免不了时不时享受一下声色犬马，年轻人嘛——然后学成归来，子承父业，打败了杀父仇人，并且与心上人终成眷属，事业爱情双丰收，从此过上幸福的生活。这是迪斯尼电影《狮子王》和港剧《大时代》的故事套路，在这个"乌尔比诺医生抗疫记"中也一样，只不过杀父仇人不是人，而是霍乱弧菌。

胡维纳尔·乌尔比诺的父亲马克·奥雷里奥·乌尔比诺医生是霍乱肆虐时代的"民间英雄，也是最受人瞩目的牺牲者"。他凭借医生身份的权威领导了抗疫之战，英勇投入前线，不幸感染上霍乱，然后又采取了自我隔离的悲壮之举，最后跟其他病死者一起被混葬在公共墓地。胡维纳尔·乌尔比诺在多年后翻看当时的记录，发现"父亲所采用的方法仁爱多于科学，在很多方面都有悖医学原理"。为父报仇，在同样的敌人面前，儿子自然应当做得更出色。

时为十九世纪下半叶，二十八岁的胡维纳尔·乌尔比诺在巴黎接受了当时最先进的医学教育，带着乡愁归来。他带回来的最重要的东西，与其说是医术，不如说是科学——也就是说，"赛先生"。要战胜一种杀伤范围巨大的传染病，并且是彻底地战胜它，光靠临床医术是不行的。传染病的流行和当地人的卫生习惯有着很大关系，而这些糟糕的习惯又往往被笼罩在迷信、神话、偏见的外衣下，要破除这些东西，必须请出赛先生。他的父亲更多是靠着一种中世纪骑士式的献身精神与瘟疫作斗争的，而赛先生是毅然决然地拒绝中世纪的。

首先，胡维纳尔·乌尔比诺接管了父亲的诊所，把书柜里那些历史悠久的医学书替换成法国医学新一派的著作。这是科学精神的体现，因为科学史的规律就是新知识必然取代旧知识，科学的历史是不断否定前人的历史。接下来，他开始在医院里推行现代医学观念，在这家医院里，人们仍然相信把床的四条"腿"搁进四个装着水的罐子里，就能预防疾病爬上床来。他的努力遭到了同行的猜忌和嘲笑。再接下来，他开始关注城内的公共卫生状况：殖民时代西班牙人修建的污水沟必须填平，代之以封闭的下水管道，排水口应改设在偏远的垃圾场；贫民窟穷人露天大小便的习惯是爆发流行病的隐患，他在市政府开办强制学习班，教穷人自建厕所；人们用惯的石制净水器是培养各种有害微生物的温床，水中那些令人们心怀敬畏的"精灵"实为蚊子的幼虫，在他的推动下，城内修建了保证饮用水洁净的高架水渠；面朝海港、毗邻屠宰场的公共市场是脏乱差的集大成者，马尔克斯写得五光十色："剁碎的脑袋，腐烂的内脏，动物的粪便，在阳光下静静地漂浮在一片血沼泽中。为了这些食物，兀鹫常常跟老鼠和狗争抢得无止无休，时而穿梭于挂在棚檐下的索塔文托美味鹿肉和阉鸡之间，时而跃过摆放在席子上的阿尔霍纳春季菜豆。"要拿华南海鲜市场跟它比，怕是小巫见大巫了吧？乌尔比诺医生的想法是：第一，把屠宰场迁走，第二，重建一个有彩色玻璃穹顶的市场。经过多次碰壁后，他的想法最终部分地实现了。

在马尔克斯之前完成的著名作品《百年孤独》中，同样有关于来自西方的现代文明如何为拉丁美洲所接受的书写，那些片段读起来往往令人忍俊不禁。比如，何塞·阿尔卡蒂奥·布恩迪亚看到现代机器造出的冰块，把它当成时代最伟大的发明，再比如，马孔多的居民初识电影，看到一个大活人在一部电影里死了接着却在另一部电影里活过来变成了阿拉伯人，觉得受到了嘲弄，遂将电影院的座椅砸了个稀巴烂。在这里，马尔克斯笔下的同胞们、乡亲们接受的不是科学，而是器物，是现代科学结出的果实。这些果实的培育者、制造者是西方人，拉美人只能稀里糊涂地、知其然不知其所以然地接受和消费这些东西。当现代科学的发明成果迅速地充斥了他们的生活环境，他们也迅速地适应了这些现代生活的器物时，他们的思维和观念却是进化缓慢的。他们并没有真正地、彻底地接受现代文明，从而成为现代人。马尔克斯是用一种冷面笑匠式的笔调对拉丁美洲的现代化做出批判的。相比之下，《霍乱时期的爱情》对同样主题的处理要显得更乐观一些，现代文明的进入从器物层面上升到了科学层面，于是切切实实地为身在百年孤独深渊中的人们带来了更美好的生活，胡维纳尔·乌尔比诺医生在他不懈的社会活动中成了正能量的化身。

乌尔比诺医生在关注城内公共卫生状况时，已经预见到霍乱的卷土重来，并且在专业应对策略上做好了准备。他在法国时曾师从当时最杰出的流行病学家、疫区封锁理论的创始人阿德里安·普鲁斯特。回国不到一年的时候，有一回被学生请去诊断一个三天前抵达此地的"浑身泛着罕见蓝色的病人"，他"只在门口看了一眼，便认出了他的敌人"。乌尔比诺医生对患者做了流行病学调查，说服当局发出警报，并强迫病人来此地时搭乘的客船进入隔离状态，然后当城内出现另一起确诊病例时，按照乌尔比诺医生制定的防控措施，该病例的家人被分别单独隔离起来，整个街区也被置于严格的医疗监控之下。往后，虽然仍有病例出现，但霍乱没有像以往那样演变到大爆发的地步。快到一年时，疫情基本已经得到了控制。乌尔比诺医生凭借防疫工作中的出色表现得到了当局更稳固的信任，他当初提出的改善公共卫生状况的建议终于被采纳和执行。从此，霍乱虽然没有在该地区完全消失，但已经实现了"可防可控"。胡维纳尔·乌尔比诺带着胜利将军、成功男人的光环开始情场上的征服，经过一番苦战，再次大获成功。以世俗的眼光来看，乌尔比诺医生是完美无瑕的白马王子，真的是要什么有什么，我们的女主人公费尔明娜实在没有理由不接受他。我们的男主人公、苦恋费尔明娜的弗洛伦蒂诺这回算是遇上了最强大的情敌。从小说故事发展的逻辑来说，乌尔比诺医生的男神形象为小说男女主人公终成眷属的可能性设置了极大的障碍。乌尔比诺越是英雄伟岸、无可挑剔，弗洛伦蒂诺那偏执狂式的爱的阻力就越大。弗洛伦蒂诺越是不想放弃追求，他的爱情圣徒的形象就越为高大。伟大的抗疫英雄成全了更伟大的爱情英雄。

  细读下去，我们发现，伟大的抗疫英雄在家庭生活中是个狗熊。在头脑守旧、思想专制的母亲、妹妹和不甘受传统礼教束缚、追求内心独立和自由的妻子之间，为了保持家庭的稳定，他更多迁就于前者，让自己回归到一个正统天主教徒、传统绅士的角色，于是，对我们的女主人公费尔明娜来说，婚姻生活成了永无出头之日的地狱苦刑。因此，费尔明娜在丈夫死后能梅开二度，也就显得合情合理了。

  这样看来，乌尔比诺医生的身上也有一定程度的悲剧性。一个出身名门的进步青年，能处理好祸害苍生的瘟疫，却处理不好婆媳关系；能医治广大同胞的身体，却拯救不了广大同胞的灵魂——他从法国带来的新思想为本地社会带来的变革仅止于医学卫生层面，在这座自始至终散发着中世纪气息的哥伦比亚古城里，从十九世纪到二十世纪，森严的社会等级、根深蒂固的种族主义歧视、腐朽的贞操观念变化甚微。我们可以从拉丁美洲思想史背景上来重新审视乌尔比诺医生这个小说人物。他的经历折射出实证主义在拉丁美洲的命运。实证主义起源于法国,在十九世纪下半叶的拉丁美洲受到热烈欢迎,因为实证主义有着科学理性的崇高面目,鼓吹"秩序与进步",既能契合拉丁美洲财富增长、革新生产和生活方式的需求,又能维护稳定的社会结构,不像其他一些主义那样呼唤受压迫的人们操起生产工具去闹革命。正如威亚尔达在《拉丁美洲的精神:文化与政治传统》(*The Soul of Latin America: The Cultural and Political Tradition*)一书中所指出的,实证主义是这样的一种意识形态,"既能够为现存权力结构提供合理性解释,又能够证明他们对改革模式的思想、社会、政治和经济的领导是正确的,而且还是普世的、进步的和必然的"。威亚尔达发现,实证主义强调知识分子和精英在推动进步、促进文明的过程当中的领导作用,与拉美思想继承的柏拉图式"哲人王"理念不谋而合。另一方面,实证主义与深植于拉丁美洲灵魂中的、强调秩序和等级制的天主教思想可以实现比较完美的对接。在留法精英乌尔比诺医生的身上,我们正可以或明或暗地看到实证主义的种种表现。他有科学权威的加持,能在社会面临卫生健康问题时成为独尊一方的领导者,政治当局尊重他、信赖他,甚至邀请他分享政治权力,只是他自觉地与权力保持距离。他头脑里有先进的思想,却不得不与本地强大的旧式思维相妥协,做一个恪守传统规范的天主徒,最终与讲究出身血统、爱荣誉胜于爱金钱的本地精英沆瀣一气,不可避免地重新成为本地统治阶级的一员。他拒绝参与政治,或者说是以消极的姿态对待政治,事实上成了传统政治秩序的受益者和不自觉的维护者。在爱情和婚姻方面,从诚意上来看,他也是不合格的。大概是为了惩罚他,相信革命也相信爱情的加西亚·马尔克斯在小说开头就为他安排了一个有点儿滑稽意味的死亡,又在小说末尾赐予他的情场对手弗洛伦蒂诺以甜美的好运,仿佛是在暗示我们:唯有真爱,才能真正拯救百年孤独的拉丁美洲。

(载于澎湃新闻《上海书评》,2020年4月21日。)

第四节　纳博科夫及其《洛丽塔》

20世纪西方文坛出现了一种现象，学者与小说家同一，畅销与经典同一，学术与虚构同一。这种多元而一体的倾向在美国的弗拉基米尔·纳博科夫、英国的戴维·洛奇，意大利的伊塔洛·卡尔维诺和安伯托·艾柯，阿根廷的豪尔赫·博尔赫斯，捷克的米兰·昆德拉等作家身上表现明显。他们不仅是学者，也是小说家；他们的作品不仅畅销，也是当代文学的经典；他们不仅会研究，也更会虚构。

纳博科夫是戏仿的高手，卡尔维诺是元叙述的行家，艾柯是做学问的专家。他们的共同点在于都具有鲜明的个人风格，都在学术和市场的双重压力下取得了文学上的成功，在后现代主义的大潮中保持了清醒和睿智。他们开创或吸收了种种后现代主义的"新手法"，用元叙事、互文性、戏仿、拼贴、伪造等创造了一个文本狂欢的世界。西方人文主义传统、知识分子的历史使命感，又使他们的作品在深层意义上有着哲理性和批判性。作为小说家的学者，他们有自己的文学理论，多有专著行世；作为学者的小说家，他们在创作中自觉运用理论观念，具有浓郁的学术气息。这二者的结合，使他们的理论与小说自成一统、别具一格，最终重新定义了"小说"。

他们都是优秀的读者。纳博科夫从19世纪的小说中看到了无数精巧的细节，以及技巧下面深深隐藏的虚构性，从而意识到二者的相辅相成乃是小说的魔术；艾柯在《尤利西斯》里发现了对秩序的消解与对秩序的呼唤。卡尔维诺专门写了一本名为《为什么读经典》的书，对"经典"给出详细的定义。

纳博科夫（Vladimir Nabokov，1899—1977）为俄裔美国作家、学者和翻译家。他突破了传统小说的窠臼，代之以创新的文体形式、精湛的叙事技巧、独特的语言风格，从而被视为后现代主义文学的经典作家。

一、有关《洛丽塔》的争议

《洛丽塔》是纳博科夫流传最广、争议最多的作品，也是研究者最为青睐的作品。它既是作家个人艺术风格的集中体现，又是后现代主义文学名闻遐迩的经典。1954年，《洛丽塔》完稿后，它"对几个上了年纪阅读能力差的人来说，是一部令人憎恶的小说"，于是先后遭到四家神经紧张的美国出版社的拒绝。此书在美国人尽皆知，人们是把它当作一本"黄书"来读的。从1955到1982年间，此书先后在英国、阿根廷、南非等国家遭禁。1955年9月，历经挫折之后，《洛丽塔》终于在巴黎得到奥林匹亚出版社的认可，得以出版。在宽容的法国出版后，《洛丽塔》屡屡被批评是一部非道德甚至反美的小说，也是由于这部小说一眼看去必定会产生的这种理解（即使在20世纪90年代，情况也是如此。一个有趣的例子是，在互联网上搜索主题词"洛丽塔"，所展示出的信息中至少有50%涉及性和色情）。

  关于小说，争议的焦点自然是有关艺术的社会责任问题。《纽约时报》的一篇书评称："《洛丽塔》无疑已是图书世界的一桩新闻……"《洛丽塔》争议的关键和最令人难解的是，纳博科夫对道德问题显得很没兴趣。许多人的阅读动机可能确实出于要看一看《洛丽塔》到底有多"不道德"，好奇的读者总是由它联想到因为色情描写而引起世界性争议的《查泰莱夫人的情人》和《尤利西斯》。一位论者自觉找到了被这种含混性掩埋了的真义，称《洛丽塔》是"衰老的欧洲诱奸年少的美国"的象征，另一位论者却发现：《洛丽塔》是"年少的美国诱奸衰老的欧洲"的寓言。

  面对不同的议论，纳博科夫本人的回答非常明确：

  在现代，"色情"这个术语意指品质二流、商业化以及某些严格的叙述规则，那也是千真万确的。因此，在色情小说里，必须有一个个性描写场面。此外，书中描写性的场面还必须遵循一条渐渐进入高潮的路线，不断要有新变化、新结合、新的性内容，而且参与人数不断增加。因此，在书的结尾，必须比头几章充斥更多的性内容。

  纳博科夫认为："低级色情小说中的动作都只限于陈词滥调的交媾；好像是说，作品不应用风格、结构、意象来分散读者的淫情。"纳博科夫也说："《洛丽塔》根本不是色情小说。"

  这部小说塑造了一个无英雄气质的人物亨伯特。他对年轻少女有着不可抗拒的情欲。其实，这是纳博科夫的又一篇寓言故事，从淫欲来检验爱情。亨伯特是一位从法国移民美国的中年男子，他在少年时期与14岁的少女安娜贝尔发生了一段初恋，最后安娜贝尔因伤寒而早逝，造就了亨伯特的恋童癖，他将"小妖精"定义为"九到十四岁"。亨伯特最先被一名富有的寡妇抛弃，后来又迷恋上女房东12岁的女儿洛丽塔，称呼她为小妖精。

洛丽塔恣意地挑逗亨伯特，使得亨伯特无法自拔，为了亲近这位早熟、热情的小女孩，亨伯特娶女房东为妻，成了洛丽塔的继父，他利用零用钱、美丽的衣饰等小女孩会喜欢的东西来控制洛丽塔。小说中的女孩原名为多洛蕾丝·黑兹，西班牙文发音的小名为洛丽塔（Lolita）或洛（Lo），纳博科夫以此作为书名。后来，女房东发现了丈夫与女儿的不伦之恋，一时气疯往外跑，不幸被车子撞死了。亨伯特将洛丽塔从夏令营接出来一起旅行，两人尽情缠绵。洛丽塔在和继父旅行的过程中被剧作家奎尔蒂带走了。奎尔蒂在洛丽塔10岁的时候就见过她了，那时候洛丽塔就喜欢他了。但是奎尔蒂是个变态狂，强迫洛丽塔在他面前和别人拍色情电影，洛丽塔不接受，他就把洛丽塔赶走了。然后洛丽塔过着近乎流浪的生活，又遇到了后来的丈夫。一日亨伯特收到洛丽塔的来信，信上说她已经结婚，并怀孕了，需要继父的金钱援助。亨伯特给了她400美元现金和3600美元的支票，还把屋子卖了，买家先付了1万美元跟房子的契约。但是，洛丽塔拒绝了亨伯特再续前缘的要求，亨伯特伤心欲绝，枪杀了那个带走洛丽塔的剧作家奎尔蒂。1952年亨伯特因血栓病死于狱中，17岁的洛丽塔则因难产而死。

二、《洛丽塔》的美学风格与文本游戏

纳博科夫被称为"语言的魔法师"。他是公认的文体家，其语言细腻、精致、深邃、优雅，风格华美、玄奥、新奇。他视文学传统与他创作的关系，从来就是"正视牢笼而不为牢笼所束缚"。《洛丽塔》充满了对色情文学、传统回忆录、忏悔录、答辩状、美国现代公路小说、侦探小说等多种文体的戏仿。

（一）审美快感

1956年，纳博科夫在文章《关于一本题名〈洛丽塔〉的书》中指出："《洛丽塔》毫无道德寓意。在我看来，一部虚构的作品得以存在仅仅在于

它向我们提供了我直截了当地称之为审美快感的东西。"《洛丽塔》就像作者编写的"一个美丽的谜",是一场充满审美狂喜的文本游戏,正文是主人公亨伯特的声音,女主人公洛丽塔是其任意解释的对象。亨伯特对洛丽塔的心醉神迷是其对"性感少女"(小仙女)形象的主观臆想和再度加工,表现人类寻求"审美狂喜的感觉"的创造性和将自我对象化到被创造物上的投射性。亨伯特的性欲成为艺术创造欲的一个隐喻,创造(洛丽塔)本身是快乐的,占有(多洛蕾丝)之后这是痛苦的。亨伯特对"性感少女"的癫狂,表现了人类对不可企及的事物执着的追求精神。其对女童的畸恋,表现了他"寻找失去的时间"的强烈企图。他对"性感少女"年龄的苛刻界定,使时间成为他最大的敌人。

(二) 不可靠的叙述者

《洛丽塔》序言中,心理学家小约翰·雷博士宣称"亨伯特""洛丽塔"皆非真名,且均已死亡,也即该故事实际上死无对证。从文中我们可以看出亨伯特是一个经常出入精神病院的病人,但小说结尾指出他被送往精神病院接受观察后却又被送进了监狱,也即其精神状况没有问题,故事究竟是一个疯子的呓语还是伪疯子逃避责罚的处心积虑的设计?故事由一个"不可靠的叙述者"来叙述,究竟可信吗?而即使亨伯特确实存在,洛丽塔也只是他的幻象。(亨伯特在占有了洛丽塔之后说道:"我疯狂占有的不是她,而是我自己的创造物,是另一个,梦想中的洛丽塔——或许比洛丽塔更真实;重叠又包容了她;在我和她之间浮游,没有欲望,没有感觉——的确,她自己是没有生命的。")小约翰·雷博士呼吁读者不要将此书当成色情文学,而要当成精神病学领域里的经典病例,并进行了一番道貌岸然的说教。"《洛丽塔》应该让我们——家长、社会工作者、从事教育的人——提高警惕,加强重视,创造出更安全的社会,培养出更好的一代人。"但是纳博科夫本人是反对"道德解读"的,因此,小说的虚构性昭然若揭了。

小说通篇由亨伯特的自白构成,其中夹杂着日记、书信、广告、诗歌、报刊文摘,不同的文体、不同的句式、不同的语气、不同的台词或潜台词纷至沓来,使亨伯特的自白产生一种奇特的效果。在文本霸权的意义上,作者已死,其自白由此显得不可信。

（三）戏仿

《洛丽塔》中指涉了60余位著名作家，暗含着作家本人的文学见解。比如渲染亨伯特对洛丽塔充满情欲的畸形心理时，站在主人公亨伯特的角度煞有介事地引经据典：但丁爱上9岁的贝阿特丽采，彼特拉克爱上12岁的劳拉，爱伦·坡爱上14岁的弗吉尼亚……作者一方面通过有意的亲昵模仿，向自己心仪的作家致敬，另一方面也有意揶揄模仿，讽刺了自己反对的作家作品和文体形式。如亨伯特和奎尔蒂是具有陀思妥耶夫斯基式的双重人格的人物。同时，弗洛伊德的理论在《洛丽塔》中也受到了纳博科夫的嘲笑，亨伯特曾说"我总是那个维也纳巫医忠实的小追随者"。

（四）文字游戏

《洛丽塔》用英语写成，其中掺杂了法语、拉丁语等。这种多语种写作技巧说明了《洛丽塔》主题的多元化，是文学全球化过程中的有力工具。在小说中，纳博科夫还发挥了他擅长玩弄换音词、双关语等文字游戏的本领。比如小说中出现了一个与剧作家奎尔蒂合作《小仙女》的叫维维安·达克布鲁姆（Vivian Darkbloom）的人物，事实上纳博科夫在这里玩了一个文字游戏，这个名字正好是弗拉迪米尔·纳博科夫（Vladimir Nabokov）字母的重新排列组合。亨伯特与洛丽塔第一次发生关系的地点在"着魔的猎人"，奎尔蒂的一出剧也叫《着魔的猎人》，后来洛丽塔在此剧中扮演小仙女。亨伯特第一次遇到洛丽塔的地方是在街区的第324号，他与洛丽塔第一次过夜是在旅馆的324号房间，他们长途旅行一共住过324家旅馆。纳博科夫发现的一类蝴蝶命名为"多洛蕾丝"，而洛丽塔的名字也是多洛蕾丝。在百科全书中蝴蝶的序号为22，洛丽塔的学号也为22号……此类巧合遍布书里书外，加强了小说的迷惑性和游戏性。

（五）蝴蝶美学

作为蝶类学专家，纳博科夫对细节近乎偏执的关注，他坚信"细节优先于普遍"，唯恐读者不能体会细节里的微妙之处，所以对读者要求甚高。他认为一个优秀的读者应该有想象力，有记性，有字典，还要有一些艺术感，"我们不能只读一本书，只能重读一本书"。他乐于在创作中用细节"制迷"，运用大量的典故、隐喻、双关、含混、镜像、时空交错、循环往复等手段，把作品编织得如同迷宫，并希望读者参与其中，通过对细节的反复琢磨来识破伪装、寻找答案。可惜，读过《洛丽塔》的人数以百万计，但是人们对其中细节的关注远远达不到纳博科夫的标准，于是，在《关于一本题名〈洛丽塔〉的书》中，纳博科夫忍不住提醒读者：

我似乎是为了特别的享受而挑选这样一些意象，诸如……卡思边的理发师（他花了我一个月的工作时间），洛丽塔打网球……通向山间小路的山谷城镇的叮当声（在这山上我抓住了第一只著名的以纳博科夫命名的淡青色雌蝴蝶）。这些是小说的神经。这些是秘密的要点。这些是全书情节的隐形架构。①

秘鲁作家略萨指出："一部伟大的文学作品总是容许各种互相对立的读者层的；一部伟大的文学作品又是一个每位读者可以从中发现不同含义、不同特色，甚至不同故事的潘多拉的盒子。《洛丽塔》的情况就是如此。"小说问世以来，评论界对它一直众说纷纭。这种意义的不确定性、文本的开放性、阅读的游戏性，恰是后现代主义文学的特征。

三、《洛丽塔》选段分析

小说包含序言和正文两部分。

序言部分的叙述者为小约翰·雷博士，他叙述了这本书的由来和自己的感想。读者从序言中得知，这位博士曾经写过一部著作《感觉是否可靠？》，他在书中讨论了某些病态和性反常行为。大概是由于这一经历，"亨伯特·亨伯特"的律师委托他来编辑这份手稿。他还透露，"亨伯特"已经在审判前几天因冠状动脉血栓症突发死于狱中，一个月后"洛丽塔"死于难产。

（第一部第1章）亨伯特用极其热烈的语言叙述着对洛丽塔的爱恋。

洛丽塔是我的生命之光，欲望之火，同时也是我的罪恶，我的灵魂。洛—丽—塔；舌尖得由上腭向下移动三次，到第三次再轻轻贴在牙齿上：洛—丽—塔。

---

① 纳博科夫：《洛丽塔》，华明等译，河北人民出版社，1989年版，第350页。

早晨，她是洛，平凡的洛，穿着一只短袜，挺直了四英尺十英寸长的身体。她是穿着宽松裤子的洛拉。在学校里，她是多莉。正式签名时，她是多洛蕾丝。可是在我的怀里，她永远是洛丽塔。

在她之前有过别人吗？有啊，的确有的。实际上，要是有年夏天我没有爱上某个小女孩儿的话，可能根本就没有洛丽塔。那是在海滨的一个小王国里。啊，是什么时候呢？从那年夏天算起，洛丽塔还要过好多年才出世。我当时的年龄大约就相当于那么多年。你永远可以指望一个杀人犯写出一手绝妙的文章。

陪审团的女士们和先生们，第一号证据是六翼天使——那些听不到正确情况的、纯朴的、羽翼高贵的六翼天使——所忌妒的。看看这篇纷乱揪心的自白吧。

（第一部第2章—第7章）"我"自称为"亨伯特·亨伯特"，1910年出生于巴黎，虽然母亲早逝，但是家境优裕且不乏父爱，得以度过幸福的童年。少年时的亨伯特狂热地爱上了14岁的小姑娘安娜贝尔，然而命运无常，未等他们偷尝禁果，安娜贝尔便死于斑疹伤寒。安娜贝尔的死在亨伯特整个沉闷的青春岁月里构成了一道无法清除的障碍，使得他在成年后养成了一种畸形病态的爱好——喜欢9至14岁之间的某一类小女孩。

（第一部第8章—第9章）因为瓦莱丽亚有着小姑娘的活泼，所以亨伯特先生在25岁时与她结了婚。但这场婚姻仅仅维持了四年，瓦莱丽亚宣布另有所爱。时逢亨伯特在美国的叔叔去世，要求他去继承财产，于是他从旧大陆来到新大陆，一边经营叔叔留下的公司，一边为英语学生编写法国文学比较史。亨伯特的健康状况一直不佳，除了心脏病，还因精神病而数度入院疗养。

（第一部第10章—第14章）37岁时，亨伯特邂逅12岁的少女洛丽塔。仿佛看见死去的安娜贝尔在眼前复活，亨伯特欣喜若狂。为了接近洛丽塔，他成了洛丽塔家的房客，每天在日记本上，亨伯特热烈地倾吐着对洛丽塔的爱恋：

星期四。天气十分暖和。从一个有利的地点（浴室的窗户）我看见多洛蕾丝在房子后面苹果绿的亮光里，正从一根晾衣绳上取下衣物。我逛出屋子。她穿着方格布衬衫、蓝布牛仔裤，脚下一双帆布胶底运动鞋。她在斑驳的阳光下的一举一动都似乎在我可怜的身体内最隐秘、最敏感的弦上拨了一下。过了一会儿，她在后面门廊的最低一级台阶上挨着我坐了下来，动手拾起两只脚之间的卵石——卵石，天哪，当时是一小块弯曲的牛奶瓶碎玻璃，像一片在怒吼的嘴唇——把它们朝着一个罐子扔过去。啪。再来一次你就扔不中了——你没法击中——这真叫人受不了——再来一次。啪。美好的皮肤——哦，真美好：柔软娇嫩，给太阳晒成棕褐色，上面没有一点儿斑点。

A mes heures，我是个诗人，为她出神的浅灰色眼睛上乌黑的睫毛，为她抽动的鼻子上那五颗不对称的雀斑，也为她褐色的胳膊和腿上那淡黄色汗毛，我做了一首情诗，但我把它撕了，今天也记不起来了。我只能用（在日记中重新写下的）最陈腐的词语来描摹一下洛丽塔的容貌。我可以说她的头发是赤褐色的，她的嘴唇红得像舔过的红色糖果，下嘴唇相当丰满——噢，要是我是一个女作家就好了，可以在一道赤裸裸的亮光下让她赤裸裸的摆好姿势！可是，相反我却是身材瘦长、骨骼粗大、胸口毛茸茸的亨伯特·亨伯特，眉毛又黑又浓，说话口音古怪，在缓慢的、孩子气的微笑后面藏着一大堆腐朽凶恶的坏念头。而她也不是一本女性小说中那娇弱的孩子。叫我失去理智的是这个性感少女（大概也是所有性感少女）的双重性；我的洛丽塔身上混合了温柔的爱幻想的稚气和一种怪诞的粗俗；这种粗俗来自广告和杂志图片上那些忸怩作态的塌鼻子女郎，来自故国（含有踏碎了的雏菊与汗水的气味）的那些脂粉狼藉的青年女佣，也来自外地妓院里那些装扮成小姑娘的非常年轻的妓女。而后所有这一切又跟通过麝香与泥土、通过污垢与死亡渗出的那种纯洁美妙的温柔混合在一起，天哪，天哪。最特别的就是她，这个洛丽塔，我的洛丽塔，使得作者古老的欲望具有个人的特色，于是，在所有一切之上，只有——洛丽塔。

（第一部第16章—第24章）在亨伯特住在夏洛特·黑兹太太家里的这段时间，夏洛特·黑兹太太喜欢上了亨伯特，还给亨伯特写了一封热情洋溢的求爱信。亨伯特虽然觉得恶心，极其难以接受，但是为了可以接近洛丽塔，娶了洛丽塔的寡母夏洛特·黑兹。一天，夏洛特太太偶然发现了亨伯特的日记，发现了自己的丈夫对女儿的企图和对自己的不忠，一时气疯了，匆匆过街到一个邮筒投三封信的时候，被车子撞死了。没有人发现亨伯特的秘密，他成了众人同情的鳏夫。

（第一部第 25 章—第 33 章）亨伯特以继父的身份去夏令营接出了洛丽塔。亨伯特一心想寻找名为"着魔的猎人"的旅馆，企图占有洛丽塔。

他以为在洛丽塔的饮料中下药，就可以在不知不觉中猥亵她。结果药对洛丽塔全无效果，相反第二天清晨洛丽塔主动挑逗亨伯特，发生乱伦的关系。

什么都不像一家美国旅馆那么嘈杂。而且，请注意，这儿还被看作是一家安静、舒适、宾至如归的老式场所——"风雅得体的生活方式"以及诸如此类的各种东西。电梯门开关的哐当声——就在我头东北二十码左右的地方，但听上去却清楚得就像在我左边太阳穴里似的——跟电梯上下的轰响声和嗡嗡声此起彼伏，一直持续到午夜以后很久。每隔一会儿，就在我左耳的正东面（假如我始终仰面躺着，不敢把自己较为邪恶的一侧对着我的同床人那朦胧的臀部），走廊里就会充满欢快、响亮、愚蠢的喊叫以及末尾的一连串道晚安的声音。等这阵嘈杂声过去以后，我小脑正北方的一个抽水马桶又取而代之。那是一个强劲有力、声音深沉的抽水马桶，给使用了好多次。它的汩汩声和冲泻声以及随之而来的长时间的冲水声使我身后的墙壁也震动起来。接着，南面那个人又病得相当厉害，喝酒喝得几乎把命都咳掉了。他房间里的抽水马桶就在我们浴室的隔壁，冲起水来活像真正的尼亚加拉大瀑布。最后，所有的瀑布都停止了，着魔的猎人也都酣畅地睡着了，我却仍然无法入睡，在我西面，窗下的那条林荫道——一条两边都是参天大树，沉静肃穆的高尚住宅区的街道——竟成了轰隆隆地穿过潮湿、刮风的夜晚的巨型卡车穿梭来往的可鄙的通道。

离我和我燃烧的生命不到六英寸远的地方，那是朦朦胧胧的洛丽塔！经过漫长的一动不动的守候，我的触角又朝她移去。这次，床垫吱吱嘎嘎的声音并没有把她吵醒。我设法把我贪婪的身躯移得离她那么近，因而我都能感到她那裸露的肩膀的气息像一股暖气拂到我的脸颊上。随后她突然坐起身来，气喘吁吁，用不正常的飞快的速度嘟哝着什么关于小船的事，用劲拉了拉被单，又重新陷入她那香甜、黑暗、年轻的昏睡中去了。在她酣睡着翻动身子的时候，她的一只新近赤褐色的如今月白色的胳膊横打到我的脸上。有一刹那，我抱着她。她从我搂抱的阴影中脱出身去——她这么做并无意识，也不用劲，也不带有任何个人的反感，只发出一个要求正常休息的孩子的那种平常的哀怨的嘀咕。一切又恢复原状：洛丽塔弯曲的脊梁骨对着亨伯特，亨伯特用一只手托着头，给欲望和消化不良弄得浑身发烧。

　　我不敢再给她吃一颗那种药，心里并没有放弃希望，以为第一颗药仍然会叫她睡得很熟。我开始把身子朝她移去，做好接受任何失望的准备，心里知道我最好继续等待，但又无法等待下去。我的枕头上散发出她头发的气味。我朝着我那隐约闪现的宝贝儿移过去，每当我觉得她动了或正要动的时候便停下来，或者后退。从仙境吹来的一丝微风已经开始影响我的思绪。当时，我的思绪似乎潜伏在斜体字当中，仿佛反映出我思绪的水面被那阵风的幻影吹皱了。我的意识一次次地朝相反的方向折叠，我那不断挪动的身体进入了睡眠的境界，又摆脱出来，有一两次，我发现自己迷迷糊糊地发出一阵凄凉抑郁的鼾声。温柔的薄雾笼罩着渴望的群山。时而，我觉得那个着魔的猎物就要跟这个着魔的猎人在半路上相遇，她的臀部在一片遥远的、传说中的海滩上那些松软的沙砾下正缓缓地向我移来。接着，她那泛起波纹的朦朦胧胧的身体就会动上一下，我就知道，她比任何时候都离我更为遥远。

　　听到她清早打的第一个呵欠，我立刻假装侧脸睡得很香。我只是不知道该怎么办。她发现我睡在她的身旁，而不是在另一张床上，会不会感到震惊？她会不会拿起她的全部衣服，把自己锁在浴室里？她会不会要求立刻把她送到拉姆斯代尔——送到她母亲的床边——或者送回营地？可是我的洛是一个淘气的小妞儿。我感到她的眼睛紧盯着我。等她终于发出她的那种可爱的格格的欢笑声的时候，我知道她的眼睛一直充满笑意。她滚到我的身旁，她那暖烘烘的褐色头发拂到了我的锁骨上。我不大成功地装着刚醒过来。我们平静地躺着。我轻轻地抚摸她的头发，我们轻轻地接吻。叫我神思昏昏、相当窘困的是，她的吻具有一种相当有趣的紧张，试探的精妙的意味，这使我断定她在很小的年龄就经过一个小女同性恋的指点。一个叫查利的男孩子不可能教她那一套。好像想看看我是否尽兴，是否学过这一课。

　　我不想详细描述洛丽塔的放肆，叫有学问的读者感到厌烦。只说我在这个漂亮的、几乎还没有发展成熟的年轻姑娘身上没有看到一丝端庄稳重的痕迹，也就够了。现代的男女同校教育、青少年的风尚、营火旁的欢宴等已经叫她这样的姑娘不可救药地彻底堕落了。她把那种赤裸裸的行为只看作不为成年人所知的年轻人的秘密世界的一部分。成年人为了传宗接代所做的事跟她毫不相干。我的生命被小洛用充满活力、切合实际的方式操纵着，仿佛那是一个与我无关的没有知觉的精巧的装置。虽然她急于想让我对粗暴的少年世界获得深刻的印象，但却并没有对一个孩子的生活跟我的生活之间存在的某些差异作好准备。只是出于自尊心，她才没有放弃；因为处在那种不寻常的困境中，我装着十分愚蠢，由她任意摆布——至少在我还能忍受的时候。可是说实在的，这些都是不相干的问题。我对所谓的"性行为"压根儿就不在意。任何人都可以想象那些兽性的成分。一项更大的尝试引诱我继续下去：一劳永逸地确定性感少女危险的魔力。

在亨伯特看来，是洛丽塔勾引了他，他甚至不是洛丽塔的头一个情人。亨伯特随后告知洛丽塔她的母亲已经去世，至此洛丽塔在别无选择的情况下接受了必须和继父生活下去的这个现实。

（第二部第1章—第3章）亨伯特带着洛丽塔以父女的身份沿着美国旅游，简陋的汽车旅馆成了他们的习惯性住所。他利用零用钱、美丽的衣饰等小女孩会喜欢的东西来控制洛丽塔，以及继续满足自己对她的欲望。

于是我们驶到了东部；我在情欲上得到了满足，我的感受却主要是身心交瘁，而不是精神振奋，而她身上却焕发着健康的气息，两边髂骨形成的花环依然像男孩子的一样短小，尽管身高增加了两英寸，体重增加了八磅。我们到过各个地方，实际上却什么也没有看到。今天我总认为我们的长途旅行只是用一条蜿蜒曲折的黏土小路玷污了这片充满信任、梦幻一般的迷人的辽阔的国土，回想起来，这片国土当时在我们的眼中不过就是搜集在一起的折角地图、破旧的旅行指南、旧轮胎和她在夜晚的抽泣——每天夜晚，每天夜晚——在我假装睡着时就开始的抽泣。

（第二部第4章—第7章）一年后，亨伯特收入告罄，便在东部安顿下来，他在大学法语系开设讲座，把洛丽塔送进了当地的女子学校。洛丽塔长大后，开始讨厌继父，她意识到"就连最悲惨痛苦的家庭生活也比乱伦的乌七八糟的生活好"。她开始了自己的反抗。

现在我面临这件令人不快的工作：要来明确地记录洛丽塔品行的堕落。假如在她所激发起的热情中她从来没有占多少份儿，那么纯粹的金钱收益也从来不占什么显著的地位。可是我既软弱，又不聪明，我那个在学校上学的性感少女让我成了她的奴隶。随着人的活动天地逐渐减少，情欲、温情和苦恼反而增强了。而她就利用了这一点。

（第二部第8章—第13章）翌年，洛丽塔参加短剧《着魔的猎人》的排演，疑神疑鬼的亨伯特深感不安，于是带着洛丽塔开始了又一轮旅行。

有的时候……别瞎扯啦，准确地说究竟有多少次，亨伯特？你能想起四次、五次，或者更多次这样的时刻吗？或者，就没有人的心能经受两次或三次吗？有的时候（我对你的这个问题没有什么话要说），洛丽塔偶然在家预备她的家庭作业，嘴里含着一支铅笔，懒洋洋地侧身坐在一张安乐椅中，两条腿架在椅子扶手上，我总摆脱我所有的教师的约束，不顾我们所有的争吵，忘掉我所有的男性自尊——确确实实地爬到你的椅子跟前，我的洛丽塔！你总看我一眼——阴沉、可怕、询问的一眼："当然不行，不要再这样子！"（怀疑，恼怒）；因为你从来不肯相信我会没有什么具体的意图，而只是渴望把我的脸埋在你的格子呢裙里，我的宝贝！你的那两只纤弱的光胳膊——我多么渴望抱着它们，抱着你所有的晶莹可爱的四肢，像一匹给抱起来的小马，把你的头捧在我那一无可取的双手之间，随后把太阳穴处的皮肤朝两边抹去，亲吻你眯缝着的眼睛，你总说："求你了，别来缠我，好不好？看在上帝的分上，别来缠我。"我总在你的注视下从地上站起来，你的脸还故意抽动，模仿我的 tic nerveux。可是没有关系，没有关系，我只是个野蛮的人，没有关系，让我们把我的悲惨不幸的故事说下去吧。

有一场十分特殊的排练……我的宝贝儿，我的宝贝儿……五月里欢快地下着阵雨的一天——一切都滚滚而去，我既没理解，也没留下什么记忆。晚半天儿,我后来看见洛跨在自行车上,身子保持平衡,用一个手掌紧紧按着我们草地边上一棵幼小的桦树那湿漉漉的树皮,这时她脸上绽放出的喜悦亲切的笑容给我留下了十分深刻的印象,因而有一刹那,我以为我们所有的烦恼都过去了。"你还记得,"她说,"那家旅馆的名字吗?你知道(鼻子皱了起来),说啊,你知道——就是大厅里有那些白颜色的柱子和大理石天鹅的。哦,你知道(呼气的声音很响)——就是那家你在那儿强奸了我的旅馆。好吧,别再提了。我是说,它是不是(几乎低声耳语)叫'着魔的猎人'?唉,是吗?(沉思地)是吗?"——接着发出一声多情的充满青春活力的笑声,她啪地打了一下光滑的树身,就往坡上骑去,一直骑到路的尽头,再骑回来,双脚踩在静止的踏板上休息,姿势放松,一只手一动也不动地搁在印花裙子的兜里。

(第二部第14章—第25章)在短剧《着魔的猎人》表演成功之后,亨伯特带着洛丽塔继续他们荒诞不经的旅行,他欣赏洛丽塔打网球,在洛丽塔生病时焦虑不安。不久之后,洛丽塔突然失踪,气急败坏的亨伯特多方寻找未果,终于旧病复发,重新回到疗养院。

这部书讲的是洛丽塔;既然我已讲到可以被称作"Dolore's Disparue"的部分(如果我没有被另外一个内心燃烧的殉道者抢先一步的话),再去分析接下去那三个空虚的年头也就没有什么意义。虽然有几个有关的问题得记录下来,但我希望传达的总的印象就是在生命力最旺盛的时刻,忽然哗啦一下子打开一扇边门,一股呼啸的黑暗的时光奔腾而来,带着迅猛的疾风盖没了孤独的大难临头的哭喊。

说来奇怪,我难得梦见洛丽塔,要有的话,也不像我记得的她的那副样子——不像我在白天做噩梦、夜晚失眠的时候脑海里有意识地经常着魔似的见到她的那副样子。说得明确点儿,她确实经常出现在我的睡梦中,但她经过古怪可笑的乔装改扮,样子就像瓦莱丽亚或夏洛特,或者兼有她们俩的体貌。这个合成的幽灵总来到我的面前,在一种十分忧郁、叫人厌恶的气氛中换下一件件衣服,还会带着懒洋洋的撩人的姿态倚靠在一条狭窄的木板或硬靠椅上,肉体半遮半露,好似一个足球球胆的橡皮活门。我总发现自己待在讨厌的 chambres garnies 里，假牙断裂了或者束手无策地忘了给搁在哪儿，我应邀参加那儿的一些单调乏味的解剖活体动物的宴会，那种活动的结尾总是夏洛特或瓦莱丽亚依偎在我血淋淋的怀抱中哭泣，受到我那兄弟一般的嘴唇充满温情的亲吻；在这种颠倒错乱的梦境中有受到拍卖的维也纳的小摆设，有怜悯也有阳痿，还有刚刚喝醉酒的非常可怜的老妇人的褐色假发。

假如我去请教一个施行催眠术的能手，他也许会取得我头脑中的一些偶然的回忆，并把它们排列成一个合理的格局，这是很可能的。那些回忆，我已相当夸张地将其贯串在我的书里，即便如今我已知道该从过去的岁月中寻找什么，它们仍比呈现在我心头的要夸张得多。那时我觉得我只是跟现实失去了联系；我以前在魁北克住过一家疗养院，就在那儿度过了那年冬天余下的时光和第二年春天的大部分时间。后来，我决定先到纽约去了结一些个人事务，随后再到加利福尼亚州去彻底搜寻。

亨伯特在疗养院也无时无刻不思念着洛丽塔，还为失踪的洛丽塔写诗：

寻人啊，寻人：多洛蕾丝·黑兹。
头发：褐色。嘴唇：鲜红。
年龄：五千三百个日子。
职业：无或"小明星"。

你躲藏在哪儿，多洛蕾丝·黑兹？
你为什么要躲藏，我的宝贝儿？
（我在迷茫中呓语，我在迷宫中行走，
我没法子走出去，欧椋鸟说。）

你在前往何处，多洛蕾丝·黑兹？
你乘坐的魔毯是什么牌子？
可是流行的"淡黄色美洲狮"？
你的汽车停放在哪儿，我那车上的小宝贝？

谁是你心目中的英雄，多洛蕾丝·黑兹？
仍是那些披着蓝色斗篷的明星中的一员？
哦，那气候温暖的日子，那棕桐成荫的海湾，
还有汽车、酒吧，我的卡尔曼！

哦，多洛蕾丝，那自动唱机多么叫人伤感！
你还在跳舞吗，我的宝贝儿？
（两人都穿着磨损的牛仔裤、破了的圆领运动衫，
而我，在墙旮旯儿里，怒吼咆哮。）

快活啊，快活，性情乖僻的麦克费特
带着十分年轻的妻子周游美国，
坐着他的"莫利"在各州奔驰，
在受到保护的野生动物中生活。

我的多莉，我为之疯魔的人儿！她的眼睛是灰色的，
我亲她，她也从不把眼睛闭上。
知道一种名叫 Soleil Vert 的古老香水吗？
你是巴黎人吗，先生？

L'autre soir un air froid d'opéra m'alita：
Son félé ——bien fol est qui s'y fie！
Il neige, le décor s'écroule, Lolita！
Lolita，qu'ai – je fait de ta vie？

怨恨得要死，后悔得要死，
洛丽塔·黑兹，我快要死了。
又一次我举起满是汗毛的手，
又一次我听见你在哭喊。

警官啊，警官，他们朝那儿走了——
在雨中，就是那家亮着灯的铺子！
她的短袜是白色的，我非常爱她，
她的姓名就是多洛蕾丝·黑兹。

警官啊，警官，他们就在那里——
多洛蕾丝·黑兹和她的情人！
拔出你的手枪，跟着那辆汽车。
现在跳出车去，赶快隐蔽。

寻人啊，寻人：多洛蕾丝·黑兹。
她那蒙眬的灰色目光从不畏缩。
九十磅就是她的全部体重，
她的身高是六十英寸。

我的汽车缓慢吃力地前进，多洛蕾丝·黑兹，
最后一段长路又最为艰辛，
我将被抛弃在野草腐烂的地方，
余下的只是铁锈和星尘。

（第二部第 26 章—第 27 章）随后的两年里，亨伯特一边担任客座教授，一边和成年女性里塔一起按照曾和洛丽塔走过的路线巡游。善良而简单的里塔给了他安慰，但是永远无法替代洛丽塔。1952 年，亨伯特意外地收到了洛丽塔的来信，声称她已经结婚、怀孕，并且需要钱：

亲爱的爹爹：

一切都好吗？我已结婚，就要生孩子了。我猜他会是个大个儿。我猜他正好会在圣诞节的时候出世。这封信真难写。我都快发疯了，因为我们没有足够的钱还债，随后离开这儿。狄克在阿拉斯加找到一份好的工作，正好是机械方面他那个专业的。我对这桩事就知道这么多，但这确实好极了。原谅

我不把我们家的地址告诉你,但你可能还在生我的气,绝不可以让狄克知道。这个市镇还不错。由于烟雾腾腾,你看不到那些低能儿。请给我们寄一张支票来吧,爹爹。有三四百元,或再少一些,我们就能对付过去,随便多少都表示欢迎,你可以把我以前的那些东西卖掉,因为我们一旦到了那儿,金钱就会滚滚而来。请给我写信。我经历了许多困苦和忧伤。

等着你回音的,

多莉(理查德·弗·希勒太太)

(第二部第28章—第39章)在肮脏的贫民窟里,亨伯特找到了憔悴、邋遢的洛丽塔,弄清当初拐走她的是剧作家克莱尔·奎尔蒂。奎尔蒂昔日是夏洛特家的座上客,也是一个性变态者,早在亨伯特之前就与洛丽塔发生了关系,因为导演《着魔的猎人》而再度与洛丽塔相遇。拐走洛丽塔后,奎尔蒂强迫她拍色情电影,后来又将她抛弃。流离失所、未老先衰的洛丽塔,最后嫁给一个贫穷耳聋的退伍军人。

她闭上眼睛,张开嘴巴,仰靠着靠垫,一只穿着毡拖鞋的脚踏在地板上。地板有点儿倾斜,要是上面有个小钢球,就会滚到厨房里去。我知道了我想知道的一切。我不想折磨我的宝贝儿。在比尔的木屋那边什么地方,工作之余开响的一台收音机播放出愚蠢和死亡的歌曲。她坐在那儿,一脸饱经蹂躏的神色,成年人的狭长的手上青筋暴突,雪白的胳膊上满是鸡皮疙瘩,耳朵又浅又薄,胳肢窝里乱蓬蓬的,她就坐在那儿(我的洛丽塔!),才十七岁已经憔悴不堪,肚子里怀着的那个孩子,在她腹中已在梦想成为一个大人物并在公元二〇二〇年左右退休——我对她看了又看,心里就像清楚地知道我会死亡那样,知道我爱她,胜过这个世上我所见过或想象得到的一切,胜过任何其他地方我所希望的一切。过去我曾大声呼喊着翻身扑到那个性感少女身上,如今她只是那个性感少女以淡淡的紫罗兰清香和枯萎的树叶的形态所表现出的回声;她是黄褐色的山谷边上的一个回声,山谷那边白色的天空下有片遥远的树林,褐色的树叶堵塞了小溪,鲜嫩的野草丛中还剩下最后一只蟋蟀……可是,感谢上帝,那个回声并不是我唯一顶礼膜拜的东西。过去我在藤蔓纠结的心中着意纵容 mon grand pé ché radieux 的做法如今已经缩减到只剩下它的本质：自私无益的恶习，而我已消除了所有这一切，并对其加以诅咒。你们可以嘲笑我，威胁要叫旁听的人离开法庭，但在我的嘴给塞住几乎要窒息以前，我还是要高声说出我那可怜的真情。我坚持要让世上的人都知道我是多么爱我的洛丽塔，这个洛丽塔，脸色苍白、受到玷污、怀着别人的孩子的洛丽塔，但仍然是那灰色的眼睛，仍然是乌黑的睫毛，仍然是赤褐和杏黄色的皮肤，仍然是卡尔曼西塔，仍然是我的洛丽塔。Changeons de vie, ma carmen, allons vivre quelque part ou nous ne serons jamais se pare s。俄亥俄州好吗？马萨诸塞州的荒野怎么样？不要紧，即使她的眼睛像近视的鱼眼一般黯淡无光，即使她的乳头肿胀、爆裂，即使她那娇嫩、可爱、毛茸茸的柔软的私处受到玷污和折磨——就连那时，只要看到你那苍白、可爱的脸，只要听到你那年轻嘶哑的声音，我仍会充满柔情地对你痴迷眷恋，我的洛丽塔。

（第二部第30章—第35章）亨伯特心如刀绞，认识到"没有任何东西能使我的洛丽塔忘却我使她承受的邪恶色欲"。他找到奎尔蒂，以洛丽塔父亲的名义开枪打死了他。

"奎尔蒂，"我说，"你记得有个叫多洛蕾丝·黑兹、多莉·黑兹的小姑娘吗？科罗拉多州的那个名叫多洛蕾丝的多莉？"

"当然，她可能打过这些电话，当然。打到任何地方。天堂、华盛顿、地狱峡谷。谁会在乎？"

"我在乎，奎尔蒂。你知道，我是她的父亲。"

"胡说八道，"他说，"你不是。你是一个外国来的文稿代理人。有个法国人曾把我的《高傲的肉身》翻译成 La Fierte de la Chair。荒唐。"

"她是我的孩子，奎尔蒂。"

…………

Feu！这一次我打中了什么硬东西。我打中了一张黑色摇椅的椅背，那张摇椅与多莉·希勒的那张不无相似之处——子弹打在椅子前背上，椅子立刻开始摇晃，速度那么快，摇得那么带劲儿，那时不管哪个人走进房间，都会被眼前这个双重的奇观惊得目瞪口呆：那把摇椅恐惧地拼命摇晃，而我那紫色的目标方才坐在上面的那把扶手椅上也空无一人。他飞快抬起屁股,手指在空中抓挠着,倏地溜进了音乐室,紧接着我们就在门里门外互相拉扯,气喘吁吁;音乐室的门上也有一把钥匙,我先前没有注意。不过这次我还是赢了,难以捉摸的克莱尔忽然一下子在钢琴前坐下,弹了几个粗犷有力、基本上是歇斯底里的琴声轰鸣的和弦,他的下巴不住颤抖,张开的手紧张地往下按去,鼻孔里发出好像电影胶片的声道中的鼻息声,这在我们的搏斗中以前还从没出现过。他仍然发出那些叫人难以忍受的响亮的乐声,一边想用脚打开钢琴旁边一个好像水手用的箱子,但没成功。我的下一发子弹打中了他的肋部,他从椅子上一下子跳起来,越升越高,样子看上去就像年纪衰老、头发花白的疯癫的尼金斯基,像忠信泉,像我过去的一场噩梦,等到升到惊人的高度,至少看上去是这样,他划破了空气——空气里仍然颤动着那宏大、深沉的乐声——发出一声嚎叫,脑袋向后仰着,一只手紧紧按着脑门,另一只手抓住胳肢窝,仿佛遭到大黄蜂的叮咬,往下落到地上,很快站住,又成了一个穿着浴衣的正常的人,急急匆匆地跑进外面的门厅。

我以两倍或三倍于袋鼠的速度跳跃向前,跟着他穿过门厅,伸直两腿,始终保持身子笔直,紧跟在他身后跳了两下,接着像跳芭蕾舞似的奋力跳到他和大门之间,想要拦截住他,因为门并没有关好。

突然,他开始走上宽阔的楼梯,神态庄严,有些阴郁。我换了方位,实际并没有追他上楼,而是迅速地朝他一连开了三四枪,每次都伤着了他;每次我打中他,对他干了这件可怕的事儿以后,他的脸就滑稽可笑地抽动一下,好像是在夸张疼痛;他慢下步子,眼睛转了几转就半闭上,发出一个女人似的声音:"啊!";每次只要一颗子弹打中了他,他就浑身抖动,好像我在挠他痒痒;每次我用那些缓慢、笨拙、盲目的子弹打中他的时候,他总用虚假的英国腔低声说道——同时一直剧烈地抽搐、颤抖、假笑着,尽管如此,却仍用一种奇特的超然、甚至亲切的态度说道:"噢,这下可真够呛,先生!噢,这下伤得可真厉害,亲爱的朋友。求求你,住手吧!噢——很疼,很疼,真的……上帝!啊!真是可恶透顶,你真不应当——"他到了楼梯平台上,声音逐渐低了下去,但他仍然稳步朝前走去,尽管臃肿的身体里有我打进去的那么多枪子儿——我苦恼、沮丧地明白自己非但没有打死他,反而给这个可怜的家伙注入了一股又一股活力,仿佛那些子弹是一些药物胶囊，一种令人兴奋的灵丹妙药正在发生效力。

我再次往枪里装好子弹，两只手黑乎乎的沾满了血——我摸到了什么被他浓浓的血涂抹过的东西。接着，我就到楼上去找他，钥匙像黄金似的在我的口袋里叮当作响。

他步履艰难，从一间房走到另一间房，血流如注，极力想找一扇开着的窗子，又摇摇头，仍想劝说我不要打死他。我瞄准了他的脑袋，他一下子退进了主卧室，原先长着一只耳朵的地方喷出一股深紫红色的鲜血。

（第二部第36章）亨伯特被捕了，在狱中的56天里写下了《洛丽塔》（或《一个白人鳏夫的自白》）。他坚信，自己的这部作品能使洛丽塔永远活在后世人们的心中，这是他们二人能够共享的唯一的不朽。

五十六天前，我开始写《洛丽塔》时，先是在精神病房里接受观察，后来在这个暖融融的坟墓似的隔离室里，我想我会在审判时用上所有这些笔记，当然，不是为了救我的性命，而是为了挽救我的灵魂。然而，写到一半的时候，我意识到我不能把活着的洛丽塔暴露出来。在不公开的开庭期里，我还可以使用这部回忆录的一部分，但出版的日期则被推迟了。

因为一些比实际看来更为明显的理由，我反对死刑；我相信这种态度会跟宣判的法官是一致的。如果我站到我自己的面前受审，我就会以强奸罪判处亨伯特至少三十五年徒刑，而对其余的指控不予受理。但即便如此，多莉·希勒大概还是会比我多活上好多年。我做出的下面这个决定具有一份签名的遗嘱的全部法律效果和力量：我希望这本回忆录只有在洛丽塔不再活在世上的时候才能出版。

因此，当读者翻开这本书的时候，我们俩都已不在人世了。可是既然血液仍然在我写字的手掌里奔流，你就仍像我一样受到上帝的保佑，我就仍然可以从这儿向在阿拉斯加的你说说话。务必忠实于你的狄克。不要让别的家伙碰你。不要跟陌生人谈话。我希望你会爱你的孩子。我希望他是个男孩。我希望你的那个丈夫会永远待你好，否则，我的鬼魂就会去找他算账，会像黑烟，会像一个疯狂的巨人，把他撕成碎片。不要可怜克莱尔·奎尔蒂。上帝必须在他和亨伯特·亨伯特之间做出选择，上帝让亨伯特·亨伯特至少多活上两三个月,好让他使你活在后世人们的心里。我现在想到欧洲野牛和天使,想到颜料持久的秘密,想到预言性的十四行诗,想到艺术的庇护所。这就是你和我可以共享的唯一不朽的事物,我的洛丽塔。

(原作附录:纳博科夫《关于一本题名〈洛丽塔〉的书》)"我认为每一个严肃的作家,手捧着他的已出版的这一本或那一本书,心里永远觉得它是一个安慰。它那常燃小火一直在地下室里燃着,只要自己心里的温度调节器一触动,一小股熟悉的暖流立刻就会悄悄地迸发。"

(主万译,上海译文出版社,2006年版。)

延伸阅读

用一生来学习阅读

我每年都按系里的要求,指导十多个学生的阅读和写作。这些学生从中学进入大学不久,习惯了那种归纳主题的方法,读完一部名著,想到的问题往往是,这部作品表现了什么思想,体现了作家的什么态度;三五个主题思想、创作意图之类的概念就把作品打发完了。然后他们的问题是:这个《源氏物语》,有什么好看的?这个博尔赫斯,我怎么没感觉呢?

在解决这些问题前,我通常会推荐他们阅读纳博科夫的《文学讲稿》。纳博科夫是一位多才多产的作家,在小说《洛丽塔》使他致富之前,他也在大学教文学课。我的博士专业原本是中国现代文学,为了享受阅读,这些年我自动转行去上外国文学课。我的小说家朋友王小波生前送给我这本《文学讲稿》,他说应该像这样来上课。记得他不动声色地复述了里面的一个故事,听明白后我没法不笑。纳博科夫的得意门生在发下来的试卷里找不到自己的那份,最后不得不找到老师面前,老师变戏法一样取出她得了97分的卷子,说:"我想看看天才长得什么样。"

(注:在康奈尔大学的第一节文学课上,纳博科夫举出了一个我们耳熟能详的经典例子,来阐述他对文学的看法:"一个孩子从尼安德特峡谷里跑出来大叫'狼来了',而背后果然紧跟一只大灰狼——这不成其为文学,孩子大叫'狼来了'而背后并没有狼——这才是文学。那个可怜的小家伙因为扯谎次数太多,最后真的被狼吃掉了纯属偶然,而重要的是下面这一点:在丛生的野草中的狼和夸张的故事中的狼之间有一个五光十色的过滤片,一

副棱镜，这就是文学的艺术手段。""艺术的魔力在于孩子有意捏造出来的那只狼身上，也就是他对狼的幻觉；于是他的恶作剧就构成了一篇成功的故事。他终于被狼吃了，从此，坐在篝火旁边讲这个故事，就带上了一层警世危言的色彩。但这个孩子是小魔法师，是发明家。"）

上面讲的是天才老师的一个恶作剧（但愿我们能遇上这样的天才老师），我看了纳博科夫出的一些考试题，关于《包法利夫人》，考试题共有18个，其中有这样一些：讨论福楼拜对"以及"（and）这个词的用法；爱玛读过什么书，至少举出四部作品及其作者；描述爱玛的眼睛、双手、阳伞、发型、衣着和鞋子。

老实说，《包法利夫人》我是看了，但这些题目我全答不上来，除非带着这些问题再读它，至少读五遍。这些题目有点像网上的金庸迷出的考题：黄蓉如何将豆腐制成"二十四桥明月夜"？萧峰以一招"见龙在田"拍击慕容复，慕容复以何种钩法应对？假如让他们出题招博士，我怕我也是考不上的。

但是，对于真正的好书，如果不是这样阅读，又如何能体会文学想象的妙趣呢？在《文学讲稿》这本书上，有朋友阅读时划下铅笔线的地方，其中有这样一段话："风格和结构是一部书的精华，伟大的思想不过是空洞的废话。"这段话是学生从纳博科夫这门课上学到的主要教义。

纳博科夫认为，要做一个优秀读者，并不是一定要参加一个读书会，或者与书中主人公认同，或者是自己也写东西，而是：1. 须有想象力。2. 须有记性。3. 手头应有一本字典。4. 须有一定的艺术感。这最后一点，纳博科夫说他自己也要不断培养。他还有一句妙语，朋友在下面也划了一道铅笔线：聪明的读者在欣赏一部天才之作的时候，为了领略其中的艺术魅力，他不只是用心灵，也不全是用脑筋，"而是用脊椎骨去读的"。大家能想到，脊椎骨里有神经，它感知愉悦。实际上有一些优秀的作家，他们首先就是优秀的读者。

我喜欢香港作家西西，她不仅博览群书，而且善于阅读，她有她的技巧和方法。她到医院去做乳房切除手术，带了四本《包法利夫人》摊在病床上读，一本法文原著，一本英译，两本中文译本。她注意到，法文原著中有一百多个斜体字。为什么呢？福楼拜的用意在悄悄转移叙述者的角色，不靠标点符号来明写。通过比较,她发现英译者对斜体字完全罔顾,辜负了福楼拜的苦心。而中译甲本比英译本稍好一点,注意到了斜体字的存在,用引号来处理,但却不是对所有的斜体字都加引号。中译乙本最好,凡斜体字都在字底加标点,拉丁文用原文,另外附注解。由于这样细致的阅读,她能够品味出不同译本在传达福楼拜叙述艺术时达到的水准。

我在所有的文学大师那里都发现对阅读的痴迷。博尔赫斯失明后仍继续购书,他得到一套1966年版的百科全书,书中的潇洒字体、地图和插画他全看不到,他说他感觉得到这部书,因为它在他的屋子里他感到幸福。他们对书的热爱令我激动。卡夫卡说他要从头到尾朗诵福楼拜的《情感教育》,他用命令口气对他的爱人说,你要立刻开始阅读福楼拜。普鲁斯特说他热爱英国作家,读《弗罗斯河上的磨房》的头一两页就泪流满面。这令我想到一个问题:为什么作品能打动一些人,另一些人却无动于衷?固然,其中有人的感受性的差异,但是,对于教育工作者来说,我们需要做的不正是缩小这个差异,培养对文学艺术的感受能力吗?

我从作家的阅读里学到阅读的方法。昆德拉注意到,卡夫卡写他的中篇《审判》只用了一夜,没有中断,也就是说用一种非凡的速度,任想象所裹挟。这反映在他作品的句法特点上,几乎不存在冒号,句号也经常没有。文章很少分段,不强调逻辑性。这在卡夫卡的风格中是实质性的,同时是对德文"优美风格"的破坏。卡夫卡曾说他的书应该用很大的字体印出,但今人却把这当作一种大人物的任性。昆德拉说卡夫卡的愿望有充分的合理性,这样是为了一个无休止的段落更具可读性,读者可以停下来品味句子的美感。昆德拉是在查看了卡夫卡的手稿,对照了法文、德文的不同版本后谈到这些的。

我想,也正因为有这样的读者存在,卡夫卡的审美意愿得到尊重和维护。这样的读者,使卡夫卡作为艺术家的独特性得到珍视,使他不至于被掩饰、被篡改,使他的遗嘱永远成为一种警世之声,激励后世的艺术家尽职敬业,继续文学创作的使命。不仅如此,遭遇了这样的阅读,他们的存在被认为是从不孤独的。博尔赫斯因为卡夫卡而重新发现自己的小说——和卡夫卡的故事如此接近,还发现一位爱尔兰剧作家的短篇,像《城堡》一样,主人公永远不能到达目的地。他因此感到,作家的劳动不仅改变过去,而且改变未来。我理解他的意思，他是说，因为卡夫卡的发明，他令他生前死后其他人的探索得到彰显。他们在各自的梦境里做了相同的事。

沉浸在这样的阅读里，从故事、语词、标点符号、字体……发现一种文学奥秘以及它的流传，是多么有意思啊。文学的道路已经有很多人在走了，我们有许多作品需要阅读，问题是在今天鲜有人愿意做一个沉默的读者，却都急于做呼啸的作者。而我欣赏的是，读者和作者之间，有轻言细语的甚至是沉默的交流，我欣赏对艺术形式无止境的追求；我期望阅读和写作都能达到精确和完美的程度。从另一方面来说，像了解自然科学的学科一样，文学阅读也需要学习，我们首先要学习如何阅读。如今流行的出版物，许多都还停留在说是非的阶段。说是非当然也是建立理性的需要。然而我们需要的不仅是通用于一般社会生活中的理性，还需要在专业领域里的理性。例如在文学艺术领域的理性就是需要我们有关于语言、文字的一系列专业水准的极其细腻、极其精致的感觉、表达和批评。这一切就是所谓的"美"。这个美，其实是多么难以言喻的东西啊。如果文学艺术不是需要一生来学习，它就不成其为一种事业；如果文章不需要改到作者所有的心力都已用尽，写作就不值得追求；如果不是这样的作品，阅读它也就不值得。

（载于《南方周末》，2004 年 6 月 3 日。作者为艾晓明，中山大学中文系教授。）

第五节　卡尔维诺及其《我们的祖先》

伊塔洛·卡尔维诺（Italo Calvino，1923—1985），意大利当代最具世界影响力的作家之一。第二次世界大战期间，卡尔维诺与他弟弟积极参加了意大利游击队组织的抵抗运动，他的父母曾因此被德国人羁押作人质，卡尔维诺战后在都灵大学攻读文学。1985 年，卡尔维诺在休假期间突患脑出血（当时他正在准备去美国讲学的演讲报告），他望着那些塑料导管和静脉注射器，仍风趣地说："我觉得自己像一盏吊灯。"主刀医生表示自己未曾见过任何大脑构造像卡尔维诺的那般复杂精致。卡尔维诺于 1985 年获诺贝尔文学奖提名，却因于当年猝然去世而与该奖失之交臂。卡尔维诺的早期创作多为现实主义作品，后转向幻想小说和寓言小说。他与博尔赫斯一起享受着"作家们的作家"的美誉。艾柯评价："卡尔维诺的想象像宇宙微妙的均衡，摆放在伏尔泰和莱布尼兹之间。"

一、鲜明的童话思维和寓言特征

卡尔维诺毕生对童话有着浓厚的兴趣。1954—1956 年，卡尔维诺花费大量的精力收集整理、出版了两卷《意大利童话》，被誉为"意大利式的格林童话"。卡尔维诺像是一位遨游在童话世界里的人，他深信"童话是真实的"。卡尔维诺的《我们的祖先》三部曲，就是具有童话思维和寓言色彩的传奇故事。

《我们的祖先》三部曲由《分成两半的子爵》（1952）、《树上的男爵》（1957）、《不存在的骑士》（1959）组成。三个故事都发生在遥远的过去。从客观真实性的意义上讲，三个"我们的祖先"都属于不存在的人物，都有一种童话的属性。尽管三部曲的主题是抽象的，但是这种童话的构思使三部小说形象鲜明、生动逼真。三部小说都建立在具体的形象构思的基础之上。"有一个形象是一个人被分割为两半，每一半都还继续独立地活着。另一个形象是一个男孩爬到树上，从一棵树跳到另一棵树，不下地面。还有一个是一套空的甲胄，它行走、说话，好像里面有人似的。"小说遵循人物的特性展示叙事，"是形象本身发挥了它的内在潜能，托出了它本身原本就包容着的故事"。卡尔维诺塑造这些奇特人物形象的初衷是对人类想象力日益贫乏的忧虑。

《我们的祖先》是关于现代人生存和人性的寓言。卡尔维诺在其后记中评价：

我要使它们成为描写人们怎样实现自我的三部曲：在《不存在的骑士》中争取生存，在《分成两半的子爵》中追求不受社会摧残的完整人性，在《树上的男爵》中有一条通向完整的道路，这是通过对个人的自我抉择矢志不移的努力而达到的非个人主义的完整。三个故事代表通向自由的三个阶段。

因此，尽管《我们的祖先》写的是古代的故事，批评家仍称它是"现代人的三部曲"。

卡尔维诺说："最古老的寓言模式：孩子在森林里迷路或是骑士战胜遇见的恶人和诱惑，至今仍然是一切人类故事的无可替代的程式，仍然是一切伟大的堪称典范的小说中的图景。"《我们的祖先》中，寓言模式与传奇故事和关于生存的哲理有机结合，使小说既有形而上的内蕴，又有可读性，是现代小说中不可多得的精品。

（一）《分成两半的子爵》

这部小说写的是奥地利和土耳其之间的一次战争中，梅达尔多子爵在战场上被一炮打中，分成两半。右边的一半先被军医救活，回到城堡，尽做坏事，原来梅达尔多的全部邪恶都集中在这半身了。接着被抛弃在战场上的左半身也被救活，回到家乡，尽做好事，原来这是善良的半身。人性的善恶以童话的形态形象地反映在分成两半的子爵身上。

邪恶的半身对善良的半身恨之入骨，加上为了共同追求一个姑娘，于是决斗。他们在决斗中相互劈开原来的伤口，一位医生把他们缝合起来救活了，又成了一个完整的人。这个人跟所有人一样有好有坏，不过两个半身有过那么一段经历，自然明智多了。故事虽然写得曲折离奇，但反映并讽刺了现实生活，意大利评论家说这部小说"既具有幻想的现实意义，又具有现实主义的幻想意义，显示了通过幻想可以对当代现实生活中的某些方面进行讽刺"。

梅达尔多子爵首次参加战争时，冲向敌营大炮说："现在我上那儿去，去帮他们校正炮位。"但他"热情有余，经验不足"，跃马横刀，直冲大炮口，结果被两个活像天文学家的土耳其炮手当胸一炮，飞上了天。

右半边的子爵被当成受伤的躯体带回医院，被医生修补缝合好，活了过来成了半身人，他回到老家泰拉尔巴后，开始大力搞破坏，先是杀死了父亲心爱的鸟儿，气死了父亲，然后把梨子、青蛙、甜瓜、蘑菇……统统切成两半，把有毒的半边给了自己的侄儿。他滥施酷刑，残杀民众，在企图把在海边逮螃蟹的侄子剖成两半时，说道：

如果能够将一切东西都一劈为二的话，那么人人都可以摆脱他那愚蠢的完整概念的束缚了。我原来是完整的人，那时什么东西在我看来都是自然而混乱的，像空气一样简单。我以为什么都已看清，其实只看到皮毛而已。假如你将变成你自己的一半的话……你便会了解用整个头脑的普通智力所不能了解的东西。你虽然失去了你自己和世界的一半，但是留下的这一半将是千倍地深刻和珍贵。你也将会愿意一切东西都如你所想象的那样变成半个，因为美好、智慧、正义只存在于被破坏之后。

善良的左半边子爵从战场回到家乡后，在荒野中遇上了帕梅拉，他说：

这就是做半个人的好处：理解世界上每个人由于自我不完整而感到的痛苦，理解每一事物由于自身不完全而形成的缺陷。我过去是完整的，那时我还不明白这些道理，我走在遍地的痛苦和伤痕之中却视而不见，充耳不闻，一个完整的人不敢相信这样的事实。不仅我一个人是被撕裂的和残缺不全的，你也是，大家都是。我现在怀有我从前完整时所不曾体验过的仁爱之心：对世界上的一切残缺不全和不足都报以同情……

邪恶的右半身子爵听说善良的左半身子爵越来越得人心，决定尽快镇压。他让木匠师傅造了一个吊死半身人的绞架。"为唯一的既审判别人又审判自己的人而造。他用半个头宣判自己的死刑，又将自己的另外半个头套进绞索结子里，勒断他的最后一口气。"

最终，左右两半子爵复归为一个完整的人，"既不好也不坏，善与恶俱备"。

叙事视角的不停转换是小说叙事的最大特征。小说叙述者是一个七八岁的小孩，他是梅达尔多子爵的外甥，所以小说的很多地方充满了"我的舅舅梅达尔多子爵"或"我的舅舅"这样的字眼。第一部分的首段是这样写的："从前发生过一次与土耳其人的战争。我的舅舅，就是梅达尔多·迪·泰拉尔巴子爵，骑马穿过波西米亚平原，……我的舅舅初来乍到，那时他刚刚参军入伍……我舅舅那时刚刚成年。""从前""那时"，正如我们所知道的那样，是第一人称叙述自我视角所运用的典型语言。叙述自我的视角，是指第一人称叙述者处在"回忆"时的眼光，与此相对应的是经验自我的视角,即回忆中的"我"处于事件发生时的眼光。"从前",表明是第一人称"我"在事情发生多年后叙述当年发生的事。但这样的叙述在第一部分中只占了一页,接下来除了"我的舅舅"等代称"子爵"外,几乎没有别的叙述声音,表示是第一人称视角的眼光在带着我们进入小说的故事情节。甚至在后面那一大段、一大段的叙述中,"我的舅舅"也被"梅达尔多子爵"取代:

那天夜里,梅达尔多子爵虽然感到疲倦,却迟迟不能入睡……他仰望着波希米亚夜空中的繁星,想到自己的新军衔,想到次日的战争,想起遥远的故乡,想起家乡河里芦苇沙沙的响声。他心中没有怀念,没有忧伤,没有疑惑。他感到这一切都是那么的完美而实在,他本人也是健全而充实的。

"他……想起"这样的句式,是典型的全知视角语言,所以只能把这一部分看成是全知视角叙述。但是,我们不能忘记小说开始的叙述人"我","我"是第一人称叙述,只能叙述"我"的所见、所想和所闻,尽管这里的叙述视角是叙述自我的视角,也就是处于回忆时的视角,叙述者要比处于事件发生时的"我"知道得多——小说中绝大部分第一人称视角都是以处于事件发生中的"我"的眼光来叙述的,但它仍是一个限制视角。现在,小说采用全知视角来叙述,就构成了视角的越界。第一人称"我"可以看到在战场上的子爵"不能入睡",甚至知道他"想起"和"想到"的内心世界,这可能吗?在叙事学上,这一现象被认为是"违法"的。小说叙事的视角越界是指一种无权享受另一种视角权利的视角,"违规"地享用了另一种视角的权利。这与"视角模式内部的视点转换"或"视角模式的转换"不同,因为前者是在同一种视角模式中,视点由甲转乙或再转丙,如采用几个不同人物的眼光来叙述同一件事;后者则更多地表现为全知视角模式向其他模式转换,这是因为无固定视点的全知叙述者有权采用人物的眼光。如果视角模式的转换随意进行,则其中不允许的那部分转换就构成了越界,譬如第一人称视角向全知视角的转换。也就是说,上述两种转换是合理的,而视角越界则是"违法"的。这里的"法",是指人们的眼光不能逾越的界限,譬如,作为第一人称的七八岁的"我",就不可能直接看到子爵的内心世界

与情感世界。小说中的视角越界,多数都是第一人称视角整段或整部分地入侵全知视角,一般不在一段中出现视角越界,但也有例外:

> 我经常早上去彼特洛基奥多的铺子里看这位聪明的师傅正在制作中的机器。自从好人半夜里来找他,责备他的发明用于邪恶的目的之后,木匠便陷入苦恼之中,悔恨不已。
>
> 好人鼓励他制作造福于人的机器,而不要再造施酷刑的机器。
>
> "那么我应当造什么样的机器呢,梅达尔多子爵?"
>
> "现在我告诉你……"

第一段的第一句是第一人称视角,第二句、第三句可以是全知视角,也可以是木匠师傅的转述。如果是转述,则仍为第一人称视角,只不过它采用了自由间接引语。但第二句、第三句不可能是转述,因为接下来的第二段、第三段出现了直接引语,而直接引语是叙述人不在场时的全知视角的典型用法,所以我们认为在这第一段中,小说的视角的确是越界了。作为第一人称的"我",叙述起了木匠师傅的苦恼和悔恨。视角越界可以理解为视角的正常交替使用。

(二)《树上的男爵》

1767年6月14日,《树上的男爵》的主人公、12岁的柯希莫因为午餐时拒绝吃蜗牛,爬到了家门口的树上,直到65岁在海上消失,他就再也没有踏到地面上,哪怕一步。他在树上的53年里,塑造了超越尘寰的另一种生存形态,建立了自己完整而自足的世界:安然地在树上捕猎、学习、恋爱,与人交往,与著名哲学家、文学家通信,击退强盗和野狼的袭击,使一位让人闻风丧胆的强盗迷上文学而荒废抢匪生涯,他甚至还领导革命,他对自我意志的追求绝对而坚定,而这种坚定让看似难以延续的树上生活呈现出了一种丰富性。

《树上的男爵》中有许多关于人与人之间关系的哲理性思考。柯希莫选择在树上生活,出发点是为了反抗,离开虚伪、烦琐的贵族礼仪。他坚守自我,至死也不肯返回地面,却意外在这种疏离中获得了观察生活的广阔视角、敏锐的思考以及客观的理解。他成了一个不回避人的孤独者,一个擅长与人亲近的孤独者,他同陌生人结下特殊的友谊,对家人怀有疏远而又深沉的爱,对一些不可捉摸的人产生了亲密的理解,他为我们提出了一个疑问:是不是真的只有先与人疏离,才能最终与他们在一起?

男爵柯希莫在树上攀缘的身影总是使我们意识到曾经有个离我们如此相近,却永远无法企及的世界。这个树上的世界当然只存在于卡尔维诺虚构的故事和非凡的想象力中,但又仿佛就在距我们咫尺之遥的上方。它的存在意味着,每个人其实都可以很轻易地超越自己既有的生活而跨越到一个与众不同的世界中去。这个树上的世界的悖论性在于,它是离人间最近,但实际上又最远的一个乌托邦。它离人世如此之近,是因为卡尔维诺既塑造了一个匪夷所思的树上的世界,同时这个世界又完完全全地遵循着树上的生活所应该有的可信逻辑。男爵柯希莫的所作所为其实都没有超出我们所能想象到的树上的世界应该有的常规,他在接受了地面上的弟弟偷偷带给他的树上生活必备物品之后,就学会了在树上生存下去的一切本领。他对自己天才般地创造了一种观照现世的超越的方式十分满意,信奉"谁想看清尘世就应当同它保持必要的距离";同时悖谬之处又在于,当男爵离开了尘世,他似乎才对尘世产生更大的热情和更执着的关怀,于是又以居高临下的姿态积极参与地面上的生活。他树上的生涯最值得夸耀的篇章或许是接见前来拜访男爵的拿破仑皇帝,在树上为拿破仑遮挡炫目的太阳。这似曾相识的一幕使拿破仑仿效起当年的亚历山大大帝:"如果我不是拿破仑皇帝的话,我很愿做柯希莫·隆多公民。"男爵还背靠一个枝丫,在一块小木板上从事写作,在他那穿插着惊险情节、决斗和色情故事的《一个建立在树上的国家的宪法草案》中,男爵设想自己创立了在树顶上的完善的国家,说服全人类在那里定居并且生活得幸福,而他自己却走下树,生活在已经荒芜的大地上……男爵尝试着树上一切可能的生活,建立了属于自己一个人的王国,创造了一种与众不同的生存。它离尘世如此之近,然而却是一个人类中只有最富有想象力的卡尔维诺才真正抵达了的梦幻国度。

(三)**《不存在的骑士》**

小说写的是查理大帝的一名驰骋疆场的骑士阿季卢尔福的故事。奇异的是,所谓的骑士没有肉身,只有一副盔甲,盔甲里面是空无一物的虚无,然而这副空空荡荡的盔甲却具有活人的一切禀性。

卡尔维诺在《我们的祖先》后记中谈到《不存在的骑士》的创作时这样说：

我们从原始人缓慢进化成非自然的人，原始上由于与天地浑然一体，因而与生物没有区别，可以称之为还不存在；非自然的人由于混同在产品和环境之中，因而不与任何东西发生摩擦，同周围的事物（自然或历史）不再有关系（斗争与通过斗争得到的和谐），而只是抽象地"发挥作用"，也是不存在的。这个思考的焦点渐渐地与长久以来占据我心中的一个形象重合：一副行走的盔甲，中间是空的。

阿季卢尔福，这个不存在的武士，有着广泛散布于当今社会各行各业中那一类型人的精神面貌。卡尔维诺表示，自己写这个人物很快就得心应手了。

《不存在的骑士》语言有趣、活泼。在第八章，阿季卢尔福与马夫古尔杜鲁路遇一个从"恶熊围困的城堡逃出来的"女仆的求救，在前往城堡施救的过程中，他们从一位乞讨的隐士口中得知城堡被狗熊围困是城堡女主人设下的一场骗局，目的在于引诱勇敢的骑士，以满足她那永不餍足的淫欲：

"事情定如您之所言，兄弟。"阿季卢尔福回答，"但是，身为一名骑士，我不理睬一位妇女眼泪汪汪的求救是不礼貌。"

"您不害怕那纵欲的邪火吗？"

阿季卢尔福有些语塞："但是，先看看吧……"

"您知道一位骑士在这城堡里住一夜之后会变成什么模样吗？"

"什么？"

"就像您面前的我。我也曾经是骑士，我也曾经从狗熊的围困中救出普丽希拉，而现在我落得这样的下场。"真可怜，他骨瘦如柴。

"我将珍惜您的经验，兄弟，但是我会经受住考验。"阿季卢尔福扬鞭向前行，赶上了古尔杜鲁和那位女仆。

…………

"谨向裸体贵妇建议，"阿季卢尔福直截了当地说，"作为情绪最激动的表现，拥抱一个穿着铠甲的武士。"

"好样的，你倒来教我！"普丽希拉说，"我可不是昨日刚出生的！"她说着，跃身向上，攀住阿季卢尔福，用腿和臂紧紧搂住他的铠甲。

她尝试用各种姿势去拥抱一件铠甲，后来软绵绵地倒在床上。

随后，阿季卢尔福卖弄起了小情趣："有的男人很调皮，喜欢看女人赤裸身体，而头上不仅编好发辫，还披上纱巾和戴头饰。"于是，他替贵妇梳妆起来，这样花去一小时。当他把镜子递给普丽希拉时，她看见自己从来没有这般艳丽动人。

她邀请他在自己身边躺下。"人们说，"他对她说，"克莱奥帕特拉夜夜都在梦想同一个穿铠甲的武士上床。"

"我从来没有体验过，"她说出实话，"他们一个个很早就脱光了。"

"好，现在您来尝试一下。"他缓慢地动作，没有弄皱床单，全副武装地爬上了床，端端正正地平躺着，那模样同躺进棺材里毫无二致。

"您不把剑从腰带上解下来吗？"

"爱情不走中间道路。"

普丽希拉闭上眼睛，做陶醉状。

（吴正仪译，译林出版社，2020年版。）

二、元小说的叙事模式

卡尔维诺很早就注意到叙述者的声音与作品的关系。在《分成两半的子爵》中，第一次出现了叙述者的声音。

《分成两半的子爵》的叙述者是子爵的侄儿，他是故事的旁观者。在小说结尾时，叙述者发出声音：我就要跨进青春的门槛了，却还躲在森林里的大树脚下，给自己编故事。一根松针我可以想象成一个骑士、一个贵妇人，或者是一个小丑。我把他拿在眼前晃来晃去，心醉神迷地编出无穷无尽的故事。

但是如前所述，小说实际上是在第一人称限制视角和全知视角之间来回变换的。如小说第四节，梅达尔多在父亲死后走出城堡，把一棵树上的梨子全部切掉或咬掉一半，又把青蛙、甜瓜、蘑菇统统劈成两半，仆人们去寻找子爵时,"在小路上遇见了一个提篮子的男孩,篮子里装的净是半边有毒的蘑菇。那个孩子就是我"。第六节中,牧羊女帕梅拉带着心爱的小羊和鸭子逃进森林,"在一个只有她和一个男孩知道的山洞里住下,那个男孩给他送食物和传消息。那个男孩就是我"。小说结尾处,特里劳尼大夫离开泰拉尔巴时的情景描写得十分精细,可是"我什么也没有看见。我那时正躲在森林给自己讲故事哩"。

这种明确叙述者和故事之间虚构本质的写作观念是后现代小说所选定的写作目标,这种突出叙述者身份和声音的结构观念是后现代小说家对小说本体的重新认识。《树上的男爵》中,叙述者"我"是主人公柯希莫的弟弟。在写到柯希莫染上讲故事人的那种瘾时,有一段关于叙述的议论:"真事使人回忆起许多属于过去的时光、细腻的感情、烦扰、幸福、疑惑、虚荣和对自己的厌恶,而故事中可以大刀阔斧,一切显得轻而易举。"

叙述者有关小说本身的声音在最后一章有所体现,"我把我的思想寄托在这本书中",与对小说的虚构本性相联系:

我写这本书时,时常搁笔,走到窗前。天上空荡荡的,我们这些翁布罗萨的老人在绿色的苍穹之下生活惯了,觉得看这样的天空很是刺眼。人们说在我哥哥离去之后,树木悲伤不已,难以自持,纷纷倒落,又说因为人们玩弄斧子发了疯……翁布罗萨不复存在了。凝视着空旷的天空,我不禁自问它是否确实存在过。那些密密层层错综复杂的枝叶,枝分叉,叶裂片,越分越细,无穷无尽,而天空只是一些不规则地闪现的碎片。这样的景象存在过,也许只是为了让我哥哥以他那银喉长尾山雀般轻盈的步子从那些枝叶上面走过。那是大自然的手笔,从一点开始不断添枝加叶,这同我让它一页页跑下去的这条墨水线一样,充满了划叉、涂改、大块墨渍、污点、空白,有时候撒成浅淡的大颗粒,有时候聚集成一片密密麻麻的小符号,细如微小的种子,忽而画圈圈,忽而画分叉符,忽而把几个句子勾连在一个方框里,周围配上叶片似的或乌云似的墨迹,接着全部连结起来,然后又开始盘绕纠缠着往前跑、往前跑。纠结解开了,线拉直了,最后把理想、梦想挽成一串无意义的话语,这就算写完了。

这一段文字是作者关于写作的体验。小说的虚构首先来自一些看似互不关联的细小的情景，如同树木的枝叶和叶脉，但到最后，小说的完成就是把整个树木的枝叶和叶脉连接成一个完整的森林。

《不存在的骑士》中自觉叙事的成分更多。第四章开始，叙述者的声音开始显露出来："讲述这个故事的我是修女苔奥朵拉，圣科隆巴诺修会会员。我在修道院里写作，从故纸堆里，从在会客室听到的闲谈中，从有过亲身经历的人们的珍贵回忆中，撷取素材……我很吃力地写这个故事，写作是我苦行苦修的方式。"第七章关于写作的经验描写："绞尽脑汁写吧，整整一小时过去了，笔上饱蘸黑色的墨水，笔底却没有出现半点有生气的东西……我并没有通过写作变成完人，我只是借此消磨掉一些愁闷的青春……通过写作使灵魂得救，并非如此。你写呀，写呀，你的灵魂已经出窍了。"第八章也有相关内容："夜晚到来，书，我开始写得更加顺畅起来……我时常感到笔好像自动地疾行纸上，而我跟在它后面跑。我们跑向真实，笔和我从一张白纸开头上就一直期待着与真实相遇，只有当我提笔之后能够将懒惰、牢骚、对被幽禁在此受苦的怨恨通通埋葬掉的时候，我才能进入真实的境界。"第九章："我写着这本书，满纸涂鸦，茫然不知所云，一页一页地写下来，至此我才意识到这个古老的故事只是刚刚开了个头。"到十二章，作者写道："我的书呀，你现在到了结尾处。最后这几天，我写得飞快。一行行地写下来。我穿越了几个国家，跨过了几大洲几大洋……讲述这个故事的修女苔奥朵拉和女武士布拉达曼泰，我们是同一个人。有时我驰骋沙场，醉心于拼命和恋爱，有时我隐居修道院，思索和记叙我的经历，以求领悟人生……一本书的价值只存在于它被翻到的时候，而后来的生活定会翻遍和翻乱这本书的每一页。喜悦的情绪会使你走路时奔跑起来，同样会使你手中的笔飞快地移动……"

小说中的主人公和叙述者的声音合而为一，作为叙述者的"我"的写作经验和作为作家的卡尔维诺的体验合而为一。《不存在的骑士》在卡尔维诺的早期作品中，从叙述者声音的角度最完整地体现了后来被称作"元小说"的特点。

将叙述者的声音完整保留的写作方式延续了卡尔维诺的整个创作过程，尤其是在他的被称为具有后现代特点的代表作《隐形的城市》中，马可波罗充当了对忽必烈的内部叙述者。构成作品主体内容的对每一个城市的描述，就是马可波罗讲给忽必烈的故事（正体字部分，目录上有附带结构代码的标题）。这部小说对马可波罗和忽必烈的描写，构成作品形式上的外部框架（斜体字部分，目录上用省略号表示）。

写于1979年的《寒冬夜行人》（又译《如果在冬夜，一个旅人》）是卡尔维诺最具代表性的长篇杰作。这部小说中，同样出现了作为内部叙事的主体篇幅（正体字，目录上有章节序号）和作为文本框架的斜体字部分（在目录上用省略号表示）。它是一部由十篇小说的开头组成的长篇小说，小说运用第二人称，以"你"（小说的一个男读者）到书店去排除其他诱惑买了一本卡尔维诺新作《寒冬夜行人》，然后摆好姿势、排除所有对阅读不利的因素，开始阅读为开头，构成男读者和女读者在阅读中历险，彼此了解、互相爱慕，最终喜结良缘的故事，这是小说的外部叙事。而小说的另一半内容，写读者在读了一部分《寒冬夜行人》后发现装订有误，作品变成了毫无关系的一本书《在马尔堡市郊外》，如此以往，一共有12个斜体字部分描写男读者和女读者的故事，有10个不断开始也不断中断的正体字部分属于小说主体，这10个篇幅很短的小说从表面上看，分别是10部长篇小说的一小部分，它们代表了对世界文学史上各种风格的小说作品的善意的滑稽模仿。小说中一个重要的现象是：男读者、翻译者，还有小说家自己以及许多人物在第一叙述层次里不断讨论"小说"以及与小说有关的几乎所有问题，这种"关于小说的小说"，即元小说，在小说中一边叙述"故事"，一边讨论小说的"写作"。

《寒冬夜行人》的结构如《一千零一夜》，以一个大故事统摄诸多小故事，大故事与每一个小故事的头尾如环相系，使之结为一体。不同的是，《寒冬夜行人》的每一个小故事只有开头（《一千零一夜》的小故事呈完整态）。作家在小说结尾处，又把10个小故事的题目组合成又一个故事的"开头"，类似于一首诗：

如果在冬夜，一个旅人
在马尔堡市郊外
从陡壁悬崖上探出身躯

不怕寒风，不怕眩晕
望着黑沉沉的下面
在线条交织的网中
在线条交叉的网中
在月光照耀的落叶上
在空墓穴的周围
最后的结局是什么

小说的结构呈环环相扣状，被称为"连环套小说"或"套盒结构"小说，同时呈现出一种"开放性"。这样的结构在突出小说的虚构本体特征的同时，表明了由于读者自由度和自主性的增强，在传统作品中作家所拥有的权威地位被削弱了，显示创作已从往昔作家作品为中心向读者倾斜、转移，代表对阅读者地位、价值、功用的承认。

如果对10个故事扼要进行梳理可以看出，卡尔维诺在一部小说中容纳了11部小说（1+10），涉及神秘小说、社会幻想小说、魔幻小说、性爱小说、凶杀小说、心理小说等多种小说类型。卡尔维诺在谈到《寒冬夜行人》时曾说：

我必须写十个由想象出来的作者写的小说的开头部分，他们全都以某种方式不同于我并且互不相同：一篇小说全都是怀疑和混乱的感觉，一篇全都是肉体的和血腥的感觉，一篇是内省和象征性的，一篇存在主义革命的，一篇无耻残忍的，一篇带着固执的疯狂，一篇是逻辑和几何学的，一篇是色情堕落的，一篇是大地原始的，一篇是启示录式寓意的。我试图不仅将自己同化于十部小说的每一个作者，还同化于读者：再现一种特定的阅读的乐趣，而不仅仅是真实的和特有的文本。

10个故事都是在最吸引人的地方戛然而止，这种营造故事的方法背后，其支撑点是卡尔维诺"时间零"的理论。猎手去森林狩猎，一头雄狮扑来，猎手向狮子射出一箭。"雄狮纵身跃起，羽箭在空中飞鸣"这一瞬间呈现出一个绝对的时间，即"时间零"。在卡尔维诺看来，唯有"时间零"才是值得小说家倾注热情的时刻。这种对传统小说的反叛,表现了后现代主义写作的开放性和零散性。

第六节 艾柯及其《玫瑰的名字》

《剑桥意大利文学史》将安伯托·艾柯(Umberto Eco,1932—2016)誉为20世纪后半期最耀眼的意大利作家。艾柯身兼哲学家、历史学家、文学评论家、小说家和美学家等多种身份,更是全球最知名的符号语言学权威。研究者将其学术研究粗略分为8大类52种,包含中世纪神学研究、美学研究、文学研究、大众文化研究、符号学研究和阐释学研究等。他的学术研究范围广泛,从阿奎那到乔伊斯乃至于超人。艾柯的知识极为渊博,个人藏书超过三万册,是一位真正百科全书式的人物。有评论家说,阅读艾柯对我们的精神痼疾而言是一种解毒。

一、《误读》选段分析

乃莉塔

本手稿是皮埃蒙特大区的一个小镇的典狱长交给我的。典狱长向我们提供了关于在牢房里留下这些纸片的神秘囚犯的情况,以及笼罩作者命运的扑朔迷离,这些消息都不甚可靠,而且凡是跟下面这几页文字的作者的生命之旅相交的人,都普遍表现出三缄其口,让人不可思议,这些都迫使我们不得不对现有的了解感到心满意足;由于我们必须对手稿上所残留的内容感到满足——经过监狱里的鼠辈之肆虐之后——由于我们感到,即使在这样的情况下,读者还是能对这个安伯托·安伯托的不同寻常的故事(除非这个神秘的犯人或许就是弗拉基米尔·纳博科夫本人,不可思议的是,他是朗赫地区的难民,而手稿则显示了那个变化多端、有伤风化的人的另一副嘴脸)形成一个概念,因此最后能从这些纸中片吸取隐藏在字里行间的一个教训:浪荡公子的外衣下面却有着崇高的道德观。

乃莉塔。我青春年少时的鲜花,夜晚的煎熬。我还会再见到你吗?乃莉塔。乃—莉—塔。三个音节,第二和第三个音节构成昵称,仿佛跟第一个音节相矛盾。乃、莉塔、乃莉塔,愿我能记住你,直到你的容颜化成泡影,你的居所成为坟墓。

　　我名叫安伯托·安伯托。当那桩至关重要的事件发生时,我正在尽情享受青春得意。据当时就认识我的人而不是现在看见我的人说,读者啊,在这个牢房里,我形容枯槁,脸上长出一把活像先知一样的大胡子……据当时认识我的人说,我是个风华正茂的希腊美少年,带着一丝忧郁,我相信,这是由于地中海卡拉布里亚祖先的染色体的遗传。我所遇到的姑娘,无不倾倒在我的面前,她们身体里刚刚发育成熟的子宫热烈躁动,渴望我的进入,把我变成她们在孤独的夜晚发泄痛苦的对象。而我则几乎完全不记得那些姑娘,因为我自己为另一种情感所折磨;我的眼睛,几乎不曾在她们像丝一般光滑、柔如鹅绒、在落日余晖的映照下一片金光灿烂的面颊上停留。

　　我情有独钟啊,亲爱的读者,亲爱的朋友!那年头,我少不更事,爱上那些你们……你们懒得费神就会脱口而出地称之为"老妇人"的人。虽然我嘴上尚无髭须,但内心深处思绪万千,我渴望那些尤物,她们身上已经留下了无情岁月的年轮,身体也由于八十年来致命生活节奏的重压而弯曲,衰老的影子已经可怕地损害了她们的形象。这些被许多人忽视的尤物,被那些色心高涨、惯于勾搭身体结实、芳龄二十五的弗留兰挤奶女郎的人所遗忘,如果用一句话来形容她们,亲爱的读者,我会——此时我为情所困,一些扰人的经验涌上心头,妨碍、阻止我可能贸然做出无辜的举动——用一个经过精心挑选、绝不会让我后悔莫及的词:小妖婆。

　　我该如何描述,噢,评判我的你啊(你,虚伪的读者,我的同类,我的兄弟!),在我们深埋的内心世界的沼泽里,为我们这些老谋深算的、对小妖婆想入非非者所提供的这晨间的猎物?我怎样才能向你表达我的感情呢?你穿行在下午的花园里,平平庸庸,只为追求含苞欲放的少女的人。你怎么才能明白这种压抑的、难以捉摸的、让人耻笑的追求,爱小妖婆的人可以在许多地方进行:在老式公园的长凳上、在长方形教堂的芬芳阴影下、在郊外墓地铺满石子的路上、星期天的某个时刻在养老院的一角、在救助所的门边、在教区全体教徒的队列中、在慈善义卖市场:含情脉脉、紧张激动——哎呀——不屈不挠的贞洁埋伏,只为了能近距离地看一眼那些布满如火山岩浆般沟沟坎坎的老脸,那些因白内障而变得水汪汪的眼睛,那干枯、抽搐的嘴唇因掉光了牙齿地凹陷进去,一副精致的消沉表情,嘴边不时地还有亮晶晶的唾液流淌而显得生气勃勃,那些令人自豪的粗糙的手,局促地、颤巍巍地让人产生欲念,富有挑逗意味,因为它们能很慢地捻动佛珠!

读者朋友,我怎样才能够重温那个看到迷人猎物时而产生的令人无法自拔的绝望、因某些瞬间的接触而痉挛似的抖动:在挤满了乘客的电车里,胳膊肘轻轻碰一下——"对不起,夫人,您请坐吧。"噢,凶恶的朋友,你怎么竟敢接受那因感激而湿润的目光,还有"谢谢你,年轻人,你真善良!"其实,此刻你更想就地上演一出因拥有而狂饮之剧——在一个孤寂的午后,在离家不远的电影院里,你的腿肚在两排座位之间来回滑动,碰擦着那年高德勋的膝,或是温柔有力地紧握——零零星星地有些极不寻常的接触!——老女人瘦骨嶙峋的臂骨,帮助她穿过红绿灯,像童子军一般纯洁、一本正经。

青年时代,我吊儿郎当、变化无常,恰为我提供了其他的艳遇。如我所说,我长着一副还算得上吸引人的外表,我面颊黝黑,透出少女般温柔的面色,带着稚嫩的阳刚之气。我并非不谙青少年之爱,但是我听任之摆布,仿佛付了过路费,满足那个年龄的我所产生的一切要求。记得在一个五月的傍晚,日落后不久,在一个高贵别墅的花园里——这是瓦雷泽地区,离湖不远,在斜阳的照耀下一片红色——我和一个情窦初开的十六岁少女躺在灌木丛的阴凉处,她满脸雀斑,完全被对我的爱意所震慑。正在那时,当我打算没精打采地以我青春期的魔棒来满足她时,读者啊,在楼上的窗口里,我看到一个衰微的老妪几乎弯腰到地,正卷下她腿上不成样子的棉袜子。她下肢浮肿,因静脉曲张而花纹斑斑,那双老手轻轻抚摸,不甚灵活地卷开那团棉布,这景象摄人魂魄,对我来说(对我这双好色的眼睛!)如同一个虎生生、令人艳羡的阳具受到了处女的爱抚:就在那个时刻,我为一种狂喜所震慑,更由于距离而欲望倍增,我一发不可收拾,气喘吁吁,生理冲动不由自主地发泄了出来,而那少女(愚蠢的蝌蚪,我多么憎恨你!)全力迎合、低声呻吟,还以为是她乳臭未干的魅力的结果。

那么,当时你是否意识到我愚钝的工具所发泄的其实是移情别恋的成果,你享用了本属于别人的佳肴,抑或你那时尚不成熟,那点虚荣心使你把我描绘成一个不能让人忘怀的、暴烈的罪恶同谋?第二天,你和家人离开了，一周后你给我寄了一张明信片，上面署名"你的老朋友"。你察觉到真相了吗？小心翼翼地用那个形容词向我揭示你的睿智，抑或你那样仅仅是虚张声势，是意气风发的高中女生对规范的书信体的反叛？

啊，从那以后，我颤抖地张望着每一扇窗，多么希望能看到八十老妇洗浴时松软的侧影！多少个夜晚，我半躲在树下，满足我孤独的纵情淫欲，我的眼睛眺望着投射在窗帘上的影子，某个老奶奶正舒舒服服地用没牙的嘴嚼饭！还有那极度的失望，既直接又具破坏性（瞧，那个下流胚！），当那个人影抛开皮影戏的伪装，在窗台上现出庐山真面目时，却原来是个赤裸的芭蕾舞演员，胸脯硕大，屁股黝黑，活像一匹安达卢西亚母马！

因此，多少个年年月月，我始终在追踪着，欲壑难填，自欺欺人地寻找着那些可爱的小妖婆，卷入一场坚不可摧的追求，我相信，这在我出生那一刻早就注定，当时一个老得牙齿全掉光的接生婆——那个夜晚，我父亲使出全身解数只找到这么一个母夜叉，一只脚已经踏进了坟墓！——把我从母亲子宫里黏稠的牢狱中解救了出来，在生命的曙光里，向我展示了她不朽的面容：年轻的帕尔卡女神。

我并不想从你们这些阅读我的人当中寻求辩解；我只是想让你们明白那些事件的发展最后使我大获全胜，是多么不可违抗的天意啊。

我应邀参加的那个夜晚的聚会，是一个趣味不甚高雅的聚会，满场的年轻模特儿和满脸痘痘的大学生互相亲抚。那些转弯抹角的淫秽行为挑得姑娘们春心大动，在舞蹈时，她们让胸脯在敞开的衬衫里仿佛不经意地晃动出来，这些都令我大倒胃口。我早就在考虑逃离这个地方，这里只有千篇一律的、虽无实质性接触的裤裆来回穿梭，突然间，一个尖利、刺耳的声音（我究竟该如何形容那种令人眩晕的高音，那久已衰竭的声带所发出的百岁老人那一喊的极致风情啊？），一个苍老的妇人颤巍巍的哀怨，使聚会骤然陷入沉寂。在门框里，我看见了她，那面孔是我经受出生之冲击时所看到的遥远的娜恩女神的脸，那屡屡白得撩人情欲的头发倾泻着一腔热情，僵硬的身体把身上磨得发白的黑色小裙装弄出许多锐角来，瘦骨伶仃的双腿弯成对应的弓形，在令人肃然起敬的古朴的裙子下，依稀可见纤弱的大腿骨的轮廓。

身为女主人的少女，虽显得了无滋味，却表现出宽容的礼貌。她的眼珠朝上翻翻，说道，"是我奶奶……"

　　手稿的完整部分到此结束。从后面零零星星的字里行间来推断，接下去的故事大致是这样的：几天以后，安伯托·安伯托劫持了女主人的奶奶，让她坐在自行车的前面，把她带到了皮埃蒙特。起初他把她带到一个收留穷困老人的收容院，并且在当天晚上占有了她，这时他才发现这女人并非初试云雨。黎明时分，他在半明半暗的花园里抽烟，这时，一位形迹可疑的年轻人鬼鬼祟祟地问他，那老女人是否真的是他祖母。安伯托·安伯托大惊失色，马上带着乃莉塔离开了收容院，在皮埃蒙特的公路上展开一场令人眼花缭乱的追逐。在卡内利，他赶上了葡萄酒集市，在阿尔巴参观了一年一度的太妃节，在卡利亚纳托参加了具有历史意义的选美，视察了尼扎·蒙费拉托的牲畜市场，在伊夫雷亚全程观看了选举挤奶女郎的活动和在孔多韦为纪念守"护神日"而举办的套袋赛跑。

　　在北部地区，他长期的疯狂流浪眼看快要告一段落时，他才意识到他的自行车一直被一个骑着低座小摩托车的童子军狡猾地跟踪，逃过了每一个试图捕获他的努力。一天，在因奇萨－斯卡帕奇诺，他带乃莉塔去看一个治手足病的医生，让她独自待几分钟，而自己去买香烟，可待他回来时却发现老女人弃他而去，跟拐她的另一个人跑了。有好几个月，他深深地陷入苦闷，但最后又找到了老女人，她刚刚从新诱拐她的人带她去的美容农庄（Beauty Farm）出来，脸上的皱纹一扫而光，头发呈铜棕色，笑容灿烂无比。目睹如此的破坏，安伯托·安伯托感到深深的遗憾和无奈的绝望。他二话不说，买了一杆猎枪，出发去找那个恶棍。他发现小童子军正在露营地搓两根棍子取火。他开了一枪、两枪、三枪，屡屡打不中那青年，直到最后，两个身穿皮夹克、头戴贝雷帽的牧师制服了他。他立即被捕，因非法持有枪械和在禁猎季节打猎被判刑6个月。

1959 年

　　乃莉塔在英译本中为"Granita"，而"Granny"在英文中的意思是"奶奶""祖母"。本文中，美少年钟情于白发苍苍的老妇，不同于《洛丽塔》中的中年男子醉心于少女，颠覆了"大叔爱萝莉"的套路。艾柯戏仿《洛丽塔》的人物、情节以及写作风格，营造了极度的荒诞感。

很遗憾,退还你的……(审稿报告)
《圣经》,无名氏著

必须承认,这部稿子的最初几百页确实引人入胜。其中充满了动作,当今读者期望的好故事所应具备的要素,里面样样都有。其中有大量的性描写,包括通奸、鸡奸、乱伦等,还有暴力谋杀、战争、屠杀等等,不一而足。

其中关于所多玛和蛾摩拉两城那一章,描写异性装扮癖者勾搭天使,堪与拉伯雷媲美;诺亚方舟的故事所采用的纯粹是凡尔纳的手法;出埃及记的情节完全可以改编成一部历史巨片……也就是说,一定会成为一部真正叫座的影片结构巧妙,情节跌宕起伏,充满新意,使人对宗教的迷恋程度恰到好处,绝不渲染过度使之沦为悲剧。

但是继续往下看着,我发现这实际上是一部合集,涉及不少作家,书中有许多——太多的诗歌片段,有些章节是十足的无病呻吟,乏味透顶,还有不少毫无道理的悲观哀诉。

结果就成了一个大杂烩。它看上去想要满足所有的读者,可结果呢,却是谁都不爱看。而且,要向所有这些各不相同的作者索取版权,很让人头痛,除非原书的编辑自己亲自出马打理此事。编辑的姓名,顺便提一下,完全没有在稿子上出现,甚至在目录上有没有。对编者身份进行保密,有什么道理吗?

我建议,设法搞到前五章的版权。这样做,我们才会万无一失。同时,要改一个好听点的书名。《亡命红海》如何?

(吴燕莛译,新星出版社,2009年版。)

艾柯在《误读》中擅长使用"天知道什么样的语言",在天文、地理、神话、哲学、社会学、人类学、大众文化、媒体、拓扑学等之间游刃有余。这些插科打诨、装疯卖傻、天马行空、颠三倒四的文字中,有着对当代最愤世嫉俗的批评。"我意识到新近许多有关解构阅读的习作,看起来仿佛是受了我的仿讽体的启发。这恰恰是仿讽体的使命:绝不要怕走得太远。如果目标正确,它只不过是不动声色地、极其庄严自信地向人们预示今后可能进行的写作，而无须有任何愧色。"《带着鲑鱼去旅行》教你怎样辨别色情电影，怎样度过充实的假期，怎样在空中吃喝，怎样提防寡妇，怎样讨论足球，怎样与出租车司机相处……戏谑、挑衅、怪诞而又机智。艾柯对这些人从未想过的问题予以解答，又对习以为常的答案提出质疑。

二、《玫瑰的名字》

早在1952年，艾柯就有意写作一本名为《修道院谋杀案》的小说，但直到1978年3月才正式动笔。他将小说背景放在自己非常熟悉的中世纪，并从一篇中世纪的散文中找到了合适的题目。1980年，长篇小说《玫瑰的名字》出版，出版商原计划印刷3万册，没想到销量很快就达到了200万册。

（一）一个福尔摩斯探案式的故事

《玫瑰的名字》讲述的是一个福尔摩斯探案式的故事，故事发生在14世纪，当时教权与王权、贵族与平民、信仰与理性正处于复杂的斗争状态。

艾柯在序言中声称，他无意中得到了一本1842年出版的法文译著，其底稿是14世纪一位意大利修士的回忆录。考虑到艾柯本人的理论家、中世纪研究者的身份，读者已经从序言开始猜测哪些是真实历史，哪些是文学的部分。小说接着以第一人称口吻讲述了修士阿德索青年时代的历险：他在1327年11月作为见习生跟随一位中年修士威廉，这位资深修士的任务是到意大利、法国交界处山区的一座著名修道院去准备教派大会，由于修道院连续发生命案，威廉被院长邀请主持调查。师徒二人在调查过程中发现，凶手似乎一直按照圣经《启示录》的"七种呼声"来安排谋杀行为，其目的是掩藏这家修道院图书馆，同时也是当时欧洲最大图书馆里的一个秘密。故事结尾，元凶竟然是修道院德高望重的老修士佐治，已经失明的他为了不让别人读到亚里士多德《诗学》下卷手稿（主题为论喜剧，系作家虚构），给书页浸润了毒药，由此触发一系列命案。

这个看起来并不复杂的梗概省略了很多东西，小说从形式到思想内涵都有其复杂微妙之处。首先，作品模拟了中世纪编年史语言风格和19世纪翻译者的文风，在很多地方显得严谨、平淡。其次，由于小说人物有着不同的宗教流派和个人思想，其语言风格也各异。比如威廉是英国来的方济各会修士，跟这一派其他人有很大区别，接受过英国科学家、修士罗杰·培根的指导。阿德索是本笃会的本地修士，思想单纯但接触过一些异教徒的离经叛道之书，其父是军旅出身的男爵。最后，作家的行文，时而板滞时而恣意汪洋，在神学辩论和年轻修士内心独白之时，化用大量宗教历史文本，使得《玫瑰的名字》的语言显出巴洛克式的华丽。艾柯的语言越是"逼真"，身处该文化传统的西方读者越容易"入戏"，然而这些细腻笔法对中国读者来说，要么难以耐心品读，要么早已在翻译过程中不复存在了。

《玫瑰的名字》使艾柯蜚声世界，跻身于一流的后现代主义小说家之列。有意思的是，《玫瑰的名字》一经出版，其各种研究论文和专著源源不断，特别是关于"玫瑰之名"的阐释几乎构成一场20世纪末期的"阐释大战"。由于艾柯此前就关注"开放的作品""读者的角色"等问题，对阐释学颇有心得，加之一直关心研究者对自己作品的分析，所以他不断站出来澄清、挑战或是回应，于是便有了《〈玫瑰的名字〉备忘录》《诠释的界限》等专著。最著名的事件是，1990年剑桥大学丹纳讲座就阐释学问题邀请艾柯和另外两位著名学者展开辩论，最后结集为《诠释与过度诠释》，于1992年出版，深受读者欢迎。

（二）人物和故事构造：强烈的互文性

《玫瑰的名字》中，威廉出场时被介绍为"巴斯克维尔的威廉"，读者能马上联想到福尔摩斯探案里的"巴斯克维尔的猎犬"，对威廉的外貌描写也酷似福尔摩斯。随着故事推进，读者又发现他与历史上的著名人物多有交往，其思想有逻辑学家威廉·奥卡姆的影子，多年后死于黑死病。威廉、阿德索这一对师徒的关系设置，看似福尔摩斯和华生的翻版，其实是以托马斯·曼《浮士德博士》里的主人公为原型的。书中的佐治则像博尔赫斯一样老年失明，看守一座庞大的图书馆，收藏着珍贵古书。作者所铺设的这种互文性之处还有很多，普通读者至少能感觉到其中一部分。

小说刚开始像标准的哥特小说，黑暗、恐怖、神秘，缠绕着历史传说和宗教思想，到后来则充满哲学思辨和现实指向。小说在侦破主线之外还包含了一组真实的历史冲突：威廉到修道院的主要目的是调停教皇势力和以圣方济各会等教派为代表的中下层修士的矛盾。后者宣扬耶稣贫穷、主张苦行修道，得到皇帝的支持。小说末尾，在神学辩论中意气风发的威廉难以对抗教皇的代言人贝尔纳德主教，调和三方利益的梦想破灭，在未来岁月里，对抗教皇的修会将遭受重大打击。同时，凶案虽然真相大白，但《诗学》下卷手稿已不复存在，修道院陷入火海。

（三）《玫瑰的名字》反思了对真理的狂热

老修士佐治认为《诗学》下卷研究的喜剧和"笑"有违教义，为此他不惜毒杀他人并最终吞下手稿自裁。威廉一直依靠自己的理性和缜密推理，同时还有科学知识相助，但他在真相大白时才发现，这一组"《启示录》谋杀案"原来不是凶手刻意按照《启示录》内容来安排的，完全是个巧合，恰恰是他的想法诱导了凶手的行动。这些情节与《傅科摆》相似，在《傅科摆》中，所谓中世纪圣殿骑士团后裔的组织根本不存在，神秘地图也纯属子虚乌有，然而这些猜想诱导了一个秘密组织的诞生，并最终毁掉了猜想的原创者。艾柯这些故事有着强烈的反讽意味和后结构主义色彩，人类理性王国并非自然产物，而是主体建构的结果，思想的价值就在于揭示这种建构，从对真理的狂热中解脱出来。好莱坞电影《七宗罪》和畅销小说《达芬奇密码》均受到了《玫瑰的名字》《傅科摆》的影响，不同的是前两者并没有艾柯书中的后结构主义思想，在《七宗罪》和《达芬奇密码》里，高度缜密的犯罪或密谋都被坐实了。艾柯说，他觉得《达芬奇密码》的作者丹·布朗其实是自己笔下的一个虚构人物，这不只是玩笑之辞，还包含了艾柯的批判态度。

令人惊讶的是，钱锺书先生很早就注意到《玫瑰的名字》，他在《管锥编》增补里写道：

当世有写中世纪疑案一侦探名著，中述基督教两僧侣争论，列举"世界颠倒"诸怪状，如天在地下、熊飞逐鹰、驴弹琴、海失火等等。一僧谓图绘或谈说尔许不经异常之事，既资嬉笑，亦助教诫，足以讽世砭俗，诱人弃邪归善；一僧谓此类构想不啻污蔑造物主之神工天运，背反正道，异端侮圣。盖刺乱者所以止乱，而抑或可以助乱，如《法言·吾子》所云"讽"而不免于"劝"者。谓二人各明一义可也。[①]

[①] 钱锺书：《管锥编》，生活·读书·新知三联书店，2014年版。

钱锺书先生并未把书中的威廉和佐治简单地定义为正反两派,深得艾柯小说之味。

(四) 未能摆脱对中世纪的陈旧评价

14世纪是"黑死病"肆虐、异端运动活跃、政治冲突持续的年代,也是西欧和世界历史上最具有变革和创新动力的时代,而那个时代的人们又充满危机感和不满足。他们的惶恐、抱怨和激进,至今仍然能得到现代人的呼应。《玫瑰的名字》是现代文化人对14世纪堪称经典的回应和反思,也是他们对现代世界的不满和抱怨。20世纪西方文化人对这个多事年代的观察受到16世纪宗教改革和18世纪启蒙运动的深刻影响,始终未能摆脱一些陈旧范式的禁锢,艾柯也未能成为例外。

14世纪欧洲文化长期以来被看作中世纪教会和整个社会盛极而衰、走向衰落和堕落的阶段,而实证的历史研究在20世纪后半期之后,更多强调14世纪在继承传统的基础上对西方文明的建设性贡献。作为一个学者,艾柯并不同情和支持晚近偏重实证的历史研究,依然接受启蒙运动以来西方文化对修道院的批评态度,他从两个方面来渲染14世纪西欧教会和社会的阴暗悲观。

一方面,是他对当时西欧社会大格局立场鲜明的描写。小说里提及的约翰二十二世(1316—1334年在职)是典型的中世纪后期教宗,做派强硬,具有很强的行政和管理能力,并不像艾柯所描写的那样亲法国。他的主要缺点是缺乏灵活性,拒不承认巴伐利亚的路德维希为德国皇帝,认为其选举有争议。对方济各会内部围绕清贫问题发生的分歧,约翰的处理在原则上并无错误,因为主张极端清贫的属灵派没有考虑到布道、教育等工作需要有一定的经济保障。但是约翰压制属灵派的方式很粗暴,否定基督清贫这一众多修士有共识的观点,驱使很多原本态度温和的修士向路德维希寻求保护。艾柯在"第五天·晨祷"这一章节的描写,给人的印象是这一争论是杂乱无序和毫无意义的。而实际的情况是,经过多位教宗的指导和反复的讨论,方济各会在1354年达成共识,接受在宗教工作中实际拥有和使用财产的必要性,并因此持续保证了该修会在大学教育和科学研究等方面取得重大成就。艾柯在小说里面提到的方济各会修士乌贝尔蒂诺是个传奇性人物,他拒绝服从约翰整肃属灵派的教令，一度加入本笃修会，后来在 1325 年为逃避迫害而销声匿迹。所以，艾柯说他 1327 年躲藏在作为小说场景的修道院是合情合理的，而且乌贝尔蒂诺在 1329 年以后一直下落不明。对熟悉欧洲中世纪历史的西方读者来说，这部作品真真假假穿插的情节是很有吸引力的。

另一方面，是艾柯对修道院生活的描写。他重复了启蒙运动和法国大革命以来各种反宗教文学的套路，即把修道生活理解为背离人性和充满虚伪。小说里面充满"风情"的情节，透露出一位世俗的现代西方学者对中世纪文化的偏见。在"第二天·午后经"这一章节，艾柯为清贫问题的争议做了铺垫，描写了修道院教堂大祭台的奢华场面："黄澄澄的金子，洁白的象牙，晶莹剔透的水晶；耀眼的各种宝石色彩斑斓大小不同，其中能辨认出的有紫玛瑙、黄玉、蓝宝石、红宝石、绿宝石、水苍玉、红玛瑙、红玉、碧玉和白玛瑙。"作为小说的核心情节之一，见习修士阿德尔摩和图书馆长助理贝伦加的同性恋酿成了前者的死亡；而食品总管助理萨尔瓦雷多用牛下水勾引贫穷村姑的行为，不仅无意中造成了阿德索与这位姑娘的私通，也导致罪行暴露的萨尔瓦雷多揭发食品总管雷米乔，指控后者信奉异端（并非中文译者所翻译的"异教"）。笔锋这样一转，艾柯在修道院里面摆出了宗教裁判所的场面，在奢侈和荒淫之外又把迫害的标签贴到了中世纪教会的身上。其实这类宗教裁判要到 16 世纪以后才比较普遍地出现，主要是在当时的西班牙和拉丁美洲。

第七节　博尔赫斯及其《小径分岔的花园》

豪尔赫·路易斯·博尔赫斯（Jorge Borges，1899—1986）是一个被认为具有突出的后现代主义特征的小说家，20 世纪最有影响力的阿根廷作家。他出身于书香门第，父母均通晓翻译，据说博尔赫斯 6 岁开始尝试用英语写作，9 岁将王尔德《快乐王子》翻译为西班牙文并在阿根廷《国家报》上发表。1941 年，他的第二部小说集《小径分岔的花园》出版，奠定了他在拉丁美洲文坛的地位。

文学评论界通常把博尔赫斯的小说概括为"宇宙主义"或"卡夫卡式

的幻想主义"。卡尔维诺在《未来千年文学备忘录》中对博尔赫斯的评价是:"他的每一部作品都包含有某种宇宙模式或者宇宙的某种属性(无限性,不可数计性,永恒的或者现在的或者周期性的时间)。"这种对某种宇宙模式或者宇宙的某种属性的关注,使博尔赫斯的小说具有一种玄学特征。他的小说充斥着对无限和永恒的思考,但是这种思考往往以小说中的具体有限的形式来传达。以有限表现无限是博尔赫斯小说观念的重要组成部分。

格非认为,在博尔赫斯看来,全部科学、历史学和社会学所建立起来的空间宇宙都是不真实的,他要另外建立一个宇宙,书籍和幻想是构建它的基本材料。时间是这个宇宙唯一的魔法师和主宰。现实科学和历史学貌似能够解释作为人的一切,但唯独不能解释人的命运。从这个意义来说,博尔赫斯的小说的确是超政治、超道德的,甚至像厄普代克所描述的那样,是超人类的。但是,博尔赫斯的写作并不是一个全新的思想体系,尽管他提供了全新的叙事方法。他把歌德、荷马、列夫·托尔斯泰、塞万提斯、普鲁斯特等人的创作的一部分内容推向了极端。就一个文学写作者的基本使命而言,他与上述这些人没有很大的差别,或者说没有差别。博尔赫斯与人类写作史的联系也不见得比那些人更不紧密。文学,用托马斯·曼的话来说,是对现实的神圣的超越的象征。甚至,这种超越本身也是日常经验的一个部分。只不过有一些作家通过描述现实来使现实出现裂缝,从而敞开那些为我们的惰性和迟钝,为日常生活逻辑所遮盖的真实,另一些人则直接写作寓言——博尔赫斯就是这样一个作家。但博尔赫斯的特别之处在于,他的隐喻及其方式基本上不是以现实生活为材料,而是选择了书籍。他的文体纷繁复杂,技巧深邃老练,但他的语言还是相当清晰的,甚至带有古典主义的含蓄和优雅。没有对现实的超越,文学就不会存在。

一、作家们的作家

(一) 博尔赫斯说博尔赫斯

豪·路·博尔赫斯,作家和自修学者,1899年生于当时的阿根廷首都布宜诺斯艾利斯城。他的父亲是心理学教师。他爱好文学、哲学和伦理学。他喜欢写短篇小说。他虽然只是似乎在日内瓦受过正式的中学教育(对此,评论界至今还在查证之中),却在布宜诺斯艾利斯大学、得克萨斯大学和哈佛大学授过课。有传闻说他在考试中从不提问,只是请学生随意就命题的某个方面发表见解。他讨厌开列参考书目,认为参考书籍会使学生舍本逐末。博尔赫斯生活的年代适逢国家处于没落时期。他出自军人家庭,非常怀念先辈们那可歌可泣的人生。他深信勇敢是男人们难得能有的品德之一,但是像其他许多人一样,信仰使他崇敬起了下流社会的人们,所以他的作品中流传最广的是通过一个杀人凶手之口讲出的故事《玫瑰角的汉子》。他为谣曲填词,讴歌同一类杀人犯。他为某个小诗人写了一篇感人的传记,那人唯一的功绩就是发掘了妓院里的常用词语。博尔赫斯是否曾在内心深处对自己的命运感到过不满呢?我们猜想他会的。(这一词条是博尔赫斯在1974年写的词条,原长3000字。他自称是从2074年智利出版的《南美洲百科全书》摘录下来的。)

(二)阅读

博尔赫斯说:"必读的书,我已饱读。"听起来像《圣经》的口吻。他说他和蒙田、爱默生不谋而合:我们只应该阅读我们爱读的东西,读书应该是种享受。

(三)图书馆

相对于"作家们的作家"一词的褒举,"图书馆作家"的称呼暗含了一种批评,但博尔赫斯从来没有意见。父亲的图书室是他童年的乐园。1937年,为了糊口,博尔赫斯在布宜诺斯艾利斯市立图书馆工作,直到1946年庇隆政府勒令他去做市场禽兔稽查员为止。他的名篇《小径分岔的花园》《通天塔图书馆》都是在这卑微的图书馆员任上完成的。1955年博尔赫斯被任命为阿根廷国立图书馆馆长,博尔赫斯说命运给他开的最大的一次玩笑是他双眼全瞎时得到了一座有90万册藏书的图书馆。他曾设想,"天堂应该是图书馆的模样"。博尔赫斯在《赠礼之诗》中写道:

上帝以他绝妙的反讽
同时给了我书籍与黑夜。
他让失明的双眼来
充当这座书城的主人,这眼睛只能
在梦的图书馆里阅读

毫无意义的篇章。

（四）博尔赫斯笔下的中国形象与中国对他的接受

1979年，博尔赫斯访问日本，抚摸过一块汉碑。此前四年，当他的一位朋友告诉他发现秦始皇兵马俑的消息时，博尔赫斯几乎夜不能寐。他最终没能踏上他梦想的国度，他通过汉学家的译著及冯友兰的英文著作了解中国。他把庄子尊称为"幻想文学"的祖宗。

在后殖民主义理论兴起之后，把博尔赫斯放在后殖民话语中加以考察，成为可以尝试的一条思路。学者米家路就认为博尔赫斯的中国想象完全源于"从一种准欧洲霸权的角度为他的奇幻他性而对中国文化的重新订正"。"准欧洲霸权"的说法也许有些过分了，但米家路自有他的根据。他认为博尔赫斯虽然是一位阿根廷作家，其祖国在历史上也如中国一样在文化、政治和经济上遭受了西方帝国主义的压迫，但是，博尔赫斯心目中认同的不是阿根廷文化传统，而是西方文化。正如博尔赫斯的自白："我以为我们的传统就是全部西方文化，我们有权拥有这种传统，甚至于比这个或那个西方国家的居民有更大的权利。"博尔赫斯是自觉地向西方文化靠拢，甚至表现得比西方还要西方。在这个意义上说，博尔赫斯是站在西方立场上把中国他者化的。而《小径分岔的花园》中的英国汉学家斯蒂芬·艾伯特正是持这种西方立场的代表，同时也是西方殖民主义在中国的化身。因此，有学者从后殖民主义的批评话语和立场出发一路追问下来：斯蒂芬·艾伯特是干什么的？答案很简单：他是一位著名英籍汉学家。那么在他成为汉学家之前，他干了什么？答案仍然简单：他是一位在中国进行传教的教士。但他是如何使自己成为著名汉学家的呢？他手中的彭㝡小说遗稿及其书房中摆放的用黄绢面装订的中国明朝第三代皇帝命令编纂、却从未印刷过的手抄百科全书，又是怎样被斯蒂芬·艾伯特据为己有的？结论是：

斯蒂芬·艾伯特是一位英国帝国主义对中国文化的惊奇者，一个十足的对中国古籍的强盗（既然一本书只编订过而从未刊印过，它又怎么能摆在斯蒂芬·艾伯特的私人书斋里呢？），从这个意义讲，余准对斯蒂芬·艾伯特的谋杀则可以看作为殖民地人民恢复正义的英雄举动，而余准最后被英帝国主义之手杀死则是西方帝国主义对殖民地人民犯下的又一桩罪行。博尔赫斯就是这刽子手之一。博尔赫斯与西方帝国主义的共谋还展现在他对他者话语权/身份的剥夺上。是余准的先祖彭㝡撰写的名为《小径分岔的花园》这部小说，但是博尔赫斯粗暴地强占了彭㝡的著作，据为己有并把它用来命名他的小说为《小径分岔的花园》。法律上讲，这是一种文化剽窃行为，一方面显示了西方文化霸权主义对他者著作权的暴掠。在文化上，这是一种退化/堕落行为，在另一方面，暴露了西方文化原创力的耗尽。博尔赫斯正是西方文学耗尽时代的代表者之一。①

这种追问的问题在于，把博尔赫斯本人看成粗暴地强占了彭㝡著作的文化剽窃者，更是把文本中叙事与虚构的现实等同于小说家博尔赫斯的现实，这是对不同层次的混淆，混淆了文本与作者两个截然不同的层面的问题，彭㝡的《小径分岔的花园》本来就是博尔赫斯虚构出来的，版权当然首先是博尔赫斯的。

早在1961年，博尔赫斯获得平生第一个国际奖时——他与塞缪尔·贝克特分享了该年度福门托奖，国内的《世界文学》上就出现了对他作品的简短评介（当时用的是"波尔赫斯"）。"文化大革命"后期，《外国文学情况》（内刊）两次偶然提到博尔赫斯，均称之为"自由主义右派"。直到1979年，国内才开始陆续发表其作品的中译本。到1999年博尔赫斯百年诞辰时，五卷本《博尔赫斯全集》出版，这也是第一个按照国际出版惯例成功引进的拉美作家的全集版权。在20世纪90年代拉美文学翻译与出版整体趋冷的情形下，博尔赫斯的一枝独秀颇为有趣。二十多年来，博尔赫斯不仅不断被"翻译"，事实上也不断被"重写"。结果是今天的博尔赫斯已被重构为不折不扣的"文化英雄"，散发着诸如"后现代主义文学大师""反极权主义的知识分子"的光辉。

所谓博尔赫斯的"反极权"，主要指他终其一生坚定地反对庇隆。庇隆政权的性质十分复杂，博尔赫斯只看到他富于煽动性的言辞、喜欢个人崇拜，却对庇隆扩大对工人阶级的福利、试图建立阿根廷民族工业等政策视而

---

① 吴晓东：《废墟的忧伤》，北京大学出版社，2013年版。

不见。而庇隆之后的军政权以及智利皮诺切特政权的性质，无论是过去还是现在，都十分清晰，都是毫无疑问的右翼法西斯统治，博尔赫斯却公开表示对他们的支持。也就是说，博尔赫斯在反所谓"庇隆极权"的同时却和另一些极权者合作。

因此，在拉美，博尔赫斯是一个备受争议的人物。在1972年的一次访谈中，他为了表达对庇隆有可能重掌政权的激愤，脱口说出"阿根廷的先民用残剩的黑种奴隶充当炮灰是明智之举，清除国内印第安土著是历史性的成就，使人遗憾的只是留下了无知的种子让庇隆主义滋长"，这样的言论激起拉美知识界的愤慨和公开抗议。1976年，博尔赫斯又亲自去智利，从大独裁者皮诺切特手中接受了大十字勋章。博尔赫斯连续十几年获诺贝尔文学奖提名，但没有一次最终获奖，原因恐怕正在于此。在他接受皮诺切特的勋章后，瑞典文学院院士阿瑟·伦德克维斯特（也是智利诗人聂鲁达的好友）发表公开声明：这一大十字勋章让博尔赫斯永远失去了获得诺贝尔文学奖的机会。但是从1979年开始，中国文化界就将博尔赫斯没有得奖的原因完全归咎于评奖委员会，指责委员会过度政治化，不以文学而以政治的标准决定获奖人，却从来没有检视博尔赫斯本人的问题。知名度最高的两位拉美作家马尔克斯和博尔赫斯，一位由于获得了诺贝尔文学奖而声名鹊起，一位由于被诺贝尔文学奖抛弃而备受推崇，事实上，直到1986年博尔赫斯去世，他的文学成就才在拉丁美洲获得公开的、至高无上的评价。详述这些历史细节，不是为了将博尔赫斯逐下圣坛，更不是出于道德理想主义对其进行审判，而是想探究何种原因造成在接受其人其作时对上述事实视而不见，而将博尔赫斯塑造为一个绝世独立的"盲圣"。

二、时间的迷宫

在博尔赫斯关于时间的思考中，有三个命题非常突出。

第一，芝诺悖论。芝诺否定运动的可能性，并把这种否定比喻为"阿喀琉斯和乌龟""飞矢不动"。博尔赫斯对芝诺悖论的结论，即时间的虚假性或者无时间性不很熟悉，但对悖论本身的逻辑智慧很感兴趣。

第二，"人不能两次踏进同一条河流。"博尔赫斯很钦佩这种论辩技巧，从中发现时间问题就是连续不断地失去时间，从不停止。

第三，庄周梦蝶。博尔赫斯说，如果有人梦见自己是一只蝴蝶，继而梦见自己就是庄周，这就是时间的非同时性，也就是时间的可重复性。对于唯心主义没有别的现实，有的只是心理过程，梦想、幻觉、思想，这就是能够主宰时间的力量。

综上所述，博尔赫斯并不否定时间的存在，不否定时间的物理流逝，但时间是"有我之时间"，重要的是"我"与时间的同一。我们的命运并不因其不真实而令人恐惧；它令人恐惧是因为它不能倒转，坚强似铁。时间是组成我的物质。时间是一条载我飞逝的大河，而我就是这条河；它是一只毁灭的老虎，而我就是这只毁灭的老虎；它是一堆吞噬的火焰，而我就是这火焰。不幸的是，世界是真实的；不幸的是，我就是博尔赫斯。

时间有时是无限的，有时是循环的，有时是似乎根本不存在，没有过去和将来。时间多维、偶然、分岔、非线性，最终是无限的。作为空间存在的迷宫正象征着时间的多维与无限。

人们对博尔赫斯的时间观进行了连篇累牍的研究，还是不甚了了。也许他本人的经典解释更有意义：时间是形而上学的关键问题，幸运的是，我们永远也不可能解决这个问题；与此同时，我们又永远渴望解决这个问题。这就是经典的博尔赫斯悖论。他在创作中表现自己悖论的方法，就是"迷宫"。他认为自己领悟到的生活方式是一种持续的迷惑，是不断分叉的迷宫。一条大河是水的迷宫，丛林是树的迷宫，城市是街道的迷宫，图书馆是人类思想的迷宫。

三、《小径分岔的花园》

博尔赫斯"误读"中国，中国也有投桃报李的"误读"，这大概是报应。他的名篇《小径分岔的花园》一开始被译为《小径交叉的花园》。后来王永年先生把它纠正过来，可时至今日，谬种未绝（2003 年陈惇主编的《西方文学史》第三卷第 378 页使用的是《小径交叉的花园》，2006 年郑克鲁主编的《外国文学史》则未涉及博尔赫斯，2015 年高等教育出版社"马工程"版使用的是《交叉小径的花园》）。交叉和分岔不同，交叉归于有限的结点，而分岔则指向无限的向度。《列子》中有杨朱"歧路亡羊"的故事，有一句话很明白就指"分岔"："歧路之中又有歧路焉，吾不知所之。"

假如博尔赫斯当年能看到列子此言，说不定会喜欢它，就像对庄周梦蝶一样，一辈子都挂念。

小说写的是第一次世界大战中的事件，其叙事可称为迷宫叙事。

第一，余准谋杀斯蒂芬·艾伯特的供词。主人公是个名字叫余准的中国人，童年时生活在青岛，第一次世界大战时是一名德国人的间谍，被英国特工抓住了，即将被绞死，整个故事是他的供词。余准在英国，掌握了一份绝密情报：在法国的城市斯蒂芬·艾伯特有一处对德国人构成威胁的英国炮兵阵地。但他还没有来得及把情报汇报给德国上司，就被英国特工追杀。如何把情报传给德国上司？他想到了一个绝妙的主意：去杀死一个与斯蒂芬·艾伯特城市名字相同的人。如果他的谋划成功，当谋杀案被报道之后，他的喜欢读报的上司在报纸上看到凶手余准以及死者斯蒂芬·艾伯特的名字时，就会猜到其中的奥秘。于是余准乘火车赶到郊区去杀一位名叫斯蒂芬·艾伯特的著名汉学家。

当他来到斯蒂芬·艾伯特的住宅，见到斯蒂芬·艾伯特之后，才惊讶地发现他与汉学家的神奇的缘分：原来，曾经在中国当过传教士的斯蒂芬·艾伯特如今正在研究的竟是余准的曾祖父彭㝡当年两项伟大的事业：一是彭㝡所建造的任何人进去都会迷路的名字也叫"小径分岔的花园"的迷宫，二是彭㝡所写的一部其中的人物比《红楼梦》还多的小说，而这部小说如今就在斯蒂芬·艾伯特的手中，并且他已经破译了小说的秘密：原来，所谓的迷宫正是彭㝡创作的小说本身，迷宫与小说其实是一回事。

两人聊得投缘，差点忘了自己是来干什么的。正在此时，马登的影子在窗外一闪。当斯蒂芬·艾伯特转身之时，余准打死了斯蒂芬·艾伯特。德国上司猜出了缘由，斯蒂芬·艾伯特被炸成了废墟。

第二，对历史的补充或颠覆。开篇引用《欧洲战争史》史料记载，声称第一次世界大战中，英国军队原定于1916年7月24日向德国军队进攻，由于滂沱大雨而推迟到29日上午。随后余准"证言"否定，由此引出故事。博尔赫斯甚至还给出了具体页码——利德尔·哈特写的《欧洲战争史》第242页有段记载，说是13个英国师（有1400门大炮支援）对塞尔蒙托邦防线的进攻原定于1916年7月24日发动，后来推迟到29日上午。利德尔·哈特上尉解释说延期的原因是滂沱大雨。有必要指出的是，西班牙语原文的两个早期版本，即1942年版《小径分岔的花园》、1944年版《虚构集》都写着第252页。后来的版本却嬗变为第242页，甚至还有第22页、第212页等，如此嬗变或许正有博尔赫斯的某种意图。翻看哈特那本战争史书，谈论"延期"一事，的确是在第252页。英语原文是"The bombardment began on June 24th; the attack was intended for June 29th, but was later postponed until July 1st, owing to a momentary break in the weather"。博尔赫斯明显弄错了时间，应该是6月，却写成7月。英军作战计划是，自6月24日起开始持续轰炸，总攻时间定在6月29日。很显然，事实是轰炸模式已开启，总攻推迟至7月1日，正是著名的索姆河会战正式开始的日子。其他一些细节，博尔赫斯写得也不完全对。根据哈特所写，战线主要是"马里库尔—塞尔"。罗林森将军的第4集团军是进攻主力，所辖18个师当中有11个师参战。英军还有第3集团军的两个师在侧翼辅攻，如果加到一起正好是13个师。炮火支援不是1400门，而是1500门。博尔赫斯把"a momentary break in the weather"理解为下雨，并发挥为"滂沱大雨"，倒也并非无稽。

第三，奇幻叙事：杂糅与缝合。这充分表现出博尔赫斯具有把不同类型的小说模式组合嫁接在一起的高超本领，从而汇入后现代主义写作的杂糅化的总体倾向中，即在文本中综合了不同的因素。这些因素既有不同的小说文体又有不同的小说类型，同时也有不同的叙述方式和主题模式。

《小径分岔的花园》究竟是一篇什么样的小说？怎样从小说类型学或主题学的角度为它定性？难题于是就来了，它似乎是很难定性的。一开头引用《欧战史》，似乎表现的是历史考据癖，满足了叙事者对历史的想象，使小说具有一种历史小说的意味。当然也可以把《小径分岔的花园》看成是战争小说，涉及的是第一次世界大战；但马上你就觉得它更像一部间谍小说，讲的是英德间谍之间的追杀故事。博尔赫斯本人则说他曾写过两篇侦探小说，其中一篇就是《小径分岔的花园》，最初在美国推理小说家奎因编的《迷案杂志》上发表，并且得了二等奖，因此博尔赫斯把小说定位为侦探故事。他对侦探小说形式也有一种迷恋，并为这种小说形式进行过辩护。怎样辩护的呢？现代小说的趋势是心理化和零散化，趋向于结构的消解，而侦探小说有完整的结构，博尔赫斯就从侦探小说形式中找到了写开头、中间、结尾的非凡能力。在《谈侦探小说》一文中，博尔赫斯认为："我们的文学现在正日趋混乱，变得像自由诗。""我们所处的时代，是如此的混乱如麻。但有一样东西倒是谦恭地维持着它的经典美，那就是侦探小说……我要说：侦探小说在遭到蔑视之后，它现在正在拯救一个乱世的秩序。这证明，我们应该感激它，侦探小说是立下功劳的。"可以看出，博尔赫斯的辩护中，有一种玄学性的目的，他赋予了侦探小说以拯救的历史使命。《小径分岔的花园》虽然也同样有玄学意味，但是在类型上的确可以说最像侦探小说。它的所有悬念都是到了最后一刻才明白的。为什么余准去找汉学家斯蒂芬·艾伯特，又为什么杀了他，都是到了小说结尾才交代出来的。这就是典型的侦探小说制造悬念的方法，而且永远是到结尾才真相大白。但把《小径分岔的花园》看成是侦探小说类型，难题仍然存在：如何解释小说中关于彭冣的故事、中国迷宫的故事以及对时间的玄想？这些小说元素确乎是游离于侦探小说的情节线索之外的，就好像是嵌在侦探框架中的一个玄学楔子。实际上，对《小径分叉的花园》的解读可以有不同角度，理解也当然可以迥然不同。从某种意义上说，它是无法定性的，也是拒斥定性的。但尽管很难为《小径分岔的花园》在小说类型学的意义上定位，相对比较准确的概括是：这部小说以一个侦探小说的外壳包含了一个玄学的内核。但我们仍然可以说，《小径分岔的花园》其实缝合了多种创作动机，同时缝合了多种小说类型和母题。而当这多种类型缝合组装在一起之后，就无法具形。

　　前面说过《小径分岔的花园》在叙事上的显著特征是分岔叙事，但是每一次叙事的分岔都有可能造成分岔之间的裂缝。小说一开始，标志这种边缘性的临界线就存在了，小说的叙事从哈特的《欧战史》向余准的供词过渡。而这份供词在某种意义上可以说是一个纯虚构的世界，它的失踪的前两页就暗示着虚构世界与书本上的历史之间的一种缝隙以及对这种缝隙的缝合。因此可以说，小说的开端其实就把历史与虚构两种叙事缝合在一起，也把两种时间经验缝合在一起，同时缝合的还有读者两种不同的期待视野和阅读习惯。这种缝合得以成立，首先由于历史叙述本身就有缝隙。有研究者指出：英国军队"进攻的推延切出一道历史叙事中的裂隙（gap），而这种裂隙最终只能由虚构叙事来加以补填"。但缝隙是无法完全填满的，总会有缝合的痕迹留下来。读完小说，我们大多数人肯定都不会相信余准供词给出的为什么进攻会推延的解释,因为我们知道那不过是虚构。只有一小部分天真善良的读者才会恍然大悟:原来英军进攻是这样被推迟的。《小径分岔的花园》中最重要的缝合自然是在侦探故事的主线索中织入彭寂与他的中国迷宫的故事。如果说,余准供词中的叙事便已经是一种虚构的话,那么这个嵌入的迷宫故事就是虚构中的虚构。在此博尔赫斯需要缝合的东西更多,不仅要缝合小说的两种类型——侦探小说与玄学小说——而且要缝合不同的母题、动机以及不同的小说文体。侦探小说的文体与关于迷宫的奇幻文体是截然不同的。譬如余准对他的曾祖所建造的迷宫的想象,就是一种纯然的幻想性文体:"我在英国的树荫之下,思索着这个失去的迷宫。我想象它没有遭到破坏,想象它是埋在稻田里或者沉到了水底下;我想象它是无限的,并非用八角亭和曲折的小径所构成,其本身就是河流、州县、国家……我想象着一个迷宫中的迷宫,想象着一个曲曲折折、千变万化的不断增大的迷宫,它包含着过去和未来,甚至以某种方式囊括了星辰。"即使读中译本,我们也能体味出这段文字的梦幻般的特征。在把奇幻体的迷宫故事嵌入侦探框架的时候,博尔赫斯最需要考虑的事情就是如何"把幻想之物'隐匿'在小说真实中"。在这种时刻,博尔赫斯每每表现出高超的本领。他有一篇小说,公认是代表作,叫《阿莱夫》。"阿莱夫"是博尔赫斯小说中最奇幻的事物之一,它是直径仅有两三厘米的一个小小的明亮的圆球,"然而宇宙的空间却在其中,一点没有缩小它的体积",它是汇合了世上所有地方的地方。小说的叙事者"我"从中可以看到地球上、宇宙间任何想看到的东西。我看到了稠密的海洋,看到了黎明和黄昏,看到了亚美利加洲的人群,看到了黑色金字塔中心的一个银丝蜘蛛网,看到了一个损毁的迷宫(那就是伦敦),看到了就近不计其数的眼睛在细察着我,仿佛镜子里那样……看到了葡萄串、雪花、烟草、金属的矿脉、水的蒸汽,看到了赤道的中央鼓起的沙漠,以及沙漠里的每一粒沙子……它就是不可思议的宇宙。

四、《沙之书》

《沙之书》是博尔赫斯最看重的小说之一。他写了一本永远读不完、永远在变化的"沙之书"。这本神奇的书,没有第一页,没有最后一页,可以无止境地翻下去的无限之书,是能够像恒河中的细沙一般无法计数、无限繁衍的魔书。但正是这样的无限之书，呈现为一本书的通常形状，有限和无限就这样在一本书中完美地统一在一起。

《沙之书》是一篇令人感到迷惑的小说，笼统地说它是小说不一定很准确，因为它带有很强的寓言性。全书没有个性鲜明的人物，人物的心理也不合常理，十分怪异，但全世界的读者都公认它是小说。这应该不无道理，因为它有一般短篇小说所具有的情节，但情节也相当异类。一般短篇小说情节的核心，大都是一个道具（如《项链》）引发事变，一个人物命运（如《范进中举》）的突变，或者情绪（如《最后一课》中的孩子不爱学法语）的转换，在变化之前以其悬念引起读者的关注，在转折之后触发读者的意外体悟。情节核心大抵都是现实的、具体的，即使是幻想的，如孙悟空大闹天宫，也是感性的人情物理，不过是披上了神幻的外衣。《沙之书》的核心道具虽然是一本感性的"书"，但这本书是用沙做成的，这根本不可能。沙是流动的，不能构成书页，不能翻动，不能书写，即使书写了，也不能留下稳定的、超越时空的系统符号。这个情节核心是超现实的，带着某种荒诞意味。小说前面引了乔治·赫伯特的诗：

……你的沙制的绳索……

引这句诗，显然是为了提示小说有某种悖论性质的寓意，沙是松散的，是不能构成以连贯为特点的绳索的，但是，诗句的中心语又明明是"绳索"。作者是想说明，他的故事不同一般。一般故事是具体的，作者说如几何学一样：由点连成线，由线组成面，由面构成体积，按照科学的理性逻辑运行。用我们传统的说法就是环环紧扣。作者说，他不采用这几何学的方法，其更深的含义是，几何学（自然科学）是客观现实的，不能虚构，而他写小说、讲故事，却不能不采用虚构的方式，小说在英语里叫"fiction"，就是虚构的意思，可是他又说他的"故事一点儿不假"。这就把悖论摆在读者面前，推动读者思考，为什么明明是虚构的故事却一口咬定是真实的，"一点儿不假"，在貌似荒谬的悖论后有什么寓意？小说中"一点儿不假"的东西到底是什么呢？这是解读时不能回避的。故事就在真和假的矛盾中渐次展开。

从情节上看，两个人物是现实的，富于真切的细节：来人是推销员，卖《圣经》的，"身材很高"，"外表整洁"而"寒酸"，"提着一个灰色的小箱子"。两个人的对话很世俗，充满了生意经，"我"说自己家里有好几种版本的《圣经》，来人说，他带来的是"一部圣书"，吹嘘比《圣经》还神圣。对这本圣书的描绘更是精细：八开大小、布面精装，具有异乎寻常的重量。书脊上面印的是"圣书"，而且还是个古董（"看来是世纪的书"），两个人的谈话有一搭没一搭，但不乏隽永。推销员说他不过是经过这里，过几天就走，可又谈起哲学家休谟和诗人罗比·彭斯。"我"本以为此人要把这本圣书送给大英博物馆，此人却提议把这本书卖给"我"，要了一个高价。"我"明明对这书有好奇心，却假装很淡然。最后不惜用退休金和传家的花体字《圣经》来交换。推销员居然变得不在乎钱了，并不讨价还价，立即成交。小说写这场买卖除了少许神秘之笔（推销员要了个高价，但是最后成交时似乎不在乎钱）外，大部分写得比较现实，行文与一般的现实主义、浪漫主义小说没有多大区别，但小说的主要情节仍然是怪诞的。

这本神秘的"圣书"是小说的核心意象，"我"用不菲的代价换来，却觉得好像不是书。其不现实之处，不仅表现在书的性质和材质上，而且表现在书的内容上："里面的文字是我不认识的"，"每页上角有阿拉伯数字"，"逢双的一页印的是40，514，接下去却是999。我翻过那一页，背面的页码有八位数。像字典一样，还有插画。"但是，合上以后，再翻到原处，原本的铁锚图案却不见了。这样的情节令读者不能不迷惑：第一，缺乏书的连贯性；第二，页面不可分；第三，图文没有固定性；第四，推销员告诉他，这本圣书是无始无终的；第五，其功能却是惊人的，可以成为印度连影子都不可接触的贱民的护身符。一方面是圣书，极其神圣；另一方面，极其虚幻而神秘，矛盾并不静止，而是在衍生中运动发展的。

在付出不菲的代价获得这本《沙之书》以后，作者阅读的经历更加神秘。这本书不能一页一页打开连续阅读，没头没尾，既没有第一页也没有最后一页。更加怪异的是"我"阅读时相当丰富的心理反应，各个层次之间十分曲折无理。和前面两人交易的现实性不同，曲折的怪异心理层次带着鲜明的超现实性。

《沙之书》的情节就是现实与超现实的对立统一，不过超现实的心理过程却是小说的主要方面。作者强调的是，这本号称圣书的书，看不出什么了不起的神圣的内容，"其中一页印有一个面具。角上有个数字，现在记不清多少，反正大到九次幂"。从通常的心理反应来说，这本来是要感到迷惑，感到失望，甚至感到上当的。然而，作者不但没有，相反却想把它藏起来。读者可以推想，藏起来是不是意味着特别珍贵。这是获得圣书的第一层次的心理，接着第二层次提示这本圣书在作者心目中的地位。不是正面陈述，而是侧面提示：

我从不向任何人出示这件宝贝。

用了这么大的代价买下了一本完全莫名其妙的书，"我"居然当作"宝贝"，这显然很荒谬，然而这就是小说的情节特点所在。一般小说的情节是外部事件的变化，由变化引发事件的突变，而这里，事件没有变化，而是心理发生荒谬的层次丰富的变化。每一个层次都是荒谬感的强化，如果荒谬的强化是绝对错乱的，那可能是呓语，小说精彩的是荒谬感的强化，自有其荒谬的逻辑，其间蕴含着特殊的因果关系。当了一回冤大头，并没有感到上当受骗，而是感到"幸福"，因为它被当作了"宝贝"：

随着占有它的幸福感而来的是怕它被偷掉。

这是情节的第三层次，是荒谬逻辑的进一步衍化。因为是宝贝，所以感到"幸福"，而"害怕"说明幸福感、珍贵感强烈到生怕失去。第四层次是，由于害怕失去，就寸步不离，隔绝了与朋友的来往：

我有少数几个朋友，现在不往来了。

这是荒诞逻辑衍化从客观向主观的转化：在孤独中忧虑到自己都感到"精神失常"了。第五层次更进一步，不但拒绝朋友的来访，而且自己不敢再上街，因为离开家，这件"宝贝"就可能被偷。到这个层次，读者不难感到，获得"宝贝"的幸福感正在消失。这是小说情绪转折的开始。第六层次，自己投身于精心排除其假货的可能和修复。着迷到这种程度，他自己都感到成了这本书的"俘虏"。这就是说，"幸福"不但失去了，而且在走向反面，读书本来是为了自由思考，却成了"俘虏"，是思想成了书的"俘虏"，失去了自由。第七层次，可以说是情节真正的高潮，"幸福"变成了不折不扣的痛苦：第一，"觉得它是一切烦恼的根源"；第二，领悟到所谓"圣书""把自己也设想成一个怪物"，"是一件诋毁和败坏现实的下流东西"。这就不仅仅是痛苦，不仅仅是失去自由思考，而且是把自己败坏了，让自己感到自己成了"怪物""下流东西"。荒谬逻辑的演绎层次越来越深，转折的幅度越来越大，读者的惊异感也越来越强，同时思绪也越来越深化，所谓"圣书"异化为灾难的后果越来越突出。书本来是人类智慧创造的结晶，人崇拜书就是崇拜智慧，崇拜的结果却是人被书统治，使自己成了书的"俘虏"，成了"怪物"，失去了智慧和创造的自由。

这既是外部情节的转化，又是内在思想的转化。从哲学意义上说，这就是马克思所说的"异化"。人被自己的创造统治，人创造得越是精深，精深到成为比《圣经》还要高的圣书的程度，反而成为人的统治力量，使人失去了自由，也就是使人变得荒谬，变得愚蠢。

最后的尾声更是意味深长："我想把它付之一炬，但怕一本无限的书烧起来也无休无止，使整个地球乌烟瘴气。"这就是说，异化严重到这种程度，即使人幡然醒悟，摆脱崇拜的"异化"，但已经不可能了。就是以一种最彻底、最坚决的手段将其付之一炬也无效了，因为《沙之书》是无限的，烧起来也会"无休无止"，只会对环境造成污染。在人与这种异化的正面斗争中，没有获得胜利的希望，人彻底打败了自己，最后只好把它藏到图书馆的暗室里，有意忘记它在哪一层，从此连图书馆所在的街道也不再去了。这就意味着，不仅是再想找也很难，而且是根本就不想、不敢再接近它。这就是说，人不能正面战胜它，唯一解救自己的办法就是消极逃避它，这是不是意味着，不读书，人就会恢复自由呢？这就是博尔赫斯提出的问题，博尔赫斯没有回答，但这就是《沙之书》的主题。这个主题既是荒谬的，又是严肃的。

最关键、最要害的特点是，一切书是有限的，而这本书却是无限的。这是违反常识的，是荒谬的、超现实的、不真实的。作者是不是在和读者开玩笑？不是的。他开头就说，他的故事不符合自然科学（几何学），实际上不是现实理性的，但是作者又说，他的故事"一点儿不假"。这本荒谬的书，是极其真实的。这不是自相矛盾吗？好像不是。关键在于，这本不是书的书，并不是一个现实的引发事变的道具，而是一种象征，象征着一切书的内在矛盾。

书作为人类文化积累、传播、传承的载体是神圣的；书作为语言的载体，代替有声、直接、现场对话，以无声的象征符号做超越时间和空间的间接传播，是人类文明的伟大进步。纸张和印刷术的发明与生产技术、生产关系进步一样，是推动社会发展的动力，它成为人类超越时空的文明积累的宝库，是人类文明进步的阶梯，但是，对书籍的绝对崇拜造成了人的愚昧。不管什么书，其文化知识不能不是有限的，而人类的、自然的、宇宙的知识却是无限的，因而人们的所知必然是零碎的、有限的。如庄子所说："吾生也有涯，知也无涯，以有涯随无涯，殆矣。"宇宙和人的心灵奥秘是无限的，用数学语言来说，是无穷大的。而书本知识是有限的，如果以无穷大为分母，以知识为分子，不管有多少有限知识作为分子相加，甚至乘上九次方，还是有限，与无穷大的分母相除，其值为零，所以孟子说："尽信《书》则不如无《书》。"迷信书、经典、圣书，将之当作天经地义的、无所不包的、系统的真理，事实上就是迷信人的有限性。怀着这种迷信观念的不仅是推销员和作者，还是整个人类。宇宙人生的一切是无限的，而人的知识是有限的，即使是最神圣的书，也是有限的，包含一切真理的、无限的、没有终点的书是虚幻的。可是人们习惯于把有限的知识当成绝对真理，比《圣经》还神圣，甚至有着超现实的功能，其实书中难免蕴含可怕的谬误。

真正的经典阅读应该是幸福的、自由的，但是迷信阅读就成了"一切烦恼的根源"。这从现代科学来看更是相当有道理的。人类目前文明高度发达，但是，据科学家估测，人类所享有的知识只占天体、宇宙、暗物质、生命起源、大脑机制等宇观、宏观、微观奥秘的百分之四，就是万有引力还不足以维持天体之不坠落。人类目前就以百分之四的知识对宇宙、人生作百分之百的解释，还把它写成书，这是很荒谬的、很危险的。可是人类却自以为是、狂妄至极。这就是博尔赫斯在开头所说他的故事"一点儿也不假"的根据。对于《沙之书》，南帆这样说：

这是一个含义丰富的象征——书籍包含了一切。博尔赫斯的恐惧暗示了一个问题：书籍会不会成为统治人类的另一种可怕的专制？书籍包含了一切，同时也就吞噬了一切。人们还能不能创造书籍之外的生活？确实，我们常常天真地觉得，我们在书籍面前拥有绝对的主动。无论书籍之中正在上演什么——无论是精彩纷呈的辩论、剑拔弩张的格斗，还是钩心斗角的阴谋、生死不渝的恋爱，只要我们用力合上书本，所有的故事都会哗地一声退回原处，锁在封面和封底之间而无法溢出。这些故事又怎么可能对我们的生活构成威胁呢？可是，如果不是盲目地乐观，我们还会想到另一些问题：我们周围还有没有书籍之中未曾描述过的亲子关系、性爱模式、战争动机、享乐欲望、权力向往——一句话，我们还有没有未曾让书籍覆盖的人性？如果完全毁弃书籍的教诲，我们还有没有能力安全地生存和繁衍？①

南帆说的是人文学科，其实这篇小说之所以给人一种扑朔迷离的感受，原因还在于这是一篇特殊流派的小说，它不是现实主义的，也不是浪漫主义的，甚至也不是一般现代派的小说，现代派的小说还是承认理性的。从思想上来说，这篇小说的主题是后现代的，思想是解构主义的——对天经地义的、不言而喻的观念的颠覆，被当作真理、本质膜拜的一切观念都要批判。

从表现方法上来说，整个人物的心理逻辑是荒谬的，作者好像并不想刻画两个人物的性格，推销员没有个性，"我"也没有明显的个性。两个人物的功能不过就是为了演绎《沙之书》的理念。如果从一般现实主义或者浪漫主义小说来说，这是抽象的、概念化的，但是，小说并不像一些干巴巴的概念化的小说那样枯燥，令人困惑的同时又引人入胜，原因就在于有一种深邃的理念渗透在既现实又荒谬的逻辑中，这正是当代前卫解构主义的哲学反本质主义的理念。一切知识（真理）不是绝对永恒不变的，都是一定历史条件下的建构，随着历史条件的改变，知识和真理都要被新的建构代替。因而崇拜永恒的圣书，就像把写在沙子上倏忽消逝的字当作永恒的真理一样。

当然，这种哲学对于僵化的迷信思想是一种解放，但是，像一切事物和

---

① 南帆：《追问往昔》，湖南文艺出版社，1998年版，第248～249页。

思想都有局限性一样，它也有局限性，例如声称一切真理不是发现的，而是建构的，甚至是"制造"的，那就是真理的虚无主义了。真理，固然有其历史的相对性，但这种相对性不是绝对的，还有它的相对的历史积累性和进化性，特别是在一定的历史条件下，真理还有它的相对普适性。否定了这一点，人类数千年来的文明就可能毁灭。

博尔赫斯作为国家图书馆馆长，专门著文考察过书籍崇拜的历史，这种崇拜致使"书籍不再是达到目的的手段，而是成了目的本身"，博尔赫斯甚至认为中国秦始皇焚书是为了废止过往的历史，重新开创时间。这就是说，以往的书上所说的一切都是假的，而他所写的《沙之书》则是"一点儿也不假"。对于这一点，南帆说："如果完全毁弃书籍的教诲，我们还有没有能力安全地生存和繁衍？"正是因为这样，博尔赫斯在不断写他的书，成为拉丁美洲文学的巨星。他并没有把自己写的书烧掉，而他的《沙之书》是不可能存在的，即使存在也是要逃避的，这就明白地表现了他的自我否定，解构主义在这里像是一只蜻蜓在吃自己的尾巴。

当然《沙之书》的主要成就并不是解构主义的哲学图解，它是艺术品位相当高的小说。博尔赫斯对小说情节的突破在于情节表层的荒谬蕴含着并不荒谬的深层哲理。它之所以成为情节，是因为具有情节的基本因素，那就是亚里士多德在《诗学》中所说的因果"对转"：从比《圣经》还神圣的书变成怪物。从幸福到恐惧，所有这一切"对转"间的因果关系，表面上不合逻辑，很荒诞，但是蕴含着对人类一种共识的批判和颠覆。作者是20世纪以降的拉美文坛巨星，大师为读者设置的不是一般情节的情感奇观，而是以迷宫式的情节引导读者去重新思考普遍认为是天经地义的、不言而喻的共识。

《沙之书》还表现了一种新的艺术追求，它不是现实主义的社会批判，也不是浪漫主义的个性解放，也和现代主义不同。拉丁美洲有魔幻现实主义，但它也不是，如果是魔幻现实主义，这个《沙之书》应该变幻起来。它的特点是在荒诞逻辑中的寓言哲理，可能不致太离谱。从文体上说，绝对要说它是小说，也不无勉强，如果说它更像一篇寓言、一篇散文也不是完全没有道理。

延伸阅读

汉学家之死
——重写博尔赫斯《小径分岔的花园》（节选）

博尔赫斯（Jorge Luis Borges，1899—1986）写过一篇侦探小说《小径分岔的花园》（EI jardín de Senderos que se bifurcan，1941）。在一次访谈中，博尔赫斯自己说，这篇小说"作为侦探小说来看还是相当好的"，而且它"超过了侦探小说"。

小说主人公是一位大学英语教师，来自中国山东青岛，名为 Yu Tsun，很可能是"雨村"的拼音转写，或许取自《红楼梦》中的"贾雨村"。博尔赫斯欣赏《红楼梦》，读过《红楼梦》的德文和英文译本，在作者创作的年代，"贾雨村"之名，流传最广的 Franz Kuhn 的德译本作"Yü Tsun"，英译本通常作"Yu Tsun"。考虑到博尔赫斯有限的汉语知识、他对《红楼梦》的喜爱以及贾雨村在《红楼梦》中的角色，"Yu Tsun"即"雨村"的说法极有可能。何况，博尔赫斯很可能知道贾雨村的双关意义即"假语存"，那么，在这篇小说中使用这个名字也是再合适不过了：按照小说叙述的表面逻辑，主人公/叙述者已死，留下的不过是这些文字（语存），其耐人寻味之意正在真假虚实之间。

小说案情十分简单：第一次世界大战期间，主人公雨村在英国从事间谍活动，效命于德国军方。……

可是，就在故事结束之际，读者却仿佛身陷迷宫之中，一个谜团解开了，却冒出了更多的谜团：如果传递情报非要杀死一个人，为什么偏偏是汉学家？为什么杀死汉学家的偏偏是一个中国人？莫非在巧合的背后还潜藏着深奥的玄机？对于一个高明的侦探或读者，故事的背后一定还有故事。

博尔赫斯说，经典的侦探小说是"一种智力型的文学体裁，这种体裁几乎完全建立在虚构的基础之上，破案靠的是抽象推理，而不是靠揭发案情或罪犯疏忽"。一流的侦探小说往往案情简单，它对读者的智力挑战恰在于案情之外。

杀死汉学家——朋友？

罪犯被捕归案，经审讯，被判绞刑，我们读到的故事是罪犯死前留下的证词。按照作者的说明，这是一段记录在案的证词，由当事人"口述、重读并签字",作者也不过是一个读者,而且他所读到的文本缺了前面两页。作者暗示说,这段残缺的文字之所以值得一读并转录于此,是因为它为一段正史提供了一个额外的证据和说明。如此说来,就文本资料而言,读者没有什么可以怀疑的。至于文本所叙之事是否属实,作者未加任何评论,信或不信,完全取决于读者自己。

整个叙述清晰细腻,从容不迫。在决定杀人之时,雨村已然在劫难逃,被追述的不仅是行动和事件,还有行动中的情绪和体验:紧张、恐惧、迷惘、躁动、迟疑和悔恨、被延宕了的死亡体验,夹杂着当时的回忆和事后的感想。对于这样一个叙述者,我们究竟应当相信什么,不相信什么?

得知自己身份暴露,生命危在旦夕,雨村先是被本能的恐惧和死亡的荒谬感所左右,随后,他镇定情绪,与其等死,不如行动,他决定传递情报。十分钟后,他想出了枪杀"阿尔伯特"的计划。尽管在战争年代,杀死一个人以拯救更多的人,似乎是合理的选择,可是枪杀一个无辜的人,无论被杀的人是谁,无疑是一个残酷的选择,一个罪行。他承认"这是一件可怕的事",如果没有其他选择,他可以放弃这个计划,反正他已是一个在劫难逃之人,传递或不传递情报有什么关系呢?雨村在证词中的一段话为谋杀提供了一个明确动机:

我这么做,不是为了德国。我怎么会在乎一个使我堕落为间谍的野蛮的国家?……不!我这么做是因为我感觉上司瞧不起我的种族,我的无数先辈,如今,他们的血在我的血脉中流淌。我要向他证明,一个黄种人能够拯救他的军队。

原来,主人公是一个有强烈民族身份意识的人,一个有个性、有血气的汉子!从这里开始,侦探故事的小径条岔,通向一个中国人的悲剧故事,不仅是某一个中国人的,而且是一个民族和种族的故事。故事的主人公在赴死之途,俨然一个悲壮的种族英雄,试图以自己的行动为种族正名。他决心担当一个远比间谍更为堕落的角色,甘愿承受杀害无辜的罪名,以拯救种族的荣誉。随着故事的"小径"继续延伸,主人公将被带进迷宫的中心,悲剧冲突将愈演愈烈,此时,主人公和读者谁也预料不到。

阿尔伯特的家住在郊外,乘火车不足半小时即到。决心已定,雨村来到车站,及时赶上了这一班火车,火车开动的瞬间,他看见敌方间谍马登已追踪到月台，危险就在身边，死亡的恐惧再次袭来，好在他暂时脱险了。他的情绪从恐惧转为庆幸，随后又增加了勇气，他从自己的冒险行动想到人类的罪恶，以未来的死亡之眼，默然旁观自己生命的最后时刻。

下了火车，月台上的小孩子为雨村指明了去阿尔伯特家的路，遇岔路一直向左转，这使他想起了迷宫，而迷宫又使他想到了自己的曾祖崔本，他放弃官爵，决心写一部人物比《红楼梦》还多的小说，造一个所有人都迷失其中的迷宫。可惜，崔本被不速之客刺杀，留下无人可解的小说和无人发现的迷宫。如今，雨村也成了一个准备杀人的不速之客！迷宫、谋杀、巧合，一条条分岔的小径，隐约通向更多的故事。

然而在这里，种族英雄故事仍是故事的主干。不过，对曾祖的回忆舒缓了雨村先前的紧张和复仇意志，他陷入对迷宫的遐想，以至超越了时间和空间，忘记了自己杀人和被杀的当下处境。傍晚时分，月光和微风中，漫步在英国乡间的草地，回忆自己的亲人，一股温暖的柔情几乎把杀人气氛全部冲淡了：

"我陷入沉思：一个人可以是他人的敌人，他人在其他时刻的敌人，可是，无法是一个有着萤火虫、语言、花园、流水、西风的国家的敌人。"（pp. 122 - 123）

一个被判绞刑的杀人犯如此细腻准确地追忆自己当时的情绪，简直难以置信！可是，我们不要忘记，雨村出身文化世家，曾做过大学英语教师，熟悉英国语言和文化。正是他的文化、民族、种族记忆使他决心杀人，而他的文化教养、敏感和反思能力又使他不可能像一个莽汉那样做一个杀人机器。

博尔赫斯说："我不能尝试描写，我认为心理分析是我应该避免的领域，因为我干不了。但是如果我能想象一个人的情况，我会试图通过他的行动显示他的心理活动。""我不寻求新奇的情节或惊世骇俗的人物。当我写些什么的时候，是因为我知道我能真实想到。比如说，我笔下的人物说了些话，那是因为我觉得那就是他们可能说出来的话。"这里，作者正是以主人公看似平淡的内心独白来显示其潜在的心理冲突：他真的要杀死一个无辜的英国人吗？他真的要以英国为敌吗？这些独白完全符合主人公当下的处境，也加深了读者对主人公的了解和同情，一个侦探故事越来越像是一个真实可感的中国人的故事了。在这里，隐含的作者和读者都比主人公知道得更多。

阿尔伯特的家到了,一个中国式的花园隐约可见,从花园的亭子里传出中国音乐!在异国他乡,一个充满敌意的人闯入一个陌生人的家,就好像回到了魂牵梦萦的家园!神思恍惚之间,不容多想,雨村已经完全沉浸在音乐之中。一直被压抑的温情和思乡之情,借助音乐,冲垮了雨村的意识,他已不知身在何处,为何来到这里。

主人提着中国式的灯笼出来迎接客人,并且用汉语(用雨村的话说,"我自己的语言")跟客人说话。大概是客人的黄种人面孔暴露了自己的身份,或者雨村被无意识和幻觉征服,以至脱口而出,自己先使用了汉语?走进大门,雨村感到蜿蜒的小径很像他童年走过的小径,这是不是暗示这小径把他带回到自己的家园呢?

主人的书房里随处是中国的书籍和文物。客人这才知道,阿尔伯特是一位汉学家,曾在天津做过传教士。主人和客人愉快交谈起来,话题是一部迷宫式的未完成的中国小说,而这部小说的作者的正是客人的曾祖!在进门之前,雨村无意中说出了曾祖的名字崔本,这使主人对客人更加彬彬有礼。汉学家告诉客人,他一直试图破译他的曾祖留下的谜团——小说和迷宫,最近有幸得到一片崔本亲笔书信的残简,使他终于获得了答案:崔本的小说和迷宫是一回事,迷宫就在小说之中,而小说的谜底是时间,迷宫式的中国人的时间。

奇迹般的巧合使来访者应接不暇,躁动不安,这是幻觉还是梦境?阿尔伯特的话一点点把他带回到自己的家园,走近祖先的历史和生活,走近自己的身世和文化。汉学家长篇大论,语调从容,雨村默默倾听,偶尔插话或回答对方的提问。

雨村对汉学家充满了敬意甚至敬畏之情,当汉学家读着他曾祖的小说,他从对方苍老的面孔上看到了一种"不可征服的、甚至不朽的"神情(p.125)。比敬意更直接的是一种感激之情,是的,汉学家是他祖先的知音、朋友,尊敬他祖先的智慧,重现了他祖先的成就,他的家族都应当感激他,以他为友。

为了说明本小说的主题,汉学家两次谈到时间迷宫中的"我"和"你":

"比方说,你来到我家里,可是,在某个可能的过去,你是我的敌人,

在另一个可能的过去,你是我的朋友。"(p. 125)

"大部分时刻,你我都不在;有些时刻,有你而没有我;有些时刻,有我而没有你;还有一些时刻,你我都在。此时此刻,机运惠顾于我,您光临寒舍;另一个时刻,您穿过我的花园,发现我已死去;再一个时刻,我说着同样的话,不过我是个错误,是个鬼魂。"(p. 127)

雨村回答说:"您再造了崔本的花园,为此,在所有的时刻,我都感激您、敬重您。"在那个时刻,他还能说什么?难道那不是他的真心话吗?可是,他无法掩盖话音和心灵中的颤抖——他的话完全违背他的来意,而他随机的杀人行动将彻底粉碎他的话语。这时,他听到汉学家微笑着说:"不会在所有的时刻。时间永远分岔,通向无数的未来。在其中一个,我是你的敌人。"(p. 127)

对雨村来说,那真是惊心动魄的时刻!汉学家仿佛猜中了不速之客的心思:是生还是死?是朋友还是敌人?!悲剧冲突已进入高潮——究竟要不要杀死汉学家?!

雨村陷入迷宫的梦魇,眼前的花园突然幻化出无数个汉学家和我,在数不清的时间小径中穿梭。这真是精彩的一幕——刚刚被汉学家破解的崔本小说中的时间迷宫正在上演。那无数个汉学家和我不正是雨村心灵挣扎的映象吗?悲剧英雄正面临极端考验。可是,时间一刻不停地行走,容不得雨村迷惘,就在这时,花园里走来一个真人,驱散了周遭的全部幻象,原来,追捕者马登到了。结局总是简单而痛快:在汉学家转身的瞬间,雨村开枪,汉学家当场毙命。

一个完整的悲剧行动结束了,一切已成定局。雨村圆满完成了传递情报的任务,他向上司证明了"一个黄种人能够拯救他的军队"。可是,成功并没有给雨村带来任何内心的满足,在证词的结尾,他以冷嘲的语气说"我极端可恶地成功了",他的上司虽然破译了杀死汉学家的谜语,可是他不知道,也没有人知道"我无尽的悔恨,还有我的厌倦"(p. 128)。

回溯整个证词,雨村至少三次明确表达了他对阿尔伯特的敬意,特别是在证词的开始部分,他说过这样一段话:

我认识一个英国人,一个谦和的人,以我之见,他是一个丝毫不逊于歌德的天才。我跟他交谈不过一个小时,可是,在这个小时里,他就是歌德。

(p. 121)

故事结束之后，回头来看，读者才恍然大悟，雨村在讲述故事之前所提到的这位伟大的"英国人"就是后来被他枪杀的汉学家阿尔伯特！假如他不得不杀死一个无辜的人，为什么不是一个凡俗之辈，偏偏是一个伟大的天才？为什么不是一个绝对的陌生人，一个跟他没有任何关系的人，而偏偏是一个震撼了他的智力和情感，甚至触动其家族身世和文化身份的人？如此这般杀害了一个不该杀害的人，个中错综复杂一波三折的心理冲突和情感，岂一个小小的"悔恨"所能言传？假如时光倒流，假如他事先知道阿尔伯特是谁，假如他有时间慢慢决定，他会不会做出相反的选择？仿佛身陷迷宫的一个死角，想到命运之捉弄，生命之荒谬，在死亡临近之际，大概唯有"厌倦"一词能够表达一个悲剧英雄难以言喻的心情。

（本文原载于陈跃红等编《乐在其中——乐黛云教授八十华诞弟子贺寿文集》，北京大学出版社，2011年版，有删减。作者为王柏华，复旦大学中文系教授、比较文学与世界文学教研室主任。）

第八节　米兰·昆德拉及其《不能承受的生命之轻》

一、昆德拉在中国确实是一个神话

昆德拉（Milan Kundera，1929— ）在中国确实是一个神话，他的作品普遍被翻译成中文。第一部是韩少功翻译的《生命中不能承受之轻》，还有一个是景凯旋翻译的《为了告别的聚会》，于20世纪80年代中期翻译到中国，那时候正是中国文学思想高涨的年代。这些年来昆德拉的翻译可以用四个字来概括，分别是："全"——中译本基本上囊括了昆德拉现有的全部重要作品；"新"——20世纪90年代以来，昆德拉凡有新作推出，中国翻译界均能及时予以跟踪式译介；"删"——昆德拉作品对政治与性爱的描写触及意识形态与伦理道德的某些禁区，出版时做了一定程度上的删改；"盗"——昆德拉作品在中国大陆曾出现众多盗印本。

实际上在1992年中国加入《世界版权公约》以后，最早出版昆德拉作品的作家出版社就曾跟昆德拉联系过，希望重新翻译他的作品，因为早期都是从英文转译的，包括韩少功先生和他姐姐韩刚两人合译的《生命中不能承受之轻》，是韩少功先生去美国访问时带回来这本书的。后来作家出版社想重新翻译，昆德拉提了三个条件：第一，要补付过去1992年之前你们翻译的所有版税；第二，在新的译本当中不能删、改一个字；第三，新的版本要付12%的版税。作家出版社最终没有谈成的事，2004年上海译文出版社终于跟他谈成了，全套出版了昆德拉当时所有重要的作品。当时有很多人质疑，说昆德拉已经在中国热过几波了，起印5万册，10多本书就是100多万册，这样会不会滞销。结果所有作品起印5万册以后很快就脱销了，尤其是他的一些经典性的作品，像《不能承受的生命之轻》（《生命中不能承受之轻》新译名）这样的作品很快就重印了很多次。从2004年到2010年，6年期间《不能承受的生命之轻》在以前作家出版社的旧版本及地摊上的版本已经高达百万计的情况下，又已经达到了100万册，整个昆德拉作品加起来已有上千万册。

二、小说家是存在的勘探者

存在问题从来就是一个贯彻西方哲学的核心问题，不少译者译为"本体论"的Ontologie，即西方哲学史上的主线向来就是关于on的logos、关于存在的言说、研究存在的学问、存在论。从巴门尼德的"存在之外并无非存在""存在是一""存在与思维同一"到黑格尔哲学全书的第一论"存在论"，哪位大哲学家不在讨论存在？恩格斯就曾把整个西方哲学史归结为存在与思维的关系问题。"存在之为存在，这个永远令人迷惑的问题，自古被追问，今日被追问，将来还会永远追问下去。"（亚里士多德《形而上学》）存在怎么会成为一个问题呢？世界存在着、山川鸟兽存在着、你和我存在着、存在似乎明明白白的。"世上万物存在着"这话在我们听来平淡无奇，然而，存在并非永远这样平淡无奇，一个饱受折磨、万念俱灰的人，偶然登上一座小丘，草原和蓝天在他眼前次第展开，他突然为一个基本事实所震惊：这世界存在着！世界原可以不存在的——但竟有一个世界存在着。于是"To be or not to be"（"存在还是不存在"）瞬间成为问题。如果真如柏格森所说"每一个伟大哲人只思一事而毕其一生以图表达之"的话，那么"存在"就是海德格尔毕其一生以图之的一事。昆德拉对"存在可能性"的界定与海德格尔是殊途同归的。《不能承受的生命之轻》之初就指出:"在没有永劫回归的世界上,人的生命只有一次,那么人的存在的意义是什么?"如果说,海德格尔从哲学的角度反思了"存在",那么昆德拉则从小说学的意义上抵达了存在。

在昆德拉看来,"小说不研究现实,而是研究存在,存在并不是已经发生的,存在是人的可能的场所,是一切人可以成为的,一切人所能够的"。"他(卡夫卡)的小说没有任何预言性的东西,它们也并不失去自己的价值,因为这些小说抓住了存在的一种可能(人与他的世界的可能),并因此让我们看见我们是什么,我们能够干什么。"其实,无论是卡夫卡还是昆德拉,他们都生活在对可能性的多重想象中。然而,存在的可能性本身也有一个维度,它不能实现,一旦实现了就不再是可能性而成为现实性。

三、关键词:对人的生存状况的关注

捉住自我,在我的小说里,就是捉住那个自我对于存在疑问的本质。捉住它的存在编码,在写作《不能承受的生命之轻》时,我意识到这个或那个人物的编码就是由若干个关键词组成的,对于特丽莎,它们是:肉体、灵魂、晕眩、软弱、田园诗、天堂。对于托马斯:轻、重。在题为《误解小词典》的那一节,我研究了弗兰兹和萨宾娜的存在编码,我分析了好几个词:女人、忠诚、背叛、音乐、黑暗、光明、游行队伍、美、祖国、墓地、力量。这些词的每一个在另一个人的存在编码里都有一个不同的意义。

阅读《不能承受的生命之轻》不能忽略了昆德拉在小说中的一个最基本的手法,那就是关键词的引入。而他也是这样给小说下的定义,"一部小说就是对几个难以捉摸的词的定义的长期摸索","对这些词的定义和再定义"。

最为关键的词语是审判和媚俗。昆德拉认为"审判"是当代生活的一个普遍境况,"法庭"并不仅仅意味着司法机构,而是泛指所有看不见的却又无所不在的力量,是绝对的。审判的对象不光是现在的,也可以是过去的,甚至在肉体死亡以后,还要面临精神的审判;在普遍的审判中,迫害者与受害者之间的界限消失了，有时候还可以相互转换。如果不参加审判或者不被审判，都会成为时代的局外人。我们可以将审判背后那只看不见的手理解为某种权力，权力实施的方式是价值判断，这样，审判的怪胎"媚俗"就产生了。

19 世纪 80 年代，"媚俗"（kitsch，也译作"刻奇"）这个词语首先出现在德国慕尼黑的艺术品市场。它有可能源自德国西南地区方言"die Kitsche"或普法尔茨地方方言单词"Kitsch"，指清理污垢、灰尘的工具；也有可能源自英文单词"sketch"或者德文单词"skizze"，指草草完成的、价格低廉的、为了出售而制造的艺术作品。无论这个词究竟如何起源，在19 世纪末的时候，它已经是艺术品市场上不可忽略的一股势力。为什么它能够迅速成长，与"真正的艺术"分庭抗礼？原因有二：其一，受教育、有修养的市民阶层崛起，他们在精神文化生活上嗷嗷待哺，但是他们的经济条件又不足以支撑占有艺术品，只能寄希望于复制品、模仿品和流水线产品；其二，工业技术和商品经济逐渐发达，催生了专业化的艺术品设计、加工、销售，正好填补了市民阶层精神文化生活的空白。供需双方一拍即合，这个处于阴影之中的艺术品市场就不可遏止地发展壮大了。

1933 年，奥地利小说家赫尔曼·布洛赫首先向媚俗发难。他认为，媚俗的产生是因为人们把"美"置于"善"之前，"求美"先于"求善"；此外，浪漫主义传统确立了一个"世俗的审美宗教"，更加把"美"抬高，以至于人人都想把自己的日常生活升华到一个"美"的高度。但是，如果人人都追求美，却又没有能力判断什么是美的，无法感受蕴含在事物之中的美，不能以自己的能力表现美，那么，最后的结果就是美被具体化、标准化。譬如，被选入美术教材的世界名画都是美的，这没有问题。但美术教材并不是对美的标准的规定，如果我们看到一幅没有入选美术教材的画作，尤其是那些先锋的、复杂的、不能一眼就把握其内涵的作品，就不知道该如何以审美的眼光评价它，甚至把它摒除出"美"的行列（以免给自己的审美体验找不痛快），这显然就是媚俗，而且是最恶劣的一种。

简单地说，媚俗就是"平庸的最后一张面具"，是把我们自己封闭在某个确切的范围内，拒绝拓展更多可能性的自我保护。这种自我保护的另一面，就是追捧那些已经声名在外的艺术家，或者只接受广受好评、没有道德争议、唤起正面情绪的作品。这么看来，媚俗艺术的确是艺术，尤其是先锋艺术的反面。但是，20世纪初的保守派艺术评论家总是把他们讨厌的媚俗艺术与先锋艺术混为一谈（实际上他们喜爱"真正的艺术"的方式，使得"真正的艺术"离媚俗艺术也仅有一步之遥）。

1939年，美国艺术评论家克莱门特·格林伯格发表《先锋与媚俗》，试图厘清二者之间的关系。先锋艺术是对表现媒介的不断探索创新，如果观看者还是以旧的眼光去打量、品味，很难从中把握真、善或美，只有积极地更新自己的接受方法，才有可能理解它。先锋艺术不打算也不希望艺术成为人人窝在沙发里就可以把握的消遣之物，而总是向观众提出审美的挑战。这与立志要成为消遣之物的媚俗艺术显然是截然不同的。然而，我们时常能在媚俗艺术中发现被借用的先锋艺术元素或形式，有的时候，先锋艺术尚未被主流认可，就已先成为风靡一时的文化商品。但是，不要被这种假象欺骗。媚俗艺术只会接纳先锋艺术中最广为人知、最能够被接受的那部分；只有当这些部分被确认为在道德上是安全的、有利可图的，才会被文化商人和文化工业积极地复制、销售，"将世间万物变为媚俗是这个时代的合法风格"。

既然媚俗是20世纪的时代精神，那么，文学也不能免俗。1961年，文化研究者柯利总结了德语小说的媚俗特征。这些媚俗小说的特点就是没有特点，从遣词造句到叙事节奏，都中规中矩、乏善可陈。作为补偿，它们总是用抒情化的叙事（对诗歌的拙劣模仿），大量运用一眼就能看穿——直白得好像生怕读者看不穿——的比喻和象征。柯利认为，媚俗的内在本质就是"诗化现实主义"。

昆德拉从艺术领域借用了媚俗的概念，却把它运用在了更广泛的生活领域中。在《小说的艺术》里，引用布洛赫的意见之后，昆德拉对媚俗下了定义："有媚俗的态度。有媚俗的行为。有来自媚俗者的媚俗需求：这种需求是在具有美化效果的谎言镜中观看自己，怀着令自己感动的满足，在镜中认出自己。"在《不能承受的生命之轻》里，昆德拉写了一个典型的媚俗瞬间：

这个参议员带她乘着一辆宽敞的汽车兜风，四个男孩子挤坐在车后座上。参议员把车一停，孩子们马上跳下车，踏过大草坪，朝体育场跑去，因为那儿有一个人工溜冰场。参议员仍然手握方向盘,以一种做梦似的神态看着正在奔跑的四个小小的身影;他转头对萨宾娜说:"看看他们!"他手一挥,画了一个圈,圈进了体育场、草坪和孩子们,一边说:"我说这就是幸福。"

在中文语境里,"媚俗"(kitsch)常常与"从众"联系在一起:若从众,即媚俗。但昆德拉实际上想说的是:从众是使媚俗成立的确证。"第一滴眼泪说:瞧这草坪上奔跑的孩子们,真美啊!"这是以审美的眼神观照生活,赋予平常生活以诗意。如果仅仅停留于此,那也许谈不上媚俗,因为这个场景的确很有可能使得特定的人感动,我们不能预设每个人都不应该为此落泪。但是,"第二滴眼泪说:看到孩子们在草坪上奔跑,跟全人类一起被感动,真美啊!"这就是媚俗了。假设令人流泪的情感是真实的,那根本不需要第二滴眼泪;假设第一滴眼泪根本就是虚假的,是从"具有美化效果的谎言镜中"看到的虚假幻想,那么,媚俗者实际上也知道它是假的,为了使自欺成立,也为了压制内心反对虚假情感的理智的声音——即"当心灵在说话,理智出来高声反对"——才必须要请出这第二滴眼泪,作为媚俗成立的确证。昆德拉没有否定"第一滴眼泪"有可能是真实的,说明他尚且留有余地,没有把所有激情都视为媚俗。他相信"由媚俗而激起的情感必须能让最大多数人来分享",但实际上,一个媚俗者不需要真的找到那些和自己一样留下媚俗的眼泪的人。既然对着"具有美化效果的谎言镜中",他能看出蒙着粉红面纱的虚假幻象,那么,对着这面镜子,他同样能看出"我跟全人类一起被感动"的虚假幻象。媚俗者如此看重绝对的抒情性、渴望一个"诗化了的激情生活",在"心灵的专制"中,像"什么是幸福"这样的问题,只需要主观的独断就可以给出绝对的答案,不需要外在的证明就可以确立为真理。正是因为反对这种绝对价值主宰世界,昆德拉从未停止过与媚俗的战斗。他始终用文学来与媚俗抗衡。

我们处于一个媚俗泛滥的时代。譬如,利用发达的新媒体技术,自媒体拼接、剪切、编辑出人们想要看到的"真相",观众也信以为真;譬如,通过观察和分析,内容生产者用最纯熟的写作技巧,贩卖千篇一律的感动、愤怒、焦虑,阅读者也坦然受之;譬如,我们的周遭有一系列不容批判的、不言自明的、天经地义的成见，它们规定了一个"可被接受的"范畴，对这个范畴以外的一切观点予以排斥，容不得辩驳或讨论的余地。一个健康的社会需要不同的声音，一个健康的社会也需要更多的可能性，保持理智，警惕媚俗，这正是我们还要继续阅读昆德拉的意义所在。把批判媚俗视为媚俗，是否也是一种媚俗？

在《不能承受的生命之轻》中，作者对人与政治、社会、时代、历史的态度与行为的深刻考察是通过"媚俗"一词进行的。最能体现媚俗的是政治与性爱。昆德拉对媚俗的考察基于弗兰兹与萨宾娜。弗兰兹，20岁就已确定了学者生涯的哲学教授，一个乐观主义梦想家；在音乐中幻想陶醉，渴望"别处"的"真实"生活（他把自己生活的图书馆、演讲厅与大学办公室视为浮士德博士的令人窒息的书斋），与众人并肩在大街上游行，万众齐呼革命口号，甚至参加以死相许的向泰柬边境的"伟大的进军"。他的"喜欢非现实胜于现实"源自对公众表演的欲望。昆德拉写道："我们都需要有人望着我们。"弗兰兹需要向萨宾娜、向别人、向公众，也向内心的另一个自己证明自己。他承认了公众，他参与公众活动并因身在其中受到感动而自我欣赏。但在由电影明星、流行歌手、诗人、语言学教授、医生、新闻记者、摄影师组成的政治媚俗的大军中，哲学教授的职业思考使他意识到了一个无法接受的事实：在和平、博爱、平等、自由、争正义、幸福等旗帜下的伟大进军居然与进军者的喜剧性虚荣画上了等号。伟大成为滑稽，神圣成为闹剧，媚俗赤裸裸地站在那里。至于弗兰兹偶然的街头之死除了有反讽意义外，便是他终于不曾长大的"轻"：像萨宾娜所谓的"巨大的狗"（体格硕壮，精神孱弱）。即使死后，他也在劫难逃地为媚俗俘获——墓碑被人镌上了有天堂和人间双重含义的献词：漫漫迷途有回归——回归上帝或浪子回头（他不忠于妻子），而实质却是他要寻求清醒之后的死亡。媚俗强奸了真实，正如那位在新闻照片中被解释为为了不幸的泰柬人民泪水长流的女明星，其实是被人骂为"臭狗屎"之后屈辱的伤心。

与无历史、无经验的梦想家弗兰兹相反，萨宾娜是反叛媚俗的怀疑主义者。她有极权政治下屈辱经历的深切体验，有近乎本能的自觉的背叛。在性爱上，她背叛了清教主义的父亲；在艺术上，她背叛了沉闷的社会主义现实主义；在政治上，她背叛了单调统一的大街游行。她坚持"生活在真实之中",而"有一个公众,脑子里留有一个公众,就意味着生活在谎言之中"。因此,特立独行成了萨宾娜的旗帜。背叛打破了秩序并进入未知的神秘,也不断刺激着她的背叛欲。每一个背叛既是罪恶又是胜利。"她拒绝服从秩序——拒绝永远和同样的人在一起讲同样的话!"背叛而生的刺激、热情、神秘与思想的自觉引导她在背叛之旅中不断前行。背叛甚至成为目的,成为萨宾娜心中的"美"。无疑,萨宾娜的背叛是极端的(恰如历史的任何一次反动)。但自相矛盾地是,她又厌恶极端,明白"极端主义意味着生命范围的边界。不论艺术上或政治上的极端主义激情,是一种掩盖着的找死的渴望"。她终于对自己发问:"这条路走到了尽头又怎么样呢?一个人可以背叛父母、丈夫、国家以及爱情,但如果父母、丈夫、国家以及爱情都失去了——还有什么可背叛呢?"怀疑、背叛、反媚俗使萨宾娜从一种压迫的重进入虚空的轻,轻旋即又成为不可承受的重,她处在唯死无解的两难中。昆德拉说"我们中间没有一个超人,强大到足以完全逃避媚俗,无论我们如何鄙视它,媚俗都是人类境况的一个组成部分",因为"媚俗起源于无条件地认同生命存在"。于是,他笔下有了萨宾娜作为庸常的(从众的,也是媚俗的)女人的欲望:当异性的玩物、被异性蹂躏、渴望生理之爱中被强加的暴力;有了对私情公开后的恐惧:责任、沉重、希望背叛自己的背叛;有了在疲累的背叛之旅中对于幻象中的温馨家庭的期望。的确,"她的勇气惊人,她的命运却十分可怕"。

昆德拉生活在一个复杂的历史时期,且自身也有着复杂的经历。他也描写政治,并用强烈的现实政治感使小说与一般读者亲近。但是对昆德拉来说,"布拉格之春"只是一个虚淡的背景,在这个背景中凸现出来的是人,是对人性中一切隐秘的无情剖示和审判。昆德拉并未大冒虚火地发作政治情绪,"在他那里,迫害者与被迫害者同样晃动灰色发浪用长长的食指威胁听众,美国参议员和布拉格检阅台上的共产党官员同样露出媚俗的微笑,欧美上流明星进军柬埔寨与效忠入侵当局的强制游行同样是闹剧一场。昆德拉用怀疑的目光对东西方人世百态一一扫描"[①],这与存在主义哲学是一致的——把探讨人的存在问题放在首位。

---

① 韩少功:《熟悉的陌生人》,上海文艺出版社,第292页。

对于托马斯是"轻"和"重",对于特丽莎是"灵"与"肉",正是这些关键词支撑起了每个人物的生存状态,标志着每个人物的不同可能性的侧面,也正是这些词支撑起了整部小说的大厦。"关键词"的运用是昆德拉存在之思在小说中的具体化,是"存在"在小说中获得形式的方式。因为在小说中这些词不是被抽象地研究而是具体化地落实到了人物身上。比如,作者就在特丽莎身上探讨了"灵与肉"是否能够统一这个古老的命题。

特丽莎全身心地爱着托马斯,她相信爱情是灵与肉的统一,而托马斯却一再告诉她肉体和灵魂是两回事,自己与其他女人交往并不妨碍他在灵魂深处爱着特丽莎,托马斯唯一的诗性记忆即关于草篮中顺水漂来的孩子的记忆是只留给特丽莎的。但无论如何特丽莎也无法接受这种灵与肉分离的哲学,这也是特丽莎从头到尾的痛苦和困扰。因此,她就去一个工程师那里验证一下灵与肉到底是统一的还是分离的。然而,结果却令特丽莎遗憾:

> 她突然感到自己的下身开始潮润起来,她害怕了。她兴奋地反抗自己的意志,并感到兴奋因此而更加强烈。换句话说,她的灵魂尽管偷偷地但的确宽恕了这些举动。她还知道,如果这种兴奋继续下去,灵魂的赞许将保持缄默。一旦它大声叫好,就会积极参加爱的行动,那么兴奋感反而会减退,所以,使灵魂如此兴奋的东西是自己的身体正以行动反抗灵魂的意志,灵魂在看着背叛的肉体。①

特丽莎面临的问题不仅仅是她一个人的问题,更是我们现代人面临的问题。"人们是不是像特丽莎那样本能地追求两者的统一?""灵与肉到底是一开始就分离呢?还是历经了历史的演变?""人的肉体是否是独立的存在并且与灵魂同等重要?"如昆德拉所说:"全部小说都不过是一个长长的疑问,深思的疑问(疑问的深思)是我的所有的小说赖以建立的基础。"昆德拉的核心意图就是要思考小说人物存在的可能性,思考人物的生存编码,思考存在的本体问题。这些关键词不仅是人物的生存编码,而且是小说主导性的主

---

① 米兰·昆德拉:《生命中不能承受之轻》,安丽娜、程思敏译,珠海出版社,2001 年版,第 108 页。

题、小说的核心。

短篇小说集《可笑的爱》（1968年）之《搭车游戏》里的一对情侣，约定各自扮演司机和搭车女郎，要追逐新奇粗俗的性爱，但是随着事态的发展，二人已经分不清什么是真正的自己、什么是自己的角色面具。《座谈会》里的女护士受到性和周围人群的双重压抑，在酒精的作用下当众跳了一段"伟大的"、模拟的脱衣舞。《爱德华与上帝》中爱德华只要性爱，偏偏女友是虔诚的宗教徒，为了性，他只好与女友结婚。信仰无神论的女上司要拯救他的思想，没想到二人却有了性关系；长篇小说《玩笑》（1968年）里玩笑者为更大的玩笑所玩笑；《生活在别处》（1973年）里历史跟主人公也开了个大玩笑。

"人们一思索，上帝就发笑。"这是昆德拉喜欢的犹太谚语，在昆德拉的想象中，小说艺术来到世界就是上帝发笑的回声。昆德拉把自己的小说看成是思索的小说。在《不能承受的生命之轻》中，小说一开始就提出了尼采常常与哲学家们纠缠的"永劫回归"观，再由这种"永劫回归"的思考，昆德拉引出了统摄全书的关于存在的"轻"与"重"的辩证关系。"存在"是昆德拉思索的全部，而思索推动了昆德拉对"存在"的进一步勘探。于是，无论是"轻与重"还是"灵与肉"，实际上就是昆德拉"发现人们这种或那种可能"后给我们画出的"存在的图"。

昆德拉说："小说的精神是复杂性的精神。"是的，他的小说也是复杂的，在轻轻一弹指间，拨开世俗的迷雾，留给我们的是沉重与深刻的思考。T. S. 艾略特曾说："经典作品只可能出现在文明不成熟的时候，它一定是成熟心智的产物。"《不能承受的生命之轻》这样一部在文明成熟时代产生的，由一位心智成熟的，自觉探索小说可能性限度的作家所创作的作品，不可谓不是经典。站在经典面前，只可感觉自己的无能为力，每一个字、每一个词都是难越的险峰。有人曾说："阅读不再是一种消遣和享受，阅读已成为严肃的甚至痛苦的仪式。"

四、《不能承受的生命之轻》的音乐元素

昆德拉的父亲是钢琴家、音乐艺术学院的教授，他童年时代就学过作曲，受过良好的音乐熏陶和教育。青年时代从事过音乐工作和电影教学。总之,用他自己的话说,"我曾在艺术领域里四处摸索,试图找到我的方向"。尽管文学作品的构思脱胎于音乐体验并非昆德拉首创,然而他的音乐感悟的独特深入,却使他对音乐的借鉴更为具体、别致。可以说,米兰·昆德拉是文学音乐兼修的艺术家中最不同凡响的一位。

(一) 从曲式看《不能承受的生命之轻》的结构艺术

米兰·昆德拉的小说在结构上几乎全部分成了七个部分,作者指出这不是出于对什么神奇数字的迷信,也不是出于理性的计算,而是一种来自深层的、无意识的、无法理解的必然要求,一种形式上的原型,没有办法避免。他的小说是建立在数字"七"基础上的同样结构的不同变异。昆德拉所说的"深层的、无意识的"七部分结构形式,事实上源自音乐思维,因为作者曾谈到在25岁之前他更多地被音乐吸引,他曾经为四种乐器创作过一首乐曲:钢琴、中提琴、单簧管和打击乐器。这首曲子被作者认为是几乎以漫画的方式预示了他将来的小说结构。这首《为四种乐器谱的曲》分为七个部分,并且跟他的小说一样,整体由形式上相当异质的部分构成(爵士乐、对圆舞曲的滑稽模仿、赋格曲、合唱等),而且每个部分有不同的配器。这一形式的多样性因主题的高度统一性而得到平衡:从头到尾只展示了两个主题:A与B。这种"数学结构",作为一种无意识的必然要求深刻地影响到昆德拉在小说写作中的结构。

写《不能承受的生命之轻》时,我希望不惜一切打破这个命定的数字:七。这部小说一直是按六部分来构思的。可是第一部分一直让我觉得不成形。最后,我明白了,这一部分实际上包含了两个部分,就像是两个孪生连体婴儿一样,要运用一种极为精致的外科手术,将它分为两个部分。

《不能承受的生命之轻》这部小说从曲式结构看,可以基本判断为音乐作品中最常用的奏鸣曲式。

这种曲式首先要强调主题间彼此的对比,而将调(Key)细心妥善配置,以建立后来处理乐曲的通路。结构的三大部分是这样:(1)呈示部分会在主调上把主题显示出来,即确立调性。(2)发展部分(亦称"自由幻想"或"发挥乐段"),这一部分是把已经披露出来的主题给予各种各样的发展,即依作曲者的意愿与创作手法,把旋律、节奏与和声性格化,使用不同的风格与组合,尝试运用着转调和离调,没有任何具体条律规则能规定这种表现方式。(3)再现部分呈示部分的重现,有着某种的变化,后面附一结尾乐段。

由此,我们可以将《不能承受的生命之轻》的七个章节划分如下:

呈示部分:A+B(轻与重、灵与肉)

发展部分:C(误解的词)

再现部分:B+A(灵与肉、轻与重)

(尾声:伟大的进军、卡列宁的微笑)

首先,我们来看呈示部分。昆德拉在开篇处写道:"永恒轮回是一种神秘的想法,尼采曾用它让不少哲学家陷入窘境:想想吧,有朝一日,一切都将以我们经历过的方式再现,而且这种反复还将无限重复下去!这一谵妄之说到底意味着什么?"事实上,这就已经呈现出本书的主题:

于是,最沉重的负担同时也成了最强盛的生命力的影像。负担越重,我们的生活越贴近大地,它就越真切实在。相反,当负担完全缺失,人就会变得比空气还轻,就会飘起来,就会远离大地和地上的生命,人也就只是一个半真的存在,其运动也会变得自由而没有意义。那么,到底选择什么?是重还是轻?

随着"轻重"主题的第一次显现,第一个核心人物托马斯渐渐浮现。"多少年来,我一直想着托马斯,似乎只有凭借回想的折光,我才能看清他这个人。我看见他站在公寓的窗台前不知所措,越过庭院的目光,落在对面的墙上。"仿佛是叙事者回忆的口吻,将音乐的"动机"引申出来。"动机"在音乐中简而言之就是音乐作品环绕的几个重要重音,构成旋律的核心。严格地说,托马斯、特丽莎、萨宾娜这些人物都不能算作传统意义上的小说人物——他们"不像生活中的人,不是女人生出来的,他们诞生于一个情境,一个句子,一个隐喻。简单来说,那个隐喻包含着一种基本的人类可能性"——由此看来,他们更倾向附属于某种特性之下的符号性质的人物,即"动机"。

特丽莎，诞生于神话和隐喻的女子。她的生命之轻在于"偶然"，母亲面对九个求婚者最后和其中一个人结婚，仅仅因为偶然的受孕（特丽莎诞生的偶然）、托马斯和特丽莎相遇的六个偶然巧合（爱情的偶然）。"偶然"之"轻"促使她逃亡，一开始用一本《安娜·卡列尼娜》来隔绝母亲和周围的"纯粹肉体的世界"，成人后的她逃离了母亲统治的领域，用那本《安娜·卡列尼娜》作为通行证进入托马斯的世界。特丽莎倾其一生来逃避轻追寻重，她的反反复复的梦境揭示了她的痛苦处境，托马斯在游泳池射杀她和一群女人的梦，是她不堪忍受托马斯将她与别的女人等量齐观，她渴望灵肉合一的爱情。

托马斯，游走于轻重之间的男人。他无法将她从自己的生命中驱逐出去，特丽莎的嫉妒、噩梦、歇斯底里和蛮横的爱和占有欲、虚弱、逃遁，无疑是施加在托马斯身上的沉重负担。然而依附在"涂覆树脂的篮子里顺水漂来犹如小摩西的美丽传说"的隐喻之上的同情感衍生出的爱意，却永远给托马斯戴上了沉重的枷锁。而来自柏拉图假说的他的另一半的女子萨宾娜却又以丰腴而轻逸的肉体召唤着他，令他无法抗拒。

灵与肉，是附着在轻重主题之下的次主题，灵肉的不可调和性与轻重主题交织，事实上是为了论证轻重主题而存在的。

其次，我们来看发展部分。这一发展性质的乐章《误解的词》，从外观形态上同呈示部分似乎毫无关联，结构上完全可以被看作一个独立完整的乐章，同前面的内容不具有任何联系，没有连贯性，似乎是在一个新的主题调性上展开的全然不同的旋律。实则不然，如果仔细辨别，仍旧能够从中辨别出主题：轻。

萨宾娜之生命之轻是指背叛。这个对艺术有着独特见解、至死与媚俗为敌、喜欢戴着礼帽做爱的女人，她的生命之轻在于"背叛"：为少女时代的爱情背叛了父亲、家庭，继而背叛了自己的选择，离开醉鬼丈夫，然后因为无法忍受"爱国""民族主义"空壳之下的集体游行、挥舞拳头的丑行而背叛了自己的同胞、祖国，最后因无法承受强壮身躯里包裹着软弱灵魂的弗兰茨施加于她的强烈的崇拜和爱意而逃离了他。"当她连父母、丈夫、国家、爱情都失去了——还有什么可以背叛呢？""推动我们一切行动的东西却总是根本不让我们明了其意义何在。萨宾娜对于隐藏在自己背叛欲念后的目的无所察觉，这生命中不可承受的轻——不正是目的所在么？"萨宾娜选择轻盈生活却终生沉溺在虚无的苍凉感中，而对传统绘画的背叛，从轻的边缘滑落到沉重，轻的同时也导致了沉重。

弗兰茨的生命之轻是生活在谎言中而不自知。他是一个学者，他渴望的真实生活就是从书本中走出来，参与革命，帮助弱小国家。他以一种近乎崇拜的姿态爱着女神萨宾娜，然而他所爱的萨宾娜却与真实的萨宾娜大相径庭，这是不同国度、不同的生活际遇带给他们的不同感受，这使他们的生活中间布满一系列"误解的词"，所以尽管弗兰茨是萨宾娜一生见过的最好的男人，但是弗兰茨的一切所作所为在萨宾娜眼里都不可避免地沾上了媚俗的气息，弗兰茨所向往的革命游行是勇敢和正义的真实生活，而萨宾娜眼中看见的却是失去自我、消灭个体、众口一词的普遍邪恶本质。他热爱的音乐只能唤起萨宾娜的痛苦感受。他对爱情的绝对忠诚换来的是萨宾娜悄无声息的背叛。弗兰茨是理想主义者，其个性有许多良善的部分，却也有致命的浪漫与联想力。他生命中的"重"，是出于一种误解与理想投射。他以极大的热情投入其中的"伟大的进军"，最后却以滑稽的闹剧收场。

最后，我们来看再现部分。这部分从题目上就清晰地反映出主题和调性上的回归，不仅表现为同一主题的再现，而且是题材旋律上的再现，"如我们在第一章所述，特丽莎出其不意地来到布拉格那天，托马斯与她做爱。就在那一天，或者说就在那一刻，特丽莎突然发起烧来。他站在她床前，看着她躺在床上，不禁想到她是一个被置入草篮里的孩子，顺水漂到了他的面前"。这是一种情节的再现，同时也有隐喻的再现。

灵肉分离的信奉者托马斯，在面对特丽莎的爱时，他放弃了自己的原则。特丽莎的爱对于托马斯来说，之所以沉重，是因为她的爱唤起了托马斯的怜悯之心，这种怜悯使他回归到灵肉结合的爱之重，是一种伦理意义上的爱情，"在涂覆树脂的篮子里顺水漂来，犹如小摩西的美丽传说"。这象征了伦理的神性方面，而"灵肉合一的爱"则是伦理的世俗一面。伦理本身就具有一种必然性和可重复性，伦理之内的束缚虽然沉重，却因其不断重复的必然性而变为合理的，是可承受的，萨宾娜的轻逸不是必然的，是伦理之外的产物，也就是不合理的，是"不可承受的轻"。托马斯在生命历程中撇开事业及外物的束缚，享受这样随遇而安的生活。

这四个人的命运，事实上就是同一主题之下的四条旋律，各自互不干扰地在乐曲中发展、行走。特丽莎的生命始于轻盈，她毕生追求沉重而得到的却是托马斯的永无止境的背叛。托马斯渴望"轻"，而特丽莎的爱却是他最为沉重又无法逃避的负担。特丽莎尝试着进入托马斯的世界，她和工程师做爱，试图去理解托马斯所谓的性和爱分离的言论。托马斯在某种意义上，也期望进入特丽莎的世界，至少是在无意识层面上放弃了从前的浪子生活，尽管他仍然克制不住跟别的女人做爱，但他在心里时刻牵挂着特丽莎。他们生命中这对背道而驰的矛盾旋律在昆德拉的笔下交相辉映，谱写出人类永恒的孤独困境。

（二）《不能承受的生命之轻》的音乐节奏感

欧根·希穆涅克在《美学与艺术总论》中说过："所谓文学语言的语音和音乐性质，例如诗中的节奏、韵律、和音等，在优秀的文学作品中就成了思想和语义构思的有机组成部分。"

文学语言的节奏可体现在诗文由朗读停顿在各句内部形成节拍，这在中国古诗词中比较常见，同时诗文的节奏也呈现于字数相同的句式有规律的整体连续推进。昆德拉在写小说之前致力于诗歌创作，他应该是深谙节奏感在文学创作中的重要作用的。

昆德拉小说的节奏感，主要通过速度、重复、对位、省略等方面来体现。

其一，关于速度。

昆德拉曾说，小说是速度的敌人，阅读应该是缓慢进行的，读者应该在每一页每一个段落甚至每个句子的魅力前停留。这是在阅读中对节奏感的把握，而在小说创作中，他认为一部交响曲或者一部奏鸣曲的乐章顺序由一个不成文的交替原则决定：缓慢的乐章与快速的乐章，也即悲哀的乐章与欢乐的乐章，交替出现。

昆德拉有一种"数字癖好"，即要求出版商把每一章节分得很清楚，把数字印得很明白。因为在他看来，一部分就是一个乐章，每个章节就好比每个节拍，这些节拍或长或短，或者长度非常不规则，这就引向速度的问题。他的小说中的每一部分都可以标记上一种音乐标记：中速，急板，柔板，等等。

速度的问题集中体现在小说的第六章和第七章，也就是前面分析的尾声部分。昆德拉说，从写作一开始就知道这部小说最后一部分必须是极轻和柔板（《卡列宁的微笑》：宁静、忧郁的氛围，几乎没有什么事件），而且在它前面必须有一个极强极快的部分（《伟大的进军》：突兀、玩世不恭氛围，有许多事件）。

第六章中加入了大量被昆德拉称之为离题的对于媚俗的阐述，以及关于斯大林儿子的报道，这些异质元素的加入连同弗兰茨在"伟大的进军"中的身亡，把小说推向了哲理层面的一个高潮，而"媚俗"也从前面零散的点的议论推及整个人类的生存境况。

最后一章，是用牧歌般平静、舒缓的笔调来书写特丽莎和托马斯的乡村生活，特丽莎对卡列宁这只狗的爱，事实上是对人类的弃绝，意味着抛弃生命的虚伪。直面生命之时，她才发觉了卡列宁的微笑中的美之所在。

其二，关于重复。

作为构成小说节奏感的重要元素，昆德拉小说中的"重复"是通过"反复叙事"来实现的。《不能承受的生命之轻》中，在涂覆树脂的篮子里顺水漂来的婴儿、特丽莎的梦境、托马斯的胃疼、萨宾娜的圆顶礼帽，这一系列的事件、细节在小说的各个不同章节中被一次次重复地叙述。反复叙事是昆德拉刻意营造的，小说贯穿性的重要故事和情节基本上都已经在第一章交代了，但后边的第二至七章仍然会重复叙述这些已经讲过的情节，由此构成了小说叙事上的循环往复。

（1）每一次反复，都在强调同一事件的不同侧面，在加深读者印象的同时，凸现叙述行为的某种本质特征，即任何一次性的叙述都有局限性。事件本身是多侧面多层次的，只有转换视角才可能呈现一个事件的丰富性，它造成如"循环提问"的效果，对同一个事件的内涵进行无穷的询问和追索。因此，凸现出的小说的主题并不是一个单一的回答，而是展现出每一种可能性，是对存在的探讨。

（2）反复叙事使小说的多重主题得以不断复现。比如前面提到的关于托马斯的"轻"与"重"，特丽莎的"灵"与"肉"，这些主题随着叙事的重复不断被融入小说细节和情境中。这一点说来简单，但可能是昆德拉构思小说的重要动机。因为他的核心意图是思考小说中人物存在的可能性、思考人物的生存编码、思考存在的本体问题。这些问题在小说中怎样被提出来呢？关键词的反复追问是其主导方式。概括来说，对若干主题的反复追究在结构上必须依赖于主题的复现，落实到叙事上就是反复叙事。反复叙事服务于小说家追究人物生存编码的基本意图。

（3）从形而上的层面看，针对《不能承受的生命之轻》来说，反复叙事可以刻意看作与一次性生命相抗争的一种方式。在没有永劫回归的现实中，通过反复叙事，主人公一生中的重大事件被一次次重复叙述、反复阐释，每一个细节都衍生出比一次性更多更丰富的内容。

其三，关于对位。

对位法是广泛应用于十六七世纪复调音乐中的一种音乐技法，是一种组织音乐素材的方式，简单地说就是音乐中两个或者两个以上独立声部在和谐的音乐织体中的结合，各声部在旋律和节奏上都有其独立性。而典型运用这种技法的如卡农和赋格，都是建立在对同一主题乐句的模仿上的。这个源于音乐创作的技法，被昆德拉运用在小说的创作中，即把不同的内容、文学体裁围绕着一个主题并置于一部小说中，每条线索关系平等，又有内在联系，他们相互衬托、交织、对比，以不同的笔调、不同的形式，从不同的侧面、不同的层次来探讨主题思想，从而构造一个有机整体。

关于"复调小说"的论述，昆德拉在《小说的艺术》曾谈到了小说的"复调结构化"的发展过程："音乐复调，指的是两个或多个声部（旋律）同时展开，虽然完美地结合在一起，且仍然保留各自的独立性。那么小说的复调呢？先来说说它的反面吧：单线的结构。从小说历史的开端起，小说就试图避开单线性……"昆德拉在分析了《堂吉诃德》第一卷中四个故事四个缺口、陀思妥耶夫斯基《群魔》中三条独立发展的线索、布洛赫的"五条线索彻底不同：小说；短篇小说；报道；诗歌；随笔"之后，提出了他认为的小说对位法的必要条件：各条线索的平等性和整体的不可分性。昆德拉的小说有两种原型：一是将异质元素统一在数字"七"之上的建筑中的复调结构；二是滑稽剧式、同质的、戏剧化的、让人感到不合情理的结构。他的"小说对位法的新艺术"，是建立在一种叙述、哲学、梦幻的统一基础上的对位，这种形式上的创新对于小说主题的论证有着莫大的功用。

"将异质元素统一的复调结构"在《不能承受的生命之轻》的第六章也

有突出表现（如前文所述关于斯大林儿子的报道、媚俗的阐述、情节的叙述），"滑稽剧式、同质的、戏剧化的、让人感到不合情理的结构"则散布在几乎昆德拉的所有小说中，从音响学的角度而言就是造成不协和的音程。

如《不能承受的生命之轻》一书有两处将"性爱"和"粪便"并置，一是描写特丽莎在工程师的公寓的"性冒险"之后"蹲在厕所里，突然想要大便"，实际上是想尝尝极端羞辱的滋味，使自己成为一个完全纯粹的肉体，一个她母亲以前老说除了吃喝拉撒就别无益处的肉体。她大便了，一种极大的悲伤和孤独征服了她，再也没有什么比她裸身蹲在废水管道放大了的终端上更可悲的了。由此，我们能够了解到，与工程师的性冒险带来的不是特丽莎的"道德感"受挫，而是美感经验的受挫，她期待的是灵肉合一的爱，而当快感和幸福感发生分离的时候，她感到的屈辱不是别人给予的，而是她自己的身体反应带来的。

与之对应的萨宾娜对此却有着迥然不同的感受，当她赤身裸体、头戴礼帽站在镜子面前时，突然想象托马斯命令她坐在抽水马桶上，看着她排便，于是产生了性亢奋，把托马斯扑倒在地毯上，发出了快乐的嚎叫。

特丽莎和萨宾娜对于同一情景的想象激发出的截然不同的两种情感体验，则是运用了极端不协和的尖锐音响，摧毁了人们的美感经验中对"美好之于性爱""丑恶之于粪便"的人为划分，把两者同时置于"肉欲"的平台上等而视之。

不协和元素的加入是现代派音乐的一大重要特性，美国乐评家朗格曾说过："现代音乐的问题不是一个采用不谐和音、古怪旋律或者奇特音响的问题，而是一个新的人生观的问题。"同样，在文字中这些不协和元素的并置，除了给人突兀感受外，更多的是引发人的哲理思考和怀疑："非如此不可么？""灵肉合一的爱才是幸福感的来源？""美源自和谐？"这一系列疑问把作者和读者从既定的思维中驱逐出来，引向了关于存在的深思。

其四，关于省略。

从结构上看，昆德拉的小说是相当简洁的。他的简洁意在用最直接、最精准的方式直抵事物本质。这一点，受益于昆德拉从童年起就崇拜的捷克作曲家雅纳切克。

他是现代音乐最伟大的人物之一。在勋伯格或者斯特拉文斯基还在为大型管弦乐团作曲的时候,他就意识到一部为管弦乐团作的曲子总是受到无用音符的重压。他出于这种简约的意志开始反叛……雅纳切克的命令就是:不要过渡,不要突兀的并置,不要变奏,而要重复,而且始终直入事物的心脏:只有道出实质性内容的音符才有权利存在。

把这一点延伸到小说领域,昆德拉一针见血地指出传统小说充斥着"技巧",一大套成规取代了作者的作用;展现一个人物,描写一个领域,在一个历史环境中引入情节,用一些毫无意义的片段去填补人物生活中的时间;而每个布景的转换都必须有新的展示、描绘、解释。因此,昆德拉发明了一种"雅纳切克式"方法,使小说摆脱技巧带来的机械性,即摆脱长篇的废话,让它更浓缩。不过这并不是昆德拉对传统小说技法的否定,仅仅是他在小说领域所开辟出来的一种新的可能性,而让这种"可能性"站立的平台是:小说不再满足于"叙述故事"这一简单的职能。昆德拉的小说"经常只是对几个难以把握的定义进行长长的探寻",他说:"假如我并不想含糊其词,不想让大家以为什么都理解了而其实什么都没有理解,那我就不光要以极大的精确性去选择这些词,而且还必须去定义,再定义。"

从这个意义上讲,真正构建《不能承受的生命之轻》的并不是小说的故事情节,而是对几个抽象词组的反复定义,如轻、重、同情、软弱、眩晕、背叛、媚俗……

昆德拉创造了一种"彻底剥离"的新艺术,即省略了需要传统小说家花费许多口舌来介绍的诸如人物外貌、背景,甚至心理、性格在情节中的发展,而更多采用了思考的形式,运用高度省略、浓缩的技巧来解释现代世界存在的复杂性。之所以这样,是因为昆德拉认为简约的结构对保障小说的清晰性很重要。

(三) 实现以音乐思维写作的可能性——音乐和文学的联结点

音乐和文学在起源时就是相结合的,发展成两种独立艺术之后,两者结合的形式不断丰富,其思维、思潮、创作方法也相互影响。应该说,在文学作品中融入一些音乐的元素并不鲜见,古今中外皆有之。那么实现以音乐思维来写作的,即音乐文学的联结点究竟在什么地方呢?

首先，音乐和文学同属时间的艺术，不同于一幅绘画作品可以在瞬间展示全貌，一段音乐和文字总是在时间的流程中缓慢进行的。时间的长与短、缓慢与急促，同所表现的情景和人的内心活动直接关联。音乐是在时间中展现声音的动态结构，文学则是在时间中连续呈现词语的有序结构，不同之处只在于它们分别以声音和文字为载体。

其次，音乐中包含着文学中的叙述性、戏剧性、典型性等特征，而文学中又包含了音乐中的和谐、抑扬、节奏、音响之美。

最后，音乐和文学中都包含了实现艺术审美价值的一个关键元素——再创造。音乐是以演奏者的发挥和听众的聆听实现艺术品的二度创作，文学则是以读者的阅读来实现的。

直接以音乐的思维方式介入文学作品，参照音乐的曲式逻辑进行文学创作构思，昆德拉可以说是杰出代表人物。音乐学习的经历，在某种程度上直接渗透昆德拉的写作。在他眼里，文字不仅仅是文字，叙述不仅仅是叙述，他将其称为旋律，而小说的音乐性不仅仅是形式上的（旋律、节奏），还包括对主题的论证，因而在一系列对主题的论证中，他强调小说应该写得如一部交响乐。而事实上他做到了，小说家的笔法，思想家的锐利，音乐家的敏感，历史学家的准确。达到这种高度，得益于其亲身的音乐实践和欧洲丰裕的人文土壤。昆德拉的小说、随笔，除了文字上的享受，也引领读者们徜徉在一次次的音乐之旅中。

参考文献

彼得·盖伊. 现代主义：从波德莱尔到贝克特之后 [M]. 骆守怡, 杜冬, 译. 南京：译林出版社, 2017.

查尔斯·麦格拉斯. 20 世纪的书：百年来的作家、观念及文学 [M]. 李燕芬, 等译. 北京：生活·读书·新知三联书店, 2001.

陈光孚. 拉丁美洲当代文学评论 [M]. 桂林：漓江出版社, 1988.

戴维·洛奇. 小说的艺术 [M]. 卢丽安, 译. 上海：上海译文出版社, 2010.

丹尼尔·R. 布劳尔. 20 世纪世界史 [M]. 洪庆明, 译. 上海：东方出版中心, 2015.

弗洛伊德. 精神分析引论 [M]. 高觉敷, 译. 北京：商务印书馆, 2017.

理查德·坎伯. 加缪 [M]. 马振涛, 杨淑学, 译. 北京：中华书局, 2002.

米兰·昆德拉. 小说的艺术 [M]. 董强, 译. 上海：上海译文出版社, 2004.

施太格缪勒. 当代哲学主流（上卷）[M]. 王炳文, 等译. 北京：商务印书馆, 1986.

施太格缪勒. 当代哲学主流（下卷）[M]. 王炳文, 等译. 北京：商务印书馆, 1992.

叶廷芳, 黄卓越. 从颠覆到经典：现代主义文学大家群像 [M]. 北京：商务印书馆, 2007.

袁可嘉, 等. 现代主义文学研究 [M]. 中国社会科学出版社, 1989.